Chris Hammer

雪梨謎案
TRUST

克里斯·漢默
CHRIS HAMMER

黃彥霖——譯

獻給伊蓮娜（Elena）與卡麥隆（Cameron）

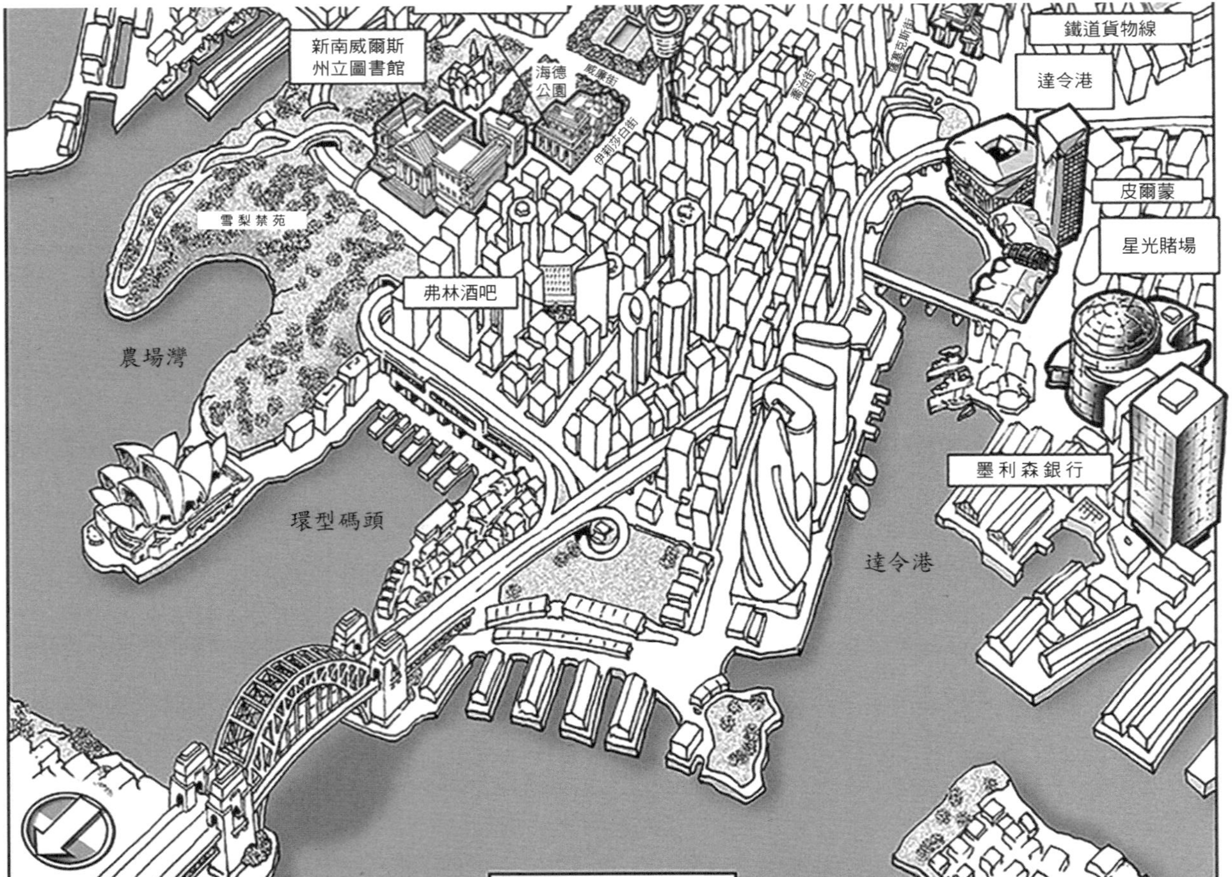

鐵道貨物線
達令港
新南威爾斯
州立圖書館
海德
公園
威廉街
伊莉莎白街
皮爾蒙
星光賭場
雪梨禁苑
弗林酒吧
農場灣
墨利森銀行
環型碼頭
達令港
A. J. Potočnik
July, 2020

雪　梨

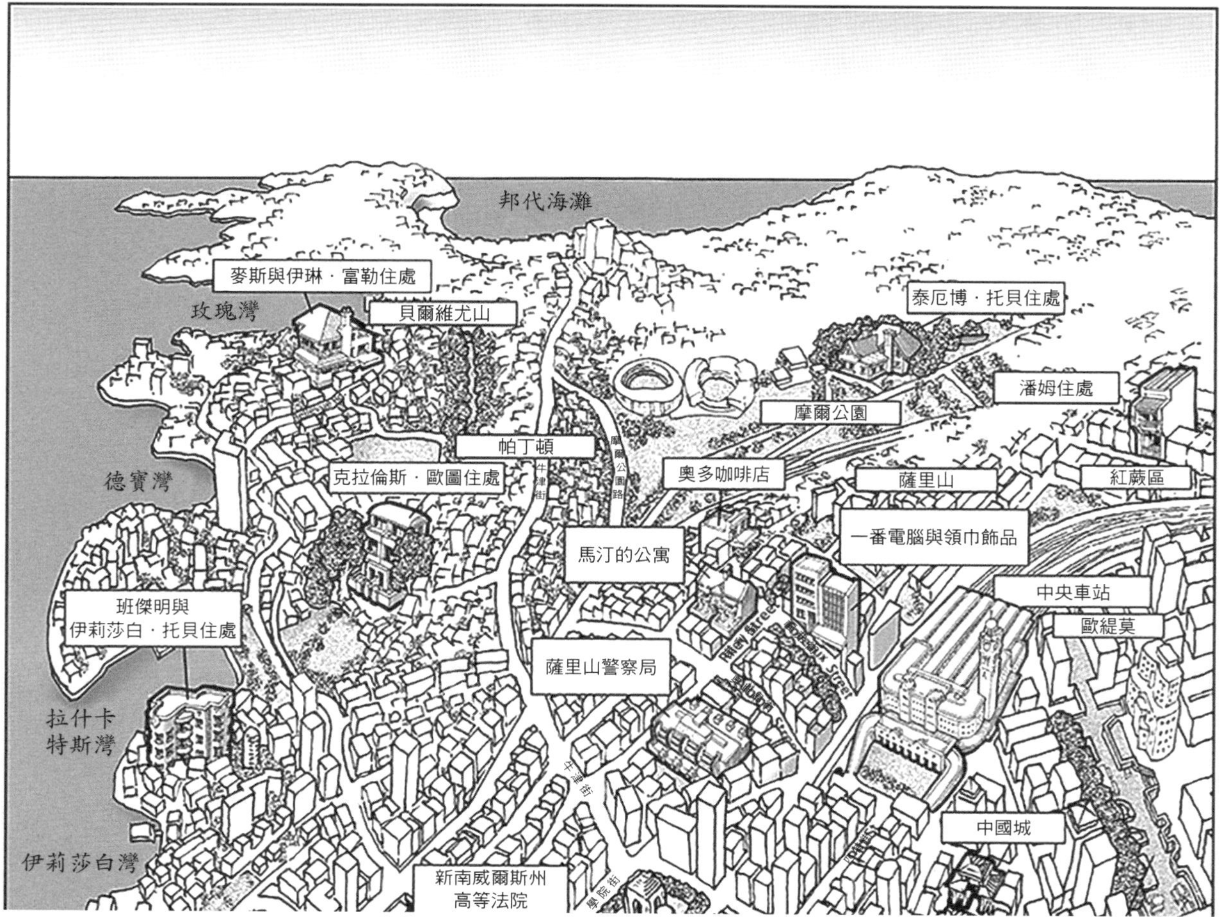

邦代海灘
麥斯與伊琳・富勒住處
玫瑰灣
貝爾維尤山
泰厄博・托貝住處
潘姆住處
摩爾公園
帕丁頓
摩爾公園路
奧多咖啡店
薩里山
紅蕨區
德寶灣
克拉倫斯・歐圖住處
牛津街
一番電腦與領巾飾品
馬汀的公寓
班傑明與
伊莉莎白・托貝住處
中央車站
歐緹莫
薩里山警察局
拉什卡
特斯灣
牛津街
中國城
伊莉莎白灣
新南威爾斯州
高等法院
學院街

目次

序幕 011

星期天

第一章 016
第二章 022

星期一

第三章 026
第四章 030
第五章 040
第六章 054

星期二

第七章 072
第八章 078

第九章 089
第十章 095
第十一章 106

星期三

第十二章 120
第十三章 124
第十四章 135
第十五章 141
第十六章 148
第十七章 155

星期四

第十八章 166
第十九章 178
第二十章 189
第二十一章 195
第二十二章 203
第二十三章 214

第二十四章 227
第二十五章 235
第二十六章 241
第二十七章 251
第二十八章 255
第二十九章 274

星期五

第三十章 284
第三十一章 294
第三十二章 303
第三十三章 309
第三十四章 313
第三十五章 320
第三十六章 326

星期六

第三十七章 334
第三十八章 349

第三十九章 355
第四十章 370
第四十一章 375
第四十二章 378
第四十三章 382
第四十四章 387
第四十五章 394
第四十六章 398

星期天

第四十七章 404

星期三

第四十八章 428

尾聲 434
致謝 439

序幕

他意識到事情正在發生，整個人逐漸醒悟過來，彷彿新生。真的發生了，就在今天，就在這個當下，在這個歷史的片段之中。他為此醞釀了好幾個月——那麼多人脈養成、策畫密謀、威脅勒索——實際執行時原來這麼簡單。他知道自己能全身而退。檔案正以他無法想像的速度源源流入，那些犯罪、腐敗、違法的紀錄，此刻正透過電腦主機上本該停用的USB插槽傾瀉進亮藍色的隨身碟中。所有資料都經過數位化且去蕪存菁，打包得井然有序，不受任何加密措施保護，真真實實地暴露在外，唯一遮掩住隨身碟的只有他高超的演技和一杯外帶咖啡。他站起身，環視四周，雖然內心興奮激動，但是外表冷靜平穩，他是最出色的演員。最出色的間諜。他臉上掛著微笑——不過話說回來，他平常就是笑容滿面。

交易大廳是座繁忙的蜂巢，交易經紀人成群湧入，喧鬧著對公司的熱情以及個人的野心。大量的顯示螢幕上充滿著各種債券、股票、金融衍生品與匯率數據，全都在流動、閃爍，要求受到經紀人注意。他就只是安靜地站在那裡，便隱形了。沒人看他，沒人在乎他的螢幕，他們全都專注在各自蜉蝣般的事務：數字、圖表、交易；利潤損益。他覺得自己彷彿靜止的點，暴風圍繞著他呼嘯旋轉，只有他知道發生了什麼事，只有他懂得該用什麼角度去觀察這劃時代的瞬間。他個人的詭計躲藏在整間銀行所進行的更大欺詐之中，如此明目張膽，那種無畏將令他的勝利更加完整，在事後重新講述時令故事更加精采。

這就是他的成就，令傳奇得以成為傳奇。他看到自己的身影倒映在牆上的金色壁板，映像完整，只有一點點的扭曲。他對自己的模樣感到滿意：髮型蓬鬆，臉色古銅，眼神明亮，牙齒整齊。他喜歡自己的臉，大家都喜歡他的臉。這張臉不只討人喜歡，更重要的是，這是張值得信任的臉。

資料傳輸就要完成。他拿起咖啡，好喝極了。透過辦公大樓的窗戶，他可以看到雪梨這完美的一日。藍白相映，大把陽光潑灑在城市的天際線上，港口波光瀲灩，彷彿整座城市都在贊許他這麼做的正當性。

他回頭看向電腦，訝異地發現檔案已下載完成。這麼快。他眨了眨眼，享受著這個片刻，這個轉折點，故事的最高潮。別的不說，他一定會懷念這間銀行的先進科技，這裡電腦系統的執行速度與效率要比他真正辦公室裡的老玩意快上千百倍。他在電腦前坐下，很快地在隨身碟裡啟動加密措施，然後執行了一個專門為此打造的程式，來掩蓋自己在系統裡的足跡，整個過程不過幾分鐘。然後他退出隨身碟，放入口袋，登出電腦。完成了。

「今天要不要早一點去吃午餐？」他在拉夫的隔間座位旁停下問道。拉夫是值班主管——他很清楚拉夫不會接受自己的邀約。

「抱歉，最近有點忙。」拉夫的視線完全沒離開螢幕。「過幾天吧。」

「好喔。」塔昆為了同事有多好預測而微笑著。「我大概一個小時後回來，要幫你帶東西嗎？」

「不用，我有帶午餐。」

「好，那待會見。」

於是塔昆．默洛伊便走了，步伐一如以往充滿自信，雙眼也一如以往散發光彩，臉上掛著大方、沉著的笑容，就像第一天走進這間公司時那樣。但他其實正默默為了自己的成就而激動不已，胃裡翻攪、內心沸騰。

他走進電梯，按下按鈕，即將前往門廊，迎向屬於榮耀與成就的未來。電梯門緩慢闔上，終場大幕漸漸落下，他最後一次看向這座交易大廳，要把這個地方牢牢記入心底，以便往後複述。接著，在最後一刻，有隻手臂伸了進來，迫使電梯門重新打開。塔昆・默洛伊朝新來的人露出笑容；對方身形高大、削瘦，穿著質地粗糙的棕色羊毛復古西裝。電梯門緩緩關上。

「早。」紳士般的男子主動搭話。

「早。」他回答。對於塔昆來說，這名男子就像個態度彬彬有禮的紳士。西裝是布料厚重的三件式，彷彿二十世紀中葉的製品，似乎年代久遠，但是保存良好，毫無損傷。西裝外套胸前口袋放了一條印有圖騰的方巾，領花眼別著澳軍遺族組織的慈善徽章[1]。男人的臉長，頭髮也長，安穩地服貼耳後。他用的髮油或造型品在密閉空間發散著令人愉悅的香氣，與他的舉止及西裝一樣帶著老派的香味。他的手指膚色染了一點褐黃。塔昆心想，是個癮君子。這年紀對交易大廳來說也有點大了。

「加州罌粟。」男人說。

「不好意思，你說什麼？」

「我是說髮油，那是加州罌粟的味道。」

「聞起來很香。」

「謝謝。」男人親切地說著。他一顆牙上有金冠。「現在已經很難找到了。」

電梯震動一下，然後停了下來，但門沒有打開。他們卡在樓層之間。

「糟糕。」塔昆說。

1 澳軍遺族組織（Legacy Australia）是一戰後成立的澳洲民間組織，主要志在照顧軍眷及其遺族；募款和宣傳的方式之一是販賣火把造型的慈善徽章。

「還有更糟的。」穿著棕色西裝的男子說。他解開外套扣子，拿出一把左輪手槍。那是把六發左輪，彷彿西部片道具，體積龐大，色澤啞黑，凶狠險惡，槍柄嵌著珍珠貝。塔昆感覺胃裡一沉，思緒滔滔轉動起來。槍管對準了他的胸口。

星期天

Sunday

第一章

小男孩用雙手拍打著海水，噴得水花四處飛濺，他感受到愉悅和肢體觸覺，開心地哈哈大笑。連恩的好心情很有感染力，馬汀也跟著笑了。他們一大一小並排坐在一窪蓄積了海水的沙坑旁，馬汀剛才拿挖起的沙蓋城堡，不過現在沙堡已經沖垮了。另一道浪再次襲上海灘，潮水正逐漸回漲，沙坑的邊緣慢慢坍塌，應該也沒辦法再撐多久。連恩揮舞著短短胖胖的手，啪啪啪。啪啪啪，馬汀模仿著繼子的動作，激起更多笑聲。哦，他好愛這個小男孩的笑聲，那只屬於他的咯咯大笑，是他在學會說話前最獨特的語言。

馬汀的手機在沙灘包裡，放在沙灘上方，通往上方房子的石階底端。他可以聽到手機在響，但是仍繼續坐在原地，完全沒有趕著接聽的意思。在這裡，沒有什麼緊急的事，那樣的日子都過去了。他不再屈從於電話與編輯的命令，不再屈從於截稿時間和獨家新聞，不再屈從於自負心與競爭對抗，都過去了。住在銀港的這十六個月裡——馬汀、蔓德蕾與連恩——他們三個人都在整修海灘後方懸崖上的房子，也在整修自己的人生，建造一個更加穩固、與過去區隔的新現實。

「馬馬，看。馬馬！」

「什麼東西？」

「鯨魚！馬馬，鯨魚！」小男孩雙腳站起，興奮地指向河海交界處的沙洲後方。馬汀先聽見吐氣聲，才看到嘶嘶噴出的水霧，鯨魚在噴氣。現在，彷彿是為了和兩人打招呼，一片白鰭從水中升起，在剛過正午的明亮陽光中擺動。

「座頭鯨。那隻是座頭鯨。」馬汀說著，笑容燦爛；不過連恩忙著朝鯨魚揮手，根本忘記要說話。

手機又響了。他再次置之不理。冬季走至半途，這種天氣好得不容錯過：天空清澈，白日暖和，海潮平穩。即使在新南威爾斯這麼北端的海岸，夾帶雨水和寒氣的冬季南冽風仍然有可能咬你一口。經過一整週的陰雲狂風之後，這是終於緩和下來的第一天。不容打擾的日子。不過，當手機意志堅定地響起第三遍，他知道一定得接了。若非事件緊急，沒有人會打來三遍。

「我等一下回來。」他對連恩說，接著起身往海灘後方走去。這片海灘不到二十公尺，他面朝大海，後退走路，不讓小男孩離開視線。連恩已經兩歲多，二十七足月，會走路、會說話，不再是個小嬰兒。但即使如此，小男孩現在離水邊那麼近，馬汀不願冒任何風險。他盯著連恩，一邊撿起手機接聽。「喂？我是馬汀．史卡斯頓。」

「馬汀，好久不見。」

「麥斯？」馬汀用手遮住太陽，快速瞄了一眼螢幕，確認來電的人是麥斯．富勒，他的前報社編輯，長久以來的良師益友。

「你在哪？銀港嗎？」

「對，我正在沙灘上。」

「過這麼爽？最近工作還好嗎？」

「嗯，還不錯。我把去年在這裡發生的命案寫成書，賣得不錯。」

「很好，所以你現在很閒囉？」

「閒也是好事啊，麥斯。」

「我找到了一條大新聞，很轟動的內幕爆料，想找你幫忙。」

馬汀回答前猶豫了一下；當初麥斯為了他，被踢出晨鋒報的編輯職位，他至今仍為此內疚。這時連恩一屁股坐回地上，再次在水坑裡打水花。話說回來，麥斯什麼時候會需要人幫忙了？「你說的應該不只是專題報導吧？如果只是一篇專題，你應該不需要我。」

「現在才剛開始進行，不過規模可能很大，可能是一系列的調查報導，甚至能寫成書。」

「跟什麼有關？」

「電話上不能說。你最近會來雪梨嗎？」

「沒這個計畫。」

「嗯，那看看你能不能下來一趟吧，但別拖太久。」

連恩又站了起來，朝著海搖搖晃晃地走了幾步，顯然想去玩水。

「好，不過先別篤定我一定會答應。」

「等你看到我的資料就會想加入了。老弟，這不是小鼻子小眼睛的謀殺案，而是龐大的密謀案件，我保證你會想摻一腳。」

「嗯，我跟蔓蒂討論一下，看看能怎麼做。抱歉，剛才你第一次打來我沒接到電話。」

對方停頓了一會兒。「什麼意思？」

「剛才打來的人不是你嗎？」

「不是我。」

「噢，好，我之後跟你聯絡。」馬汀結束通話，查看手機。果然，前兩通是蔓蒂打來的：他的另一半，連恩的媽媽。她平常都是傳訊息，會打來有點不尋常。這時連恩手裡拿著一片貝殼朝他走來。

「麻麻。」小鬼說著。

「她會很喜歡。」這是蔓蒂與連恩的興趣，他們會在房子下方這片沙灘上收集貝殼。

馬汀的視線回到手機；她留了一則語音訊息。他開啟訊息，將手機舉至耳邊，不過沒聽到任何對話，只有尖叫：一陣漫長的尖叫，充滿絕望，危機四伏，長達十秒。叫聲彷彿刀刃，刺穿了這一天的寧靜。那陣尖叫沒有逐漸停歇，而是突然中止，彷彿被切斷。

「幹。」馬汀說。

「幹。」連恩情不自禁地有樣學樣。

不過馬汀已經邁開腳步。他抱起孩子，往海灘後方的階梯跑去，只帶著兒子與手機，其他東西都不管，那些都不重要。

男孩被粗魯的抱法嚇到，立刻放聲大哭；但馬汀不在乎，現在不在乎。他跑到階梯前，跨步向上躍。階梯刻進砂岩之中，通往他們懸崖頂端的房子。男孩掙扎、嚎啕。他們往上爬，十公尺、二十公尺，馬汀的呼吸濁重，被連恩的重量拖慢速度。階梯的盡頭是一條往復曲折的小徑。他向上走到另一段階梯的起點，這段是木製的，騰空固定在近乎垂直的岩壁上。他並未猶豫；隨著他們上攀，男孩漸漸安靜，繃著小臉。

階梯走完，就快要到了。小路再度蜿蜒穿過雨林，不過坡度已經沒那麼陡峭，房子在枝葉之間若隱若現。他再次停下腳步。看不出哪裡不對勁，沒有什麼奇怪的地方；除了自己喘氣的聲音，以及現在已經變得遙遠的浪聲之外，什麼都沒聽到……等等，不對。找到了。就在他們房子的轉角，多出了一輛白色的車。媽的。有人在房子裡。他停下來，陷入猶豫。蔓蒂的尖叫聲還在他耳邊迴蕩，但現在屋內可能有危險，他不能就這樣把連恩帶過去。媽的。接著他便想到該怎麼做。

「連恩，開車。」

他緊緊抱住繼子，小跑至房子邊，希望別被發現。他彎腰躲過窗戶，沿著房子外牆前進，在轉角停下，偷偷看向那輛陌生的車。那是一輛ＳＵＶ，車況很新，掛著昆士蘭的車牌。所以是租來的嗎[1]？他快步經過那輛車，來到蔓蒂的Subaru旁邊。Subaru車門未鎖，停在幾棵樹的樹蔭下。他把連恩放進嬰兒座椅，扣上安全帶。

「開車！」連恩興奮地說著。

「等我一下，我很快就回來。你在這裡等，好嗎？」

「麻麻？」

「對，我去找麻麻。」

連恩表情猶豫，不過現在沒有時間安撫他了。就算在冬天，上鎖的車內也很可能熱到發生危險——馬汀保持車門開啟，然後迅速跑向房子，躲進廚房窗戶下方。他回頭看：打開的車門位在比較遠的那端，剛好被車體擋住，一聲不吭的連恩幾乎不可能被發現。馬汀把全部的注意力投注在屋子上。他聽不出有什麼異常，只有風、海浪和鳥鳴。這些鳥怎麼能這麼冷漠？牠們沒聽到她的尖叫嗎？

他緩緩推開廚房的門，溜進屋內。沒有聲音，一片寂靜。通往餐廳的門是開的，一樣，那裡看不出任何不對勁。不對，有事情不對勁，確實有：她的手機放在桌上。她一定在這裡；她不可能不帶手機就離開。

他穿過餐廳，從打開的門邊望進客廳……有個穿西裝的男人面朝下趴在地板上。腎上腺素頓時湧出，本來就加速的心跳又更快了。他試著靜下心，聆聽闖入者是否有動靜，但耳中全是血液奔流的聲音，以及記憶中蔓蒂的尖叫。他深吸一口氣，小步往前，深知自己這麼做等於暴露行蹤，徒增風險，但蔓蒂這時有危險，他沒辦法只是站著不動。

無事發生。客廳裡除了那個男人之外沒有別人。他走到那個人旁蹲下，伸手探查脈搏。男人有脈搏，就在脖子旁邊，穩定、明顯。他還活著。馬汀可以聽到他的呼吸聲，有些紊亂，但足夠穩定。男人的後腦杓滲出血，從頭髮之間往外流，除此之外沒有其他外傷的跡象。有人從後方給了他猛烈一擊，讓他癱平在地。是蔓蒂把他打到不省人事嗎？她人又在哪裡？馬汀得上樓，找過屋內的其他地方，看她是不是躲在樓上。不過他必須先將男子翻成側身的復甦姿勢。男子癱軟沉重，完全沒有醒來的跡象。馬汀將他翻面，看到他的臉，才驚訝地發現自己認得這個人——克勞斯・范登布克。馬汀認識這名脾氣暴躁的警官已是一年半前的事，地點在新南威爾斯西部的遙遠內陸。他怎麼會在這裡？兩人之前遇到時，范登布克被借調到澳洲犯罪情資委員會，也就是ACIC；他們瓦解了一個組織型的犯罪集團，范登布克幫了大忙。他在這裡幹麼？馬汀腦中頓時充斥許多疑問，不過他將它們驅散：這個當下，他應該先去求救，找到蔓蒂。

他撥出三個〇請求報警，壓低聲音迅速解釋自己的發現，要求警方與救護車到場，還警告現場可能仍有危險，警方應該先行進入。負責調度的接線員開始詢問，不過馬汀沒辦法再等了。他打斷對方，說有個小男孩在車子裡——如果他遇到意外，至少他們還能找到連恩。接著他便切斷電話，往樓梯走去。

1 故事中銀港的所在位置設定在新南威爾斯州北邊邊界，靠近昆士蘭州。

第二章

她睜開雙眼，但視不見物，試圖說話，但無法發聲。她再次閉眼，幾乎要再跌入夢中。一定是天黑了。不對，不是這樣。她感覺有東西在動，像是在移動。她感覺得到震動，也聽得見聲音。她在某輛轎車裡，或者廂型車、卡車。然而她實在太過疲憊，便闔上眼睛，意識飄散。

一聲巨響，一波震動。她醒了，還是看不見，不過現在眨眼時可以感覺到睫毛刷過布料的表面。她被矇住了。她試著轉動眼珠，有了：左下方一絲微光透進來。她嘗試開口說話，嘴巴卻被膠帶封住。一股迷茫的霧氣滾進腦海，她竭盡全力保持清醒，抵抗再次陷入昏迷的誘惑。但那種感覺太強烈了，彷彿黑暗的浪潮。她覺得自己被俘虜了。

＊ ＊ ＊

意識重新滲入；她再次睜眼，只見一片黑暗，不過腦中的迷霧正慢慢散開。她坐起身，感覺身在某輛車裡，屁股下與背後似乎有坐墊，像是座椅的形狀。她聞到工業用品的味道：油品和溶劑。她嘗試移動雙手，但被綁在一起，試著舉手弄掉眼罩也沒辦法，離雙手太遠了。**呼吸**，她告訴自己，**呼吸，別暴露弱點**。她發現嘴裡沒被塞住，就只是用膠帶貼起來而已，不過口中沒東西。沒辦法說話，但還是能輕易發出聲音。她決定別那麼做。相反地，她靠上椅背，假裝不省人事，趁這個機會搞清楚發生了什麼事，接下來可能遇到什麼情況。

那個男人。她現在想起來了。那個穿西裝的男人，態度不安、躁動、唐突，出現在她位於海岸線的家中，彷彿牧師或政客格格不入。他當時說了什麼？他說他們認識。曾經在哪裡見過面？在旱溪鎮，在她位於新南威爾斯西部的故鄉。他真的說過這些話嗎？還是那是夢？旱溪鎮沒有那種穿西裝的政府探員，男人們只在葬禮時才穿西裝。接著她想起來了：當初事情快結束時，在發生了那些命案之後，所有警察與記者都穿了西裝，以此顯得不同，以此顯得高人一等。而他就是其中之一，他是警察。他說他是警察，也出示證件。她現在都想起來了。有個警察。

天啊，她覺得好累。追溯記憶彷彿在舉重。

她閉上暫時無用的雙眼，試圖專心，讓意識穿越那片黏稠如糖漿的腦海。她對這位警探的記憶模糊不清，但感覺不久之前才跟他說過話，就在她家的客廳裡，而房子坐落於海岸懸崖上。克勞斯，他說他叫克勞斯。為什麼回憶會這麼難？她被打中了嗎？還是被下了藥？她向後抵住座椅的頭枕，緩慢地延伸頸部肌肉，但並未感覺到疼痛。那就不是被打，而是下藥。她為能想出這一點感到欣慰，不過隨即意識到對現在的處境毫無用處。她朝一側伸展雙臂，又伸向另一側，測試可以活動的範圍：手腕因為被綁在一起而發疼，腳踝也是，另外有條繩子穿過安全帶，限制她的手無法上舉超過腹部的高度。她試圖在座位上移動，但被安全帶牢牢壓住。她的左側空無一物，不過右側就遇到阻力。是車子的側邊。她盡可能靠過去，用裸露的手臂抵住堅硬的車殼。車殼是暖的。應該是因為太陽，她想，陽光把車子的一邊晒暖了。如果現在是下午，他們就是往南開，但她臉上感覺不到陽光的熱度，那就代表沒有車窗。她一定是在廂型車或卡車裡。很有道理，他們不太可能讓她在被綁住、矇眼，還封住嘴巴的情況下坐在車窗邊。

她試著想像現在車子移動的路徑；沒有加速、沒有減速，也似乎沒有繞過轉角，引擎聲與道路的噪音有種穩定的音調。他們應該是在高速公路上，往南方開。朝向南方的雪梨。

朝向南方的往事。

她深呼吸，試著平息不斷升高的恐慌。一名警探來到她家，對她下藥後綁架了她。她試圖搞清楚怎麼回事，想像合理的解釋，但可能的結論只有一種：她的過去追上來了，要找她索討。經過了這幾年，偏偏就在她開始相信已經累積足夠速度脫離，逃過它的軌道牽引的時候。過去追來了，她很肯定。

星期一

Monday

第三章

太陽從遠處的海中升起，光束穿越銀港天際，撞向護城牆般內陸斷崖的上半部，逐漸將兩座雙生小鎮納入日光的沐浴之中——一邊是位居上方高原的隆頓，另一邊則是下方濱海的銀港。仲冬的第二天，金色光芒是太陽仁慈的禮物，賦予這片地景一種柔和的慰藉，打造出完美的一日。但是馬汀．史卡斯頓完全不曉得已經日出了，逕自坐在隆頓地區醫院候診室刺眼的日光燈下。醫院和賭場的時間都有自己的步調，對外界的變動不屑一顧。

他一夜沒睡，也沒想過要睡。蔓蒂不見了，人間蒸發。他們位在懸崖上的家中沒有任何血跡，也沒有掙扎的痕跡，留下來的只有餐桌上的手機，地板上的昏迷警察。救護車來了，本地警方也來了。急救人員處置果斷，穩定住不願清醒的克勞斯．范登布克，迅速將他送來這間醫院；相較之下，警方的態度顯得猶豫不決，似乎不確定該怎麼處理這起事件。他們的確為馬汀做了筆錄，不過接著便上樓粗魯地搜索了一遍，彷彿拚了命要證明馬汀只是在幻想，儘管馬汀請求他們不要汙染犯罪現場也沒用。

「哪來的犯罪現場？」年輕的員警反問。

馬汀在家中等到近午夜，餵連恩喝奶、洗澡、哄睡，同時注意任何聲響、警覺任何線索，腦海中不斷出現蔓蒂的聲音、希望她會回來。知道的事實太少而期盼的可能太多，他的腦袋在此脆弱的基礎上建立出一套不怎麼站得住腳的理論：她可能用燭臺或鍋子或筆電把范登布克打暈在地，然後跑到樹叢中躲了起來。打了警察，怎樣都會想躲起來吧？這是他給自己的理由。他們倆現在的車子只有那輛Subaru，這代表她沒有離開，至少不是自己離開。他一邊在連恩面前擺出自信、正常的樣子，其實心裡全注意著有沒有聽到什麼聲音。不過小男孩感覺到馬汀的焦慮，吵鬧了起來，一反常態地大喊著要找媽媽。

過了平常的就寢時間，小男孩終於睡去，這時馬汀才走到屋外，站在樹林的邊緣，呼喊蔓蒂的名字。只是他愈想愈覺得，她實在不太可能躲在樹林裡：為什麼要打給他兩次、在電話中大聲尖叫，卻把手機留在餐廳桌上呢？況且，如果警察已經昏迷倒地，當下還會危急到她得一邊尖叫、一邊打給他、一邊跑進樹林裡嗎？不對。當時屋內一定還有別人，甚至可能不只一人。

他拿著手電筒，蹲在屋子旁潮溼的地上搜尋胎痕，可是地面早被踩踏得亂七八糟，醫護人員和警察的腳印與車痕已經抹去任何證據。他應該早點想到的，應該在救護車抵達之前就先來查看。

他最終回到屋內。可是屋子太小，裝不下他的焦慮，而他的心也不夠安靜，容不下持續的揣測。到了午夜，他分別打包了連恩與自己的用品，抱著沉睡中的孩子上了車。

現在，他在醫院裡徘徊不去，因為不曉得還能到哪裡度過這段等待的時間。連恩在馬汀的舅舅弗恩家裡，安然無慮。馬汀把蔓蒂的手機留在家裡：如果她回去的話，就能打電話解釋事情經過。但如果她沒自己回來，唯一可能知道她去向的人就是陷入昏迷的警察，克勞斯．范登布克。

馬汀也許打了瞌睡，或者只是闔上眼睛，總之有個聲音叫醒了他：「馬汀？」

警覺立刻升起，但看到眼前的人仍令他有些措手不及：凶案組的警探，莫銳斯．蒙特斐爾。「怎麼會是你？」**凶案組**。

蒙特斐爾一定看出他眼中的慌亂。「你還好嗎？」

「蔓蒂在哪裡？她有怎樣嗎？」

「就我所知沒事。」警察勉勉強強微笑著。

「你們找到她了？」

笑容消失。「還沒。」

「所以是誰死了？」

蒙特斐爾坐下。一股消沉疲困總跟在這個男人身後，如影隨形，少有消散的時刻。「不是蔓蒂。」

「范登布克嗎？」

「不是。他還沒清醒，但穩定下來了。我們第一時間用直升機把他送到雪梨，做了所有的檢查，醫生判斷他應該沒事，只是不想冒任何風險。」

馬汀看著警探問：「發生了什麼事？范登布克來這裡幹麼？你來這裡幹麼？」

蒙特斐爾對上他強烈的注視，然後別向一旁，斟酌著字句：「你現在住在這裡，還會看新聞或是報紙嗎？」

「沒有以前那麼常。」

「你有看到雪梨公寓危樓的系列報導嗎？」

「知道一點。」即便身在銀港，馬汀也很難錯過這些新聞。好幾個住宅建案有結構缺陷，地基和防火層也不夠健全，住戶全被疏散了[1]。

蒙特斐爾再次看向馬汀。「其中一個規模比較大的在帕拉馬塔郊區，叫『莊嚴絕頂』——天曉得他們取這個名字到底是想表達什麼。那個建案才蓋好五年，現在出現一條超大裂縫，從地下室一路往二、三樓每天延伸幾公分，所有住戶都被趕出去了。」

「然後？」

「結構工程團隊正在檢查，搬來好幾臺透地雷達之類的大型設備，用X光掃描地基。那整棟樓都爛得要死，跟其他地方的建案一樣，鋼筋不夠，沙又太多，水泥少得誇張。」

「我猜，他們找到了別的東西。」

「一個洞。」

「洞？」

「裡頭有一具保存狀況非常完好的屍體。」

「誰？」

「一名男性，我們叫他塔昆．默洛伊。」

「『你們叫他』是什麼意思？」

「因為那是假名。你不必知道他的本名。」蒙特斐爾仔細觀察馬汀的臉，想知道他的反應。「你以前聽過他的名字嗎？」

「沒有，從來沒聽過。他是誰？」

「他是一名臥底警察。」

「為什麼你會覺得我聽過他？」

「他死的時候已經訂婚了，即將結婚，未婚妻是蔓德蕾．布朗德。」

1 此處影射的是雪梨近年頻傳的危樓新聞。新南威爾斯州近五到十年住宅開發案激增，造成建築品質降低，後來陸續發現多處建案都有設計或用材缺陷。二〇一八年的Opal Tower案與隔年的Mascot Towers都是重大案件之一。在前者的媒體討論中，認為造成危樓的原因之一是以開發為導向的政治決定。前規畫部長Robert Stokes於任內批准在五年內興建將近二十萬間公寓，其中之一就是Opal Tower。此案促使州政府修訂建築法規。

第四章

她醒來，再次失去方向感。她躺著沒動，試著集中意識，取回身體的主權，重新奪回控制。她發現自己又被下了藥，抵抗著腦中的困頓感，努力釐清自己所處的狀態。她側身躺在一張床或者墊子上，行動受到限制。矇眼布和嘴上的膠帶都還在，之前廂型車裡聞到的那些味道也還在，而且更濃、更刺鼻，汽油和溶劑隱約有著潮溼的氣息與霉味。她的舌頭又黏又稠，渴意急切。手腕似乎摩擦破皮了：受到某種細細的東西綁在一起，勒進肉裡，腳踝也是。是塑膠束帶，現在又多了幾條穿過她身體的腰帶，讓她無法舉手觸及臉部。她的手腳僵硬、後背疼痛，而且非常需要尿尿。

情緒湧了上來：無助與沮喪，憤怒與決心。除了這些之外，還有一種畏懼，惡意威脅著將要對她發動攻擊。她把它們都壓下去，專心聽。白噪音、悶哼的車聲，飛機在遠方的轟鳴。所以是在城市裡。是雪梨嗎？她捏了捏身下的床墊：只是一片泡棉。她的臉頰可以感覺到空氣，停滯、涼爽、潮溼。她在某個沒有光的地方，也許是地下室，或是無窗的房間。她開始發抖，身體無法抑制。是誰把她帶來這裡？為什麼要這麼做？

畏懼威脅著要奪走她的理智，令她驚慌失措。一定是因為以前的事，在因果業力的推動下，過去找上她了。一瞬間，她想到連恩，想到馬汀，想到未來。她祈禱他們沒事，祈禱連恩被馬汀帶在身邊，而且馬汀會好好照顧她兒子。

周圍的音量拉高了，城市頓時變得響亮，同時伴隨著空氣流動，一陣微風變化。有扇門開了又關。

「早安。」是個女人的聲音。

蔓蒂渾身僵硬。

「我們要把膠帶撕下來，妳不要亂動。」作為綁匪，她的語調中立地充滿惡意。

蔓蒂點頭。有隻手伸向她下巴，將她的臉握穩。是男人的手嗎？他撕掉膠帶，動作迅速突然。她感到劇烈疼痛，彷彿皮膚跟著一起被撕走。

「妳儘管叫沒關係，沒人聽得到。」女人說。她的聲音從床尾傳來。所以他們至少有兩個人：一女一男。說話的是女人，所以帶頭的是她。

「我得尿尿。」蔓蒂保持聲音冷靜。

「我想也是。好好配合，妳就可以去。」

噢天啊，她認出那個聲音了。「澤妲？」

一陣沉默。

「妳是澤妲對不對？」

更多沉默。然後是手，男人抓起蔓蒂的頭，解下矇眼布。

有盞燈懸在她上方：用的是白熾燈泡，另一個年代的遺跡。蔓蒂眨著眼睛，但坐在床尾椅子上的那個人不容錯認。「天啊，真的是妳。」

澤妲．佛肖。她微笑著，但額上切過一道擔憂的犁溝。她看起來變得更老、更強硬，下盤更粗壯，嘴角蜷曲的弧度逐漸拉大成為一道冷笑。

「我以為妳在監獄裡。」蔓蒂說。

「對，之前是啊。這都要感謝妳啊，賤人。」

「我沒有指證妳。」

「妳根本不必指證。」

蔓蒂看了看自己。她躺在地上，身下是一塊泡棉床墊。有個男人站在她上方，穿著牛仔褲、廉價運動鞋、褪色Nike長袖運動衫，戴著滑雪面罩。他不安地在兩腳間變換重心，彷彿他其實不想待在這裡，彷彿他不確定自己在這起事件中的職責。他們在類似廢棄儲藏室的空間裡，牆上布滿霉痕，金屬儲物架成隊排列。架子都生鏽了，而且空蕩，只剩下舊油罐和塑膠桶。

「澤妲，發生了什麼事？為什麼要這麼做？」

「妳覺得呢？」

「那個穿西裝的警察，他當時在我家。他怎麼了？」

「他不會有事的。」

「為什麼說他不會有事？」

「那跟妳無關。我只想在他逮捕妳之前先找到妳。」

「逮捕我？為什麼要逮捕我？」

「蔓蒂，妳現在是在跟我說話——妳可以不用再裝了。」

「為什麼要逮捕我？」蔓蒂重複問道。

「因為塔昆。」

「塔昆？」塔昆。當然了，所有的事總是跟塔昆有關。「妳說塔昆・默洛伊嗎？為什麼警察要因為他逮捕我？」她忍受不了，恐慌節節高升。有事情在發生，但她不知道是什麼。平安無事過了五年，突然之間，所有事都擠進了同一天，警察找上門、她被綁架。「我不知道塔昆在哪裡，也不知道他之前去了哪裡。我會把我知道的都告訴妳，拜託讓我先去上廁所。」

但澤姐對求情不為所動，臉上閃過一絲笑容。「先告訴我錢在哪裡，之後妳愛怎麼尿就怎麼尿，尿得跟尼加拉大瀑布一樣都沒人管。事實上，只要妳說出墨利森銀行那筆錢在哪，我就放妳走。」

「妳知道我根本不曉得錢的事。」

澤姐站起身，居高臨下看著蔓蒂。「別跟我玩什麼無腦蠢妹的把戲，妳這賤人。我為了那筆錢坐牢，我要我應得的那份。」

「錢在塔昆那裡。銀行是這麼說的，法院查的結果也是這樣。他把錢拿走了。」

「他媽的他沒拿。」澤姐話中的怒意漸漲。

「妳怎麼能確定？」

「就跟妳一樣啊。」

「什麼意思？」

「他已經死了，子彈正中頭部。」

蔓蒂一口氣哽在喉頭，彷彿有種粗糙鋸齒狀的東西卡著，渾身無法動彈。「死了？他死了？」

「不只是死，而且是他殺。」

「什麼時候？在哪裡？」

「我聽夠廢話了。我他媽的為了那筆錢坐了牢，我要拿到我那份。」

蔓蒂不曉得該怎麼回應：繼續否認也沒辦法有任何進展。她環顧四周，但其實沒東西可看：心神不定的男子、汙痕斑斑的牆壁、空蕩蕩的架子。

「最後一次機會。告訴我錢在哪裡，否則我們就把妳丟在這裡。」

「錢不在我這裡。」

「放屁。我聽到他死了之後。第一件事就是去查妳，妳他媽的現在根本是活在錢堆裡。」

蔓蒂搖了搖頭。「不是。我現在的財產是繼承來的，我爺爺的遺產，全部都是，妳可以去問我律師，我把名字給妳，她可以把遺囑寄給妳看。」

「我就說吧。」說話的是負責秀肌肉的那個男人，他的語氣中帶著遲疑。

「別吵。」澤妲嗆了回去，重新把注意力拉回蔓蒂身上。「抱歉，我不會再接受任何律師講的屁話。塔昆就是律師，妳看他那個人多會說謊、多混帳。」

「我的另一半，他是記者。他叫馬汀．史卡斯頓，幫《雪梨晨鋒報》工作。我繼承遺產的過程被他寫在書裡，來龍去脈都在書的結語。」

「噢對，馬汀．史卡斯頓，妳新的愛人。」澤妲冷笑一聲。「他共享了妳的榮華富貴，還有那座蓋在懸崖上的宮殿城堡，不用怕森林大火，不用怕病毒，不用怕經濟衰退。」她搖了搖頭。「算了吧妳。」

那名手下仍然在雙腳之間變換重心。蔓蒂看著他戴著面罩的臉。

「吐真劑。」他突然興致高昂地說。「我們可以試試看吐真劑。」

「你安靜一下，安靜，這很快就結束了。」澤妲的聲音現在出奇輕柔。

蔓蒂看著男人。他看起來不太對勁，有點奇怪，語氣幼稚，沒有威脅的意思。也許她能夠說服他，讓他相信自己是清白的，她什麼都不曉得。又或者她有機會直接買回自己的自由。「那筆錢有多少？」

「塔昆跟我說有一千萬。」澤妲說。「他跟妳說多少？」

「我說了：他什麼都沒講。他說的都跟錢無關。」

澤妲的視線筆直對上她。「所以他說了什麼？」

蔓蒂眨了眨眼，不曉得怎麼回答，只好說了實話。「他說他愛我。」她訝異地發現，有股情緒從心底湧起。一定是藥效還殘留著。

「妳以為妳是唯一嗎？」澤妲不屑地說。

「我們訂婚了，也打算要結婚。他從來沒說過要給我什麼錢。」

「但妳知道他的計畫不是嗎？」

「不知道，他什麼都沒說。他為了確保我不會在旁邊干擾，還把我送到黃金海岸——他說那是我們的『週末浪漫旅行』。」殘留的情緒再次升起，這次是痛苦與背叛。「但是到頭來他根本沒出現，等我回到雪梨，他已經消失了。然後墨利森那邊就報了警。」

澤妲的表情出現某種變化，除了原先的冷酷，現在多了認真和專注。「所以妳覺得發生了什麼事？」她的嗓音變得低沉、投入，不再那麼輕視。

「就跟其他人一樣，尤其是聽到那些謠言之後，我覺得他耍了我一頓，帶著銀行的錢逃走了。」一聲啜泣莫名溜了出來，令蔓蒂措手不及。想當然她應該已經過了那個階段，已經對塔昆．默洛伊這個人釋懷。「我聽說他侵占了那些錢，逃到海外。」現在她已經沒辦法和眼前的綁匪對眼。「我被安全部門的人盤問，克萊芮媞．司帕克斯與哈利．史維瓦特，他們排除了我的嫌疑。」

「但是妳最後還是被開除了。他們一定對妳有某種程度的懷疑。」澤妲說。

「整個團隊都被開除了，然後……」她的聲音弱了下去。

「然後怎樣？」

蔓蒂重新望向澤妲。「然後他們起訴了妳，而妳被定罪，所以我就覺得傳聞一定是真的，妳和塔昆，妳跟他是一夥的——你們偷了那些錢。」她吞了口口水。「我還知道你們兩人的事。」

「什麼意思？」

「我知道他跟妳上床。」

「妳這樣跟警察說嗎？」

「我不必說他們也知道。」

「妳當時說了什麼？」

「我就是哭而已，就只是一直哭。我們訂婚了，我也愛他，但他利用我之後就帶著錢跑了，妳覺得我應該要有別的反應嗎？」

一時間，澤妲沒有任何回應。在那瞬間，兩個女人只是看著對方，彷彿注視可以讓她們彼此了解。不過沉默最終還是被打破，澤妲笑了起來，態度冷淡而遲疑。「對啦，最好是。」

蔓蒂只是看著她，該說的都說完了。

「澤澤，我們可以走了嗎？」男人問道，語氣近乎哀傷。

兩人的僵持依舊。接著，儲藏室外的某個地方突然傳來破窗的聲音，一聲、兩聲、三聲。玻璃破裂，傾碎滿地。

「媽的。」澤妲轉向男人。「去看看怎麼回事，快點。」

蔓蒂屏住呼吸。照表情看來，她的綁匪也是一樣反應。澤妲把一根手指放到嘴前，示意安靜。蔓蒂考慮是否該大叫。要賭一把嗎？澤妲移開手指，似乎正要壓低聲音說些什麼，這時她們便聽到一聲槍響。聲音在空氣中劈啪作響，極其震撼，彷彿閃電被裝進瓶子裡。開槍的地點就在附近。是隔壁房間。

「媽的。」澤妲輕聲說道，隨即邁開步伐，經過蔓蒂，從後方離開。

蔓蒂抵抗著身上的束縛，使勁轉頭去看：儲藏室後方一定還有第二道門。她拚命扭動，束帶都勒進手腕的肉裡，仍然無法掙脫。度秒如年，她可以聽到腳步聲摩擦過碎玻璃，朝這裡走來。

剛才面罩男穿過的那道門打開了，一名高挑的男人走了進來，他的長臉蠟黃、體型削瘦，些許駝背，穿著海軍藍三件式西裝，布料上有著纖細的條紋；他手裡握著一把巨大的手槍，像是某種古董。蔓蒂從地板上看到他的馬靴擦得閃閃發亮。男人就像哈勒戴醫生[1]，只差馬刺和濃厚鬈翹的八字鬍。

蔓蒂沒有移動，因為她根本動不了，只有膀胱持續堅決尖叫。

「噢，妳好啊。」男人說。「看看這是誰呀？」

他舉著槍，大步從她旁邊走過。男人的長髮油膩。不對，不是油膩，而是刻意上了髮油。他從澤妲剛才穿過的那道門走了出去，離開約一分多鐘，然後又走了回來，腳步輕鬆、悠閒。

他來到床尾，拉過澤妲剛才坐的椅子，離蔓蒂近一點，把槍收進外套底下的槍套內，一邊坐下。他伸出一隻手，放在蔓蒂肩上。他的手掌巨大，指節嶙峋，指尖染了黃漬。蔓蒂可以聞到尼古丁的味道。

「沒事了，美女。妳現在安全了。」男人長相大約四十歲，但有一種更為年長的特質；跟年紀無關，而是外表，他整個人的行為舉止都像是從上個世紀借來的。

「你是誰？」她問。

「警察。」

「警察？」

「對，妳現在安全了。」

1 哈勒戴醫生（Doc Holliday）本名John Henry Holliday，十九世紀後期美國著名神槍手兼賭徒。二十歲時取得醫生執照並執業，因此外號「醫生」，特徵是嘴上的濃厚八字鬍。三十六歲病逝。

「你可以幫我鬆綁嗎？」

「當然。」男人伸手抬起她被綁住的手腕。他轉頭對著門口喊：「小隊長！過來這裡，快點！」

一個矮而粗壯的男人從門中出現。他剃著光頭，穿著黑色T恤、髒牛仔褲與工業安全靴，頸間攀著一片蜘蛛網刺青，鮮豔的藍紅配色。他的眼睛像鵝卵石，小而堅硬，神色敏銳。

「人質被束帶綁著。」警察指著蔓蒂解釋。「去找那個員警，叫他來剪開。」

男人點頭，又從原先來路退了出去。

「那是誰？」蔓蒂問。

「不用管他是誰。他是臥底，妳就當從來沒看過這個人，懂嗎？」

蔓蒂點頭表示理解。

「很好。現在，我想把妳關在這裡的人應該是澤妲．佛肖。」

男人環視房間，彷彿有所盤算。「我們一直在找她。妳就是蔓德蕾．布朗德，對嗎？」他的頭髮在日光燈下閃閃發亮，有一股甜甜的味道。

「對，就是她。」

蔓蒂突然間感到一股膽量。「你說你是警察。」

男人微笑，一顆牙齒閃著金光。「偵緝督察亨利．力芬史東，很高興為您服務。」他伸手進外套內的口袋拿出皮夾，甩開皮夾，出示警徽。「內部調查專員。」他舉著警徽，讓她短暫看了一眼，就把皮夾收進外套裡。「現在，趁著員警帶線剪過來這段時間，請妳把事發過程告訴我吧。」

蔓蒂解釋了一遍：她被綁架、下藥，醒來後發現自己成了澤妲．佛肖的囚犯。

偵緝督察專心聽著，直到蔓蒂說完才問道：「去妳家找妳的那個警察——他叫什麼名字？」

「克勞斯什麼的，他說他以前見過我。」

「了解。」力芬史東皺起眉頭，彷彿在思考事情的嚴重性。「我記得之前聽過妳的事，妳就是什麼都不知道，被耍了一道的那個。」他露出抱歉的微笑。「關於那筆錢，能不能告訴我，為什麼澤妲・佛肖會覺得妳知道錢在哪裡？」

「我也不懂。我完全不曉得錢的事，這我當初跟警方還有銀行說過了，我對整件事一無所知，策畫的是塔昆，還有那個叫澤妲的女人。」

「沒關係，我相信妳。」力芬史東安慰地說。

「請問那件事是真的嗎？他真的死了？」蔓蒂問。

「美女，妳說誰？」

「塔昆・默洛伊。澤妲說他死了。」

男人點了點頭，眼神哀傷，表情憔悴。「噢對，沒錯。很抱歉是這樣的答案，不過這件事沒有人比我更清楚了。」他伸出手，輕輕地放在她被綁住的雙手上。這時，蔓蒂聽到遠處傳來警笛聲。

剛才那個光頭臥底從門中探出頭：「老大，支援快到了。」

「好，謝謝。」他轉向蔓蒂。「我現在得去接支援的隊伍，順便看看那個小警察為什麼現在還沒來。」他快走到門邊時又轉過身來，小聲說道：「看妳是聰明人，給妳一點忠告。別跟這件事有太多牽扯，之後情況會變得很糟糕。」說完便走了。

一會兒之後，她的膀胱終於投降，雙手雙腳都還被綁著的她，只能溼漉漉地躺在地上發抖，等著警察找到自己——直到這時她才突然意識到，力芬史東不會再回來了。而且那個男人根本不可能是警察。

第五章

馬汀駕車向南，往雪梨開去。高速公路漫長曲折，隨著地勢的平緩折疊而上下起伏，道路兩旁的國有林地距海有段距離，因而逃過被開發的命運。交流道出口來來去去，宣告著往東能前往哪些海濱度假村，往西又有哪些歷史小鎮，同時路牌不斷向他保證，接下來幾公里內將能看到多少個休息區與服務站，彼此之間的距離全經過戰略盤算。

他死板板地開著車，眼神看著路面，但心思已經飄向他處，徘徊在城市的街道上。他要的答案就在南方的某處，在那些辦公大廈與廣闊無邊的郊區之間，在水泥與瀝青之間，在數百萬計對此毫不關心的陌生人之中。答案和蔓蒂都在那裡——但他該怎麼找到她們？他現在能確定她人不在銀港。如果在，她應該早就會和他聯絡，或至少會被誰看到；小鎮太小，而她太過有名，不認識她本人也聽過她的名聲。對，她不在銀港，而且是被帶走的。他再次想到她留在餐廳桌上的手機，那通尖叫的語音訊息。她的錢包還在臥室，衣服也在，他們的行李都還在。對，她被綁架了，除此之外沒有別的解釋。於是他拿了她的手機還有錢包，希望能帶它們找到主人。

他試圖約束、控制思緒，就像他讓車子保持在車道上，絕對不能讓想像力岔出車道的規範，轉向危險的路緣。他試著將心思集中在未來，思考接下來的情況以及必須完成的事。他需要有所計畫。但這條路、這些一成不變的森林景色令人出神，他的思緒飄過白線，投向路肩柔軟的土地，徘徊在臆測的國度。

他真的認識她嗎？他有真正認識過她嗎？他們在一起一年半，分享彼此的思緒、床鋪與每一個親密時刻，共同打造屬於兩人的生活。他們一直在整修哈提根家族懸崖上那棟老屋，並一起扶養她的兒子——他們的兒子——連恩，他們生命中最珍貴的事物。這個家庭的形成出乎馬汀意料，當他沉浸在這個家的溫暖以及暖和的濱海氣候，他發現自己正慢慢舒展開來，逐漸成長、變化。這一切都因為有她，因為這個陌生的女人。

她從沒提起擁有過另一段生活、另一個男人，也從沒提過這個塔昆·默洛伊。她什麼都沒說，連一點暗示都沒有。即使當馬汀一層層剝去自己壓抑的過往、童年創傷、失去的家庭，她卻仍然沉默。她愛他，他也愛她與連恩，在這些愛的驅策之下，馬汀的傷口逐漸開始痊癒，他覺得自己成了更好的人，更能同情和同理。他們躲在懸崖頂端的那座要塞，躲在自己的堡壘之中，遠離這個充滿創傷的世界，但在這段共同生活的時間裡，她從來不曾透露這件事。她訂過婚，這不是容易忘記或者忽視掩蓋的記憶。他必須承認，他很清楚這代表什麼：他還是不夠了解她。要是不對自己承認這一點，他該怎麼知道她還藏著哪些過去？他該怎麼相信她以前對他說過的話？他能確定對她的感覺不會改變嗎？

定速巡航模式帶著他衝向一輛聯結車後方。他變換車道，輕踩油門，超越聯結車之後再切回本來的車道。

一個想法突然冒出，有個方法還沒試過。他對著掛在儀表板上的手機說話，要求撥電話給溫妮佛·巴比肯；她住在墨爾本，是蔓蒂的律師，也是蔓蒂最強悍的守護者。

「喂？馬汀嗎？」

「是我。」

「你在哪？」

「正在開車往雪梨的路上。」

「有事需要幫忙嗎？」

「蔓德蕾失蹤了。我覺得她被綁架了，警察正在找她。」

前方有隻小袋鼠被輾倒在中央車道，車子正朝它逼近。馬汀改變方向，按響喇叭，嚇得烏鴉群往空中逃散。他經過那團模糊的紅色物體，毫不減速，重新回到車道上。

「告訴我發生了什麼事。」律師要求道。

馬汀重述了一連串經過：尖叫聲的語音訊息、克勞斯・范登布克昏迷倒地頭破血流、蔓蒂不見蹤影。Subaru仍停放安好，蔓蒂的衣物也都還在原位，手機放在餐廳桌上，錢包和護照則在二樓。

溫妮佛安靜聽著，等他說完才問道：「所以為什麼你要去雪梨？」

「她訂過婚，溫妮佛，對方是個臥底警察，叫做塔昆・默洛伊。」

電話另一端好一會兒沒有回應，接著她問：「這是什麼時候的事？」

「妳不知道？」

「不知道。」

「妳怎麼會不知道？」馬汀受不了，再也掩飾不住聲音裡的指責。

「她是我的客戶，我的工作是提供服務，不會監視她的一舉一動。」

「在她滿三十歲實際獲得繼承權之前那幾年，妳也沒在暗中觀察她嗎？」

「沒有，我被明確告知不要和她接觸。你呢？你知道她訂過婚嗎？」

馬汀的氣焰被這個問題重新擊落。「不知道，我不知道。」

「好，告訴我你現在知道的資訊吧。」

馬汀把莫銳斯・蒙特斐爾分享的僅有資訊重述了一遍：地基裡的屍體、臥底警察身分、五年前的訂婚之約。

「這真的很不可思議。我不知道這件事，你也不知道，她沒跟任何人提過。」律師說道。

「顯然沒有。」

「為什麼沒有？為什麼不說呢？」

「如果知道答案，我們的問題就解決一半了。」

「可是，馬汀，你不管到哪都能聽到她的名字。先是旱溪鎮，然後又遇到銀港那些事，她因此上了頭條新聞，全國上下都知道她是誰。你不覺得這很奇怪嗎？從沒有任何記者查出她訂過婚，對象還是個已經失蹤的警察，這應該很值得報導吧？」

馬汀不禁同意。「我猜默洛伊的失蹤案應該也沒見報，我從來沒聽過這條新聞。」

「臥底警察遇害，想必有報導的價值，你查過新聞了嗎？」

「我上網查了，什麼都沒有。」

「那就一定是被壓下來了。但是為什麼要隱瞞這個消息？」

「為了不影響正在進行的調查？」馬汀猜測。

「什麼樣的調查？」

「蒙特斐爾不肯說。但他提到，沒人知道默洛伊已經死了，連警方都不曉得。在遺體被發現之前，他一直都被列為下落不明。」

「他們找到的那名死者，完全確定是默洛伊了嗎？」

「顯然是。」

律師又沉默了一段時間，深思熟慮之後才繼續問道：「這些都是蒙特斐爾告訴你的嗎？」

「對。他接下這個案子，要查出殺了默洛伊的人是誰。」

「我覺得他知道的應該不只這些。」

「什麼意思？」

「當初在旱溪鎮，他還高高興興地把蔓蒂餵給媒體，但在銀港那次就變得謹慎很多。」

「也許他只是不想搞砸第二次。」

「也許吧。」她聽起來不太信服。

「警方有沒有跟妳或蔓蒂提過她以前的事？」

「沒跟我說過，跟她也沒有。至少沒直接講。」

「這是什麼意思？」

「蒙特斐爾偵訊她的時候，曾經丟出好幾個不相干的人名——那些人都住在雪梨，而不是銀港。」

「妳有偵訊的逐字稿嗎？」

「沒有，但當時我有記筆記。我記得之前查過那些名字，我會再找出來。」

「可以順便寄給我嗎？」

「當然。」

馬汀結束通話之前，他們又聊了一會兒，確定後續的策略。馬路仍繼續向前延伸，車流稀稀疏疏，日子平淡。尤加利樹林突然從卡其色變為更加強烈的色調：森林已從夏日大火中復原，黑色樹幹包覆著亮翠色的綠葉。但是灌木叢重生的速度緩慢，因此地面仍滿布白色的灰燼。也許是因為它們在等春天到來，也許在等雨，或者，也可能是那場大火太烈，燒過了頭。

馬汀重新想過一遍已知的事情。蔓蒂的前未婚夫遭人殺害，屍體在雪梨被發現埋進高樓建築地基的水泥，而且幾天後，她就失蹤了，極有可能遭人綁架。有警察來找過她：克勞斯・范登布克，澳洲犯罪情資委員會的調查員，毫無疑問是為了塔昆・默洛伊的遺體而來。凶案組的警探莫銳斯・蒙特斐爾沒透露太多，不過他顯然相信，默洛伊遺體重見天日、范登布克遭襲擊與蔓蒂失蹤彼此相關。范登布克被轉往雪梨的皇家阿爾佛雷德王子醫院，而蒙特斐爾已經回到新南威爾斯州的首府；很快地，馬汀也會抵達。

他變換車道，加速超過一輛露營車——車尾用老式草寫字體漆了一行字，「**趁痴呆之前去冒險**」。這些銀髮游牧民族又慢慢回到路上了，就像森林復生。馬汀看向時速表，驚訝地發現車速已經超過速限二十五公里——他太過焦急，一時將定速模式甩在腦後。他重新慢下車速，第三或第四次重新啟動限速器。

手機鈴聲從音響中傳來。他接聽電話。

「馬汀，我是麥斯・富勒。你應該沒忘記要回答我吧？」

噢天啊，麥斯和他的新聞。「抱歉，我這邊有急事。」

「所以你最近都不會來雪梨了嗎？」

馬汀不禁微笑。「我正在往雪梨的路上。」

「好傢伙，我就知道你沒辦法忍著不管。你不會後悔的，這絕對不是普通的新聞。」

「麥斯，我沒辦法幫你。蔓蒂失蹤了，我覺得她被綁架了。」

對方安靜了一會兒，才說：「靠，你確定嗎？」

「警方是這麼覺得。」

「那你為什麼還來雪梨？」

「我覺得她可能被帶到那裡。」

「噢。」

「麥斯，抱歉，她比較重要。這事沒解決前，我沒辦法專心在其他事情上。」

「當然當然，我懂。沒關係，我們可以自己想辦法繼續進行，不過你如果有任何需要盡量開口。」

「還真的有事要拜託你。你聽過一個叫塔昆·默洛伊的男人嗎？」

電話沒有回應，馬汀一時間還以為斷線了。「麥斯？」

「我還在。」

「默洛伊是個臥底警察。」

「馬汀，這件事很重要，盡快來找我。」

「到底是什麼事情？」

「不行，老弟，不能隨便在電話上說。你明天一大早來找我。」

「好，到時見。」

來到新堡北邊，季節正在變換。被南冽風推擠的灰色雲牆沿著海岸翻騰，龐大的冰冷鋒面壓倒了夏日的假象，十分鐘內氣溫驟降了十度。太陽退隱，雨滴潑灑開來，不停撞擊擋風玻璃。馬汀關上車窗，啟動雨刷，打開除霧器。他抵達雪梨時，雨勢已經轉為傾盆，夜色也降臨。紅色尾燈在溼漉油亮的街景倒影中彈跳，車陣彷彿和雨水互斥一般慢得像在爬。他緩慢爬上戈爾山高速公路，發現這裡的車流一樣黏稠，紅色車燈組成的無盡長河在一片漆黑中閃耀。一定是哪裡出了車禍；他又花了一小時才開過雪梨大橋，來到城市南邊，抵達他在薩里山的公寓。但這趟行程還沒結束：他找不到停車位。之前開那輛老Toyota找車位就夠難了，車上的居民停車貼紙比車子本身還寶貴[1]。回到這塊曾經住了許久的地方，馬汀彷彿迷路似的，圍著街區轉了兩圈，然後擴大範圍又轉兩圈，愈開離家愈遠，最後終於死心，往山坡下的中央車站開去，在地下停車場找到一個付費車位。雖然過夜費不算太貴，但也沒辦法停太久。

他身上還是北邊海岸的打扮，T恤、短褲、涼鞋，一踏出車子的暖氣之外就失去任何功能。他從行李箱裡拉出一件長袖運動衫，然後是第二件。他沒有雨傘，也沒雨衣。本來的大雨暫歇了一會兒，剛好讓他離開停車場走過一個街區，接著雨又開始下。從南方襲來的暴雨將他淋得徹底，兩件運動衫變得又冷、又溼、又重。一條小河沿著山坡向下沖刷，他吃力地低頭爬上福弗街，跟在身後的行李箱嗒嗒作響。斷斷續續的遮陽篷提供了些許遮蔽，但其實有跟沒有一樣，他全身早已溼透，不剩任何乾燥。這條街熟悉又陌生，人行道從他十五年前買下這間公寓便逐漸拓寬，精品店、咖啡廳、麵店似乎不斷替換，新的店家取代被病毒搞倒的舊店面，剩下來屹立不倒的酒吧則不斷進化，變得離店內員工的出身愈來愈遠。他經過一對無家可歸的夫妻，兩人睡在嶄新的睡袋裡，塞在一間設計公司的門口，一道由保麗龍盒組成的水壩負責將雨水繞過他們導向外面。馬汀在遮陽篷下暫時停下，讓一路拉著行李箱的手休息一會。設計公司招牌寫著「一番電腦與領巾飾品」，但是櫥窗裡既沒展示任何電子產品，也沒擺出任何時尚配件。窗戶塗了黑漆，防盜欄由回火鋼材製成，看起來比較像毒窟而不像商店。也許這只是銷贓管道的掩護，這間店就有那種氣息。馬汀注意到有個人在溜滑板。他裸著上身、張開雙臂，在路中央朝坡下猛衝，彷彿乘著路上的水流，被生活推著向前飛行。他在夜色中離去，不顧一切地衝向坡下中央車站的燈火。當馬汀終於走到公寓前，已經渾身發抖，放棄壓抑。

公寓毫無生氣，是一九四〇年代遺留下來的棕色雙層磚造建物，上層有兩間公寓，下層也有兩間，

1 澳洲路邊停車規則嚴謹，不只私人停車場收費高昂，公共停車區對停車時間、車種和駕駛者也可能會有各種限制。如果是當地住戶，可以依據住址申請居民停車許可證，將車停在住處附近一定範圍內。

所有窗戶都無燈光人煙。大門在被打開時拚命抵抗，鉸鏈發出刺耳尖叫。登上幾道臺階，會看到一對入口，安穩地待在各自寬敞門廊的保護之下。似乎有人住在左手邊的入口處，散發著流浪漢氣息的物品全被推至一邊：壓扁紙箱做成的床墊、塑膠袋、空瓶、尿和貧窮的氣味。他越過那堆東西，小心翼翼地踩過其中，打開門鎖，推門進去。

垃圾傳單在門內地上散落成一大堆，住在他樓下的鄰居一定也很久沒回來了。他稍微整理，但沒有任何重要的東西，連一張帳單都沒有，只有黃金海岸夢幻豪宅的抽獎傳單、尊巴健身課程廣告、各種外帶菜單，從披薩到葡萄牙辣烤雞。他爬上階梯，打開門鎖，進入自己的公寓。

屋內又溼、又黑、又冷，有種衰敗舊城區的刺鼻味道，像霉和蟑螂的混合體，再加上一點瓦斯漏氣。當初從北部濱海小鎮來這裡讀大學，初來乍到，這味道令他興奮、陶醉，但現在沒那種感覺了。上次來這裡是兩個月前——那時只是短暫停留，以這裡的秋季接手印度的盛夏，是能敞開窗戶的那種最舒服的天氣。現在，他搬出一臺小型暖風機，啟動運轉，風力正好能夠吹起灰塵引得他噴嚏連連，卻還不足以暖身：溼寒早已滲進牆內，深植這間公寓的骨子裡，沒那麼容易驅散。他在櫃子裡找到另一臺暖爐，柱狀要加煤油的那種，放在唯一的臥室裡運轉。

雪梨的冬季：最悲慘的季節。身為駐外記者，他曾在真正嚴寒的地方進行報導，莫斯科、蒙古、北魁北克，但是那種冷永遠比不上冬天的雪梨。住在北半球的人敬畏季節，懂得如何適應四季變化，坎培拉和墨爾本也是如此，房子都裝有中央暖氣、雙層玻璃，但雪梨不是，至少在這種二十世紀殘留的遺跡裡不是。這裡的人們彷彿有種共識，全都認為冬天是種只要別去管它就會自己迅速消失的東西。

他發著抖，很想洗場熱水澡，才想起來啟動鍋爐需要時間。不會有熱水了，至少明天早上之前都不會有。他真的需要裝一套冷暖空調系統：這間公寓太小，夏天又臭得要死。他不懂為什麼之前從來沒這些打算。他使勁把行李箱搬到舊皮沙發上，脫掉身上的溼衣服，換上牛仔褲、短袖T恤、長袖上衣、襪子與靴子、一件舊羊毛套頭衫還有羽絨外套。他自覺有點可笑，而且沒有比較溫暖。

馬汀裹進毯子裡，在沙發上坐下，一邊撥電話給麥斯，一邊想著為什麼這個昔日上司這麼急著要找他。麥斯一定知道關於默洛伊的一些事。但他只聽到響不停的撥號聲，於是放棄，改打視訊給弗恩與連恩。小男孩的臉透過無線電波投射到他的螢幕上，生氣勃勃、充滿高興的神采為寒冷的公寓帶來溫暖。他們說著話，本來興奮、快樂的連恩突然毫無理由地哭了起來。弗恩重新接過電話，說小男孩只是累了，過一會兒就會沒事。馬汀為此自責，覺得自己壞了繈子的平靜，讓連恩重新意識到他不在身邊，蔓蒂也不在。他告訴弗恩，目前沒有蔓蒂的消息：今晚他會聯絡一些人，明天開始搜索。他道別，切斷通訊，生命力再度從公寓中流逝。

他再試著打給麥斯，還是無人接聽。他在忙什麼？他知道塔昆・默洛伊哪些資訊？馬汀的身體終於暖和起來，他閉上眼睛，意識逐漸飄入夢鄉，回到剛進入晨鋒報的那段日子，回到那個屬於他的那個羞辱的夜晚，直到那天晚上，他才開始成為真正的記者。入行第一年，他還只是個實習記者，他一整年都震懾於辦公室主任麥斯的威望之下，總是迫不及待想要取悅麥斯，或者至少滿足麥斯的要求。以歷史系優秀學士[2]畢業的他非常自負，總想著要像李維、A. J. P. 泰勒和曼寧・克拉克[3]那樣講述宏大的故事。麥

2 在英制教育體制中，畢業學位的名稱和重要性會根據學生的本科系成績而有所不同。在澳洲，學校會讓成績優異的學生選擇是否參與一年期的優秀學士課程（honours year），通過後即可取得優秀學士學位。優秀學士的等級比普通學士高，有時甚至比碩士學位更為重要，能夠直接申請就讀博士學程。「honours degree」常譯為榮譽學位，但容易與不須就讀就能獲得的名譽學位混淆，此處譯為優秀學士。

3 分別是古羅馬史學家李維（Livius）、英國史學家A. J. P. 泰勒（A.J.P. Taylor）以及澳洲史學家曼寧・克拉克（Manning Clark）。

斯對此嚴厲批評，總會說「實習記者不講故事，而是報導事實」，以及「這是新聞報導，史卡斯頓，不是他媽的羅馬帝國興衰史」；後面這句嘲諷太令人難忘，有段時間同事都叫他吉朋[4]。

於是馬汀屈服了，力圖堅守事實，盡力保持文字簡潔，就算在達西．德佛靠著口才雄辯廣獲讚賞時，也沒因此改變。而這令他受傷。有一次，達西被分配到一場市務議會，但覺得內容太過無聊，只交了一篇語氣諷刺的草稿；麥斯讚揚他的想法，並將那篇文章刊在網路。

馬汀在報導那場議會時也遇到了同樣問題：會議平凡單調，根本不夠資格登上全州發行的大報。於是他嘗試採取不同策略，試著挖掘更多內幕、貪腐傳聞，找出是否真有違法變更土地分區來圖利地產開發商的事實。即便到了現在，他光是回憶都覺得尷尬。當時有名議員因為公司倒閉而無法償還債務，馬汀將整句話濃縮成一個字，替對方貼上「破產」的標籤。標籤並不準確，對方威脅提告，最後是被另一位急著討好晨鋒報的議員勸退。麥斯的沉默比任何言語責備都更嚴厲。

三週之後，公布實習晉級名單，有些實習生就此畢業，成為正式記者。達西拿到了最好的新聞線：州議會。而名單裡沒有馬汀。麥斯生硬地告訴他，下次就輪到他了，可能是三個月後，也可能是六個月。馬汀考慮辭職。

那天晚上在酒吧的屋頂花園，所有人都在慶祝或者假裝慶祝時，麥斯發現馬汀抱著一杯啤酒，獨自舔拭著自尊心。這位辦公室主任在馬汀旁邊坐下，把平時威嚴的面具放在一旁，語氣真誠。

「馬汀，你聽我說，地方政府就是一灘死水，每個人都知道。光報導事實是不夠的，那些事情太不重要了，幾乎不可能刊在我們這樣的報紙。在這批學員裡，意識到這點的只有你和達西，其他人就只是乖乖聽話、照著既定公式行事，白白浪費心力。如果不是因為出包，你本來應該也在這次的升職名單裡。但是相信我，你犯了錯跟達西的稿子被刊出，這兩件事對你們來說都是一樣重要。這會讓你從此記得，所有資訊都要經過求證，永遠記得反覆檢查，只要找得到兩個消息來源，就不要單信一方之言。」之後，麥斯請了他一杯啤酒，兩人同坐彷彿平輩一般聊至深夜。馬汀的同事們在一旁嫉妒看著，直到其中兩個人過來加入他們，然後愈來愈多人一起聊天。那天晚上結束的時候，整張桌子擠得滿滿，全是醉醺醺的革命情感。經過銀港的童年創傷、大學時期的廉價友情，馬汀在那晚找到了新的家人。

他張開眼睛，環視公寓，牆上裝飾著他駐外記者生涯的戰利品：在莫斯科城市邊境市場買的列寧海報、從太平洋帶回來的棕櫚葉編織帽、來自亞馬遜河流域深處的基督雕像、阿拉伯之春的反抗宣言、有著彈孔的非洲路標、加薩走廊的哈馬斯旗幟。這是他替自己策畫的功績展，以前的他曾為這些戰利品自豪，為自己的成就感到佩服，但現在看來只覺得太過努力而且可憐。還有誰會用工作上的紀念品來裝飾自家客廳的牆面呢？牙醫會掛上齒列亂七八糟的下顎X光片嗎？會計師會擺出複雜難纏的計算表格嗎？政客們會展示裝過鉅額現金的牛皮紙袋嗎？他搖了搖頭。以前，這座馬汀博物館有其用處，呈現閱歷豐富的表象，讓來來去去的愛人們刮目相看。他看著四周，不懂自己當初怎麼有辦法住在這裡，住在這個小小的世界中，他個人的立體生態模型。他告訴自己，該重新整理一下了，換掉所有的東西，除了地板上鋪的地毯之外；那塊手工編織地毯是從阿富汗運回來的，正散發著暖意。

他試著再次打給麥斯。同樣地，這次撥號聲也一路響至結束。他到底在哪裡？什麼事情這麼重要，讓他無暇顧及電話？

馬汀站起身，開始來回踱步。出於某種舊習慣，他心不在焉地去開了冰箱，沒東西可吃，只有一罐罐調味料、一瓶秋天留到現在的啤酒，與蔬果保鮮抽屜裡某種正緩慢腐爛的蔬菜。他得把那個東西清

4 十八世紀英國史學家愛德華・吉朋（Edward Gibbon），著有《羅馬帝國衰亡史》（*The Decline and Fall of the Roman Empire*）。

掉，用小蘇打除臭；他關上冰箱門，那不是現在該做的事。他有股衝動，想出門找東西吃，也許外帶咖哩，自己能從中借取一點熱能。

可以稍微慶幸的是，外頭的雨停了。他站在門口，穿著靴子的腳把門廊內的垃圾推向一旁，然後走向電源箱，掀開箱蓋，打開熱水線路的開關。

「嘿！你要幹麼？」

一個頭髮灰白的男人走進大門，踏上階梯。男人駝背，留著灰色鬍鬚，披著垃圾袋做成碩大的綠色披肩雨衣，正滴著水。

馬汀嘆了口氣。「我是這裡的住戶，我住樓上。」

「噢，是噢。」男人口氣裡的攻擊性已經消失。「你是史卡斯頓嗎？」

「我是。」

「瓊斯太太說我可以睡在這裡。」

馬汀點了點頭。瓊斯太太是他樓下的鄰居，好心人一個，在疫情期間喪夫。馬汀默默想著，不知道她現在在哪，是否一切平安。

「有你的信。」

「噢，有什麼重要的嗎？」

「看起來沒有。」

「那我晚點再來拿吧。」說完，馬汀便走過男人身邊，踏下三節階梯走出門廊，穿過大門，來到街上。往上抵達皇冠街的時候，天上再度緩緩下起細雨。他不想又被淋溼，於是躲進遮篷底下。手機響了，螢幕顯示是莫銳斯・蒙特斐爾。

「莫鋭斯？有什麼消息嗎？」

「我們找到她了，她沒事。」

城市的燈光愉快地閃爍起來，雨水在人行道上飛舞。

第六章

蔓蒂逐漸恢復，不適開始消退。莫銳斯．蒙特斐爾關心著她，一臉冷酷但態度溫柔，守在一旁的樣子與其說是個資深警探，更像是掛念的家長。他確保她能洗澡、堅持她換上乾淨衣物，最棒的是還把他自己的手機借給她。蔓蒂打給馬汀，無人接聽，改打給溫妮佛，得到了回應。她也聯繫弗恩與連恩。即使只是透過網路，兒子的聲音仍是最好的慰藉，足以讓她的世界回歸正軌。他沒事，她也重獲自由，正常的生活正朝她招手。醫生判斷她沒有受傷，並另外進行了血檢和尿檢，希望能查出她被施以的藥物。

警探沒把她帶進偵訊室或辦公室，而是帶她去吃飯：薩塞克斯街上的中餐廳，是間小店，不在一樓而在樓上，溫暖、安靜，遠離這下雨的星期一夜晚。他點了炒麵和蜜汁蝦仁，她點了湯麵和清蒸蔬菜。一直到她快要用完餐，他才和緩地開始問話，要她回憶被綁架的過程。

她說只記得片段，有個叫克勞斯的警察來到她家，她將他領進客廳，除此之外就不太清楚了。她模模糊糊記得自己曾在一輛廂型車裡，短暫醒來，發現手腳被綁住，眼睛也被矇上，再次恢復意識時人就已經在儲藏室。然後，她還記得澤妲．佛肖。

「記得她哪些事？」蒙特斐爾示意她繼續說。

「她說塔昆．默洛伊死了。」

警探將頭歪向一邊，彷彿表示弔慰。「沒錯，他死了。他的遺體在星期五被人發現，所以我才會在這裡，我要找出凶手。」

「他死在這裡嗎？在澳洲？我以為他早就離開了，在國外某個地方過舒服的生活。」

「在他被找到之前，大家也都這麼覺得。」

蔓蒂低頭看著碗，蔬菜漂浮在淡棕色液體中。「澤妲說他被槍殺。」

「沒錯。」

「她怎麼會知道？」

「我告訴她的。她是我第一個偵訊的人，星期六下午，就在我剛接下案子之後沒多久。」

「當然了，因為她是他的共犯。」蔓蒂抬頭看向警探。「為什麼他之前還在這裡？如果他拿了所有的錢，為什麼還會留下來？還是說他其實沒偷那些錢？」

蒙特斐爾一時間沒說話，只是看著她，彷彿在考慮接下來的用詞。「竊盜案是事實，澤妲．佛肖也以從犯的罪名而入獄，這是法庭審判的結果，妳應該都還記得。不過目前看來，他應該還沒逃走就死了，根本沒機會花那些錢。」

蔓蒂眨了眨眼睛，試著消化話中的意思。「所以那不是最近的事？他在當年就死了？」

蒙特斐爾瞇起眼睛，彷彿試著更專注一點。「他的遺體被封進雪梨西邊一棟公寓的地基裡。我們查了那棟樓的過往紀錄，他很有可能在最後一次跟妳見面後幾天，就被埋進水泥裡了。」

蔓蒂的目光飄向一旁。有個女服務生逗留在吧檯旁，正與酒保調情。「了解。可憐的塔昆。」女服務生扭了扭身體，像在演默劇，或者模仿某個人；而酒保毫不在意他人眼光似地哈哈大笑起來。「我以前在里弗來納的時候，都會想像他正在過怎樣的生活，覺得他應該正左擁右抱各種腦袋空空的美女。」

蒙特斐爾給了她幾秒鐘整理情緒，才繼續說道：「所以澤妲．佛肖認為妳知道錢在哪裡。」

「她是這麼說的。你不會也這麼覺得吧？」

「沒有，我不覺得。我們之前拿到搜索票，我已經看過妳的帳戶紀錄了。妳現在很有錢，不過我們可以看到每一筆錢是從哪裡來的，也知道妳最近才拿到，全都是正當所得。」

蔓蒂不安地動了動。她知道眼前的警察只是在盡本分，也明白調查結果對自己有利，但她仍感到不太舒服，彷彿他翻查的是她的內衣抽屜。「所以塔昆偷的那些錢在哪？」

「我們不知道。」蒙特斐爾說。他用筷子戳向一尾蜜汁蝦仁，繞著盤子追著牠跑，最終成功夾起蝦子，送進口中。他咀嚼的時候，表情毫無享受。「澤妲．佛肖是塔昆．默洛伊的什麼人？」這是個殘忍的問題，就算蒙特斐爾態度和善，也無法掩飾這一點。

蔓蒂看著他的眼睛。「他的情人，可能跟我一樣，也是被他騙了。」

「妳以前認識她嗎？」

「不太熟。我們當時都在墨利森銀行工作，但她在不同部門，而且比較資深，我只是普通職員，就是個打雜的，而她是會計。不過，對，我認識她。」

「嗯，妳們在工作上有接觸嗎？」

「沒有，工作上沒有，私底下偶爾會遇到，派對聚會或者下班喝酒之類的場合。我們當時都很年輕，我才二十幾歲，她也差不多年紀，也許比我大一、兩歲。她隨時都在跟人調情，到處炫耀那對胸部。」

蔓蒂聽出自己聲音裡的酸澀，她討厭這個樣子；即使五年過去，澤妲還是這麼令她不爽。

「聽起來妳們不太合得來。」

「對，塔昆和我訂婚之後，她也還是一直在勾引他。」

「有成功嗎？」

蔓蒂再次低頭檢查碗中剩下的食物，湯麵的溫熱開始從身上散失。「大概有吧。」

蒙特斐爾看著她的表情，決定改變話題。「儲藏室裡發生了哪些事。她說了什麼？為什麼後來把妳一個人丟在那裡？」

蔓蒂苦笑著，很高興離開過去的事，重新回到現在。「她本來在質問我、威脅我說出錢的下落。一切都是為了那筆錢。然後我們聽到玻璃破掉的聲音，她就派她的手下確認是怎麼回事。」

「手下？」

「一個男的，整張臉都被面罩遮住，我不知道是誰。」

「妳繼續說。」

「他沒事吧？」

「妳說那個手下嗎？」

「對。她派他去看看為什麼會有聲音，接著我們就聽到一聲槍響。他還活著嗎？」

蒙特斐爾眨了眨眼睛，像突然被她的問題打亂了陣腳。「我想是吧。裡面到處都是碎玻璃，有一點血跡，但不多，看不出來他有中槍。」他想著要再吃一隻蝦子，不過最後作罷。「接著發生什麼事？」

她描述澤妲從後門逃走後，一位穿著訂製西裝的削瘦男子出現。「他自稱是警察，卻沒有幫我鬆綁。」

「妳那時相信他嗎？」

「嗯，他有警徽。」

蒙特斐爾將手伸進口袋，拿出皮夾並掀開，露出閃閃發光的身分證明徽章。「像這樣？」

「類似。」她皺起眉頭。「但好像更閃亮一點。」

「更閃亮，當然了。」警探複述著她的話，臉色沉了下來。「可以請妳描述這個人嗎？」

於是她就說了：高挑、些許駝背，西裝完美無瑕，鞋子擦得光亮。馬臉，氣色灰黃，長髮，手指沾染尼古丁，有一顆金牙，髮油氣味甜甜的。

「加州罌粟。」蒙特斐爾低聲說道，彷彿自言自語。

「什麼？」

「他用的髮油，加州罌粟。那個味道大概在六、七十年前非常流行，現在幾乎找不到了。」

「他說他叫亨利．力芬史東。」

蒙特斐爾一臉震驚，彷彿不敢相信。「對，就是他，那是他的本名。他為什麼會告訴妳他的本名？」

「我不知道。」

「只有他一個人嗎？」

「不是，還有另一個男的，很矮，渾身肌肉，像是舉重選手。」

「光頭？有刺青？」

「就是他，脖子有個蜘蛛網的圖案。力芬史東說他是臥底警察。」

這句話引起警探一聲嘟噥。「賈舒華．斯比提，力芬史東的小朋友，剛從銀水[1]出來。」他說。

蔓蒂看出警探臉上的擔憂。「他們怎麼了？」

「斯比提與力芬史東。這兩個性格冷酷的傢伙是殺手。他們沒有傷害妳？」

「沒有。」

「好吧，凡事都有第一次，也許不用太訝異。」他本來還想說點別的，但想一想便又作罷。「我之後得問更詳細一點。也許是明天，要以更正式的方式問話。我問完之後，妳跟馬汀最好離開雪梨，愈快愈好。」

「馬汀？他現在在哪裡？」

警察微笑，伸手指向她的身後。蔓蒂轉頭，看見馬汀．史卡斯頓正站在樓梯頂端，喘著氣、神色激動。馬汀看到他們，便朝她走來，臉上綻開笑容；而她快樂地飄了起來。

＊＊＊

公寓緩慢回暖。經歷喜悅、如釋重負和做愛之後，馬汀卻睡不著了，他並未像平常歡愛後感到昏昏欲睡。城市昏暗的光線透過百葉窗流瀉在床上，他翻過身，發現蔓蒂也醒著，正睜著雙眼，一動也不動地盯著天花板。她把自己的可怕遭遇都說了一遍：被澤妲．佛肖俘虜，綁在一張破舊的床墊上，又遇到兩名假警察，莫銳斯．蒙特斐爾說他們是黑社會的罪犯，斯比提與力芬史東。聽完之後，他知道還有好多事沒說。他猶豫著，咬著嘴唇——那是從她那裡沾染來的習慣——不過他最終意識到，此時兩人都不可能睡著了。

「告訴我他的事。」他平靜地說。「告訴我塔昆．默洛伊的事。」

她嘆了口氣，但沒說話，安靜了很長一段時間。當她終於開口，視線仍盯著天花板，聲音聽來冷淡、遙遠。「我愛過他，那是我第一次真的愛上某個人。我們訂婚了，也準備結婚——就像童話故事成真那樣。但後來他劈腿、騙我，最後把我拋下。」

1 銀水（Silverwater）是雪梨西邊的郊區，屬於輕工業與商業環境，二十世紀中期開始設置發展銀水矯正機構，擁有不同等級的男女監獄及相關看守所。

「妳沒辦法確定這些事。他那時已經死了，被人謀殺。」

「他還是騙了我。」

「他偷了好幾百萬，我們交往期間他都在偷偷策畫這件事。他利用了我。」

「什麼意思？」

「也許他是在保護妳？」

「不是。他利用我，把我蒙在鼓裡。他從來沒有愛過我。」她的聲音裡有種銳利的質地。

馬汀不確定該說什麼。「妳知道他是警察嗎？」

「什麼意思？」

「蒙特斐爾沒跟妳說嗎？」

她沒有回答，但他可以感覺到她壓抑的痛苦。窗外傳來警笛聲，壓過來往車流交響樂團的演奏。馬汀心中湧上一股憐憫。

他想到她這輩子的生活——貧窮的童年和澳洲小鎮醜聞。還有她那三個情人：被謀殺的臥底警察塔昆·默洛伊、殺了人的牧師拜倫·史衛福特，以及創傷累累的記者馬汀·史卡斯頓。她的人生簡直再幸運不過。

最後她終於開口：「那也只代表他還會裝警察騙人而已，就像他騙我和其他人一樣。」

他翻身向她，伸出手想要安慰，但她將他的手抖落。「不要。」

他又翻回來，與她一起盯著天花板，有蜘蛛網和汙漬。他應該打掃一下，找人重新粉刷。他心想著是否要這樣安靜躺著，也許能慢慢睡著，但相反地，他最終決定應該趁現在：讓過去留在過去。「在妳第一次離開旱溪鎮，直到又搬回去前這段時間——妳從來沒說過那幾年的事。」

「沒什麼好說的。」

「中間經過了十年不是嗎？」

又是一陣沉默。城市的聲音再次穿透進來，襲向兩人。這座城市永不止息。

「我在墨爾本工作過一陣子，酒吧、服務生，什麼都做，還當過模特兒。都是為了存錢讀大學。我進了臥龍崗大學，主修文學，跟我媽以前在巴瑟斯特大學一樣，但沒有想像中順利。」

「怎麼了？」

「那些書，我沒感覺了。」

有人在外頭街上大吼大叫，是個男人的聲音，似乎在生氣或者發酒瘋，可能兩者都有。有狗在吠，在持續不斷的車流聲中聽起來清亮無比。馬汀不記得以前的薩里山有這麼吵。「所以妳沒讀完？」

「沒有。其他學生就還是小孩，好像不知道天高地厚，完全不曉得自己的任何作為都會在日後留下痕跡。我覺得自己像個難民。不認識任何人，只有滿臉青春痘的平凡廢物會在喝醉之後來搭訕，不然就是學校裡的下流講師。我想要認識別人，但不懂怎麼開始；我以前根本沒真的交過什麼朋友。一切變得太難熬，我就放棄了。」

有輛車發出警報，加入這夜的交響演奏。「妳後來去做了什麼？」

「沒做什麼。我回去酒吧工作，然後北上來了雪梨，接過幾次時尚照或者商品型錄之類的拍攝工作，酬勞很好，但我很討厭。我不喜歡被拍，不想要自己的照片被那樣公開，讓人指指點點。」她停頓一下，想著自己說的話。「所以我就到處飄蕩，漫無目的活著，最後和某個樂團裡的貝斯手在一起，兩個人住在占據來的空屋。我們一直都是破產狀態，但他是個好人。貝斯手比利。後來樂團散了，我們開始嗑藥，愈嗑愈多，但是我根本沒發現他用的量比我看到的還多。最後，他的貝斯被偷了，那是他身上所剩還有一點價值的東西。他哭得傷心欲絕。後來我在巷子轉角的當鋪櫥窗看到那把貝斯，就進去問店家怎麼拿到的。是比利拿去當的。」她停了一下，喘口氣，讓那陣回憶過去。「我把他送進戒毒中心，告訴自己這是在幫他，但事實是，我很高興終於擺脫這個人了。他已經不像以前那麼有趣，也不再是個好人。我算是學到教訓。後來我又遊蕩了好一陣子。他從戒毒中心出來後，我們又在一起——不是我想要，或者他想要，而是我們兩個都沒有意志力做出不一樣的決定。如果沒有遇到塔昆，我不曉得自己會是什麼下場。那時候我覺得塔昆很特別，是非常不一樣的人，但事實證明，我錯了，他也只是另一個噁心的傢伙而已。」

馬汀皺著眉頭，等著她繼續。她的聲音聽來帶有某種詭異，彷彿在轉述她從別處聽到的故事。

「他替我找了一份工作，滿體面的，薪水也不錯，坐辦公室，地點在皮爾蒙區的辦公大樓。墨利森商業銀行。你聽過嗎？」

「沒有。他也在裡面工作嗎？」

「算是吧。他是某間律師事務所借調過去的人，我忘記事務所叫什麼了。」

「他是律師？」

「他是這麼說的。」

「所以他幫了妳？」

「我當時也這麼以為，但現在我知道他只是在利用我。」

「『利用妳』是指什麼？利用妳滲透銀行嗎？」

「對，而現在你告訴我，他其實是警察。」

馬汀想著如何能夠不冒犯她，繼續這場對話。不過她自己開口了，聲音聽起來仍像在遠方。

「有一段時間，一切那麼順利，那麼完美，後來我開始起了疑心。不是懷疑他是罪犯或警察之類，而是懷疑他劈腿。我聽到一個謠言，沒去管，但後來我……」她吞了口口水。「我發現他們兩個在一起，他和澤妲。我心都碎了。」

「澤妲是綁架妳的那個女人？」

「對，就是她。」

「發生了什麼事？」

「我甩了他。」

「他怎麼反應？」

「他不接受，求我跟他復合。」雖然她試圖控制，但馬汀現在能聽到她這些話背後的情緒了，不多，然而確實存在。「他發誓跟澤妲之間沒有什麼，就只是逢場作戲，對我的愛永遠不變，當這些話都沒用時，他就求婚了。」

「妳答應了？」

「我答應了。當時我整個人幸福到不行，有一整個月都沉浸在喜悅裡。然後他就消失了。有一天我上班時，桌上擺了花和一個信封，信封裝著去黃金海岸的機票。我打給他，他說他先過去出差，說他訂了一間豪華客房，我們可以一起過週末，要我隔天星期五直接請假飛過去。於是我真的打電話請了病假，飛去黃金海岸。但他不在那裡。我收到他的簡訊，說他很快就到，但他一直沒來。那是我最後一次和他聯絡。」

昏暗的光線中，馬汀看到她的雙眼溼潤、閃閃發光。她感覺到他的視線，於是翻身向另一邊，背對著他。她繼續說：「接下來一個星期，謠言開始四處流竄。我被找去問話、被警察審問，澤妲被捕。他們沒辦法證明我涉案，但我還是被開除了。我又開始飄飄蕩蕩地過生活，準確來說是沉淪，嗑藥、住在空屋、睡在別人家沙發上，你不必知道太多細節。那時候我身邊連比利那樣需要照顧的人都沒有。」她翻身回來，再次盯著上方，接著轉向馬汀；這場對話開始後，這是她第一次看向他。「你相信因果報應嗎？」

「這妳以前就問過我了。」

「對，在旱溪鎮和銀港都問過。你的答案是什麼？」

「大概信吧。」馬汀說著，想起自己在銀港的童年。「我學到的是，我們沒辦法逃離自己的過去。」

「我怕的就是這樣。所有事情都還在那裡，沒有消失，過去那些醜陋和背叛遲早會找上我們，找上連恩，要我們付出代價。」

「不對。」馬汀向她伸出手，這次她沒有退開。「如果妳沒有做錯事，過去那些事怎麼會來找妳呢？妳自己說過，我們是屏障，我們的工作是保護連恩，確保我們的過去不會成為他的未來。」

她舉起一隻手撫摸他的臉。「謝謝你，馬汀。」但一會兒之後又說：「可是我現在不曉得該怎樣才能達成這件事。」

後來，當她被綁架和坦白弄得筋疲力竭，好不容易終於跌入夢鄉時，馬汀開始思考，不曉得自己在她心裡是怎樣的人，她是否真正信任過他，要是有的話，他搞不好會比較意外。她先是遇上了塔昆·默洛伊，這個臥底警察把她當傻瓜耍，一度將她推上幸福的巔峰，最後卻又將她推下深谷。然後她在內陸荒原遇到拜倫·史衛福特，那名牧師不僅殺人，而且滿嘴謊言與欺瞞。她真的可能全然敞開心胸，對他坦承她過去的一切經歷嗎？也許吧。或許今晚就是個開始。

黑暗中，他突然一陣內疚。這一年多來，她是他的個人諮商師，幫助他接受他自己的過去，幫助他與童年的創傷和解，但他卻從來沒問過她的失常過往。她提過在旱溪鎮的悲慘童年，卻沒說過二十多歲時的生活，不曾提及離開家鄉到重新返鄉之間那失落的十年。為什麼他從來沒問過呢？他真的那麼自我中心嗎？

* * *

她清醒地躺在床上。房裡開始盛滿陽光，街上的車聲也隨著城市開始活動而逐漸大聲。她應該睡著了，但感覺無眠，彷彿她整晚翻來覆去。躺在她身旁的馬汀正小聲地打著鼾。在銀港的家，他的呼吸聲令她煩躁，但在這裡就成了慰藉。至少她還有他：她坦白愛過塔昆，與他訂婚，而馬汀的反應平穩，沒有預期中糟糕。她依然不解，她犯了這麼多錯、說過這麼多謊，為什麼馬汀仍願意與她在一起，為什麼還信任她。

但她知道，這些焦慮的源頭不是馬汀，而是塔昆；他玩弄她的感情和自我認知，一直都是他。過去這五年，她始終相信他是騙子，騙取她的信任好去偷錢並逃亡，最終讓她一無所獲、心碎一地，連工作都丟了，流落街頭，看不到未來。但她現在才知道，事實並非如此。蒙特斐爾告訴她：塔昆沒有逃跑，而是被殺；馬汀告訴她：塔昆不是賊，而是警察。這是什麼意思呢？

說到底，也沒什麼意思。無論他是暗中調查銀行的臥底警察，或者意圖偷取百萬的詐騙犯，有什麼差別呢？他利用她進入銀行體系、背叛她的信任，都是一樣的。

但是，她的思緒再次墜入迷途之中。她總是信任那些不值得信任的人：塔昆．默洛伊和拜倫．史衛福特，或者症狀比較輕微的貝斯手比利，而這些人最終都傷害了她，背叛她對他們的信賴。天啊，她甚至被力芬史東那樣的罪犯騙得團團轉，真的相信他是警察。她到底怎麼了？難道她真的是所謂的無腦金髮妹嗎？彷彿酒吧裡喝醉的大老粗們拿來說嘴的笑話。當年在街上流浪直到現在，她真的一點進步都沒有嗎？馬汀真的與其他人不一樣嗎？他是不是也在嘲笑她？不對，她告訴自己，這麼想太不公平了，也不值得——但那個念頭並未因此離開，而是留了下來，揮之不去。

說起來，她最不該相信的人應該是自己，是她那拙劣的判斷力。

她想起一個場景，清晰生動，鼻尖幾乎能聞到那個地方的氣味。她被困在往返旱溪鎮和貝林頓之間的高中校車上，車子穿越毫無生氣的乾枯平原，去程四十五分鐘，回程四十五分鐘，她被迫與其他同學同處一車，與那些難聽的侮辱困在一起：私生女、她媽媽沒結婚、醜聞的產物。**私生女**。其他小孩好喜歡到處潑灑這個字眼——毫不在乎地重複著父母對她母親的詆毀，擁護她的父親——彷彿那只是個外號，而不是武器，彷彿它不會傷害任何人。只有她知道被貼上不正常的標籤、被視為外人有多傷人。然後，不知怎地，她開始相信這是她應得的，是她該為母親的勇氣所贖的罪。

氣味每天都一樣：灰塵和校車司機的體味，炎熱的夏季從塑膠座椅中逼出的化學物質，男孩們過於濃厚的體香劑，女孩們的青蘋果洗髮精，不該被發現的淡淡菸味。那場景持續了四年，彷彿永恆。客觀來說，大多時候其實沒那麼糟糕，同學只是無視她的存在，注意力全放在其他更有趣的事物上。但即使如此，上下學的車程也並未因此變得比較不可怕，她總是挺直了背，坐在司機身後看書，耳朵隨時警覺著接踵而來的辱罵。她待在那座地獄持續四年，直到母親不知從哪裡找到錢，將她送進奧伯立的住宿學校讀完最後兩年。

最糟糕的那天是崔娜的生日。崔娜每年都會舉辦生日派對，她生日那週的星期五，校車會開到她位於平原的家前，停在蔓延好幾公里長的車道上，除了最後面幾個高年級生之外，幾乎整車的人都會下車。牛奶罐做成的信箱上綁著氣球，空氣中滿溢著歡笑與興奮。第一年，整個過程突如其來，令她非常意外。她繼續埋首書中，假裝沒注意到發生了什麼事。「孩子，妳不去嗎？」當時司機溫柔地問道，接著打入檔次，繼續前進。那個週末她在淚水中度過。

現在她躺在床上，仔細思考著自己從校車中學到的教訓。她將那段日子留在當初的平原上，相信自己的因果業債都已經還清。過去幾年她過得非常好，她拋下旱溪鎮和雪梨，在銀港找到安穩的庇護所，拉開了與塔昆、拜倫之間的距離。她重新創造了新的自己，一個嶄新的蔓德蕾・布朗德。她成為了母親、與馬汀重新開始，還繼承了一大筆遺產和那棟懸崖上的房子：這些都是她的基礎，成就一段更好的新生活，也成就新的、更好的自己。她知道自己是個好媽媽，也得到了馬汀作為她善業的獎勵。不就是這樣嗎？如果做了對的事，好事便會發生在妳身上；如果做了不好的事，妳就會得到同樣的報應，通常還附帶利息，對吧？也許不是真的那麼確實地一來一往，而是一種心理作用：做對的事會讓妳振奮，做不好的事則令妳下沉。過去幾年，她做的都是好事，她為馬汀帶來好的影響，馬汀也為她帶來好的影響。但是現在她覺得自己又回到那輛校車上，假裝沒事，但實際上只是在等著下一句侮辱朝她砸來。好的業真的能抵銷壞的業嗎？還是說她必須繼續為那些壞的業贖新的罪？

面對馬汀。為什麼她之前從來沒說過這段日子？高中畢業直到重新搬回旱溪鎮之間這段時光彷彿佚失了，載浮載沉的十年。她說過貧困的童年，卻從沒提過二十多歲的生活。她度過長達十年的人生嚴冬，卻只迎來塔昆・默洛伊的短暫夏日，以及拜倫・史衛福特那令人遺憾的春天。她明明有機會，卻從沒和馬汀提過。為什麼呢？是覺得那十年並不重要，只是學生時期到認識馬汀之間的平凡過渡嗎？還是她的頭至今仍埋在書裡，不願抬起？

過去這一年，馬汀愈來愈放得開，願意提起他的糟糕童年、父母和妹妹們的離世。她看著他改變，變得柔軟、願意付出，擺脫擔任駐外記者時的性格，逐漸脫去硬殼。她相信自己也正與他一起成長，心裡的傷口逐漸癒合，結痂。她和他還有連恩：除此之外的任何事都不重要。在海岸懸崖上的家裡，她就是這樣告訴自己：其他事都不重要，整個世界都沒辦法來打擾。森林大火不會來，病毒不會來，過去的業也不會找上門。所以她沒把塔昆的事告訴他，而是說服自己那些都已經無所謂了。但事實並非如此；他們沒辦法像隔離病毒那樣，隔離自己過去行為的後果，也沒辦法暢行無阻地前往新的世界，沒有疫苗能夠預防過去。

這個念頭將她困住；她沒辦法逃離過去，沒辦法前進。現在，睡意緩緩襲來，以卷鬚輕輕地撫摸她。她的思緒開始旋轉，形成漩渦將她向下拉扯，引誘她放棄清醒的意識，向夢境投降。但是，每當她滑向柔軟床鋪組成的無意識空間裡，就會看到塔昆．默洛伊和拜倫．史衛福特的鬼魂在眼前，縈繞不去。

「馬汀想要的是妳的錢。」塔昆低聲說道。「妳有好幾百萬。」

「是妳的外表。」拜倫堅決。「喜歡妳的是他的屌，不是他的心。」

她咬著嘴唇，再次離開那座滑溜的水池。有這些幽靈隨時等著她，她怎麼睡得著？

然後她便想起與連恩相處時的馬汀，那肯定是他與他們最大的不同。即使連恩不是他親生，他對男孩的愛也無庸置疑，且無私。

躺在旁邊的他發出另一聲口哨般的呼氣聲。她再次感覺到對他的愛。鬼魂們退縮了。她又一次翻過身，試著入睡，但床單皺巴巴，被子也絞成一團，對這冰冷公寓來說太過暖和。她好想在這天開始之前睡著，就算只是為了逃離那些叫人發狂的思緒也好。

但還是沒辦法。她的思緒繼續轉動，再次從馬汀跳回塔昆。這麼久以來，她都相信自己被他利用、欺騙、拋棄，當年澤妲就是因此被起訴：身為會計師的澤妲和他同謀詐騙銀行。檢察官認為塔昆逃了，留下澤妲一人承擔後果，蔓蒂理所當然接受了這項說法。經過法院證實的事實，沒理由不接受。只是現在她知道那不是事實。塔昆死了，被人殺害，他沒有逃，根本沒離開過澳洲。他在當年就死了，命喪槍下；當時的她很可能正在黃金海岸的頂樓客房裡生著悶氣。他不是賊，而是警察。

她突然醒了過來，發現思緒再明白不過，清楚知道是什麼令她無法入睡。這麼久以來，她都認為他背叛了她，現在卻發現可能全然不同：她才是背叛、譴責他的人。是她的嫉妒與惡言殺死了他。天啊，她到底做了什麼事？

法院判定她沒有罪，有罪的是澤妲。他們認為她是清白的，當然了，怎麼會不清白呢？當初發現他和澤妲上過床，她便出於嫉妒舉報了他。她告訴警方，他曾聲稱他不小心讓自己的密碼過期了，要求使用她的工作通行密碼。她的確說了這件事，無可否認。那是個小心眼的舉動，是幼稚的報復，是為了提醒他，別把她的付出視為理所當然。

從那之後她便認為，他丟下她、帶著錢消失，就是因為她說出了那件事，因為他自知無法再信任她。這五年來，她都是這麼告訴自己；這是她合理化一切的理由，也是因此，她從未把自己知道的所有資訊告訴警方或銀行，她沒有說為什麼自己說謊、為什麼選擇保護自己、為什麼始終拒絕向他伸出援手。但事實是，他沒有逃跑，而是被殺。為什麼會這樣呢？他的警察身分曝光了嗎？怎麼被發現的？因為她舉報了他嗎？就只是因為他犯了一個小錯，沒用自己的密碼，而是用了她的？

她突然感到呼吸困難，開始啜泣。媽的，她害死了他。那個可憐的王八蛋。也許他把她送到黃金海岸不是讓她別礙事，搞不好澤妲說對了，他把她支開，是想保護她，讓她有不在場證明，確保她與他探查銀行電腦系統的行為無關。他是警察，而她卻害了他的命。

一旁的馬汀咕噥著翻了身。她轉頭，他的側臉在日出的光芒中清晰可見。她做了那種事，怎麼還有資格去懷疑他呢？這種事哪有可能說出口？如果他知道了真相，怎麼可能還會要她？怎麼可能繼續信任她？他會離開她和連恩，把她的事情寫成報導，刊在報紙，屆時她對他的價值只剩一道聳動的標題，而他會離開。

想到這裡，她便知道不可能睡得著了，於是起身朝小廚房走去。她覺得自己可能永遠沒辦法睡了。

星期二

Tuesday

第七章

奧多的店一如往昔，完全沒變。這間咖啡店位在皇冠街上某條巷子裡，當年馬汀還在報社工作時，買了公寓後的那幾年經常光顧。早晨有點涼意，馬汀像其他人一樣無視店外的座位。進入店內要經過兩級向下的臺階，賦予了這個地方一種隱密的氛圍，不過店裡依然溫暖親切，深色木桌與長椅軟化了打磨光亮的水泥地板。奧多不在店裡，站在義式咖啡機後的是他兒子路易。

「馬汀，老樣子嗎？」

「謝了，路易。」

「我再端過去。」

馬汀最後一次光顧已經是兩個月前，不過當他走進店裡，一股終於到家的感覺突然襲來，比進到公寓時還要強烈。他坐在摺疊窗旁的長椅上；這面窗平常總是敞開，不過今天關著。外頭是典型的雪梨冬日：耀眼的陽光是對昨夜大雨的最完美反擊，而恆常處於陰影中的薩里山上方，天空是一片鮮活的藍。很快就會溫暖起來，但還沒。對街有隻貓蜷縮在某扇門前，預先吸收著陽光。咖啡送來，香氣彷彿足以祭神：醇厚、濃烈、滑順。馬汀並不想念雪梨，但想念奧多的咖啡。儘管付出許多努力，也買了昂貴的工具，他還是沒辦法在自己家裡複製出這麼完美的咖啡。他閉上雙眼，再淺啜一口：世界回歸正軌了，昨天深夜的憂慮現在變得無關緊要。蔓蒂平安無事，那麼其他事情都無所謂。這個早上，她會去找蒙特斐爾。警方遲早會抓到她的綁匪；運氣好的話，到時他們應該早就離開雪梨，往北越過霍克斯伯里，開著車回到銀港，遠離這座巨大的雪梨城，讓機器裡的齒輪自個兒繼續運轉。他想像著他們兩人與連恩重逢：他們會坐在戶外，在北海岸溫和宜人的天氣裡，與弗恩、喬悉以及那一大家子享用慶祝的豐盛午宴。吃過午餐，他們會回到海灘，跟鯨魚打招呼。然後，在私底下，他會盡力幫忙蔓蒂接受她的過去，就像她之前幫過他的那樣——可能要花上許多月，但無論需要多久，他都會去做。

不過他首先得去找麥斯，解釋為什麼沒辦法待在雪梨，參與本世紀最大的獨家新聞。說真的，麥斯的計畫其實很吸引他，不是新聞內容本身，而是他很想知道這位老編輯知道塔昆哪些事情。塔昆．默洛伊，那個蔓蒂答應出嫁的神祕男子。馬汀的公寓牆上已經掛滿夠多戰利品，不需要更多新成員，但他非常想幫蔓蒂與過去和解。

馬汀夾克口袋裡的手機震動，溫妮佛．巴比肯來電。

「嗨，溫妮佛。」

律師直接跳過寒暄，聲音公事公辦，沒有太多感情。「我剛到雪梨。警方想對蔓蒂做筆錄，可能還會進行正式偵訊，我現在要直接去警察局。」

「蔓蒂知道嗎？我出門的時候她還在睡。」

「知道，我剛跟她通過電話。」

「我可以幫什麼忙嗎？」

「雖然可能不太有關，不過我查了一下那些名字——就是在銀港時，蒙特斐爾提到的那幾個。阿提克斯．龐司和喬治．優波里斯。」

「從來沒聽過。他們是誰？」

「優波里斯是地產開發商。龐司則是律師，是菲普斯．艾倫比．洛克哈特法律事務所的資深合夥人，專長是商業法。當初默洛伊臥底時，自稱是這間事務所的員工。」

「然後，大概在十六個月前，蒙特斐爾在偵訊蔓蒂時提到了龐司的名字？」

「沒錯。」

「這是什麼意思？」

「我不知道。龐司可能協助過警方調查，負責提供默洛伊的臥底身分，不過這只是揣測。」

「那優波里斯呢？」

「他很有錢，白手起家、人脈廣闊，他的家族開發了很多工業園區。我想不出為什麼蒙特斐爾要提到他。」

「嗯，不過既然蔓蒂現在安全了，這些可能也就不太重要。我現在要去找以前的編輯，他可能會知道默洛伊的消息，我會問問他有沒有聽過這幾個名字。」

馬汀將Subaru留在地下停車場，改招計程車。他暗自希望他們明天就能離開雪梨。計程車在熟悉的街道間穿梭，沿著摩爾公園路轉向牛津街，馬汀望著路上繁忙的晨間尖峰，公車站牌旁的通勤群眾、堵塞的車流，這座城市又恢復了常態。接著車子轉了個彎，進入貝爾維尤山比較安靜的街道。這一區連空氣聞起來都是甜的，廢氣更少、錢更多。他在麥斯家外的圍牆前下車。馬汀來過這裡很多次，他曾與雪梨各領域的權勢人士一起出席晚宴，也參加過更休閒一點的週末午餐聚會，席間充滿酒精和各種臆測。今天，麥斯家的大門敞開，表現出歡迎。他在門前站了好一會兒，想好好把這片街景收進腦海：那些街樹，無雲天際下的一片寧靜，雨後的清朗。穿過對街的房屋之間，他可以稍微瞥見港口，藍海廣袤，城市閃閃發光，彷彿大好前途觸手可及。

他走過圍牆大門，沿著路徑穿越小花園，來到屋子正門前的階梯。麥斯的太太伊琳坐在階梯上，閉著雙眼晒太陽。

「早啊，伊琳。」

「噢，馬汀，是你啊。」

「今天早上天氣很好，對吧？」

「真的很好。」她笑著說。

「麥斯在嗎？」

「在，他在客廳。」

「我可以進去嗎？」

「當然。那個，馬汀？」

「嗯？」

「他死了。」

頓時間，所有的語言都辜負了他。他只能呆呆看著她。她的表情親切，但雙手緊握在身前，手上沾有一絲絲非常細小的血跡。她的眼神恍惚，彷彿正凝視著極其遙遠的遠方。馬汀也經歷過那種狀態，次數多到數不清，不過幾乎都不在澳洲。

他不想進屋，但自知必須進去；受了震撼創傷的伊琳安靜地坐在自家門前階梯上，現在正緩慢進入驚嚇狀態。他必須為她這麼做。也為了麥斯。

想當然，在實際看到景象之前，他會先聞到那股氣味：包含著血、排泄物和其他東西，一股伴隨著死亡的詭異甜味。麥斯確實在客廳裡，他癱軟在一只矮櫃上，腰部以下赤裸，歪歪斜斜地穿著絲襪。他脖子上戴著項圈，勒進了肉裡，項圈綁在另一只櫃子上。他的臉青綠扭曲，雙眼充血，舌頭腫脹發藍。

天啊。

另一個人面朝下，趴在客廳的另一端。是個女人，並不年輕：她穿著胸罩、絲襪，沒穿內褲，全身癱軟，後腦杓有個彷彿火山般紅色的洞，無力的手裡拿著一把槍。**噢**，**天啊**。

馬汀看了最後一眼，輕手輕腳地退出客廳，彷彿不想打擾他們，安靜退離他們的世界。

他回到屋外，走到伊琳身旁的階梯，彎下腰，穩住呼吸，不讓自己發抖，試圖不要發出任何聲音。他伸手放在她肩上，低頭看著她帶有紅色細絲的雙手。她毫不畏縮，沒有任何舉動。這個早晨依然寧靜，陽光依然耀眼，不因為屋內的事而失去光澤。穿過房舍之間，港口依然在遠處閃爍著波光，白帆的線條在建築的縫隙間鋪疊。

「我昨天晚上住在鮑拉爾，才剛回來而已。我一回來就知道有事情不對勁。門沒鎖，警報器也沒響。我已經報警了。」她說。

「沒關係，伊琳，警察很快就會來了。」

也的確如此。巡邏車的警笛沒響，就只是安靜地在圍牆外的路緣停下。一男一女兩名員警走進敞開的大門，神情僵硬，惴惴不安。馬汀覺得這兩人太年輕了，還沒準備好目睹這個世界將要讓他們看到的畫面。

「請問是富勒太太嗎？伊琳．富勒？報警的是妳嗎？」女警問。

「是我。他們在裡面，請直接進去。我可以待在外面就好嗎？」伊琳說。

「當然。那請問這位先生是？」

「我是馬汀．史卡斯頓，家族友人。我剛剛才到而已。」

警察走進去，待不到一分鐘便出來了。男警表情嚴肅地走下門前小徑，往警車走去，一邊打電話：

「請求凶案組支援。」

第八章

房間不像偵訊室，比較像會議室，小型的會議桌旁圍繞著十幾張椅子，牆上掛著乏味的黑白印刷海報，呈現這座海港城市的各個部分，雪梨大橋、歌劇院、月亮公園。但說真的，牆上其實可以只鋪一般壁紙就好，並沒有太大不同：這裡依然還是警察總部，桌上也還是放著錄音機，還是有名員警坐在角落。蔓蒂有種做錯事的感覺，覺得自己就要接受拷問。她心生內疚，自覺有罪，只是不確定是哪一條罪行。但至少她的律師溫妮佛在場，一如以往地扮演著她的後盾。溫妮佛雖然年事已高，這天還搭早班飛機從墨爾本過來，精神仍銳利如彎刀，毫無鈍化的痕跡。

莫銳斯．蒙特斐爾走了進來，一臉狼狽，而且滿是歉意。不過他的助手伊凡．路奇就不一樣了。路奇的西裝比上司略勝一籌，看似中立、務實，隱然間仍散發著他不言而喻的侵略性。蔓蒂告訴自己，那只是他的本性，這個人對全世界都是這樣，不是特別針對她。蒙特斐爾坐下，路奇則繼續站著。資深警探禮節上客套了一番，然後說出偵訊前必須記錄的必要資訊，接著直接切入正題，彷彿這場偵訊只是漫長待辦清單的其中一項，而他在趕時間。

「我們正在調查一件謀殺案，死者為妳稱為塔昆．默洛伊的男子。我們的調查員已經確認過，默洛伊當年失蹤時，妳人正在黃金海岸，所以妳並非這起案件的嫌疑犯。不過，我們希望妳能夠協助調查，請問妳是否願意提供協助？」

「當然願意。」蔓蒂保持語調慎重。

「布朗德小姐，請問妳是否知道塔昆．默洛伊是一名正在臥底調查的警察？」

「我當時不曉得，不過現在知道了。」

「妳什麼時候知道的？」

「昨天晚上，就在我們吃完晚餐後。你其實可以在吃飯時告訴我，但是你忘記了。」

「了解。」蒙特斐爾做了筆記。「抱歉，我應該先告訴妳的。」在他身後，路奇皺起了臉，彷彿向一般民眾道歉有違準則。

「他那時在調查什麼？」蔓蒂問。

「什麼意思？」

「他是臥底警察，還遭到謀殺，而你們現在想要我幫忙，也許你可以告訴我，他當時到底在查什麼。」

溫妮佛點了點頭表示支持鼓勵。路奇卻搖著頭，一臉不敢相信。蔓蒂瞪向那名地位較低的警官。

蒙特斐爾注意到兩人的爭執，於是轉頭對部下說：「伊凡，讓我跟她聊一下，可以嗎？」

路奇聳了聳肩，彷彿他根本不在乎這場偵訊，便悠悠哉哉地走出房間。角落的警員仍然留在原位。

蒙特斐爾向後靠上椅背，思考了一陣，最後還是回答了問題。「洗錢、逃稅、高級官員貪汙，妳想得到的，默洛伊都在查。」

「嗯。」

警察張開雙手以示安撫。「不過那都不是我的調查目標。我是凶案組警探，我只調查他的死因，僅此而已。」

「了解，我可以幫什麼忙？」她審慎問道。

「告訴我關於默洛伊的事。你們怎麼認識的？」

「某天深夜在賭場認識的——星光賭場。那天晚上他在高賭注的房間裡贏了一大筆錢。他對我有好感，請我喝酒，又請我吃飯。他長得好看，髮型、笑容、西裝都讓人喜歡，很迷人，也有禮貌，不猴急，會認真聽我說話。最後那天分開的時候，他要了我的電話號碼，問能不能打給我。」

「他喜歡賭博嗎？」

「愛慘了。」

「那時候妳已經在墨利森投資銀行上班了嗎？」

「還沒。」她停頓一下，然後疑惑著為什麼猶豫。「銀行工作是他幫我找的。」

「是嗎？那是什麼時候的事？」

「在我們認識幾個星期之後。那是在他失蹤前一年，算到現在應該六年了。那時我們剛開始交往，我需要工作，他就在墨利森的新鮮人培訓計畫裡找了一個職缺。」

「妳是應屆畢業生？」

「高中畢業而已。」

「所以妳欠他人情？」

「我那時候已經愛上他了。」

蒙特斐爾對她的直白有些訝異。「妳當時在哪個部門工作？」

「我在交易大廳。」

「了解，但妳並不是交易員吧？」

蔓蒂微笑。「當然不是，我只負責核對交易資料，確定所有紀錄沒有錯誤。還有泡咖啡、接電話、影印，反正是所有交易員來不及做或不屑的瑣事。」

「但妳有自己的辦公桌和電腦？」

「沒錯。」

「妳能夠存取銀行裡的其他資料嗎——像是交易以外的其他業務、財務紀錄、交易平臺、人事資料之類的？」

「不行。我記得不行，任何有關業務機密的都沒辦法。我可以存取交易大廳裡員工的人事檔案，更新他們的休假日、輪班表之類的，也可以開電子信箱、連上公司內部網路，使用交易員的交易軟體——但就只能查看紀錄，沒辦法進行交易。至於還能不能存取其他東西我就不知道了。」

「妳不知道？」

她聳聳肩。「我從來沒想過要看其他東西，就只是做分內工作而已。」

「塔昆．默洛伊當時在哪裡上班？」

「一間法律事務所——叫菲普斯什麼的。」

「菲普斯．艾倫比．洛克哈特？」

「對，就是這個名字。不過他每週有三天會在墨利森。他說墨利森是他們的大客戶，他正在協助處理組織改組之類的事。」

「他有沒有提過，他跟墨利森的哪些人一起工作？」

「就算有，我也不記得了，只有印象是一些高層。他有一間高級辦公室，和其他重要主管一樣。」

蒙特斐爾雙手合攏，指尖朝上，直視著她的雙眼。「我剛才說過，我們知道他失蹤時，妳人在黃金海岸，所以妳不是我們的嫌犯。我只想抓到凶手而已，不會調查任何其他犯罪行為，不管默洛伊或銀行做了什麼都與我無關。」他停頓一下，可能是為了強調語氣或在斟酌用詞。「有證據顯示，默洛伊以他無權存取的方式進入墨利森的電腦系統，藉此偷走一千多萬。妳知道嗎？」

「當然知道，當時每個人都在討論。」

「當時他進入墨利森電腦系統，有沒有可能就是用妳的密碼和存取權限？」

她皺起眉頭。為什麼要問這件事？「對，這我當時就與公司的調查人員說過了，他用過我的密碼。」

「告訴我事情的經過。他怎麼拿到妳的密碼？」

「我覺得我被騙了，他找上我都是為了他的計畫。他幫我在墨利森找工作，只是把我當成滲透銀行網路的管道，無論他到底是警察還是詐欺犯都一樣——也有可能他兩者都是。我應該要看出來的，但我那時候很盲目。」她允許自己露出一點明白於心的微笑。「談戀愛就會那樣。」

「所以現在回想，妳覺得自己當時有可能發現他的計畫嗎？」

「應該吧。」

「他怎麼拿到密碼的？」

她嘆了口氣。「在警方當時的筆錄裡應該都講過了。」

「如果妳不介意的話，請再複述一次。」

此時溫妮佛介入對話：「如果這是為了找出我當事人證詞中的不一致，坦白說手段不太高明，畢竟都事隔五年了。」

「我剛才說她不是嫌犯，我是認真的。」他的視線從律師臉上再次轉回來。「蔓德蕾？」

「說起來就是很普通的原因。我們交往幾個月後，有一次週末他來我公寓，他用他的筆電工作，但是進不了系統，因為他忘記每個月要更新密碼之類的，於是我就讓他用了我的密碼。我根本沒有多想。」

「妳沒有任何懷疑嗎？」

「沒有，畢竟我的權限等級非常低。即便是現在，我也很難相信他能用那組密碼做那麼多事。」

蒙特斐爾一邊看著筆記，一邊說道：「但是在他失蹤幾個月前，妳還是針對這件事舉報他了。」

「那就是形式而已。公司會定期發放調查表，我收到了，就照實回答。」

「調查表是誰發的？」

「不記得了。」

「實體安全措施的主管，克萊芮媞．司帕克斯，是她嗎？」

「對，就是她，謝謝。當時她針對這件事問過我話，但她似乎也不認為那有多嚴重。」

蒙特斐爾聚精會神，直視著她，而坐在一旁的溫妮佛沒有任何動作。「我不太懂。他是妳的男朋友，妳也只有低層級的存取權限，所以判斷這沒什麼大不了，但妳卻還是告發他了？」

「對。」

「還有什麼是我該知道的嗎？」

這時她想起那個畫面，銳利清晰，彷彿打了舞臺燈光。她在最俗氣、最難看的情境下發現他倆在做那檔事，他雪白的屁股上下抽動，她則像色情演員叫得震天價響。蔓蒂僵在原地，隔過淚水看著，滿是怒火。後來她在電子信箱收到調查表，她便照實說了。背叛得如此無足輕重，報復得如此幼稚，小學生被懲罰似的報應。她當時在想什麼？想讓他付出代價嗎？想證明他應該好好待她？還是什麼？

「蔓蒂？」

她吞了口口水。「我發現他劈腿。」

「他對妳不忠嗎？」

「對。」

「和誰？」

「澤妲．佛肖。」

「澤妲．佛肖？就是妳說綁架妳的女人？」

「不是『我說』，這是事實。」

「所以妳當時和默洛伊交往，後來發現他與澤妲．佛肖有染，這是何時的事？」

「我不確定，大概在他消失前幾個月。」

蒙特斐爾看了手中的筆記。「大約八個星期？」

「如果你這麼肯定的話。」

警探向後靠上椅背。「讓我整理一下。妳愛上默洛伊，所以信任他，甚至願意把自己的密碼給他。然後妳發現他背叛妳，對象是澤妲．佛肖，於是妳很生氣，這都可以理解。然後這麼剛好就在這個時機，妳收到一份安全性問卷，所以就舉報他了？」

蔓蒂覺得臉上一陣燥熱，不確定是愧疚還是羞恥。但她還是點了頭。「對。」

「妳質問過他和澤妲．佛肖的關係嗎？」

「有。」

「他怎麼說？」

蔓蒂低頭看著桌面，克制不讓情緒升起。「他求我原諒，說他只是做了傻事。他當時很有說服力。」

「妳相信他？」

「他向我求婚的時候我信了。在那之後，我的疑慮都消失了。」

「他求婚，然後妳答應了？」

「我答應了。」

「妳認識澤妲．佛肖嗎？」

「不算認識，只會在交際場合碰到。我當時不太喜歡這個人。」

「為什麼？」

「她喜歡當騷貨。」

「妳是指她常和人調情，還是指更進一步的事？」

「她和塔昆肯定是更進一步。女孩們都不喜歡她。」

「她是哪個部門的？」

蔓蒂不解地眨了眨眼。這答案，警察應該早知道了。「會計，我不確定她的辦公室在哪層樓。」

「好，我們快轉到默洛伊消失的時候。告訴我妳前往黃金海岸過夜的過程。」

「那天是週末。他星期三晚上打給我，說他臨時要北上，會在黃金海岸待一個星期，提議我也上去找他，兩人一起過週末。星期四我去上班時，發現桌上放了機票和花。於是我打電話請了星期五的病假，然後用他給我的機票飛到黃金海岸，他說他會在那邊和我會合。」她停頓下來；有了這些敘述為基礎，她的記憶開始變得具體，畫面也逐漸鮮活起來。「房間很漂亮，高樓層的豪華套房，俯瞰海灘的景色美得驚人，裝潢用了很多大理石，還有私人迷你跳水游泳池。他是律師，薪水很好，喜歡過好生活，但即便以他的標準，那間房間也是豪華到不行。房內準備了香檳和花，可是他沒出現。我後來就沒再見過他了。」

「他有跟妳聯絡嗎？」

「只有晚上收到一封簡訊，就是星期五那晚。收到時已經非常晚了，在那之前我一直試著打給他、傳訊息，最後就收到一封簡訊。」

「妳還記得內容嗎？」

「怎麼可能忘記？『**抱歉，有事耽擱了，很快就到。我愛妳。**』再加上幾個吻，就這樣。」

「後來呢？」

「後來什麼都沒有，星期六無消無息，星期天也一樣。我在那裡住了兩晚，星期天晚上飛回雪梨。星期一我去上班，大家都說沒看到他。」

「後來妳就報警，通報他失蹤了？」

「對，我和其他人一起去的。起初幾天沒有消息，然後他們就派人來問我話，一男一女的便衣警察。從他們的問題，我可以感覺有事情不太對勁，似乎跟錢有關。」她移開視線，再次回到那段痛心的日子，當時她所有的夢想都崩潰坍塌，被現實取代。「他們在隔週逮捕了澤妲．佛肖，證實了謠言：他們兩個一起盜用公款。事實證明，不管是求婚前求婚後，他都一直與她在一起，腳跨兩條船。我跟澤妲唯一的差別只在於，她知道他在幹麼，而我被蒙在鼓裡。」

「妳覺得被背叛了。」蒙特斐爾的語氣像陳述事實。

「你說呢？」

「妳對銀行的主管怎麼說？」

蔓蒂聳了聳肩。「警方很快就排除了我的嫌疑，但是墨利森的態度更嚴謹一點，另外進行了內部調查。當時傳聞好幾百萬被偷，他們對我根本是嚴刑逼供。」

「妳有說他的密碼是妳給的嗎？」

蔓蒂對此不以為意。「他們在幾個月前就知道那件事了。」

「所以妳沒有嫌疑？」

「形式上來說沒有，但最後還是把我開除了，大概在事發一個月後，還有好幾個人同時被開除。我猜銀行沒辦法完全信任我們，我整個小組的人都被炒魷魚，還有一些人資部的，以及幾個與澤妲一起工作的會計。」

「妳整個組都被開除了？妳的小組有多少人？」

「大概五人。」

「被偷的錢屬於妳小組管轄嗎？」

「我不記得有提到這件事。我們那一組不負責管理任何資金，但還是被開除了，被保全一路護送離開。事實就是這樣。」

蒙特斐爾接受了她的說法。「妳覺得澤妲．佛肖為什麼要綁架妳？」

「我猜她覺得我知道那筆錢在哪裡。」

「她不知道嗎？」

蔓蒂聳肩。「看起來不知道，但她確實為那筆錢坐了牢。之前法院判定她是共犯。」

「如果默洛伊已經死了，說不定她根本沒拿到屬於她的那一份。」

「對，她是這樣說的。但如果她覺得我知道錢在哪，那她就只是在發神經。」

「妳覺得默洛伊當時發生了什麼事？」

這個問題讓她停了下來，深呼吸，重新整理自己。「我不知道。如果他是警察，也許根本沒有錢被偷，而是發生其他事情，例如你剛才說的，洗錢、貪汙。也許有人殺了他，想要封口。」

「有這個可能。」蒙特斐爾說，神情不置可否。

蔓蒂覺得，蒙特斐爾應該要結束這場偵訊了，於是在他開口之前，先問了她自己的疑惑。「你能不能告訴我一件事。塔昆・默洛伊是他臥底用的名字，那他的本名叫什麼？」

「我沒辦法告訴妳。」

「為什麼不行？他已經死了，而且事情都過去五年，他不會因而受到傷害。」

蒙特斐爾看起來由衷為此感到抱歉。「沒有辦法。」

溫妮佛皺著眉頭說：「我的當事人非常配合調查，這不是她的義務，但她還是幫了你們。你應該告訴她。」

蒙特斐爾低頭看著桌面，無法直視兩人的眼睛。「他已經結婚了，而且有孩子。」

蔓蒂想要說什麼，但發現自己開不了口。結婚了？**他結婚了？他們在一起都多久了？**

三人安靜下來，陷入一段可怕的沉默。這時路奇突然衝進房間，雙眼睜得老大，無視在場的兩名女性：「老大，我們得行動了。有一起雙人命案，史卡斯頓在現場。」

第九章

他們就像慢速流動的蜂群，發現新的採蜜地點後，紛紛飛來。沒有警笛，不帶急迫，就只是嗡嗡振翅，有效率地忙碌著。首先抵達的是另外兩名穿制服的警察，然後是一名帶著沉重相機設備、表情嚴肅的女人，還有滿載鑑識人員的廂型車。鑑識人員們不發一語，安靜穿上淺藍色連身裝。塑膠製的，馬汀心想，用過就丟。

他與伊琳把通道讓給警方，兩人離開階梯，移到花園裡，坐在長椅上看著這一切，但又沒有真的看進任何東西。遠處的港口閃閃發光，那樣的雪梨現在看來遙不可及。

十分鐘後，兩名西裝男性走進大門。

「馬汀，早。」比較年長的那人眉頭緊皺，彷彿天生如此。

「早啊，馬汀。」比較年輕的同事顯然鎮定許多。

「嗨，莫銳斯、伊凡。」

「在裡面嗎？」路奇問。

馬汀點頭。

年輕的警探做了個表情，走上階梯，進入屋內。

「你還好嗎？」蒙特斐爾問。

馬汀搖了搖頭。他感覺心裡有某種東西開始移動、變形。在長椅上與他並肩而坐的伊琳·富勒，正望著眼前這片無情美麗的景色。

鑑識人員開始朝他們走來，逐一進入屋內。蒙特斐爾向馬汀投來最後一次關心的眼神，便跟上包裹在塑膠衣中的鑑識小組。馬汀看了看錶：有一個多小時莫名消失了。一名說話溫柔的年輕女警過來帶走伊琳。不知道多久之後，蒙特斐爾回來了，一臉蒼白。「你還好嗎？」

這個問題到第二次就失去作用。馬汀只能對他搖搖頭。

「走吧，我們去車裡坐坐。」蒙特斐爾領著他往下走，穿出依然敞開的大門。馬汀停下腳步，將門關起，蒙特斐爾在一旁看著他的一舉一動。

坐進車內，警探說道：「你看過裡面的狀況了。」

馬汀點頭。「對，看到了。」這幾個字咬起來感覺陌生，彷彿屬於某種部落語言。

「意外死亡，然後自殺。」蒙特斐爾的語氣平淡。

這句話引起了馬汀的注意，把他重新拉回現實。「你這樣覺得？」

「你覺得不是嗎？」

「不是。」

「怎麼說？」

馬汀仔細思考。「如果是意外，如果麥斯真的不小心窒息了，那個女的一定會想把他解開，幫他急救。假如急救失敗，她才可能開槍自殺。但事實是他還掛在那裡，她根本試都沒試。」

蒙特斐爾仔細地看著他。馬汀感覺到警探掃視的重量，但他不在乎。

「我同意你的說法。那就是謀殺後自殺了。」蒙特斐爾說。

「或者布置成像是謀殺自殺。」

蒙特斐爾放任更多時間流逝。「你怎麼會來這裡？」

「麥斯・富勒是我以前的編輯，已經半退休了。他之前打給我說找到一則大新聞，想要我幫忙，但蔓蒂出事了，我沒辦法參與。知道蔓蒂安全之後，我便想著要趁回家之前過來一趟，親自告訴他。」

「什麼樣的新聞？」

「我不知道，他不肯在電話上說。」

「什麼都沒說嗎？」

此時馬汀第一次轉頭看著他。「我問他有沒有聽過塔昆・默洛伊這個人，他說我應該過來找他聊聊。」

「什麼時候的事？」

「昨天，大概下午，在我開車下來的途中。」

「他知道默洛伊的事？」

「他只說事情太複雜，沒辦法在電話上談。」

「事情太複雜……」他安靜下來。「你最後一次跟他聯絡是什麼時候？」

「我昨天晚上打給他，但電話進了語音信箱。」

現在，換成蒙特斐爾瞪著擋風玻璃外的街景。當他把注意力重新轉向馬汀時，神情變得嚴肅起來，語氣也變得沉重。「蔓德蕾・布朗德遇到兩個冒充警察的男人，嚇跑了她的綁匪。那兩人叫亨利・力芬史東和賈舒華・斯比提。」

「然後？」

「這兩個傢伙，他們比鐵石心腸更糟糕，根本是精神異常。力芬史東十六歲時殺了他的高中老師，二十幾歲出獄後又殺了人。斯比提也好不到哪去。你得去找蔓蒂，然後離開這裡，回去銀港或者去紐西蘭之類安全的地方。」

「你認真的嗎？」

「認真。」

「你覺得他們跟這件事有關？是他們殺了麥斯？」

蒙特斐爾聳了聳肩。「也許是他們，也許不是，但無論凶手是誰，他們只要看了你編輯的手機就會知道他最近和你有聯絡。」警察停了一、兩拍才又繼續說道。「無論真相是什麼，這件事都還沒結束。力芬史東和斯比提——這兩個本來是偷偷摸摸行動的人，拿恐懼和脅迫當手段——現在他們卻公開行動，力芬史東甚至告訴蔓蒂他的名字，這讓我很害怕。」

「害怕什麼？」

「可能還有人會死。」

透過擋風玻璃，馬汀看到一架直升機低空朝這裡飛來，低到看得見繫著安全帶的攝影師。「另一個死者是誰？跟麥斯一起的女人是誰？」他問。

蒙特斐爾搖起頭來，然後出於某種原因又和緩下來。「不見報？」

「好。」

「麥斯．富勒大舅的太太，伊莉莎白．托貝。」

「托貝？她不是哪裡的法官嗎？」

「新南威爾斯州的高等法院。」

「天啊。」

蒙特斐爾傾身發動車子。「我載你到警察局，我們需要你做正式筆錄。你和蔓德蕾之後應該要避一下風頭，你還有她兒子都是。如果他們敢殺高等法院的法官，其他人對他們來說都是小意思。」

馬汀等到蒙特斐爾鑽出小巷，轉入貝爾維尤路往下坡開時，才問道：「阿提克斯．龐司還有喬治．優波里斯，他們跟默洛伊的命案有什麼關聯？」

蒙特斐爾轉頭看著他，臉上滿是擔憂害怕，又看回前方路面。他將車開向路邊，最後完全停下，好專心與馬汀談話。「你從哪裡聽到這些名字？」

「從你啊，偶然間聽到的。」

「什麼意思？」

「溫妮佛．巴比肯說，你去年在銀港偵訊蔓德蕾時，在其中一場偵訊提過這些名字。」

蒙特斐爾沒說話，移開視線。馬汀讓他慢慢煎熬；他不想幫蒙特斐爾這一把。警探開始搖著頭，彷彿非常懊悔，內心充滿各種規勸。最後他終於轉向馬汀：「如果你報導這件事，我會丟了飯碗。」

「那就不報。」

「連提都不能提。」

「都照你的意思。」

「我是這個州最資深的調查員之一，你之前有沒有想過，為什麼去年我會被派到銀港那個小鎮，去調查某個房地產仲介的命案？」

「溫妮佛和我懷疑過，我們覺得可能跟蔓蒂有關。」

「沒錯。」警察閉上雙眼，使力擠著眼睛，一臉不舒服的樣子，彷彿正在經歷某種痛苦。「當初接到那個案子時，我被告知不能讓事情上新聞。」

「那倒是滿順利的。」馬汀想起當時記者們蜂擁而來的場面不禁大笑出聲，就連蒙特斐爾都露出微笑。「指派你的人是誰？」

「跟平常一樣，是我老闆，但聽說是因為警界高層有人欽點。羅傑・馬卡泰利，州警局的副局長。我那時打聽了一下，問過幾個信任的同事，有人說你女友蔓蒂可能牽涉到龐司和優波里斯的案子。」

「什麼案子？」

「我不知道。」

「那為什麼要在蔓蒂的偵訊中丟出這些名字？」

「我想知道她認不認識他們。」

「你只是在釣資訊？」

「你要這樣說也沒錯，我想搞清楚自己到底為什麼被指派這個案子。」他正想繼續說，此時手機突然響了。「我是蒙特斐爾。」他接起電話，壓低音調，裝出一種更適合發號施令的語調。「好。」他停了一下，視線飄向馬汀。「我要警察全面戒備，沒有我的命令，沒人能夠進出。立刻申請授權，我會盡快過去。」他掛上電話。

「怎麼了？」馬汀問。

「克勞斯・范登布克，他恢復意識了。」

第十章

此時此刻，她恨透了這座城市。一切似乎都朝她湧來：建築物、人群、賴著不走的過去。她以為自己把那些都放下了，以為一切底定皆無可否認：塔昆帶著偷來的錢逃到海外，留她一人，什麼都不剩，失去工作，心碎至極。他永遠不會再回來了，永遠不會再和她聯絡。她沒有必要告訴任何人她的心碎故事，尤其是馬汀。為什麼要說呢？可是現在，往事又突然衝了回來，戳破她、橫梗在他們之間。他現在會怎麼看她？她想起銀港，想起海岸懸崖上那棟房子，她的避風港。她等不及回去了，再一次開始培養自己的未來，並把塔昆·默洛伊封存過往，正如同凶手將他封存在那座水泥墓穴中。

現在她有更急迫的問題：替換衣物和盥洗用品。馬汀只帶了她的手機和皮包，其他什麼都沒有，她身上只有蒙特斐爾好心給的那件不合身的衣服。她走在喬治街上，想要找間不起眼的店，找些暫時的衣服穿。一輛電車駛過；她考慮了一會兒，不過最後覺得自己需要走點路。要是站著不動，即使是在移動的電車裡，都讓她難受。

但是當她爬著斜坡，經過電影院，往雪梨市政府走去，她發現自己並非孤單一人。回憶尾隨著她。那些回憶屬於更年輕、更天真的蔓德蕾，與貝斯手比利過得落魄；與塔昆·默洛伊享受奢華，在默洛伊失蹤而她又失業之後，則過得平庸普通。這座城市曾是她的酒肉朋友：在她順遂時縱情狂歡，在她衰沉時斷然屏棄。她看見自己和比利，勉強過一天算一天，卻依然能開懷大笑，依然能在雨水和海德公園噴泉的水花之中盡情跳舞。他們會一起在街頭演唱，她唱著不怎麼樣的和音，搭配他一人就能賺進兩人酒錢的歌聲。他們有時會去雪梨城市使命團的愛心廚房吃免費食物。那些日子困苦，但是容易滿足，每天驅動他們的都是簡單的必要需求：找足夠的錢吃吃喝喝、找地方睡覺、弄到一點酒或其他東西來讓自己舒服一點。簡單又容易。

她在市政府外停下腳步，看見自己踏出豪華禮車的後座，踩上紅毯，走進一場舞會裡。她身上性感迷人的設計師服飾彷彿盔甲。她挽著塔昆．默洛伊的手臂，她瀟灑時髦的英俊男友。在那場慈善舞會，所有收益都會捐給雪梨城市使命團。

她在維多利亞女王大廈外再次停下，看著一間商店的櫥窗，仔細研究自己的倒影，看見過往自己四分五裂的鬼魂。以前的她很美，雪梨的人們時常提醒她這一點：「就像模特兒一樣」、「彷彿電影明星」、「宛如謬思」。她太常聽到這些話了，以至於有幾次也開始相信那是真的。這種話，比利說得最好、最真誠，說她讓他創造出這輩子最令人難忘的貝斯編曲。想到這裡，她不禁笑了出來，希望自己還記得當初他彈過的任何一段旋律。

天啊，即使曾與比利在一起，但是回到當初和塔昆交往的日子，她真的好愛雪梨。她曾經相信它的脈搏就是她的脈搏，城市的精力能量也都是她的，她可以從血管中感覺到奔流的命運，從這座城市朝她源源不絕湧來。但那從來不是真的：男人們都是騙子，是照劇本演出的演員，整座城市不過是電影場景。這座城市，那些男人，她問自己：當初怎麼能那麼盲目、那麼愚蠢，怎麼能在偶然的浪潮之中被沖得如此昏頭？她怎麼會讓那些男人塑造她的命運，讓他們編寫她的劇本、告訴她該講什麼臺詞，而不是由她自己下筆？

今天，彷彿是為了挽回她的心似的，這座城市努力散發著光芒，換上藍白閃亮的觀光彩繪，好像她會被這樣的門面再騙一次。彷彿真的如此。她知道，只要她想要，這座城市的公眾形象都在這裡等著她，觸手可得。不是後臺的工作間，而是前臺大景：港口、大橋、歌劇院，邦代海灘、曼利渡輪、月亮公園。這樣美好的日子裡，這些場景肯定充滿自信的光澤：明亮的裝飾、愉悅的神采，一臉自欺欺人的模樣。那是屬於人生贏家的雪梨，是全盛時期的塔昆．默洛伊的雪梨。可是現在的她並不覺得自己是個贏家，現在的她自覺應該屬於貝斯手比利所在的那一邊。

另一輛電車經過，將她帶回現實。馬汀沒事，她只知道這樣而已。他打了電話來，讓她知道他沒受傷，也沒有遭遇任何危險，但他認識已久的導師麥斯．富勒死了，遭人殺害，他得協助警方調查。又一個光天化日之下的受害者，又一個人死在布幕之後。蒙特斐爾是對的：他們得離開這個地方。

她進大衛瓊斯買東西。她以前很少走進這間百貨公司，總覺得這是上了年紀的女性才會來的地方。不過這裡沒有回憶，免於往日幽魂騷擾。她沒有把這當成滿足欲望的購物之旅，只買了實際需要的：內衣褲、牛仔褲、平底鞋、平凡的上衣、盥洗用品。就是穿一、兩天份的衣物，就這樣而已。不過這也並不容易：這間百貨公司太奢華了，太多誘惑。她在Kmart會更自在一點，在那裡，必要的物品勝過眾多選擇。一件長外套吸引她的注意，皮革外衣加上保暖內襯，剪裁時髦，品質良好，能夠抵擋冬日寒意；她當然買得起，在繼承了遺產之後，她可以放縱地滿足自己任何形式的心血來潮。但她還是沒有買那件外套。在這個當下、在這間店裡花錢，感覺有些奇怪。她不想要任何會讓她想起這次來訪的東西，最好是一回到家就能全部擺脫。她重新變回得過且過的實用主義者。

購物完畢，她查看手機，沒有馬汀的消息。他一定還在警方那裡。她傳了一堆問號給他，然後招了計程車，決定返回他的公寓。但在最後一刻，她想到更好的主意。他很常提起奧多的店，總說店內的咖啡比銀港或者世上任何地方的咖啡好上千百倍。她問司機知不知道店在哪。司機不曉得，但是導航知道。咖啡店離公寓不遠，比她想像中小，也沒那麼令人震撼，不過她一踏進店裡就能感覺到溫暖、親切的氣氛。她可以理解為什麼其他店都倒了，這間卻活了下來。經過顧客多年來的打磨，木製桌子和長椅布滿長久使用的光澤。牆上貼著褪色的旅遊宣傳海報，來自遠洋班輪仍然興盛迷人，而飛機尚為有錢人專屬的年代。還沒嘗到咖啡，她就了解為什麼馬汀這麼喜歡這個地方。

年輕的咖啡師自信滿滿，輕佻的玩笑讓她暫時忘了苦惱的現實；她點了低脂拿鐵，走到角落的桌旁，才剛坐下，便有個女人溜至她對面的座位，是戴著運動型太陽眼鏡的澤妲・佛肖。

「怎麼會是妳？」蔓蒂無法相信這女人還有臉出現。她環視四周，但沒看到澤妲那個戴滑雪面罩的手下。「妳要幹麼？」

「只是想要談一談。」

「妳開玩笑的吧？妳知道妳對我做了什麼嗎？」

「那是個誤會。我們現在需要放下過去的事。」

「放下？警方正在找妳。」

「所以我們得在他們抓到我之前先談過。」澤妲摘下墨鏡，蔓蒂可以看出這幾年的歲月在她臉上累積的證據。澤妲以前隨時隨地都是個美人，這點無庸置疑；她現在也還是漂亮，只是有了年紀。以前的她會在臉上撲粉、用睫毛膏畫出大眼睛，笑聲彷彿高中女生，蔓蒂都覺得她們兩個應該差不多歲數，但她現在的聲音低了半個八度，而且略帶沙啞，比起瑪麗蓮・夢露更像洛琳・白考兒。她看起來不只三十，而是坐三望四，髮色混和棕色和某種更紅的顏色，不太自然，眉毛也拔過頭，左眉和太陽穴之間有道血管搏搏跳動。看來監獄生活不只剝奪了她的自由，對她的外表也不太友善。

「妳如果想談，怎麼在銀港的時候不談，反而搞下藥那招，把我綁到這裡？」蔓蒂說。

澤妲聳了聳肩。「我本來想好好談的，我發誓，但是當時遇到了那個男的，他警告我們離開。」

「那個人是警察。」

「他也是警察?他又沒說。」

「你們發生了什麼事?」

「他叫我們滾。德瑞克趁他轉身時候揍了他一頓。妳不記得了嗎?」

「多虧你們把我迷昏,已經不記得了。如果妳來銀港只是想找我談,為什麼會帶三氯甲烷之類的東西,讓我暈到不省人事?」

「不是三氯甲烷,那東西是德瑞克帶的,他在網路上找到配方,自己做出來的。他覺得如果妳不願意談,可以用那個東西逼妳開口。有點類似在自家廚房做出來的吐真劑。」

「這個叫德瑞克的很聰明啊,妳在哪裡認識的?」

「那不重要。」她的話中帶著防衛,像在保護什麼。

「他現在在哪?」

「補牙齒。那兩個流氓王八蛋用槍托攻擊他。」

「看來他們很厲害嘛。」

澤妲的視線直射而來,蔓蒂看見她表情中的怒意。「妳知道他們是誰嗎?他們到那裡做什麼?」

蔓蒂傾身向前,以示強調。「殺手,澤妲,他們是殺手。警察是這麼說的。那兩個人是亨利.力芬史東與賈舒華.斯比提。我不知道他們怎麼找到我們、為什麼要找我們,但無所謂,那不是我要擔心的,他們要找的是妳,不是我。所以,現在要抓妳的不只有警方,還要再加上兩名凶暴的罪犯。恭喜妳,妳成功了。」她實在克制不住;她喜歡這位老對手那陣驚恐失措的表情。不過儘管如此,她接下來的語氣還是柔和了些。「我只知道,我們這種人不應該和他們那種人扯上關係。」

服務生走來，端上蔓蒂的咖啡。「美女，妳要點什麼嗎？」她問澤妲。

澤妲抬起雙眉，看著蔓蒂。

「隨便妳吧，想點什麼都可以。」蔓蒂說。**所以她連一杯咖啡的錢都沒有嗎？**

「請給我一杯冰摩卡，加鮮奶油。」澤妲告訴服務生，然後她轉向蔓蒂。「妳很不喜歡我，是嗎？」

「妳下藥、綁架我，然後在那兩個殺手來的時候留我一個人等死。妳覺得呢？」

「我是說以前，不是現在。」

「對，我以前也不喜歡妳。妳跟我未婚夫有一腿。」

澤妲咧嘴一笑。「噢對，的確。」

蔓蒂升起一股怒意。以一個聲稱尋求幫忙的人來說，澤妲・佛肖大概會讓卡內基非常失望。「澤妲，妳聽好，我沒有義務坐在這裡陪妳，也沒義務和妳談任何事。」

澤妲伸出一隻手，握住蔓蒂的手腕，突如其來的親密舉動令蔓蒂縮手。但澤妲似乎沒有發現，繼續堅持，在蔓蒂試圖抽開手時抓得更緊。「拜託，我需要妳幫忙。」她的聲音聽起來頗為真誠。「我相信妳說的，妳沒有拿那筆錢。我查過了。」

「那妳到底來這裡幹麼？」

「妳看這個。」澤妲在肩背包裡一陣掏找，拿出手機，是過時的款式，而且螢幕有了裂痕。她點開一條訊息，遞出手機，讓蔓蒂讀。**抱歉，有事耽擱了。明天見。我愛妳。親一個。**

蔓蒂看向綠色訊息框旁邊的日期，其實心裡早已有底：這是五年前的簡訊。她頓時說不出話。

「妳也一樣，對不對？一樣的簡訊？」澤妲問道。

蔓蒂點頭。她很早以前就刪除了訊息，但絕對不可能忘記那些話。

「那個星期五，我人在墨爾本。」澤妲壓低了聲音說。「妳知道這件事嗎？他給我機票，要我下去過週末，有香檳、有鮮花。聽起來是不是很耳熟？他說他要離開妳了，寄來這封簡訊，然後就沒有下落，徹底沒消沒息，直到現在，有人找到他的屍體。」

蔓蒂不發一語。

「我們都收到同一封簡訊。」

「妳想說什麼？」蔓蒂忍不住問道。

「傳簡訊的不是他，而是殺他的人，好多爭取一、兩天的時間。」

「妳沒辦法確定。」

「我已經學到教訓了，我們本來就沒辦法確定任何事。但假如我是對的呢？」

「好，假設妳是對的，那是什麼意思？」

「這表示兇手——或者兇手們——知道我們的存在，知道妳和我。他們用他的手機傳訊息。」蔓蒂現在能看到澤妲眼中的情緒：哀傷、憤怒、挫敗，還有害怕。「如果他們當時就知道我們是誰，那就表示他們現在也知道。然後現在，他的屍體被發現了。」

「但我之前不曉得他已經死了。妳知道嗎？」

「不知道，當然不知道。但是那兩個男的卻來找我了。」

「對，而且他們要的不是我，因為我們不一樣。」蔓蒂說。「妳知道他計畫要偷錢，而我不知道。」

「這只是妳的說法，搞不好妳接受了他們的條件？」

「什麼條件？妳在講什麼？」

「妳很清楚。」

「我不懂，解釋給我聽。」

「警察——當初他們說要給我豁免權，只要我說出知道的事，就不會被逮捕。他們一定也對妳提了同樣的條件。」

「我不是嫌疑犯，我根本不曉得錢的事。」

「妳剛才已經說過了。」

「如果他們要給妳豁免權，妳為什麼沒接受？」

「因為我就跟笨蛋一樣，以為他還活著，正在等我。所以我什麼都不說，試圖保護他。不過他們找到太多證據了，我逃不了。」

「我聽說妳認罪了。」

「是啊，最後認了，但那時候已經太遲，豁免權的交換條件已經失效。」

「他們相信他逃走了？」

「當然。他們說他逃到海外，說妳也參了一腳，而我信了他們的說法。妳從以前就比我有魅力，他一直都比較喜歡妳。」

蔓蒂苦笑著。「他信任妳，而不是我。他從來沒告訴我任何關於偷錢的事。」

「可是到頭來他對我們兩個都一樣，不是嗎？他騙了我們、背叛我們，又保護了我們。」

「保護？」

「他確保我們都在別的州，遠離危險。」

「或者說確保不會擋他的路、不會壞事，好讓我們不會發現他在做什麼，也不會揭發他。」

澤妲憂傷地笑著。「也許對妳是這樣，但對我不是。我本來就知道他的計畫，記得嗎？我沒有打算阻止他，事實上我一直鼓勵他那麼做。」

蔓蒂仔細思考著這一點，欽佩這個女人令人不快卻又無法否認的坦率。她想知道澤妲為什麼會找上門，目的到底是什麼。

服務生再次過來，端上澤妲的飲料。咖啡裝在一只厚壁的冰淇淋杯，插著吸管和湯匙，最上方頂著一坨鮮奶油。

蔓蒂等到兩人獨處時才又繼續說道：「妳當時知道他是警察嗎？」

澤妲還來不及開口，臉上的震驚就先透露了答案。「他們這樣告訴妳嗎？」她壓低聲音，像輕聲吐露機密。

「對，他的本名甚至不叫塔昆·默洛伊。」

現在，澤妲的神情出現了一絲痛苦的痕跡。「靠。沒有，我不知道。警察只告訴我他被槍殺，沒說這件事。」

「他們今天早上告訴我，他已經結婚了，還有孩子。」

女人的痛苦變得顯而易見，一陣顫抖竄過。「他有老婆？還跟我們兩個上床？她知道嗎？」

蔓蒂搖了搖頭。「我怎麼可能知道？」

「妳知道他的本名嗎？」

「他們不肯說。」

澤妲向後倒在座位上，表情迷惘，無法理解。「所以他真的騙了我們。我們兩個都被騙了。我們對他來說什麼都不是，就只是達成目標的手段而已。」

「我是這麼覺得。」

「王八蛋。」澤妲罵了一聲，壓低的聲音中充滿了確實的怒意。「我為了那個混蛋坐了牢，把自己人生都毀了。我不能工作，身上背著挪用公款和詐騙的犯罪紀錄，根本不可能繼續當會計。」她厭惡地瞪著飲料。「他根本就不在乎，不是嗎？」

「可能吧。」蔓蒂說。「雖然他當下就死了，但就算沒死，大概也完全不在乎。」

「所以他到底有沒有偷錢？」澤妲問道。

「我不知道。」蔓蒂說。「我現在已經沒辦法確定任何事了。也許他只是用這種方式來控制妳，好透過妳取得帳戶資料。」

「但我是因為從犯而被判入獄，所以罪行本身一定存在，錢一定被他拿走了。」她的聲音帶著一絲絕望。「那兩個人想要的一定就是那筆錢。我說那兩個殺手，力芬史東和另一個傢伙。」

「斯比提。」

「對，斯比提。那兩個人打了德瑞克，然後正在追我，他們一定是在追那筆錢。」

「也許吧。」

「不然他們還會要什麼？」

「也許是想知道他知道哪些事。他是警察，他被殺有可能是因為錢，也有可能是他發現了某個祕密而惹上殺身之禍。」

「妳這樣想？」

「有差嗎？他都死了。」

「所以妳不願意幫我？」

「幫妳什麼？」

「找那筆錢，找出他發生了什麼事，找出他到底發現了什麼讓他賠上一條命。」

蔓蒂對澤妲的拚命感到吃驚。「我們知道他發生了什麼事，有人讓他的腦袋吃了一顆子彈。再說，就算那筆錢真的存在，也早就不見了。」

「妳說得容易啊。」澤妲的態度酸了起來。「妳現在有錢、有男人，還有個寶貝兒子，全都住在懸崖上的城堡裡。」她低頭看著冰摩卡還有漂在其上的鮮奶油。「我他媽的什麼都沒有。」

「澤妲，這不值得。不必為這種事賭命。」

「所以妳不會幫忙？」

「不會。」

「好，那就這樣了，從此以後我們互不相欠。」澤妲起身，大口吞下咖啡，用力吸乾底下的渣漬，將空杯子用力敲向桌面。「謝謝妳的咖啡，妳從以前就是個自私的婊子。」

第十一章

雨又突然下起，彷彿是對馬汀的懲罰。他走在萊利街上，衣物單薄也沒帶傘，雨勢彷彿察覺到這人有機可趁，迎頭朝他劈來。蒙特斐爾把他載到警察局做筆錄時天色尚藍，等到他離開警局也只是陰天。他從警局走回公寓，半路中雨還是下了起來，像昨晚那樣全力潑灑。剩下的路程太短，坐不了計程車，不過他並不在意這場雨，要下多大就下多大吧，暴烈的雨勢似乎符合他的心情。麥斯死了，遭人殺害，馬汀心裡的麻木逐漸淡去，開始內疚。他不知道這股內疚從何而來，但就是存在。要是他早一點打給麥斯、一到雪梨就去找他，他這位老大哥可能就不會死了。或者，自己也有可能會跟他一起喪命。只是這樣的念頭只激起馬汀更深的內疚，令他覺得這陣冰冷如針的大雨像是自己應得的懲罰。

當他回到公寓時，南方來的雨水仍不斷下著。他推開大門，踏過三級階梯踩上門廊。流浪老人又回來了，躲在牆面凹陷處，看起來狼狽不堪，聞起來也更臭了。

「我沒影響到別人。」老人為自己辯護，上下打量著馬汀，彷彿不記得他是誰。

「我無所謂。你可以待到雨停。」馬汀說。

老人眨著眼，甩了甩頭，試圖想讓整個世界連貫起來。「馬汀？你是馬汀嗎？」

「對，是我。」

「噢，謝謝。非常謝謝。」

馬汀穿過公寓一樓的門，經過瓊斯太太未收的信件，走上樓梯後便看到他家的門關著，但門鎖已被砸壞。他輕輕打開門，整間公寓被搗得一團亂。客廳是一片殘破碎屑組成的汪洋：書本封面被扯下，書頁四散，漂浮在沙發的殘件之中。他走進臥室，床被肢解，床墊被劈開，衣櫥被開膛剖肚，矮櫃支離破碎。這不是洗劫財物，也沒有翻找抽屜的那種混亂，而是在拆房子。他蹣跚走過濃縮了自己一生的公寓被屠宰後的現場，被那種暴力所震驚，無法相信。對方根本不是在搜索，而是在屠殺無生命的物品。怎麼會有人做出這種事？為什麼？

窗邊一陣聲響將他拉回現實。是冰雹。他想著是不是應該拉起窗戶，讓冷氣將屋內洗滌一番，但這天氣毫無任何體貼。相反地，風暴又回來了，提醒馬汀它有多不在乎，彷彿外在世界複製了肆意摧毀公寓內裝的那場暴風。於是他開始搜索公寓，不是要找哪些東西還救得回來——那實在不太可能——而是想知道哪些東西不見了。他找到自己其中一本護照，被撕成兩半：畢竟是價值文件，拿走的話，想必多少能在黑市換點東西，但這本只有被破壞，顯然對方唯一目的就只是找馬汀麻煩，讓他得勞心勞力重新換發。走進廚房，食物噴得滿面牆，冰箱裡唯一剩下的東西是一坨屎，完整地盛在盤子上。馬汀把盤子拿出來，放進已經空無一物的冷凍庫。ＤＮＡ，他想，可以當成證據。也許能讓他們得到應有的報應。他確認冰箱還在運轉，結果令他放心。那坨屎被安穩地保存在冷凍庫裡：這是今天所發生最好的事了，一件小確幸。

他的筆電不見了；當然了。電視也從原位消失；那是十幾年前買的，現在應該已經一文不值。一扇破窗給了馬汀線索：那臺電視被扔出窗外，砸碎在巷子鋪了磚的地上。但筆電沒與電視在一起。他的Mac消失了，那是他們唯一帶走的物品。馬汀露出一陣虛弱的笑容。他們不會在那部電腦的硬碟裡找到任何有用的資訊。怎麼可能會有呢？畢竟他什麼都不知道。但事實是，他們拿了筆電，裡頭有他兒子的相片、蔓蒂的相片，有他們的生活相片。銀港，金色的沙灘，幾個月的喘息時間，那段生活現在感覺起來極其遙遠。

下樓，流浪漢還沒走，正在他那些稀少、骯髒的行李之間喃喃自語。

「前幾個小時，有人去過樓上嗎？」馬汀問。

「有幾個王八蛋。」老人說。

「對，就是那些人。」馬汀說。

「他們拿刀威脅我離開。」

「然後呢？」

「然後我就走了。」

「一直到他們離開，你才回來這裡嗎？」

「我只離開一、兩個小時而已，開始下雨我就回來了。」

「可以告訴我，他們長什麼樣子嗎？」

「幹麼告訴你？」

「因為他們是王八蛋。」

「哎喲，這倒是。」老人點著頭，欽佩馬汀話中的邏輯。「他們給了我某個東西，很爽，要我發誓不能說出去。」

「所以？」

「一個王八蛋是個光頭矮子，脖子上有蜘蛛網的刺青。另一個王八蛋比較高，穿著三件式西裝，聞起來像在殯儀館待過。」

「謝謝。」馬汀語氣平靜，不過思緒活躍運轉。是蔓蒂說的那兩個男人：斯比提和力芬史東。一定是。「這給你。」他從皮夾裡拿出一張二十元鈔票，向前要拿給老笨蛋，不過在最後一刻停了下來。「兩個條件。」

「天下沒白吃的午餐。」老人說道。

「第一：不要尿在這裡，這裡不是小便斗。」

「從來沒有好不好，老弟，你當我是誰啊？」

「第二：如果等一下有個你這輩子看過最美的女人過來這裡，叫她打電話給馬汀。然後再告訴她：不要上樓。」

「那些人對你不好嗎？」

「對，非常不好。」

馬汀朝下坡走去，雙腳又溼又冷而且逐漸失去知覺。他打給蔓蒂，但她沒接，他覺得奇怪，為什麼不接電話。他看著手機螢幕，不到十五分鐘前，他才漏接她一通電話。斯比提與力芬史東把他的公寓砸了。那兩個男人在追澤妲．佛肖的時候遇見被綁起來的蔓蒂，當時他們把她留在現場，為什麼現在卻要把他的公寓搞得一團亂又偷走他的筆電呢？他想起蒙特斐爾的話：「**無論凶手是誰，他們只要看了你編輯的手機，就會知道他最近和你有聯絡。**」媽的，他們可能覺得他知道麥斯正在處理的案子。他打給蒙特斐爾，警探沒接，於是他留言交代了公寓被破壞、筆電被偷的事，還有流浪漢老人對於肇事者的描述。留完言，他站在原地，迷失在思緒裡。這時他聽見另一陣暴風彷彿貨運列車般逐漸逼近，從南極洲、南極海、塔斯馬尼亞，一路千里迢迢為他而來，榨乾這場白晝的日光，讓整座城市陷入黑暗。他想找地方避雨，發現自己站在那間電腦店外，「一番電腦與領巾飾品」瞬間成為這片陰霾之中的一盞明燈。

他走進店裡。

店門與櫃檯之間塞了好幾座特價花車，裡頭堆滿各種器材：無線滑鼠、外接硬碟，裝顯示卡的盒子畫著打赤膊的神靈和閃電。櫃檯延伸過整間店，然後向右轉了個九十度的彎。從這裡開始是店名中「領巾飾品」的部分，占據了一個小角落，可能將近四分之一的店面面積。玻璃櫃裡擺著領巾、手套和手帕，而領結、圍巾和披肩則精心掛在架上展示，另外有一對衣帽架掛了雨傘、帽子和手杖。整區擺設由一排老式歌劇望遠鏡作結，那種蒸汽龐克的美學風格，與占據了店裡其他空間那些閃閃發光的電腦周邊設備相比，顯得特別格格不入。

在櫃檯的保護欄後方，一名穿著邋遢白色實驗外套的年輕男子，正在修理某部電腦主機。他身後是擠滿紙箱、塑膠收納箱的貨架，頂至天花板高，一路延伸至店後方的牆面。男子留著筆直的白色長髮，戴著珠寶師用的放大眼鏡，手裡揮舞著電銲槍。

「你會修噢？」馬汀問。

「沒有啦，只是亂玩而已。」澳洲大陸有多大，男子的口音就有多重。「拆開當零件或直接丟掉比較划算。」他抬起頭，對馬汀微笑。他的瞳孔顏色很淡且帶有紅光，眉毛布滿了雪。他是白子。他繼續說道：「這就像解剖青蛙，你沒辦法讓它們起死回生，但可以知道內部怎麼運作，滿有趣的。」他放下電焊槍，摘掉放大眼鏡。「你想找什麼嗎？」

「我的舊電腦被偷了，想看一臺新的。」

「舊的長怎樣？搞不好會出現在後面那堆東西裡。」

「應該不可能。」

「難說。」

「一部 Mac，幾小時前剛掉的。」馬汀知道問了也沒用，他的電腦此刻正被解剖。

「最近沒有Mac。你試過追蹤嗎？」

「你追得到？」

「應該吧。你手機是iPhone嗎？」

「對。」

「借我看一下。」

馬汀解鎖手機，交出去，不過年輕男子看不到一分鐘便還了回來。「糟糕咧，你根本沒開追蹤功能。」他搖著頭，彷彿是對老一輩的科技盲感到同情。「那你想買怎樣的？有什麼特殊需求嗎？打電動、剪接影片？還是再幫你找一臺Mac？」

「好，但不需要太高級的，能上網、寄信、處理文書就好。」

「了解，我看一下有什麼。」男子用櫃檯古早的米白色顯示器查了庫存。「這臺如何？二手MacBook Pro，用過兩年，五百塊。」

「聽起來不錯。」

「好，我清一下硬碟、重灌作業系統，再幫你裝文書系統，明天可以來拿。付現。」

「成交。」兩人握手。「我叫馬汀。」

「葉夫根尼。」

雨又停了。他正要離開店裡時手機響起，是蔓蒂。

＊　＊　＊

蔓蒂掛斷電話，震驚地站在馬汀公寓的殘骸之中。樓下的酒鬼流浪漢剛才試圖警告她。「不要上去。」他口齒不清地說著，像喝醉的樂隊指揮似地揮舞雙手。她沒理他，拒絕任何視線接觸，不屑一顧地推門而入。她應該聽勸的。

她心中升起一股深深的確信：又是過去幹的好事。過去的業已經追入她的現在，像一群獵犬，對著她的內疚狂吠。如果不是來自過去的糾纏，還有什麼東西會想對他們造成這種程度的破壞？這不是澤妲，不是警察，不是隨便一群破壞公寓的人而已，那些人只是某種外在現象，彷彿這座城市變化無常的天氣，但眼前面對的不只是如此。她被某種更巨大、更無形、更惡毒的東西抓住的氣味。那個假警察亨利．力芬史東，當時用那副沙啞的菸嗓說了什麼？「**別跟這件事有太多牽扯，之後情況會變得很糟糕。**」但她確實牽扯其中。她的過去知道這一點，它認得她，也知道能在哪裡找到她。

現在她知道了，銀港根本算不上什麼。他們在那裡度過的十六個月只是海市蜃樓，是虛假的現實，讓她誤以為自己過得很好，以為未來真能如地平線一般開展，彷彿是從那座懸崖上眺望的海景。她現在看見了真相：那是場幻覺。只要過去不准，她就不會有未來可言。

她想起一件關於塔昆的事，他們認識的那晚，賭場裡的瘋狂之夜。貝斯手比利想出一項鋌而走險的計謀，極其簡單，幾乎就要奏效，靈感來自他們無意中在舊衣捐贈箱找到的某件衣服：一件綴滿亮片的雞尾酒裙，裙襬短而且低胸。他們策畫，灌酒壯膽，好讓自己有執行的勇氣。她打扮了一番，花上大把時間打理妝容髮型，集滿酒意和膽量之後，大步走進賭場，彷彿是伸展臺上的模特兒。事實上也沒那麼難，還滿簡單的。她只需要站著，醉醺醺的賭客就會自己過來，而她負責微笑、調情、偶爾炫耀一下臉上的酒窩，分散對方的注意力，讓穿著一身黑、毫不起眼的比利悄悄偷走他們的籌碼。那場騙局進行整整十五分鐘，成果豐碩得驚人。然後保全就來了，衣著正式、渾身肌肉，對兩人的愚蠢哈哈大笑，將他們團團圍住，訕笑以對。塔昆就是在這時介入，救了她一把。身穿優雅黑西裝的塔昆，態度熟練而霸道，是完美的表演者。他聲稱自己與蔓蒂是情侶，靠著他的衣著剪裁和全然自信，保全馬上相信了。她以同樣的角色回應他的說法，叫他「親愛的」，對著保全露出她的酒窩。他伸出手臂讓她挽著，帶她離開。保全們將被留在原地的可憐比利揍了一頓，以示告誡，丟到街上；同時，她已經煞到那位流浪騎士，被順勢帶進酒吧。

他請她喝酒、聽她說話，看穿她外層的淺薄謊言，一路推進至真相，不斷給予香檳和同情。爾後，他帶她回到賭場，在輪盤和骰子大輪特輪，又在二十一點全部贏回，以此證明他的實力。現在她懂了，那都是他的評估過程。最後他的結論是：她夠聰明，足以理解，也夠絕望，會迫不及待投入。

現在，她身在這片公寓廢墟，也還能看見他。他年輕、活躍、英俊，有著像她一樣的濃密金髮，打扮得恰到好處、毫無缺點，正端著白蘭地杯大笑著對她敬酒，眼裡看的全是她，笑容充滿自信。他渾身自信，氾濫滿溢。但是他到底是誰？是賊、是騙子，還是警察？或者三者都是？他真的是為了保護澤妲和蔓蒂，才把她們推出暴風圈外嗎？或者那只是為了不讓她們壞了偷錢的計畫、不讓她們分一杯羹，或者不讓她們干擾他的警察調查職務？他的動機目的到底是什麼？不過，這些事現在重要嗎？錢已經被偷，她們兩人的生活也都被他毀了。她現在怎麼看這個人？他已經被殺了，一顆子彈鑽進腦袋，而殺手還傳了相同的簡訊安撫她和澤妲。或者根本是留下線索，讓警方能夠找到。**天啊**。

她試圖移動，費力穿過這片毀壞的殘跡，但卻失去平衡，跌進地上大片零碎雜物中，肋骨撞上某種尖銳的邊緣。她幾乎沒發現自己撞傷了。眼淚流了下來，但跟身體的疼痛無關。她找不到起身的動力，於是就這樣躺在那裡。塔昆的死是她的錯嗎？這個問題再度纏上她，不肯放過。原來這一切都是她的錯嗎？新的資訊與消息將所有事簡化為一個問題：害死他的人是她嗎？她的理智給不出答案，但情緒可以：她感到一股存在已久的內疚。

她因為密碼的事舉報了他，就只是一組沒有用處、權限極低的密碼。當時，她所屬小組的組長潘姆．里索利就曾為此找她正式談話，裝出事關重大的樣子。塔昆也遇到一樣的事：棍子高高舉起，輕輕放下，只是這樣而已。輕微的不當行為。他們改了密碼，生活繼續。因為這麼小的事情而被警告，他們兩人只是哈哈大笑，不以為意。接下來五年，她一直相信舉報他這件事無足輕重，至少對他沒有任何影響；他依然想辦法偷到了錢，遠走高飛去過無憂無慮的生活。

不過，到頭來救了她、讓她免除嫌疑的，剛好也就是那份問卷以及對於密碼一事的坦白。潘姆以此為她辯護：蔓蒂做了正確的事，通報默洛伊的行為，加以示警，而相關人員卻忽視了她的警告。潘姆主張，他們不該處罰蔓蒂，反而應該獎勵她的誠實和先見之明。克萊芮媞．司帕克斯和銀行安全措施的總負責人哈利．史維瓦特審問過蔓蒂，不過很快就將注意力轉移到倒楣的澤妲身上。最後，蔓蒂保持自由之身，而澤妲進了監獄；澤妲承認共犯，認了罪。她的案子沒開審判庭，也無須作證，直接量刑，且沒有見報。

現在，躺在公寓的碎片之中，蔓蒂調整了她對於問卷和其影響的看法。問卷的確讓她免於牢獄之災，但是否也踩了他一腳，驚動了墨利森的安全系統？他們是否從那之後就開始密切注意他的行為？默洛伊是個警察，卻在玩雙面遊戲；他無情地利用了澤妲與她自己，但並不表示他就該死。然而，即使不願意，她卻可能在不知情的情況下，與他的死有所牽連。她自覺無法再自認清白了。也許只是過失殺人，而非有意謀殺，但無論如何都有罪。

她在某面破裂鏡子的殘片中瞥見自己，撿起碎片，仔細看著自己的臉，綠色雙眼，線條立體的顴骨。她試著微笑，將酒窩和完美的牙齒召喚至定位，就像在賭場那晚。有那麼一會兒，她看到了在其他人眼中——那些喝醉的賭客與輕信謊言的保全，她是什麼模樣；或者至少她覺得看到了。那是個美麗、神祕的陌生人。這非常簡單——人們會相信他們想要相信的，並把自身的幻想投射到她身上，彷彿她就是為此所打造的空白布幕。鏡子碎片的角度移動，裡頭的影像也跟著改變。她看到其他人沒看到的，那些不完美的部分：布滿血絲的雙眼、擺錯地方的痣，她的耳朵特別高，眼睛也稍微斜視。為什麼人們這麼盲目，永遠只看到他們想看的？

另一段回憶湧現。她再次回到校車上，回到那片令人窒息的平原，時節正要入夏，那是一段充滿熱氣與賀爾蒙的午後旅行。她十五歲，將要十六，男孩們開始迷戀她，女孩們則更討厭她了。但至少崔娜不在了，她有自己的小醜聞、逐漸隆起的肚皮需要擔心。蔓蒂依然坐在最前排，就在司機後方，依然沉浸在書裡，以前避她不及的男孩們現在會笨拙地獻著殷勤，而她完全不為所動。但其實她暗地陶醉著，她會用這項新的能力，在倒楣的青少年身上實驗，學到原來撩高的裙子或者沒扣上的襯衫能輕易引來更多注意力。書和美貌：保衛她不受世界侵害的兩項防護，是她的雙重盔甲。

她將鏡子的碎片傾斜，端詳自己。她一直都為她的樣貌自豪，一直那麼有所自覺，也一直都那麼不滿意。她一直想為他們打扮完美，但也一直無法真正信任他們，懷疑他們只看得到演出，卻從來沒注意到表演的人。即使和馬汀在一起時也是如此。親愛的馬汀，他是他們之中最好的那個。

她想到連恩。彷彿命運暗中籌畫，讓她享有一年半的幸福時光，讓她爬上巔峰，好讓她接下來能跌得更痛。她想要逃離這裡，回到兒子身邊保護他。但是過去已經找上門了，就在此處，而她不能把這件事帶到銀港；她不能冒險讓過去找到兒子的蹤跡，不能讓它也記住他的氣味。不行。無論發生什麼事，她都必須將過去留在這裡，留在雪梨，讓這座城市去承擔。

一股怒氣湧了上來，她對塔昆充滿怒火。新的情緒取代了內疚，給了她暫時的解脫。即使到了最後，他還是在說謊。他根本沒與澤妲斷了聯繫，真要說的話，反而變得更緊密。他依然與會計上床，向她保證他會離開蔓蒂，與她分享千萬澳幣的竊取大計。那個混蛋。他騙了她，也騙了澤妲，他騙她們還單身，事實上根本已經結婚了。他老婆知情嗎？他先用輕柔的話語和堅硬的老二把蔓蒂和澤妲玩得暈頭轉向，再回家陪老婆。然後，然後他就那樣了。

然後她就這樣了。躺在馬汀公寓的屠殺殘骸之中，她突然充滿一種奇怪的決心，一種不尋常的力量。她是對的：過去確實在追殺她，不可能逃得了。她可以可憐兮兮地躺在這裡，等著它追上來——或者，她可以起身反擊。為了連恩，為了馬汀，為了自己。為了他們的未來。就算它已經聞到獵物傷口的血味，露出獠牙，也不代表她永遠只能當個受害者。她試過消極等待，非常清楚那沒有用。書和美貌無法保護她了，她需要反擊。管他的，她低聲對自己說道，接著奮力起身。

她可以從面對事實做起：她一直都知道。她不打算自證其罪，但仍必須承認這件事：她早就知道了，一直都很清楚。他們相處的每個當下，她其實都非常明白；認識的第一天晚上，她就看到他有多精通賭博，後來的許多夜裡，他甚至教她算牌和其他技巧。他將記憶技巧編成遊戲，教她如何建立記憶宮殿，將字母和數字組成的隨機字串放在熟悉的地方，以便能重新想起。她很清楚，在那副英俊的外表底下住著不只一個塔昆．默洛伊，不只一個他：他是正經的企業法律顧問，同時也是全身散發魅力的玩家。這些她都曉得：她並不真的知道他是計畫偷取千萬澳元的賊，也不曉得他是正在調查的警察，但她應該要有所懷疑。畢竟她知道他正在探查銀行的網路，她幫過他。不過自始至終，她都否認這一點：對警方，對克萊芮媞．司帕克斯與哈利．史維瓦特，對任何人。但是就像澤妲懷疑過那樣，墨利森銀行一定也有過疑心。難怪他們開除了她，也難怪澤妲會找上門來。她本來以為自己逃過一劫，且理應逃過，因為她本來就是無辜的，他終究還是背叛了她。即使到了現在，也沒人知道這件事，她也沒必要讓任何人知道。但是過去知道，它記得她的氣味。

樓下傳來聲響：馬汀來了。馬汀真的與其他人不一樣嗎？他真的是萬中選一的那個人嗎？她告訴自己：對，一定是他。他沒有塔昆的神氣或者史衛福特的自信，但這不是壞事。她還是能看出那些特質存在的痕跡，有時，當他被新聞、被他的目標吞沒時，她會察覺到同樣的跡象。那種東西曾經化為他用來自我肯定的戰利品，掛在包圍她的牆面上，不過現在戰利品都已碎在地上。難道所有男人都是這樣嗎？本質上不值得信任，且終究只迷戀他們自己？她立刻責備自己：她不該抱有這種想法，尤其是她。

馬汀出現在門口，臉上寫滿了擔心，完全沒看那些碎了滿地的戰利品任何一眼。在這一刻，她感受到了他的愛，他對她的關心。

「來吧。」他溫柔地說道。「我們走吧。」

「去哪裡？」

「飯店啊，我們不能住在這裡。」

「你需要帶什麼走嗎？」

「已經沒剩什麼好拿了。」

她環顧四周，他是對的。「我覺得它是來找我們的。」就這樣，她說出口了。

這句話讓他停了下來，消弭了他的氣勢，他完全停了下來，站在原地，眼神直盯著她，皺起眉頭。

「什麼東西？什麼東西在找我們？」

「過去的事。」

他的話緩慢、溫柔地越過兩人之間，傳了過來：「妳覺得自己在某種程度上得為默洛伊的死負責，是嗎？」

她對上他的視線，說出事實。「對，我覺得自己有責任。」

他再次動了起來，穿過這片破瓦殘礫，來到她的旁邊，牽起她的手。「妳不可能知道會發生那種事。沒有人知道是誰殺了他，也沒人知道為什麼。」

她讀著他的眼神。她好喜歡那雙眼睛，喜歡那豐富的神情，喜歡那能夠表現他脆弱的一面。他跟塔昆不一樣，也跟拜倫不一樣，非常不同。她突然意識到，此時的他也並不好受。「馬汀，很遺憾麥斯的事。那太可怕了。」

他的視線落到地上，不過她可以從他的表情看出他的悲痛，從下垂的肩膀看出他的哀傷。她將他納入懷中，環抱著他。他全身冰冷，衣服已被雨淋溼。她撫摸著他的後腦杓，就像她會對孩子做的那樣。

「真的很可怕。」他困難地說著，彷彿被這些話噎住。「我看到了現場，看到他們的樣子。」

「你應該知道那不是你的錯，不管你怎麼做都沒辦法阻止事情發生。」

「不行嗎？」

「對，沒辦法。」

他將身體退開一點點，讓她能看見他的臉，看到他眼中的痛苦，以及愛。她默默感到有些高興：他們是一起面對，她不再是開往貝林頓的校車上那個孤立無援的小女生了。

星期三

Wednesday

第十二章

有那麼片刻，當徘徊在半夢半醒之間時，他有種一切平安的錯覺：床單乾淨齊整，空氣清新，她在被子下的身軀也那麼溫暖。但隨著逐漸清醒，他也愈來愈有自覺，這不是假期，來住飯店也不是為了享受。先進入腦海的是前一夜的記憶：蔓蒂失眠而翻來覆去，無法平靜，也打斷了他試圖入睡的嘗試。現在，他稍微清醒了，前一天白天的記憶也重新歸位：麥斯被殺，伊琳受到驚嚇，他的公寓被攪爛成一團。浮現的回憶激起一陣腎上腺素，他突然完全醒了過來，可是當他起身時，仍感覺筋疲力盡：清醒過頭，極其疲憊。

清晨六點半。他望著最終還是睡著了的蔓蒂。她面朝他的方向，一臉無意識的單純。

他將厚重的窗簾拉開一道縫隙，往外張望。光線灰濛陰暗，天際多雲。他拉上窗簾，去沖澡、更衣，而蔓蒂繼續睡著。

外頭的天氣頗為嚴肅，強勁的風勢吹個不停，在這座城市峽谷中奔跑，咖啡杯、廣告傳單和外帶食物的包裝四處旋轉。天才剛亮，此刻的早晨應該還很平靜，但這大風的天氣暗示著已有許多事情正在發生，彷彿新聞已經講了一半，而事件的進展再也按捺不住。他低著頭走路：空氣裡都是沙礫，拚了命想鑽進眼裡。

雖然天氣如此，馬汀還是想上街走走，彷彿運動一下就能驅散疲憊。於是他走進這座城市，經過熟睡中的流浪人士以及地鐵中湧出的第一批通勤上班族，看到他們兩者互相無視。馬汀融入喪屍一般的上班族之中，看著眼前的一切，但又什麼都沒看進去。不知不覺中，他發現自己竟然穿過了海德公園，走回他的公寓附近，回到薩里山和奧多的店。

風將他帶到咖啡店的門口。走進奧多的小天地，店內氣氛溫暖，咖啡的香氣環抱上來。馬汀看到老朋友站在咖啡機後，轉動旋鈕、拉動把手，彷彿駕駛蒸汽火車的工程人員。奧多一看到馬汀，臉上就綻放出燦爛的笑容。

「小馬！所以你真的回來了。」

馬汀將手伸向機器後方；兩人握了手。

「奧多，很高興見到你。生意還好嗎？」

「很差啊，老弟，整個零售業都很蕭條，消費者還是不太出來花錢。」

「這麼糟糕？」

「不過我們遇過更糟的，大家都一樣。」他一邊說話，一邊操作咖啡機。「而且這是咖啡啊，老弟，大家都需要喝咖啡。」接著奧多便露出招牌笑容，儘管經濟衰退和惡劣的大風仍然存在，但這個早晨似乎不那麼淒涼了。

咖啡加入牛奶，沖成一大杯，熱氣蒸騰，燙口、濃烈、純正。外頭的風開始呼號，但這間店絲毫不受影響，陳舊的木製家具、褪色旅行海報提供了某種慰藉，是只有熟悉的地方才能給予的安撫。馬汀將咖啡端到窗邊的椅子上，一邊望著街景，一邊翻閱免費的《雪梨晨鋒報》，希望他前報社的新聞能為麥斯那件恐怖的命案提供一點線索。時間尚早，報紙相對乾淨，還沒被翻爛，不過這份主流權威報沒對命案有任何表示——直到第十三版。直到親眼看到報導，馬汀才感覺真實。報導簡短，執筆的是馬汀的前同事，犯罪案件記者貝瑟妮．葛萊斯，冠了一道什麼都沒說的標題。

貝爾維尤山發生雙人命案

警方已證實，星期二早晨於貝爾維尤山民宅內發現的兩名死者，男性為《雪梨晨鋒報》前任編輯麥斯密利安．富勒，女性則為州立高等法院的知名法官伊莉莎白．托貝AO[1]。

警方表示，此起命案死因沒有可疑情況，兩名死者生前為多年好友。

托貝法官聲名傑出，於新南威爾斯州高等法院任職十多年，在那之前則為地方法院法官。身為經歷卓越的訴訟律師及資深大律師，她在一九九〇年代曾是新南威爾斯律師協會的領袖人物。托貝法官的父親為泰厄博．托貝爵士AO，曾任新南威爾斯州高等法院法官、澳洲最高法院法官。

麥斯．富勒是從事新聞產業四十年的傑出新聞工作者，他最初從雪梨地區晚報《每日鏡報》的送稿生做起，直至近期都是《雪梨晨鋒報》編輯。在他的管理下，晨鋒報曾兩度獲亞太區報業出版協會（PANPA）選為年度最佳報紙。

馬汀有些難以相信。這則消息的篇幅只有十公分高，還刊在第十三版，是放在數獨、漫畫和體育消息前的最後一篇新聞。「死因沒有可疑情況」？傳統媒體想要潦草帶過自殺事件，就會用這樣的詞。還有，什麼叫「多年好友」？這麼寫是想暗示什麼？他掏出手機，打給貝瑟妮。

「媽的，喂？馬汀嗎？」

「對，是我。」

「你知道現在幾點嗎？」

「七點半，一般人已經起床準備上班了。」

「去你的，我不是一般人，我是記者。」她深吸了一口氣，大聲到馬汀透過電話就能聽見。「怎麼了？什麼事這麼急？」

「妳那篇關於麥斯和伊莉莎白．托貝的報導——我以為麥斯應該值得多一點篇幅。」

貝瑟妮沒有馬上回話，馬汀以為她可能覺得被冒犯了。但當她開口時，語氣卻聽起來惴惴不安。

「馬汀，有事情不太對。可以碰面聊嗎？」

1　AO為澳洲勳章的等級之一，指的是官級勳章。

第十三章

她獨自醒來，馬汀不在，他睡的那半邊床已經冷了。她躺了一會兒，整理自己，然後在剛恢復意識的片刻裡注意到：昨天夜裡，雖然她身處睡夢之中，但在馬汀公寓中湧現的那股決心已經穩固。恐懼減弱，決斷力則顯然成長。這是好事。

他留了紙條，「**睡不著，我去散步。醒了打給我**」。她懂馬汀。麥斯的死讓他大為震撼，但他不會任由自己被吞沒。他應該現在就已經回到記者身分，開始著手理清。他會想知道事發經過，誰該負責。而當他找出真相後，他會把整件事化為文字，公布在眾人面前。她也該做出類似的行動了：找出塔昆・默洛伊當初在墨利森的真正目的，找出她的過去可能會造成怎樣的威脅。她起床沖澡，做好準備，上妝，彷彿即將踏上戰場；她想讓自己看起來尖銳而鋒利，想讓全世界知道她是認真的。

離開飯店房間前，她打了視訊電話給弗恩，與連恩說話。小男孩很高興能看到她，興奮得喋喋不休，不過很快就分心了；她可以聽到弗恩家的孩子們在背景裡大叫大笑。這讓她寬心不少：他過得很好，而且安全，很高興能見到她，但又還不會急著催她回去。他很能適應不同的環境，心情愉快、人身平安，他的人生仍是一場未知的冒險。她更愛他了，感覺兩人之間的連結透過手機向北延伸至銀港。她又對他說了一次她愛他，然後切斷通話，打給馬汀。

他接起電話時，她聽到城市的嘈雜透過無線電波傳了過來，流入飯店房間的寂靜之中。錢所買到的就是這個東西嗎？大城市中的一片安靜，或者說是隔離？他說他在電車上，正要去找貝瑟妮・葛萊斯；

他得去搞清楚一些事情，不過很快就會回來。他要她待在飯店，留在安全的地方。

「好。」她說完掛上電話，收拾包包，然後離開。貝瑟妮。她記得她：年輕、有活力。她很訝異自己竟然感到一陣嫉妒和猜疑，很久沒有這種感覺了，這令她想起以前面對塔昆還有澤妲的那段日子，彷彿有一小口毒藥正慢慢爬進思緒裡，過去試圖重新奪回對她的控制。**想得美**。她抓緊自己的決心：為了不讓歷史重演，她必須行動、必須反擊。

飯店大廳很小：小，而且華麗昂貴，擺滿了設計師家具和真跡藝術品，彷彿一間迷你精品店。櫃檯的接待人員態度諂媚，幾近卑賤，儘管年紀已經大到可以當她爸。他將她領至一間小房間，鑲木牆面、絨毛地毯，桌上放著新式電腦和印表機。「小姐，在這裡不會有人打擾您的。」他向她保證，然後迅速鞠躬告退。他是不是把她誤認成某個名人了？或者是她訂了太貴的房間。

電腦是新的，網速快如光，她很輕鬆就找到以前在墨利森時的主管潘姆．里索利，速度快得令她有些詫異。只要Google就好。真的沒有什麼東西是網路找不到的嗎？她又花了點時間，找到某組電話號碼，深呼吸，看著螢幕上的數字，猶豫著，不確定自己是不是真的想這麼做。她的決心頓時動搖。她閉上眼睛，思緒回到剛去墨利森上班的那幾天，在河畔酒吧喝酒的星期五晚上。塔昆明亮耀眼，髮型高聳蓬鬆，態度健談，眼神閃耀著湛藍的光芒。她很高興，非常高興，但同時保持著警覺，沒喝太多，維持著機警風趣，試著融入。在某一刻，她發現自己身處一個四人團體中，包括塔昆、拉夫和一個名叫菲爾的交易員，塔昆正努力讓她能更自在一些。她覺得很難與這群人閒聊：拉夫是首席交易員，也是輪班監督銀行二十四小時交易的主管之一，是個嚴肅的人。他們從市場和利潤一路談到國內外的經濟狀況，而菲爾似乎急於展現對於歐洲債券市場的知識，好博取拉夫的注意。她仔細聽著對話，努力吸收，揣測各種術語和縮寫，使盡全力不要丟自己或塔昆的臉。她可以看到潘姆在他們身後走來走去，多事地吸收八卦作為星期一早上的報告題材。後來有個女人悠哉從容地晃了過來，擠入這個團體之中：澤妲・佛肖被男人們的笑話逗得樂不可支，掛著燦爛微笑，與人調情毫不費力，就像Instagram網紅一樣真誠。蔓蒂對這樣的插曲感到感激，即使塔昆的視線移向澤妲，也不覺得有什麼。澤妲和她差不多年紀，也許兩人不一定得成為敵手。

一直到進到化妝室裡，蔓蒂都沒有改變想法。她站在鏡子前補妝；澤妲走了進來，在她旁邊站定。

「妳很漂亮。」澤妲說道。

「謝謝。」蔓蒂對著女人的鏡中倒影微笑。「妳也是。」

澤妲點點頭，彷彿承認了一項公認的事實。「塔昆・默洛伊，他不錯啊。」

蔓蒂的臉上仍然掛著微笑，仍然太過高興，以至於沒察覺到對方話中的暗流。「噢對啊，我們在交往。」

「聽說這份工作是他幫妳介紹的，還喜歡嗎？」

「喜歡，非常喜歡，謝謝。」

這時澤妲也笑了，但眼神裡沒有任何友善可言。「那妳背上的箭多嗎？」

「什麼意思？」

「記住一件事，我們有些人的職位是靠著努力和優秀的成績打拚來的。」說完她就走了。

後來，找到蔓蒂的是潘姆。當時蔓蒂躲在廁所隔間裡，不是在哭，而是窘困羞愧。潘姆安慰她，將她帶出廁所，送回到蔓蒂當時新租的公寓裡。潘姆再三向她保證，她工作表現很好，對小組有重要貢獻。後來蔓蒂發現，雖然潘姆極愛八卦，但她從來沒把那晚的事告訴任何人。

新的一週開始，蔓蒂回去上班，惶恐不安，不過星期一就發現潘姆已經安排好了。潘姆每天都把她和其他成員找進小組辦公室，也就是潘姆的小房間裡，他們會待在裡面一段時間，遠離疏離冷漠的交易大廳。墨利森銀行有自己的咖啡店，提供員工優惠伙食以及免費咖啡和蛋糕，不過潘姆認為，小組聚會時，應該吃的是對街某間店裡賣的甜甜圈，她請蔓蒂去買。於是他們所有人，潘姆、蔓蒂、溫蒂、拉內許和史丹，都在小組辦公室裡吃甜甜圈。蔓蒂後來才知道，她不是第一個受到潘姆幫助的人；拉內許在幾個星期後透露，前一年溫蒂突然離開有暴力傾向的丈夫，潘姆就讓她在自己家裡住了將近兩個月，直到她在經濟和心情上都能重新站穩腳步為止。

蔓蒂以前從沒見過這樣的人；蔓蒂的媽媽充滿愛心但是沉默寡言，而潘姆則是有愛又熱情奔放。她是每個人的媽媽：給人的煩躁與支持不相上下，既是三姑六婆，又是閨蜜知己。

她最後一次見到潘姆已經是五年前了，蔓蒂咬著嘴唇，重新下定決心。她知道必須這麼做。她撥出剛才找到的那組號碼。

潘姆接起電話。她還是和過去一樣，溫暖、親切，永遠有時間傾聽。她很高興接到蔓蒂的電話，而且當然願意見面敘舊。今天早上嗎？當然可以啊，妳現在就過來吧。

走進中央商業區[1]街上，風不停地變換、旋轉，吹起塵土和各種沒放好的事物，吹到人們臉上，引得行人弓背、瞇眼、匆忙前行，彷彿有人頒布了新法令，一夜之間，人們又開始保持社交距離。沒人高興，沒人在笑，沒人停下來聊天或打鬧。今天的城市嚴肅而冷淡，彷彿陌生國度，褪色、冰涼，滿是鋼

1 澳洲的大城市大多設有中央商業區（Central Business District，縮寫為ＣＢＤ），概念上大約等同中文所說的「市中心」，不過ＣＢＤ不只是約定俗成的概念，而是有著明確邊界的小型行政區。澳洲採住商分離，ＣＢＤ的功能為商業中心，一般來說會住在這區的只有飯店旅客。

筋水泥、玻璃以及包覆在建築物外表的保護層。市民沉默而安靜，手裡拿著智慧型手機，耳朵裡塞著將生活阻擋在外的耳機。

她依然沒搭計程車。她覺得自己有必要進入這樣的城市，去挑戰、去抵抗。她搭火車到紅蕨區，讓Google地圖將她領至潘姆．里索利的連棟排屋。這條街上綠樹夾道，已經中產階級化，停的都是在地居民的車輛；要是換個季節來，綠樹成蔭，一定很美。但今天沒有那種景色。颳這樣的風、天色這樣陰沉，美不起來。

她伸手穿過潘姆家鐵門上的鐵條，敲了敲木門。

潘蜜拉．里索利與蔓蒂記憶中差不多，也許身材寬廣了一點，但一樣親切，她甩開門，將蔓蒂包裹進懷中。也許這就是一同歷經劫難後，倖存者所感受到的羈絆。貓咪們圍著女人轉來轉去像是親切的雲，不時摩擦過蔓蒂腳邊。昔日上司看起來放鬆而滿足。她的頭髮灰了，不再因為要上班而染色，然而髮型變得更有種潮流的現代感。潘姆像母雞般咯咯咯地說著話，邀請她進屋。蔓蒂曾認為潘姆走路的方式非常奇特，雖然現在多了幾公斤，潘姆還是像以前一樣彷彿在滑行。她步伐非常流暢且平穩，以至於頭部幾乎不會上下起伏，像是用飄的一般。她領著蔓蒂穿過狹窄的走廊，彷彿持續飄浮在離地約一百七十公分的位置，一大群貓隨行在側，沒有哪個皮包骨的模特兒能走得如此優雅。潘姆經過樓梯、臥室門，穿過堆滿書的客廳，走進跟露臺一樣寬的廚房。廚房寬敞、明亮，是新建的，一座柴爐在角落裡發著光。屋內充滿著烘焙的香氣。廚房的裝飾是庸俗可愛的復古風，混合了二手店淘選出的擺設、居家拍賣會上買來的收藏，以及一些她自己找到的東西：牆上掛著陶瓷製的鴨子，餐桌是二十世紀中葉的層板桌，桌邊包了一圈鋁材，四張椅子各不相同。看起來，潘姆應該在私人居家拍賣出清、校園義賣以及在地市集花了很多時間。如果塔昆．默洛伊真的從墨利森銀行偷了幾百萬，也沒有任何一塊進到這裡。

「妳打來的時候我其實很驚訝。」潘姆開始忙著在爐子上用摩卡壺煮咖啡。「畢竟妳最近經歷了那麼多事。」

「妳有在注意我的消息？」

「沒有刻意關注，不過所有的報紙都報導了。一開始是內陸荒野那座旱溪鎮，後來又有銀港的事。」潘姆微笑著說。「當然我也看了馬汀．史卡斯頓那本書，天啊。」她對蔓蒂露出燦爛的笑容。

「嗯，我這幾年……」蔓蒂在腦中搜尋適合的詞彙。「……遇到很多事情。」

潘姆從爐子轉過身來，表情凝重。「我曾經打給妳——妳應該知道吧？就在我們被開除，他消失之後。」

「我記得，我有看到妳的訊息。」

「妳就那樣消失了。」

「抱歉。我知道妳那時候想幫忙，不過他對我、對我們做了那些事，我沒辦法面對任何人。」

「妳其實可以過來我這裡，我會照顧妳的。」

「我知道，不過當時我只想躲起來。」

「我懂。」潘姆說。「也許那樣還是比較好。」她的表情重新振作起來，聲音也恢復平常正向的語氣。「現在妳有馬汀、有家庭，還有兒子。有孩子很好，真的是上天的禮物。」

蔓蒂眼神飄向廚房裡。牆上有鴨子、玻璃大象，水槽上方的橫架上有各種木頭和陶瓷製品，還有一張馬汀．夏普的裱框海報。沒有家人的照片。「對，他是個很好的孩子。這是我第一次離開他。」

「他還在銀港嗎？」

「他沒跟來雪梨。」

潘姆皺了一下眉頭，然後又鬆開。「蔓德蕾，怎麼了？妳看起來有心事。」

「是塔昆的事。妳聽說了嗎？有人找到他的屍體。」

女人繃緊嘴唇。「嗯，我聽說了。妳一定很驚嚇吧。」

「他是警察。」

「啊？」

「他是臥底警察，當時正在調查墨利森。」

現在女人露出了憂慮的表情。「我完全不曉得這件事。」

「嗯，我也不知道。」蔓蒂說了所有她知道的事情，小心地選擇用詞，不想讓眼前上了年紀的女人太難過。

咖啡壺發出低沉的咕嚕聲，宣告咖啡已經煮好，潘姆便又忙著端出粗陶馬克杯和自家製的水果蛋糕。兩人在桌邊坐下。

「我喜歡妳家，很有妳的風格。」蔓蒂說。

「謝謝。我用資遣的錢付清了房貸。」

「妳後來就沒工作了嗎？」

「也不用工作了。我在那間銀行待了超過三十年，累積不少退休金，夠多了。」

蔓蒂喝了一小口咖啡。這裡不是奧多的店，不過顯然這位女主人知道自己想要什麼。「潘姆，當初他們調查塔昆的時候，妳幫了我。」

「有嗎？我幫了什麼？」

「妳替我說話，提醒安全部門，我對於出借密碼的事情很坦誠。」

「我只是做自己分內的事，支持我的組員。」女人看起來有些不解，不過無所謂地聳了聳肩。「如果有幫到妳，我很高興。我一直很難過妳得遇上那些事情。」

「妳是指什麼？」

「他那樣對妳，又拋下妳。他勾結了澤妲・佛肖，然後捲款潛逃——當然，這是我們的揣測。當初主管是這麼說的，那是他們對外的官方說法。」她看著咖啡，還在消化蔓蒂剛才的話。「不過，即使他們這麼想，最後也還是把我們都開除就是了。」

「他們那樣說嗎？」

「其實也不必說。表面上，把我們裁撤掉只是在進行規畫好幾個月的組織改組，但實際上，他們一直有種揮之不去的疑慮，覺得澤妲不是塔昆唯一的同謀。」

「是誰？決定開除我們的人是誰？」

「負責內部調查的是安全部，所以是哈利・史維瓦特，他在克萊芮媞・司帕克斯的建議下決定的。她當時問了很多問題，一開始還會幫妳說話、幫我們說話，不過我猜她感覺到了風向有變。」

蔓蒂記得克萊芮媞，蒙特斐爾問過她的事。「她負責維護銀行的實體安全，那是什麼意思？」

「主要是進出相關的設施，門禁卡、監視器、前檯的警衛，但不負責電腦系統和人員審查，也跟財務無關，就是一些比較基礎的東西。」

「妳知道她還在不在銀行工作嗎？」

潘姆有些驚訝。「不在了。妳沒聽說嗎？」

「什麼事？」

「她死了，就在我們被資遣後不久，大概一、兩個月。」

「抱歉，我不知道。」蔓蒂這麼說，純粹出於禮貌，因為潘姆會想聽到這種話。「她怎麼走的？我記得她滿健康的不是嗎？還有點健身上癮。」

「才沒有，大家後來才知道她其實有毒癮。她在飯店房間裡用藥過量死的，是某種混合海洛因和古柯鹼的東西，好像叫『快速球』。」

「用藥過量？克萊芮媞？」蔓蒂搖著頭，難以置信。「她以前一直都很……怎麼說，很自制，一種發號施令的態度。」

潘姆聽到她的描述後嘆了口氣。「看來她有非常不為人知的另一面。傳聞說她上癮很多年了，但之前都能正常生活，所以沒人知道。克萊芮媞上班時是一個樣子，下班之後是另一個樣子，她死之後，所有事情就都曝光了。她喜歡跟一些奇怪的人混在一起，藝術家、音樂迷、毒蟲，還有一些更糟糕的：保鑣、討債的、藥頭等等，參加喪禮的來賓是一群非常奇怪的大雜燴。」潘姆皺起眉頭，彷彿思考著自己的話似乎在暗示什麼，或者是講了死人的壞話而感到愧疚。一隻薑黃色的貓跳到潘姆腿上，安頓下來，潘姆拍了拍牠。她再次開口時，聲音低沉。「妳想知道什麼，蔓蒂？妳為什麼會來找我？」

「三天前，我被澤妲．佛肖綁架，她到現在還是認為那筆錢被藏在某個地方。」

潘姆眨了眨眼，一臉困擾。她不安地撫摸著貓，惹得貓起身以示抗議，轉圈、抓了抓潘姆的褲子，再重新趴下。「我一直以為，塔昆帶著錢逃到國外了，大家都是這麼覺得，畢竟警方逮捕了澤妲。可是現在……」

「現在？」

「呃，現在我們知道他被殺了，看起來根本沒有逃走。然後妳又說他是警察，那也許幾百萬元被偷這整件事只是煙幕彈。」

「也許吧。但如果他是警察，他當時在調查什麼？妳之前有覺得銀行哪裡不對勁嗎？墨利森有涉入任何犯罪活動嗎？」

「沒有，不可能。不是那樣的。」她又拍了拍那隻貓。「我知道他們小手段很多，會鑽法律漏洞，或是利用海外避稅天堂和政府政策來替客戶減稅，但客戶付錢給投資銀行就是為了做這些事。他們會利用法律，也許有點刻意曲解條文，但還不至於違法。不過這只是我自己的認知就是了，畢竟我當時只是行政支援，完全處理不到財務，怎麼會懂呢？」

「但是我們全被開除了，他們一定覺得我們知道什麼。」

她又皺起眉頭。「大概吧。」

「我記得史維瓦特，他和克萊芮媞審問過我。他的職位是什麼？」

「克萊芮媞的上司，銀行安全的總負責人。」

「他以前就給人一種很緊張的感覺。」

「我聽說到現在一樣沒變。」

「他還在墨利森工作嗎？」

「顯然是。」

「也許我該去找他談談。」

「是我的話就不會去找他。他的職責之一就是不讓墨利森的祕密外流，妳就算只是問他現在幾點他都不會理妳。」

蔓蒂盯著那隻薑黃色的貓。潘姆毫無疑問是對的，可是念頭已經在蔓蒂腦中安穩地趴下，不願離開。「除了妳、我、克萊芮媞．司帕克斯和哈利．史維瓦特之外，還有其他人知道密碼的事嗎？」

「一大堆人噢。發現錢不見之後，安全部門就展開內部調查，他們應該問了很多人話。管理高層可能也都聽過簡報，然後在董事會上討論過。我想至少資訊部的人知道，他們得調查塔昆有沒有存取任何不該看到的東西。烏龜應該也知道，他可能有查到一些事情，或者至少當初有被克萊芮媞拉進案子的調查團隊。」

蔓蒂頓時一陣雞皮疙瘩。「天啊，烏龜，我都忘記有這個人了。」

潘姆露出「我才不相信」的表情。

「克萊芮媞是烏龜的主管，他直接對她負責，中間不會經過其他人。」潘姆說。

「真的？」

「真的啊。他上面是克萊芮媞，然後一路連到史維瓦特。」

「烏龜的本名叫什麼？有人知道嗎？」

「叫肯尼斯什麼的。肯尼斯．史戴曼？我聽說他逃過了大掃除，現在還在墨利森。我們其他人都被踢走了，就只有他像家具一樣還留在那個地方。」

第十四章

貝瑟妮和他約在達令港一間大型購物中心的美食廣場。地點選得很好：可以免於風吹，而且任何有自尊心的雪梨人都不會進來。於是，這裡擠滿了不耐煩的遊客，他們繞著圈，對於食物的選擇失望透頂，被餐點的開價汙辱，並對翻找剩菜剩飯的鳥群感到恐懼[1]。雖然時間還早，這裡已經瀰漫著炸物和糖的味道。馬汀到的時候，她正坐在一張塑膠桌邊，用免洗湯匙繞著咖啡杯，心不在焉地撈著泡沫。

「貝瑟妮。」

她起身，對他露出笑容後在頰上輕吻。與一年多前最後一次見面相比，她看起來不太一樣了。本來為方便而留的鮑伯頭進化成比較時尚的髮型，不只留長，還加了淺色的挑染。她的臉變得成熟，也變瘦了，顴骨更為明顯，整個人沉著鎮定，而且自信。

馬汀點了咖啡、大批生產的馬芬，他拒絕服務生用微波爐加熱。兩人面對面坐下，杯盤碰撞的嘈雜噪音在商場堅硬的牆面之間反彈。這座美食廣場無意間成了某種玻璃鳥籠：海鷗彼此爭執，也許只是為了好玩，或者是事先練習晚點如何爭奪被丟掉的薯條；兩隻鴿子在壽司攤上方的窗臺高歌；有隻白䴉——也就是飽受厭惡的垃圾雞——在附近踩著步伐，伺機徘徊，彷彿侏儸紀公園逃出來的生物。馬汀

1　澳洲各大城市幾乎到處都可以看到澳洲白䴉翻找垃圾桶的身影，有時甚至就在用餐的人旁邊徘徊，等待人類離開。澳洲白䴉跟這幾年入侵臺灣的埃及聖䴉同屬，體型像雞，有時也會被叫做「垃圾雞」。

與貝瑟妮彼此寒暄：她問起蔓蒂和連恩的健康狀況，馬汀則讚美她的文章並恭喜她升職進入調查報導團隊。她稱讚他的新書；那本書描述了去年年初在銀港發生的案件，兩人當時也曾密切合作。

首先打破客套的是馬汀。「所以，麥斯那篇新聞怎麼回事？」

她看向外頭路過的遊行隊伍，避開他的注視。有隻海鷗掉了幾根羽毛，正以奇怪的角度舉著翅膀。

「我其實寫了一篇篇幅長很多的文章，但是被文字編輯改了。改了非常多。」

「也不是什麼稀奇的事，畢竟時候不好，資源也少。」

「不只是篇幅被砍而已，那句死因無疑的屁話——根本不是我寫的。」

「那『多年好友』呢？」

「當然也不是。」

「為什麼會這樣？」

「我不知道，就被某個文編改了。」

「妳覺得那句話想暗示什麼？多年好友？」

「我說了，那不是我寫的。」

「我知道，我只是在問妳的想法。」

「聽起來像在說他們有婚外情。」

「為什麼文編要加那種句子？」

貝瑟妮皺起眉頭。「我有聽說遺體的事……他們正在做那件事。整個編輯室都在傳，也許文編是想暗指這件事。」

馬汀覺得這個說法不太合邏輯。為什麼要刪掉貝瑟妮那麼多篇幅，就只為了加入那句話呢？他試圖改變策略。「在看待某個男人時，女人的看法有時會跟其他男人有很大落差，尤其是對男性掌權者。妳印象中的麥斯有可能是那種玩咖嗎？」

貝瑟妮一定看出問出這個問題，讓他多難過：她伸過手來握住他的手。「不是，馬汀，絕對不是。他本人不是，別人不覺得他是，他也從來沒有過那種傳聞。你知道的，麥斯可是教出了好幾代的記者。」

馬汀感到片刻安慰，但轉瞬即逝。也許那句話是真的，也許麥斯和伊莉莎白．托貝真的是多年愛人。也許晨鋒報裡有人知情，才會想刪減貝瑟妮的報導。

「我有把這件事告訴達西．德佛。」貝瑟妮彷彿跟上了馬汀的思緒。「你知道他現在是調查報導組的主管嗎？」

「有聽說。」

「我好希望你回來當全職記者。現在調查組就只有達西、我和一個培訓學員。他有時候真的沒什麼團隊概念。」

馬汀大笑。「對，他比較喜歡自己跟自己比賽，雖然那也沒什麼不對就是了。」

貝瑟妮也笑了起來。「對，這可能是你們兩個唯一的共通點了。」

「但是也別忘了，他其實是很好的記者，而且文筆好到我一輩子都追不上。」

「不過當上犯罪報導暢銷作家的人是你啊。」

馬汀以笑帶過。「所以達西怎麼說？」

「他也覺得改成這樣太離譜，說會在編輯會議上提出來。」

「他提了嗎？」

「我不知道，你得去問他。」

「也許是應該問一下。」馬汀停頓了一會兒。一隻垃圾雞來搶奪海鷗們的地盤，牠們大叫、四散，又重新聚攏，憤恨不平地碎念。「你應該不覺得是達西改了妳的文章吧？」

「不是吧，何必那麼做？他正在寫麥斯的訃聞，說要爭取整版刊登。我本來以為他會打給你，問一些麥斯的小故事。」

「我還沒接到電話。」他拿起馬芬，想著為什麼咖啡這麼久還沒來。「妳後來常跟麥斯碰面嗎？」

她搖了搖頭。「沒什麼機會。他不像以前那麼常在辦公室，我覺得他還在為了失去編輯職位沮喪，尤其是我們內陸那些命案的報導被澄清之後。不過他最近好像滿高興的，又回到以前那個他。」

「他說找到了一條大新聞，爆料新聞。」馬汀主動說出這件事。

「你知道這件事？」

「嗯，他告訴我的，想要我和他一起調查。妳知道內容到底是什麼嗎？」

「不知道。不過你說得對，他眼神都亮了，連走路都比較輕快，一定是在調查某件大新聞。他主要都在家工作，但有時會進辦公室。你還記得他那些檔案櫃嗎？幾十年累積下來的舊剪報。他在裡頭找東西，讀那些數位化以前的資料。」她喝了口咖啡，難喝得令她皺起臉來。「不過他查得很低調，不太討論。他有一次問我知不知道樟宜。」

「樟宜？妳說新加坡那座機場嗎？」

「不是，他說的是二戰時的戰俘營，他不確定我們這一代還知不知道那時候的事。」

「妳知道嗎？」

她面帶嘲諷地看著他。「馬汀，我這一代基本上都是從小被灌輸Anzac傳統長大的[2]，你不想要都沒辦法。」

「我想也是。」**她那一代**？她到底以為他多老啊？

「當我聽說麥斯死了，就試著去查他到底在查什麼，但什麼都找不到。他的電腦是空的，硬碟乾淨到誇張，什麼都沒有。」

「妳得有他的密碼才能看到裡面的資料。」

「別問我怎麼拿到的，但我有。重點是，他的硬碟已經被清空了。」

「妳的意思是？」

「我也不知道，但你不覺得這有點問題嗎？」

「有誰能清空他的硬碟？誰有這種權限？」

她聳了聳肩。「資訊部吧，我猜，不過得要有晨鋒報高層授權才行。我後來私下打聽了一下。」

「結果？」

「我有在打室內板球，其中一個隊友就在資訊部，她幫我查了一下。她告訴我的第一件事就是，硬碟資料是有人刻意刪除的。你知道有些老人偶爾會不小心刪掉某個檔案，資訊部就會用資料救援程式找回來；她在麥斯的硬碟上執行了程式，但什麼都沒找到，一點痕跡都沒有。」

「晨鋒報內部有辦法清理硬碟到那種程度嗎？他們有那種軟體？」

2 Anzac指的是澳洲與紐西蘭軍團（Australian and New Zealand Army Corps）。概念約在一次大戰時成形，在那之前澳洲的國族認同尚低，參與一戰的痛苦經歷令澳洲人團結一心，Anzac的存在被神聖化，間接凝聚了國族認同。在澳洲可能會看到追求Anzac美德、Anzac精神一類的文化嚮往，有時也會成為政治話語。不過，也有人批評所謂的Anzac傳奇事實上是狹隘的美化，反而忽略了當時軍團對女性的侵犯，或者漠視澳洲原住民在文化起源中的地位。澳洲人對於Anzac精神的推崇曾在越戰時期衰弱，八〇年代之後又重新抬頭。

「顯然有，但那得花上好幾個小時，他們一定是徹夜清理。」

「是麥斯死的那個晚上，還是隔天晚上？星期一還是星期二？」

「都不是，是在他死之前。我資訊部的朋友說可能是星期天晚上。」

「共用硬碟呢？裡面的檔案不是會自動備份到雲端還是哪裡嗎？」

「也沒有，她查過了。麥斯關閉了所有備份功能。」

「聽起來像他刻意在隱藏資訊。」

「是吧？」

「所以妳只知道可能跟樟宜戰俘營有關嗎？但是那種事怎麼可能會害他被殺？都多久以前了，當時被關進去的人現在還沒掛，也已經一腳踏進棺材裡。」

「你應該去問達西，他也許知道一些事情。而且就算他知道，他也不會告訴我。」

馬汀的咖啡終於來了，已經冷了。

第十五章

甜甜圈散發著高糖分的威脅，在玻璃展示櫃裡按隊伍排列整齊，彷彿是一支放縱自我的大軍，隨時準備進攻。蔓蒂被三面包夾，陷入高熱量兵器的鉗形攻勢，嚇得動彈不得。她討厭甜甜圈，甜得發膩的麵團、隱藏偽裝的脂肪、膚淺的外表，還有她最討厭的：那些五顏六色的糖霜。她之所以討厭甜甜圈，不是它們本身，而是它們所夾帶的回憶。它們包圍著她，在各自的托盤上呈現預備姿勢，隨時能夠投入戰場，宛如一支甜甜圈大軍。

與小組大部分成員的菜鳥時期一樣，她在墨利森的職責之一，就是到對街那間皮爾蒙區的店裡買甜甜圈。事實上是甜甜圈和咖啡。現在，坐在這間燈火過度通明的店裡，看著椰子糖般的粉紅與白配色，她依然記得當年誰喜歡吃什麼。潘姆：草莓甜甜圈，大杯脫脂卡布奇諾；拉內許：大杯澳式白咖啡加焦糖糖漿，無麩質巧克力甜甜圈；溫蒂：大杯澳式黑咖啡，低卡西瓜甜甜圈；史丹：淡一點的紅茶加牛奶，一個撒了彩色巧克力米的甜甜圈。她自己則點脫脂拿鐵，或者瑪奇朵，不要甜甜圈。起初她很喜歡去買甜點，讓她有時間離開辦公室，回程時也有機會與小組其他成員瞎混一下，然後才繼續回到孤單的交易大廳。

她第一次遇到烏龜就是在那間甜甜圈店，她毫無防備地與他聊天，發現原來他也是墨利森的員工。他挺著大肚子、戴著超大眼鏡，看起來人很好，和藹良善。他說自己叫肯尼斯，並請她永遠不要只叫他肯，不過墨利森的人都叫他烏龜，因為他身體很寬、肩膀很圓，龜殼般的開襟毛衣裡長出一條異常長的脖子，而且他毫無下巴的線條，讓一切看起來更加合情合理。他就是一隻和藹可親的巨大烏龜，好人一枚，毫無攻擊性。她一開始的確這麼想。

接著她慢慢發現，他會刻意與她在同一時間去買甜甜圈。起初她不以為意，後來逐漸有些厭煩。小組聚會時間不固定：有時她早上去買，有時下午，有時整天沒去，偶爾一天去買兩次。潘姆會打電話，她便出發。但是他永遠都在那裡。他的笑容逐漸失去純真的魅力，讓她覺得油滑諂媚。他到底怎麼知道時間的？她最終向潘姆坦白，向這位女主管傾訴不安，進而得知肯尼斯是安全部門的員工，負責監控閉路監視器，他就坐在監視鏡頭後方。潘姆想介入幫忙，蔓蒂雖然求她不要，但其實已開始對甜甜圈跑腿任務感到害怕；而烏龜那付過時眼鏡後面的眼睛也變得空洞起來。

有時，烏龜會買好幾個淋有濃烈白色糖霜的檸檬甜甜圈，有時買焦糖或者甘草糖口味。甘草糖甜甜圈，她無法想像的噁心組合。然後有一天，烏龜買了波森莓口味。

「紫色甜甜圈？想試新口味嗎？」她問。

「就覺得應該嘗試一下。」

「怎麼突然想買這口味？」

「妳猜不到的啦。」

但是她猜到了，就在當晚睡前脫衣服時。她的內衣，通常是白、褐或黑，而那天她穿了紫色。恐懼降臨，彷彿她被診斷出某種疾病。

她不曉得該怎麼辦，不願相信自己的揣測真是對的。她可以把這件事告訴潘姆嗎？三天後，她穿了紅色的內褲。烏龜買了一個覆盆子甜甜圈，流滿口水的嘴大口咬下，不懷好意的眼神令她噁心。

她感到前所未有的焦慮：他很清楚她知道，但也毫不遮掩，就好像是他故意要讓自己更討人厭。她遲疑了。「他用顏色來決定要買哪種甜甜圈」，這種指控極其荒謬。

現在的她坐在店裡，想到年輕的自己就臉部扭曲。當時的她多麼毫無防備，缺乏信心，拖了好久才採取行動。但是她終究還是行動了。她在公司廁所找到他裝設的其中一臺攝影機，是條細如針頭的光纖。她在鏡頭上黏了口香糖。當天，她去買甜甜圈時，他沒有跟著穿過街。她逮到他了。她還有另一項武器：塔昆。她告訴了塔昆，兩人從廁所牆上把光纖的末端挖出來；同一天晚上，塔昆等著烏龜下班，把他打得不省人事，差點要叫救護車了。隔天烏龜沒來上班，再隔天也沒有，當他一個星期後終於出現，臉上仍青腫腫的。他再也沒有尾隨她到甜甜圈店，她記得自己終於鬆了一口氣。事情解決了，她將之拋到腦後。接下來整整六個月，她都過得很好。然後塔昆便失蹤了，而她被炒了魷魚。

現在回想，她覺得自己有夠可悲。為什麼還要靠塔昆才能解決事情呢？她真的那麼無助嗎？還有，她為什麼沒有質疑塔昆的方法，為何要自行解決？他們應該告發烏龜才對，曝光整件事，直接讓他走人、被捕、入獄。那才是應有的結局。但為什麼他們沒那麼做？

門開了，她抬起頭。一陣狂風將他吹了進來，是烏龜。從體型以及高高箍在肚子上的褲子來看，他應該沒有放棄甜甜圈。

他看到她。她對他微笑，甜膩如鮮豔閃亮的甜甜圈。「來，我們聊一聊。」她裝出友善的聲音。烏龜頂著果凍般晃動的肚皮，擠進她對面的座位。

蔓蒂跳過寒暄，面對烏龜不必客套。她直接出招，不給他思考的時間。「你知道我可以毀掉你的工作，徹底毀掉。」

他冷笑了一聲。「隨便妳怎麼說。」

「我們找到了攝影機，找到了證據。」

他傾身向前，壓低聲音說道：「妳現在在錄音嗎？」

「沒有。」她說。「沒那個必要。」

「嗯哼，不管怎樣，我什麼都不會回答妳。我不是笨蛋。」但他克制不了自己，一雙眼睛突然向下飄去，被她的胸脯吸引。

「你真的是死性不改。」她說著，怒火在心中燃燒。她默數到三，試著冷靜。她好想破口大罵，把怒氣宣洩出來，但她知道那麼做不會有任何幫助。她注意到甜甜圈；它們盯著她，一臉無動於衷。

她重新看向他。他猛然拉回雙眼，迎向她的視線，但已經慢了半拍。他臉上寫滿愧疚。

「塔昆當初質問你有關攝影機的事時，他說了什麼？」

烏龜舔了舔嘴唇，完全是下意識的動作，卻仍像以前那樣令她渾身雞皮疙瘩。有那麼一會兒，她覺得他會認為她在虛張聲勢，什麼都不會說。不過——也許是因為她極其嚴厲的蔑視態度，也許不是——總之有某種東西，勾出了他的回應。「那個王八蛋，他把我打了一頓，說如果我再偷窺、跟蹤或者去煩妳，他會讓我死得很慘。他會親手殺了我。他說要『殺我』。他就說這些。他那時候很恐怖。」烏龜的聲音又細又小，充滿自憐，彷彿他才是受害者，是受了委屈、應當同情的人。「我就只是看而已，我從來沒有傷害過妳。」

怒氣再次升起，差一點就要失控，但她再次將情緒壓下。「可是他不只說了這些，對吧？」

他雙眼冒出驚慌的神色。她踩中了。「什麼意思？」

「他知道你到處都裝了攝影機，有辦法偷看任何地方，所以就招募了你。」

「妳想說什麼？」

「他其實是警察。」

「大家都這麼說沒錯。」

「你知道這件事嗎？」

「妳說當時嗎？不知道。」

「如果警方發現有人殺了他們的同袍，你知道他們會多窮追不捨嗎？」她很高興注意到，烏龜開始冒汗了，他的臉因為汗水而閃閃發亮。她壓低聲音，注入威脅。「他們會找上你的，肯尼斯。」

「妳是警察嗎？」

「不是，但我在幫他們。」

「妳想要什麼？」

「我想知道他發生了什麼事，就是這樣而已。告訴我，我就放你離開。」

烏龜四處張望，像後巷裡的流浪狗一般神情鬼祟。「妳發誓沒在錄音？」

「如果你幫我，我就不會把事情告訴警方。但如果你不幫，我等一下就馬上打電話。」

他開始搖起頭來。「不行。如果他是他們殺的，他們之後就會來殺我。」

「誰？殺他的是誰？」

「我不知道。我怎麼可能知道？」

蔓蒂盯著他，試圖繼續施壓。「我請你吃甜甜圈吧。我覺得你今天應該會想選咖啡糖霜的。」她說。烏龜雙眼圓睜，嘴巴像金魚一般張開。她留他在原位目瞪口呆，自顧自走向櫃檯為他點了美味大餐。她可以感覺到他色瞇瞇的視線，但也能感覺到自己對他的掌控。

「妳想要什麼？」他看著她回到桌邊坐下，將甜甜圈緩緩放到他面前。

「我剛才就說了：告訴我塔昆發生了什麼事。」她的語氣已是命令，而非詢問，同時緊盯著他的雙眼，一刻也不移開視線。她可以看到他正在腦中試想第一種可能性，然後是第二種與第三種，最後全部放棄，猶豫不決全寫在臉上。他四處張望想求救，彷彿甜甜圈其實是裹著糖衣的騎兵隊，隨時會出馬相救。而她依然注視著他——他想必能察覺她眼中的恨意——然後她便看見他讓步的那一瞬間。

「他打我、威脅要殺我，這些都是真的。」他嚥下口水，長脖子縮了一下。「但是他還想要其他東西。」

「什麼東西？」

「密碼。」

「你把密碼給他了？」

「沒有立刻，我得調整攝影機，趁其他人登入的時候錄下他們的密碼。」

「之後呢？」

烏龜點了點頭，顯然忘記他監控蔓蒂造成的恐懼。「嗯，給了。」

「然後呢？」

「什麼意思？」

「他用那些密碼時，你也偷偷在攝影機後面監視他，向克萊芮媞・司帕克斯通知了這件事。」

「不是，不是這樣。」

「告訴我，否則我就報警。」

「妳說妳不會的。」

「我說了很多事情。」她直盯著他的眼睛，發現要恐嚇他很容易。「你曾經侵犯我的隱私，你就是個噁心的人渣。要嘛幫我，要嘛我就報警，我沒有理由保護你。」

「妳想要怎樣？」

「當初就是你給了他密碼和權限，他才能夠偷錢。如果我告訴警察，你就玩完了。」她站起身。「明天下午兩點，我會再回到這裡，到時候你會給我那些密碼，以及當初你給塔昆的權限，否則我就告訴警方你做過什麼事，還有你曾經有殺害警察的動機。」

她將他丟在華麗花俏的展示櫃之間。他明顯地發著抖，甜甜圈們已然撤退。走出店外，強勁的大風不再令她厭煩，反而像是淨化。她自覺全身每個毛孔都沾了髒東西，想立刻回飯店洗淨。

第十六章

「要吃口香糖嗎？」電腦宅遞出一包壓扁的黃箭口香糖，頂端已經撕開，露出一片片裂開的口香糖。他今天穿著一件軍裝風外套，頭戴二手警帽；儘管他還年輕，但是配上那一頭淺色長髮，看起來有種遲暮搖滾明星的感覺。

「現在不用，謝謝。」

「隨便你囉。在這裡等一下，我去拿你的筆電。」

他從店後方回來時，手裡的筆電看起來與馬汀的舊筆電一模一樣，不過外殼上多了一張大麻形狀的貼紙，旁邊寫著：「快點合法化啦！」他將筆電放上櫃檯，打開蓋子。電腦安靜開機，螢幕顯示歡迎資訊，邀請馬汀進行初始設定程序。

「我測過電池了，狀況很好，之前的主人應該很少使用。」年輕人說。「如果你想確定運作有沒有問題，可以在這裡設定完再走。」

「我相信你。」馬汀說。他交出五百元，要求開收據。

「收據？你認真的嗎？」

「算了，沒關係。」他收起皮夾。「那個——你叫葉夫根尼，我沒記錯吧？」

「對，就是我。你可以叫我葉夫就好。」

「除了會修之外，你應該也滿會用電腦的吧？」

「當然。怎麼了嗎？」

「我想找一個熟悉網路的人，幫我查資料，找一些東西。」

馬汀發現葉夫的漫不經心消失了，他繃直背、理解能力瞬間提升，彷彿一顆超頻的處理器。「你不會用Google嗎？」

「我會，也知道怎麼用社群媒體跟BBS之類的，但其他東西就不行了。」

「其他就是深網、暗網，都是些髒東西。」

「深網跟暗網差在哪裡？」

「不重要，我不會帶你去那種地方。」

「我付現金。」一開口，馬汀就自知說錯話了。

葉夫站了起來。他又高又瘦，配上花俏的服裝看起來有點好笑，但是表情非常嚴肅。「也許你應該回家再設定電腦。」他偏過頭，指了指那臺筆電。

「我是記者，專門寫調查報導。」

這項聲明只讓情況更加惡化，年輕宅男從警覺轉成了敵意。「我應該要覺得很厲害嗎？」

「不是，只是——」

葉夫沒讓他說完。「不要。我不會幫你駭入名人帳戶，不會幫你偷相片、竊聽語音留言，也不會幫你找任何地址。請回吧，調查記者先生。」

馬汀嚇了一跳。「我不是那種記者。」他反駁道，但知道這場爭辯是自己輸了。他關閉電腦電源，準備離開。

「不然你是哪種？」葉夫問。

吧？」

「好的那種。」

「證明給我看。」

馬汀拿出一張名片。「我叫馬汀．史卡斯頓，過去二十年我都是《雪梨晨鋒報》記者。」

年輕人的敵意消失了，幾乎像是瞬間換了表情。「馬汀．史卡斯頓？你是馬汀．史卡斯頓？騙人的

「不相信的話你Google，這種事不用暗網也查得到。」

「大哥，我超愛你寫的東西耶，尤其是中東那些——你的作品我全都讀過。我最好的兄弟就是黎巴嫩人，他知道一定超興奮。天啊，馬汀．史卡斯頓耶。你怎麼不早點說？幹麼裝成路人跑到這種二手店買便宜貨，晨鋒報沒配給你電腦嗎？」

「我現在算是打工的。」

「我知道，你在寫書嘛，犯罪紀實。沒有中東的報導那麼有趣，但也不差。」

「謝謝。」

「噢靠，早知道是你的話，就給你一些好東西了。你想要免費的網路嗎？」

葉夫的態度轉變太大，馬汀還有點不適應。「很吸引人，但現在還是先不要好了。」

「那你想要我幫你什麼？」

「你願意幫忙嗎？」

「當然啊。不過前提是不犯法，也不要做什麼不道德的事。」

「絕對不是什麼傷風敗俗的事，但犯不犯法我就不敢說了。」

「什麼事情？」

馬汀思考該如何說起。「呃，第一件事，你先告訴我深網跟暗網有什麼差別？」

葉夫笑著搖頭，像是訝異於這麼厲害的記者怎麼如此無知。「以整個網路來說，絕大多數內容都無法隨意存取。一般大眾能看到的大概只占四或五趴，剩下那些九成以上都是企業或公司資料，而且那些網站不會顯示在網路搜尋結果，必須有使用者名稱和密碼才能存取，包括你的電子郵件、雲端內容，一直到銀行帳戶都是。」

「原來如此。」馬汀說。「所以就好像我在晨鋒報的時候，我可以從任何地方登入，然後交稿、看薪資單之類的東西。」

「沒錯，都是合法內容，只是不公開，這就是深網。但是深網裡面還藏著暗網，是為了違法活動建立的網站，只有知道的人才進得去，而且通常會加密，還必須用ＶＰＮ。」

「像是販毒或戀童癖的網站？」

「對，都是一些糟糕的東西。」

「我想找的不是這種。」馬汀說。

「那你想找什麼？」葉夫面帶微笑，眼神發出閃亮光芒。「是調查記者在查報導嗎？就像勞勃．瑞福與另外那個男的演的？」

馬汀大笑。「大概算吧，我們之後就知道了。」接著他神祕地看了看四周，像在確認店裡只有他們兩人；一半的他其實很討厭這種心理操弄，另一半的他卻又非常喜歡演這種戲。「這是很重要的調查案，你絕對不能告訴任何人，連你那個黎巴嫩兄弟都不能，懂嗎？」

葉夫點點頭。魚已上鉤。

「這最主要是為了保護你，包括在法律上。你同意嗎？」

「噢，靠，可不可以至少讓我告訴他我遇到你啊？」

馬汀假裝深思熟慮一番。「好吧，不過只能提到我買了電腦，可以嗎？」

「耶，帥啦，從現在開始，我會像硬碟一樣不會說出任何資料，而且只有你有密碼，能看我裡面裝了什麼。」

馬汀眨了眨眼，頓時懷疑自己這樣做到底對不對。「好。第一個問題，硬碟上的內容很難清除嗎？能不能洗到就算是警方的鑑識人員都找不回來？」

「超簡單，只要用Mac內建的程式就好了，就算是Windows也能下載。然後你只要用資料去覆寫硬碟就可以了，隨便什麼資料都行，如果你是個比較多疑的人，就重複個七次。只要這樣做過，基本上任何資料都沒辦法救回來。」

「基本上？」

「只靠軟體救不回來。傳聞情報局與軍方有特殊技術，能挑出已經抹消的資料，但是那得在無菌室裡加上機密科技才能做到，直接從硬碟表面用物理方式追蹤，非常非常昂貴、非常非常花時間。可是就算是這樣，只要你資料清得夠乾淨，應該也找不出任何東西。」

馬汀思考了一下，應該讓這個科技宅知道到什麼程度。他最後決定講得籠統一點。「現在的情況是這樣，報社裡有一顆桌機硬碟的資料被用覆寫的方式刪光了。」

「嗯哼，是可以獨立運作的電腦，還是企業硬碟上？」

「獨立的。」

「那只要有密碼就辦得到。就像我剛才說的，非常簡單。」

「有辦法知道是誰做的嗎？」

「應該吧。系統應該會有紀錄才對，叫紀錄檔。如果有那臺電腦跟密碼的話，我可以查查看。」

馬汀的臉歪了一下。「來不及了，在警察那裡。」

「為什麼？怎麼了嗎？」

馬汀吞了口口水。這個年輕人有可能幫得上忙嗎？他決定信一把。「前天晚上，我以前的編輯麥斯·富勒被謀殺了。他死前正在調查一件很大的新聞。」

「他的硬碟資料被清空了？」葉夫問。

「對。」

「晨鋒報內部沒有備份嗎？」

「顯然沒有。他把這則報導當作機密，守得很緊。」

「就算是這樣，他還是可能已經把資料備份到雲端的私人帳戶裡了，像是Dropbox、iCloud、Google硬碟。」

「沒辦法，你必須先知道他是用哪家的服務才行，還得知道帳戶名稱跟密碼。」

「要怎麼知道？要怎麼看到那些內容？」

「那聽起來就沒辦法了。」

「等一下，你說這臺電腦——就是硬碟被清空的那臺——電腦本身屬於晨鋒報？」

「沒錯。」一聽到葉夫的話，馬汀就懂他的意思。貝瑟妮說麥斯現在很少進辦公室了，都是在家工作。「他有兩臺電腦。」

「那可以查一查。」

但馬汀搖頭。「他在自己家裡被殺，如果對方因為他在查的案子而下手，不可能還把筆電留著。」

葉夫聳了聳肩。「那我能做的也有限，除非你找到那個雲端帳號。」

「我想也是。」馬汀說，然後拿起他買的二手電腦，向葉夫道謝。「如果我找到有用的資訊再跟你說。」他轉身離開，腦中盤算起該如何向哀慟不已的伊琳·富勒說明電腦的事。

第十七章

蔓蒂坐在窗邊，一邊等著馬汀，一邊從飯店大廳看著外頭街道。放眼望去，世界皆是暮色。雪梨人們身上只穿著各種色階的灰，低著頭，沒有笑容，彷彿已屈服於天氣，視冷酷嚴峻為新的流行，重新過起疫情時的生活。但其實並非如此。她看見一對家長走在孩子兩旁，三個人開心大笑，對周遭的陰鬱氣氛毫無所覺。兩名大人各伸出一隻手，邊走邊將女兒晃至空中，又晃回來。大人唱歌，孩子哈哈大笑。蔓蒂看著他們經過，希望自己能透過雙層玻璃聽見他們的歌詞，希望她和馬汀也能立刻回家，把連恩牽在中間甩。

她看到馬汀了，現身在這片平凡無奇的傍晚之中，走在街道的另一邊，從街區最遠處朝她而來。儘管距離仍遠，她已能感覺到他的心情：緊繃、心煩意亂，一頭栽進某種情緒之中。他在路人之中毫不起眼：沒有塔昆．默洛伊的氣勢，也沒有拜倫．史衛福特那種存在感。相反地，她在他身上看見自我懷疑和脆弱，與同時存在的堅定和責任感互相平衡。她真的看得到吧？或者只是她的想像？像是她強加在世界的一種濾鏡。當初兩人第一次在她的書店裡相遇時，在旱溪鎮的寂寞平原上，她就能看見那種特質；而現在當他走在人群裡，陷入自己的思緒，她又再次看見了。他距離她還很遠，她還看不見他的表情，但她知道他一定眉頭緊鎖，眼裡看不進其他東西。

她現在懂了。新聞是他的天職，是他的使命所在，而這就是他應對的方式，當世界出現問題，他便埋首工作。也許他整個職業生涯都是這麼做：奔波世界各地的駐外記者，永遠都在獵尋下一則新聞、下一個女人、下一段逃避的旅程，這就是他應對的方法。她不認識那樣的馬汀，她不確定自己會不會喜歡那樣的他，會不會被那樣的人吸引。大概會吧，畢竟她曾迷上塔昆與拜倫。但是她喜歡現在的馬汀：更無遮掩、更充滿自覺。不完美，卻是個更好的人，又不至於好到她高攀不上。她應該信任這樣的人，他是她應該仰賴的對象，不會時時刻刻都在算計。如今卸去所有偽裝，但仍是個真正的記者。

她想起一件關於塔昆的往事，記憶清晰而明確。賽馬會上，皇家蘭德威克賽馬場的秋賽嘉年華，他們兩人打扮非常得體。他帶著她走到投注區，投注登記人站在顯示賠率的板子前，西裝筆挺，彷彿政客、汽車銷售員或者警察。「妳看。」他說。「多盛大的比賽。」

「你有下注嗎？」她問。

「沒有，只是來看而已，學習一下。」

投注區非常熱鬧，擠滿了人，但很快就開始變得空曠起來。下一場比賽就要開始了。「我們要去看嗎？」她問。

「不用，真正的比賽其實在這裡舉行。」

「是嗎？」

「這是一座交易市場，他們會建立機制、持續調整，並隨時改變賠率。賭客下注對賭之後，其他登記人就沒戲唱了，所以他們會試圖吸引賭客並保持競爭力，同時還要穩固自己對於賽況的判斷。」

「你看得懂？」

「還不熟，但我會搞清楚的。」

一輛車開過，按響了喇叭，聲音大到穿透飯店，她嚇了一跳，猛然被拉回現實。她的視線掃過街上，看到他站在對面，毫髮無傷，等著過馬路。他顯然陷入思緒中，還沒發現她在看他。他趁著車流的空檔穿過街，走進飯店，她便看不見他了。

現在換成他皺著眉頭，看著她穿過大廳。他們相遇，彼此碰觸，他的手移向她的臉龐，與她相視。她想要跌進他懷中，緊緊抱著他，但覺得自己應該做不到。現在不行，在這裡不行。她感覺有種阻礙，讓兩人有點拘謹。他不是住在北部海岸時的悠閒男子，麥斯的死重寫了他的神情；她也不是兩人住在海岸懸崖上那座避風港時的溫柔母親，與烏龜的對峙擾亂了她的穩定。銀港已經消失了，現在擁有他們的是雪梨。

他們往飯店裡面走去，進入裝潢陳舊、昏暗如午夜的酒吧。現在這個時段，兩人幾乎包場。有一對老夫妻坐在卡座裡沉默對飲，沒說話，沒看向彼此，就只是盯著空氣。酒保正靠著櫃檯無所事事地滑手機。牆上的電視關成了靜音，是整個地方最活潑的東西。這個時間點，如果是在銀港，海風徐徐吹來，他們可能會端著琴湯尼，並肩坐下，看著地平線逐漸變暗，看月亮緩緩升空；但在這裡，只有透明的烈酒是不夠的，雪梨需要顏色更深一點的東西。蔓蒂點了白蘭地加不甜的薑汁汽水，馬汀則點威士忌加冰，酒保很高興有事可做，雖然還是提不起勁和他們閒聊。蔓蒂和馬汀找了一張桌子坐下，遠離那對夫婦。兩人碰杯，卻無意慶祝，而是帶著一種彼此認可、團結的姿態。

「也許妳應該回去。」他說。

「你說銀港嗎？」

「對，回去照顧連恩。」

「你覺得這樣比較好？」

「這裡很危險。麥斯和伊莉莎白．托貝被殺，我的公寓被砸，還有莫銳斯．蒙特斐爾說的那兩個瘋子，力芬史東與斯比提。」

「我知道，力芬史東警告過我。」她看著自己的酒說。「他說事情會變得很難看。」

「那是指哪件事？」

「我不知道，他沒講。」她聳了聳肩。「塔昆死了，現在屍體被人發現。澤妲又一直在追那筆錢。」

他們沉默以對，雙雙盯著自己的酒。

「你會和我一起走嗎？一起回銀港？」她問。

他繼續看著威士忌，說話時沒有移開視線。「我應該沒辦法離開。我想要查出麥斯發生什麼事，還有他之前在追什麼案子。」

她盯著杯子思考一陣。「我今天去見了以前的主管。」

「你們說了什麼？」

「我覺得是我害死了塔昆。」

這句話讓他抬起視線。「妳昨天就這麼說。我不懂妳為什麼會覺得自己有責任？」

於是她說了當初舉報密碼外洩的事。她主動舉報而逃過懲罰，沒有多想，甚至覺得自己運氣不錯，接下來的五年裡，也一直以為塔昆逃過追捕，帶著千萬住在國外。以結果來看，舉報他似乎是件好事，她因此逃過一劫，沒有落到澤妲那樣的下場。然後她低下頭，說她在知道塔昆是警察後就完全改變了想法。主動舉報密碼外洩，也許讓她擺脫了嫌疑，但他可能就是因此才丟了一條命。她直視著馬汀的雙眼，像在陪審團前陳述。「我覺得是我驚動了他們，害他被殺。」

她看著他的反應，他臉上的情緒如天氣變換：同情、愛、不安；而這些情緒本來很可能會是怪罪、指責和反感。她也在他臉上看到了好奇、聰明和渴望，以及屬於男人、屬於記者的那一面。她看著他在腦中組織話語，一邊試探更多資訊，一邊仔細注意別傷到她的心。

「妳的主管——他說了什麼？」

「我主管是女的，她叫潘姆。當初我填了問卷之後，就是她來問我密碼的事。」

「她怎麼說？」

「問卷的負責人，是安全部門一個叫克萊芮媞．司帕克斯的女人，當時她為了這件事找我問過話，塔昆失蹤後也找我談過。潘姆告訴我，克萊芮媞在塔昆失蹤後不久就死了。」

現在她能確實看見，他眼中因為感到興趣而發出光芒。「怎麼死的？」

蔓蒂解釋了克萊芮媞孤獨地死去，以及用藥過量顯然不像她。但沒有提到烏龜。因為某些原因，她說不出口。也許因為羞愧，或者是害怕自己對烏龜的操弄終會功虧一簣，也可能是她想要像馬汀那樣去追查自己的線索。於是她略過一些細節，只說潘姆覺得掌控大局的或許是一個叫哈利．史維瓦特的人。

馬汀搖了搖頭。「我還是不懂，為什麼妳會因此覺得自己有任何責任。默洛伊是臥底，他並不信任妳，他密謀從墨利森銀行偷錢，但沒有讓妳知道計畫。他用非常糟糕的方式操縱了妳，也對澤妲．佛肖做了類似的事。」他拿起酒杯。「而且從頭到尾都在隱瞞已婚的事實。」他喝了一大口威士忌。「除了連恩以外，妳不欠任何人任何東西。」

她心裡升起一股腦火。「你打算自己留在這裡，卻要趕我回去銀港。」

他充滿防衛，一副無所謂地聳肩說道：「這是我欠麥斯的。」

「這也是我欠我自己的。」

酒保走來，端來一碗零嘴。花生從袋子裡拿出來太久，已經軟了，但她喜歡那種鹹鹹的味道。馬汀點了另一輪酒，而當酒保回到吧檯時，他們兩人之間已經重新恢復平衡；一種暫時的休戰狀態，因為雙方都認為不值得在某個問題上繼續施加壓力。

「難道你不想知道事情的真相嗎？」她問。

「當然想。但我不知道妳能幫上什麼忙。」他說。

她深呼吸，喝了口酒，又深吸了一口氣。這是她第一次把這件事告訴任何人、選擇相信任何人：「我知道塔昆在調查銀行。」

「什麼？」他睜大眼睛，眼神射出光芒。

「我以前就知道了，而且我幫過他。」

「但妳之前否認了不是嗎？」

「當然要否認，我又不想坐牢。」

「靠。」他四下張望，緊張不已，像在確定她的話沒被人聽見。「所以妳知道偷錢的事？」

「我不知道，也不知道他是警察。」

「那妳知道哪些？」

她閉上眼睛，不想看到馬汀的反應。「他願意信任我，告訴我很多別人不知道的事，至少我當初以為。經過密碼的事以及訂婚之後，我們復合了，有一天他告訴我，他偶然發現銀行有違規行為，甚至可能觸法。他說哈利．史維瓦特與董事會授權他以律師的身分調查。這當然是騙人的，至少我現在知道了。」

「妳幫他做了什麼？」

「蒐集資料。」

「怎樣的資料？」

「以格林威治標準時間──也就是世界標準時間──為準的交易紀錄。別問我為什麼。我們的系統會在倫敦時間午夜左右轉存當天所有交易資料，換算成雪梨時間差不多是早上十、十一點，看有沒有日光節約時間而定，當下我會有五分鐘的空檔能看到裡面的內容。」

「妳把資料複製下來嗎？」

「沒有，那會在電腦留下紀錄，而且我們擔心自己正在被監視。」

「被誰？」

「銀行有很多監視器。」

「那妳到底做了什麼？」

「每天的轉存程序都會受到一組識別碼保護，由三十六個英數字組成。」

「妳把識別碼抄下來？」

「我用背的。」

「用背的？三十六個英數字耶？怎麼可能？」

「塔昆在賭場教過我記憶的方法。」

「為什麼是在賭場？」

「算牌。」

有那麼一刻，馬汀什麼都沒說，只是張著嘴。最後他搖著頭，哈哈大笑。「好，看來我以後難過了。」

他的反應出乎意料。她覺得自己的嘴角就要被拉起，但笑意很快消失了。「馬汀，我很害怕。」

「為什麼？妳又沒做什麼壞事。那傢伙是個渣男，他一直騙妳、利用妳，妳不知道錢的事，也不曉得他的計畫。」

「澤妲懷疑我有參一腳，其他人一定也這麼想，包括克勞斯．范登布克。當初墨利森之所以資遣我也一定有所原因。」

「也許吧。當時他們重設了妳的密碼之後，妳有把新的密碼告訴默洛伊嗎？」

「沒有，他覺得那麼做不太明智。」她喝了口酒。「你覺得我應該主動向警察說這件事嗎？告訴蒙特斐爾？」

他毫無遲疑地搖了搖頭。「不行，絕對不行。現在的妳沒有任何嫌疑，警方和墨利森都沒在懷疑妳。如果有人得知妳其實當初就知情，妳的下場要不是像澤妲．佛肖被抓進去關，就是會有哪個傢伙拿槍指著妳，要妳帶他去找那一千萬。」

「大概吧。」她說，然後微笑。他站在她這邊。馬汀站在她這邊！暫時這樣就夠了。她喝了一小口酒，馬上覺得酒都變得好喝了。「你相信命運嗎？」她問。

「又問這個？我們之前就討論過了。」

「還是不相信嗎？」

「當然。」

「因果業障呢？」

「我不覺得那跟任何事情有任何關聯。」

「你不覺得很奇怪嗎？在旱溪鎮，我想忘掉拜倫．史衛福特，已經死了的他卻一直糾纏我。那時候我認識了你，然後發現他的本名根本不叫拜倫．史衛福特。現在，同樣的事情又發生了，我認識的塔昆．默洛伊其實是別人。這種事怎麼會發生兩次？當我終於知道拜倫的真實身分，並了解他做出那些事的原因，我才真的有辦法離開旱溪鎮。如果我不搞清楚塔昆的真實身分、不知道他當年做了什麼，又要怎麼回銀港去過真正屬於我的生活呢？」

這時，她發現馬汀已經沒有任何爭執的意思，他的臉上只寫著擔心，以及對她的愛。她喝下另一大口白蘭地。她得告訴他烏龜的事，也許現在這個時機不錯。

但是突然之間，關愛的神情從他眼中消失了，他也從她臉上移開了視線。「什麼東西呀？」

她轉過頭，看到他的視線所在：電視新聞。她認得正在報導的記者，道格．桑寇頓，旱溪鎮和銀港的事件他都在場。道格站在一輛警車前，正對著鏡頭說話，雖然聽不見聲音，仍然可以從他的表情得知話中的嚴肅。

「那是麥斯的家。」馬汀跳了起來，朝酒保衝去。「嘿，不好意思，有遙控器嗎？你可以把聲音調大一點嗎？」

酒保一臉疑惑。此時畫面正緩慢放大《雪梨晨鋒報》其中一版的內容：**貝爾維尤山發生雙人命案**。

「拜託，這很重要。」

酒保從吧檯下方拿起遙控器，對準螢幕調高音量。畫面中的道格走向一名男子，對方正從家門前的郊區信箱裡拿出信件。畫面外響起道格的聲音，低沉且充滿言外之意。「**但是鄰居們卻對這起命案毫不知情**。」畫面剪接跳至男人的特寫鏡頭。

「**對，我看到報紙才知道。太可怕了。**」

「**請問警方找你問過話了嗎？**」

「**沒有，為什麼要找我？**」

「**隔壁就是你家對吧？**」

「**當然是啊。**」

男人來得及說出其他話前，鏡頭便又回到道格身上。這是他之前面對鏡頭時的另一個畫面。「儘管警方宣稱，已著手調查是否有任何謀殺的可能性，但是麥斯．富勒和伊莉莎白．托貝喪命已近兩天了，凶案組警探們卻連左鄰右舍是否注意到任何可疑情況，都沒問過。」一陣令人不安的停頓後，道格結束播報，充滿各種沒說出口的凶兆。「十號臺新聞，道格．桑寇頓報導。」

馬汀瞪大了眼睛，走回她身邊，此時電視新聞已經轉為討論赤字問題更加嚴重的政府預算。

「這些政治人物都是廢物。你還要看嗎？」酒保問道。

「沒關係。」馬汀說。「不用了，謝謝。」酒保高興地讓滿嘴胡扯的總理大人消音。「道格這傢伙厲害啊。」馬汀笑著對她說。

她可以看見他眼中的光芒，他的鼻孔大張，彷彿想要捕捉到新聞的氣味。她很清楚，他暫時不會回銀港了。她也一樣。

星期四

Thursday

第十八章

他很早就醒了，睜著眼睛，腦子胡轉瞎轉了整整半小時，直到鬧鐘響起。蔓蒂睡在他身邊，四肢大開，被子凌亂，證明她又是一夜輾轉。不過他覺得她應該能睡得輕鬆了些，因為她選擇信任他，向他坦承了祕密：她曾在默洛伊偷錢的過程中幫了一把。當然，她並不曉得默洛伊的計畫，但警方不太可能會因此給予同情；畢竟她確實竊取了機密資訊，偷偷背下英數字組成的保護密碼。嚴格來說，她確實犯了竊盜罪，也許還犯了詐欺，或者是詐欺從犯。案發後，她還在警方偵訊以及銀行內部調查中說了謊，主張自己不曉得默洛伊的行為；警方可以針對這一點追究妨害司法的責任。再加上，她現在有錢了，銀行也可能要求賠償。

但即便如此，他也還是忍不住同情她的遭遇。當時默洛伊失蹤，她又聽到一千萬元不翼而飛，當然會選擇否認任何關聯，這能怪她嗎？經歷過那種心痛，難道處罰得還不夠嗎？確實，她之前從沒提過這件事，連與默洛伊訂過婚都沒說，不過現在她選擇相信馬汀。他看著她的睡姿，告訴自己，這件事一定只能是兩人的祕密，告訴任何人都太過危險。這個念頭又推了他一把：他想要查出殺了麥斯的凶手和動機，想要將凶手繩之以法；他想要保護蔓蒂，確保她的行為不會被發現。而這整起事件——當一切結束，肯定是非常大的新聞。

他小心翼翼地下床，不驚動蔓蒂，頭腦自顧決定暫且放下這些思緒。他非常渴望喝到咖啡，幾乎是一種生理需求。住在海邊時，他可能要到近中午才開始煮咖啡，有時則一口都沒喝，連想都不會想。但當他回到這裡、回到城市中心，追起新聞，那種難以抑制的渴求又回來了。他正想著是不是先別洗澡，直接去奧多店裡，手機便響了。

沒有顯示號碼，他還是接了。在銀港時所感受到的厭倦已經消失：這個世界上有些東西正在改變，他想知道真相。

「你好，我是馬汀．史卡斯頓。」

「早安，馬汀。我是伊琳．富勒。」嗓音正經嚴肅，聽不出任何哀傷。

「伊琳？嗨，還好嗎？」

「不怎麼開心啊，不過我一直都是這樣。」

「嗯。」馬汀聽出她聲音裡的惱火。「有什麼需要我幫忙的嗎？」

「來找我聊一聊，我在我哥哥家。」她給了地址，結束通話。

馬汀洗澡、更衣時不斷思考。雖然沒有咖啡因，思緒仍然著了火似地轉動著。他想到兩天前的伊琳，坐在麥斯．富勒與伊莉莎白．托貝死亡現場的屋外，看起來完全崩潰，現在卻要求他去見她，聽起來跟她已故的丈夫一樣理智、專注。什麼事情讓她有這樣的轉變？也許是因為道格．桑寇頓那則報導。

公寓位在伊莉莎白灣，從街上看來平凡無奇：建物本身由棕色磚頭蓋成，華麗的裝飾藝術軟化了嚴肅堅實的外表，公寓前方有座由草皮與玫瑰花叢組成的精緻小花園。沿著擦得光亮的黃銅扶手爬上一小段階梯後，將他領向入口。門旁的面板上設有六個對講機按鈕，其中一間頂樓公寓看起來無人居住，面板上方掛著一顆監視器鏡頭。馬汀按響五號公寓的按鈕，對著應門的聲音表明身分，裝了蝕刻紋飾玻璃的木造大門隨後便喀答一聲打開。

入口大廳內，拋光硬木地板鋪了華麗的土耳其地毯，鮭紅色牆上則掛著一幅鍍金畫框的油畫。現在還只在公共空間而已；住戶都是有錢人。馬汀放棄搭電梯，爬上樓梯，實木橡木階梯配上成套扶手，每一階都由黃銅棒牢牢固定住。五號公寓位在最頂樓，而這裡沒有六號公寓：公寓門還在，但有個牌子寫著「已售」。馬汀還沒敲門，五號公寓的門就打開了。一名穿灰色棉質連身裙的中年亞裔女子來應門，還套了一件圍裙。「史卡斯頓先生嗎？這邊請。」女傭有著新加坡口音，態度比多數大學畢業生都更優雅有教養。

進入屋內，她請他稍候，讓他有機會四處看看。裝潢品味讓這間公寓免於被錢淹沒。挑高天花板搭配白色牆面，窗戶上又開了天窗，每個空間光線明亮。馬汀試圖尋找兩間公寓的連接處，但是完全看不出來，屋主一定是將整個內部打掉重建。屋內陳設傳統而整齊，幾近極簡主義，牆上畫作有名到連馬汀也能認出幾幅：約翰·布拉克、弗瑞德·威廉斯、葛蕾斯·寇辛頓·史密斯[1]。一切一塵不染，每項物品都得其所位，沒有任何格格不入。馬汀對那位女傭的敬業精神感到敬佩。

她再次出現，帶著他走至公寓後方，沐浴在雪梨港燦晃晃的陽光中。公寓建物正面牆面，上半部三分之二都被換成了摺疊玻璃窗，看起來跟奧多店裡的有點像，不過用的是雙層玻璃和雪松窗框。雖然現在窗戶緊閉，外頭景色仍然盈滿了整個空間，港口在他眼前展開，一路延伸至兩端海岬的盡頭。公寓高坐海岸上方，將大片的天空和海色收覽眼底，彷彿活在寬銀幕裡的世界。今天的陽光比前一天明媚，風也減弱了一些，但仍足以令遠處的海景翻騰，推動小片的雲，在波光粼粼的港口海面投下快速移動的陰影。他好想打開窗戶，伸手去摸，確定這是真的景色而非投影，那是由海、天空與不斷變化的日光所組成的另一個雪梨。即使隔著玻璃，那個雪梨仍延伸進房間裡，擁抱著伊琳·富勒。她與應該是她哥哥的男人坐在藤椅上，兩人背對著馬汀，向外望入蔚藍的深淵之中。片刻沉靜、休止，只有港口的景色變換。

「史卡斯頓先生到了。」女僕說著，打破了這幅靜止的畫。

「馬汀，謝謝你願意過來一趟。」伊琳起身和他打招呼，男人也是。她握手的手勁堅定，但雙眼通紅。她將頭髮隨意在腦後整理成髮髻，幾綹髮絲拒絕受到管束。「這是我哥哥，班傑明。」她說。

馬汀與男人握手，仔細看著他的臉，試圖尋找兩人五官的相似處。這對兄妹的體型和歲數都差不多，一頭灰髮的伊琳畫了淡妝，哥哥的臉則更有光澤，有著水手或晒過日光浴後的棕褐色，乾草堆般的金黃髮色應該是染出來的，髮型師的技術高超。馬汀正想稱讚這間公寓，伊琳便又繼續說道：「班是伊莉莎白．托貝的先生——不過現在應該算前夫了。」

「嗯。」馬汀說。「很遺憾你的遭遇，你們應該都大受打擊。」

「謝謝。」班傑明身上也看得出緊繃的壓力，他稍微駝背，像是因為這週的事而洩了氣。這兩人一定才六十出頭而已，但是此刻看起來都更年長一點，彷彿晚年在一夜之間降臨。

「坐吧。」伊琳將他們帶離明亮的景色，回到公寓中心。拋光的咖啡石桌旁圍繞著扶手椅，他們在桌邊坐下，回到現實世界。

「要喝點什麼嗎？咖啡？茶？還是要更烈一點的？」班傑明問。

「咖啡就好，謝謝。」馬汀答道。守在一旁的女僕便離開了。

伊琳直接切入正題，語氣輕柔但堅決。「馬汀，我們很擔心、很焦躁。」她的眼神平穩，決心取代了哀傷。

「為了什麼事情？」

1 分別為John Brack、Fred Williams和Grace Cossington Smith，都是二十世紀澳洲的重要畫家。

「先說報社好了。晨鋒報打算做什麼？」

「你是指？」

「對我們兩個人另一半的那篇報導。」

「伊琳，妳知道我現在只是偶爾替他們寫文章，大部分是他們邀稿我才寫。而且我在家工作，根本不會進報社。我知道達西．德佛正在寫長篇訃聞。」

「還好麥斯不在了，不用去看他寫的那種東西。」

馬汀想了一下這句話。就他所知，麥斯一直都很喜歡達西。

「你看過這件案子的相關報導了嗎？」伊琳問道。

「只看了貝瑟妮．葛萊斯昨天寫的短文，還有十號臺昨晚播的一段報導。」

「對，就只有這樣。十號臺至少意識到不對勁，不像晨鋒報——『沒有可疑情況』、『多年好友』——抱歉我講得難聽一點，那篇文章從頭到尾都是屁話。」

馬汀露出微笑。脆弱的悲痛寡婦也就到此為止了。「伊琳，我覺得警方是刻意隱瞞資訊，想逼凶手現身。這不是貝瑟妮的錯。」

「當然是貝瑟妮的錯。我之前跟她說得很明白了，麥斯與伊莉莎白根本受不了對方。她要省略文章和故作懸疑是一回事，不能跟故意說謊相提並論。」

「那些句子是文字編輯改的。」馬汀替貝瑟妮辯護。「她原本已經寫好一篇比較長的稿子。」

「她說的？」

「對。」

「文章內容是誰刪的？」

「她不曉得。」

伊琳哼了一聲。女僕推著一輛骨董推車回來，上頭放著銀製餐具和一些方形花飾小蛋糕，彷彿在麗思飯店享用英式下午茶。女僕倒茶與咖啡，眾人一片沉默。

「要馬卡龍嗎？」班傑明問道。

「不用，謝謝。」馬汀說。

哥哥接續了妹妹的話繼續說道，但語氣比較克制：「馬汀，老實說，我們對警方沒什麼信心，目前看來他們幾乎沒在做事。」

「調查才剛開始，他們應該是在等鑑識報告。」

「等什麼呢？難道不用先問問鄰居，有沒有看到任何線索嗎？真是胡說八道。」伊琳插話。「他們今天才開始做這件事，而且還是我們堅持要求。」

「你們與道格．桑寇頓談過了？」

「對，我與他談的。」

「嗯。」馬汀回應。伊琳找了別家新聞媒體，沒找晨鋒報。他最終還是拿了一顆馬卡龍，在他嘴裡彷彿糖分炸彈爆開，實在甜過頭了。他喝了點咖啡沖淡甜味，結果燙到舌頭。「伊琳，妳到底想說什麼？」

「我想要你再認真一點。麥斯把你當成兒子一樣照顧，這是你應該為他做的。放膽去踩幾條老虎尾巴，用力撞幾棵樹，我們不能讓十號臺代替我們打這場仗。我跟威靈頓．史密斯談過了，如果晨鋒報不收你的文章，他很樂意接手。」

馬汀感覺到自己的怒氣逐漸上升；他雖然喜歡伊琳，但討厭這種干涉。威靈頓一直是他書作的狂熱擁護者，可是他答應過報社，如果有任何專題報導，要先給晨鋒報。他考慮是否要再吃一顆馬卡龍，最後作罷，倒了點牛奶，幫咖啡降溫。「所以你們覺得，麥斯與伊莉莎白到底發生了什麼事？」

「遭人謀殺。」

「我知道，警方也知道。」

「那為什麼他們什麼都沒做？為什麼只有十號臺有膽質疑官方的說法？」

「好，我想幫忙。那請告訴我：為什麼麥斯與法官兩人會私下碰面？妳說他們兩個根本受不了彼此，如果真的如此，為什麼他們要見面？」

「非常好，馬汀，這種態度好多了。」伊琳看起來放心了一點。「我要從何說起？麥斯和伊莉莎白一直處不來。他們在某些地方太過相像，在其他地方又太不一樣。伊莉莎白認為，獨立的司法體制是民主的最終保證，麥斯則相信，自由且不受約束的媒體才是民主的基石；伊莉莎白認為自由是由上向下傳遞，麥斯認為是由下向上生長。伊莉莎白是保守黨、共濟會成員，麥斯是社會主義者、猶太人。他們幾乎所有理念都相左，或者說，他們覺得彼此不同，但是班傑明和我其實很清楚：這兩人就只是頑固而已，頑固到不願讓步。我們很多年前就放棄調停了，後來就都是我們兩個人聊，不管他們。」

馬汀看向班傑明，對方點頭同意了她的說法。

「抱歉，雖然有點尷尬，但我還是得問：他們的遺體看起來像是，呃，像在進行親密行為。」

「你是說上床。」伊琳的臉上有著明顯的厭惡。

「但妳說他們其實根本不喜歡對方？」

伊琳轉頭看向哥哥說：「告訴他吧。」

班傑明聳了聳肩。「伊莉莎白對男人沒興趣，我們的婚姻只是形式而已。我們雙方都一樣。」

馬汀眨了眨眼。「在這個年代和這個歲數？」

班傑明笑著說：「大概三十五年前就不用這麼做了，不過我們非常喜歡有對方作伴，很依賴彼此。我們的感情完全是柏拉圖式的。我完全信任莉莎，她也完全信任我。」

馬汀點點頭。「你們有把這件事告訴警方嗎？」

「當然。就像你說的，警察其實知道案發現場是被布置過的——這更讓我們不懂，為什麼他們沒有任何行動。」

「那為什麼麥斯和伊莉莎白死的時候會在一起？」

「這就是奇怪的地方了。」班傑明說。「死前三個星期裡，他們突然變得非常要好。之前冬天，莉莎與我去了努沙度假，大約一個月前回來。那時她還很正常，假期後很放鬆，但不久之後，有天她從法院回來，整個人開始心煩意亂。她遇到了一些事，開始生氣、脾氣暴躁，雖然還算正常，但我可以感覺這次不太一樣，更焦躁不安。她很鬱悶，卻不願意告訴我發生什麼事。」

「為什麼？這滿奇怪的不是嗎？」

「其實不奇怪。」他有些不好意思。「她對於自己的生活滿開放的，什麼都能聊，但就是不聊工作。談到法律，她的態度很孤傲。我是會計，不是律師，她從來不會和我討論法庭的事。我們不像麥斯和伊琳，麥斯會把晨鋒報的每件事都告訴我妹妹。但莉莎不會對我說。」

馬汀轉向伊琳。「麥斯當時在處理什麼案子？他死前那個晚上和我通過電話，說正在查一件大新聞，某件很龐大的共謀案件。」

「我不知道。」一時間，哀痛似乎又重新崛起，要重新占據她的心：兩個人互信互助地過了一輩子，但在最後一刻，他卻不讓她知道他在做什麼。

像是為了體貼妹妹，班傑明開口填補了這段沉默：「有天晚餐，我和伊莉莎白沒怎麼說話，她滿腦子還在想工作，幾乎可以聽到她腦袋運轉的聲音。最後她問我當天做了什麼。也不是真的在問，她其實不是真的想知道答案，只是出於禮貌表示一點關心。我說中午和伊琳一起吃飯，然後突然間，她好像就想通了某件事，晚餐後進了書房。到這裡都沒什麼奇怪的。隔天早上去法院之前，她向我要了麥斯和伊琳的電話，然後我們就發現莉莎和麥斯兩個人把自己關在房間裡，一起在調查某件事。」

「重點是，是什麼事情？」

「我們不知道，但麥斯在寫的，顯然出自於伊莉莎白工作上的發現。」

「嗯，這的確有點道理。不過你們真的不曉得是關於什麼嗎？」

這次回答的是伊琳：「抱歉，完全沒概念。他們兩個很保密，也許是想要保護我們。」雖然轉瞬即逝，不過她的聲音再次透露出了一點情緒。「當時他們這種態度開始讓我不太高興，所以我才去鮑拉爾找朋友，想轉換一下心情。」

「我請問一件事，麥斯是用筆電工作，還是桌上型電腦？」馬汀說。

「他有一臺筆電，但不見了。」伊琳說。

馬汀眨了眨眼。「警察知道嗎？」

「當然。」

「他有第二臺筆電嗎？也許放在晨鋒報的辦公室？」

「有，但你拿到了也沒有用，他把資料清空了。」

「清空了？妳怎麼知道？」

「他告訴我的。星期天晚上，我從鮑拉爾打給他，他沒接家裡的電話，我打手機才找到人。他說他進辦公室拿幾個檔案順便把筆電清空，說不放心把資料留在那裡。」

「他有說原因嗎？」

馬汀再一次看到某些情緒占據了伊琳的神情。「他說他不確定能夠把文章交給晨鋒報，他想要問你能不能找威靈頓。」

「啊？」在馬汀聽來這實在太荒唐、太難以相信：晨鋒報就是麥斯的人生。「他有說發生了什麼事嗎？」

「沒有，他說想和你討論。」

「和我？為什麼？」

「他不告訴我。」

馬汀張著眼睛，相當不解。「所以全部資料都在他個人的筆電。妳知道他有沒有備份硬碟嗎？還是他會把檔案存在雲端嗎？」

「如果有硬碟的話，大概也不見了。」她搖了搖頭，似乎陷入沮喪。「這又是另一個警方忘記要問的問題。不過我知道他把一些密碼存在哪裡，我會去看看有沒有可用的資訊。」

「謝謝，伊琳，我們必須知道他們在進行什麼案子，才有辦法繼續查。」他轉向班傑明。伊琳的大哥伸著小拇指，拿著一只瓷杯。「請問一個問題——你太太是高等法院的法官，我猜她在法界和政界的人脈應該都不錯。」

「我想是的。」

「真的可能會有事情讓她這麼不安嗎？既不能透過正式管道，也沒辦法運用人脈去解決？為什麼她會認為唯一的選擇是找上媒體並和麥斯合作？」

「我不知道。她非常謹慎，像我剛才所說，她從來不會和我討論她的案件，告訴記者更是令她反感。

她是個保守派，非常相信體制。」

馬汀看著他們兩人問道：「他們提過一個叫塔昆·默洛伊的男人嗎？」

班傑明搖了搖頭。「沒有。」伊琳說，但眼神裡閃過一絲光芒。她覺得馬汀知道一些什麼。

「了解。好吧，如果你們想起或發現了什麼，請記得告訴我，就算只是揣測也沒關係。如果沒辦法知道他們在做什麼，我能挖的也不會比警方深。寫文章交代事件的真相，其實不太容易。」

「盡全力去做，馬汀。」伊琳說。她越過擦得光亮的桌面，將手放在他手上。「就像我剛才說的，挑起爭議，撼動現有的體制，不要讓晨鋒報那些奪了權、篡了位的人得逞，不要讓他們用聳動的標題和沒用的文章掩蓋這案子。」

馬汀喝完咖啡正準備起身，突然想起貝瑟妮的話。

「樟宜呢？他們兩個提過樟宜嗎？」

「樟宜？你是說新加坡那個地方嗎？」班傑明問。

「對，二次大戰期間那裡有座日軍的戰俘營。」

「謝謝你的介紹，馬汀，我們這一代很清楚那段歷史。」伊琳說。「為什麼提到這個地方？」

「他們兩個正在調查的可能和樟宜有關。他們應該都沒去過那裡吧？」

「沒有，我們去過新加坡，但沒去那座老監獄，我甚至不曉得那地方還在不在。」伊琳的語氣非常肯定。不過班傑明的表情卻暗了半邊。

「怎麼了？」馬汀問。

「伊莉莎白的父親托貝爵士曾經待過那裡。」

「你是說在樟宜？」

「對，就在大戰期間。但他從來沒談過這件事。」

「他還活著？」

「活得好好的。」班傑明搖了搖頭。「伊莉莎白一直是他的掌上明珠，她的死讓他非常、非常傷心。」

「你有他的電話號碼？」

「當然。」

他們談完，女僕來送馬汀離開，彷彿是要確定他沒有把銀器偷藏進口袋。門關上了，公寓裡通明的光線將他拒於門外，此時的樓梯間幾近昏暗，沒有上樓時那麼令人驚豔。

離開前，他趁著大廳內的清靜，用班傑明給的號碼打給了托貝爵士。但他只聽到撥號聲，最後切換成一段錄音。帶有雜訊的音質，法官先清了清喉嚨，接著是生硬的語音訊息：「這裡是托貝家。我們目前無法接聽電話，請在嗶聲後留言。」然後是一段長到令人痛苦的空檔，充滿雜訊及各種腳步摩擦的雜音，最後才終於聽到那聲嗶響。

「托貝爵士您好，我是《雪梨晨鋒報》的馬汀．史卡斯頓。我正在撰寫一篇關於您女兒的文章，您的女婿班傑明幫了許多忙，並建議我打給您。請問我們是否能有機會談談？」馬汀留下自己的手機號碼，盡可能放慢語速，但又不至於聽起來太過傲慢。

第十九章

蔓蒂的手機響起。她聽到鈴響不停，但就是沒辦法從飯店床上起身接電話。相反地，她在半夢半醒間飄蕩，進出夢境之間。她回到母親的書店，她的記憶宮殿，卻不記得路了，每座書架看起來都一樣。有個男人跟在她身後，穿著西裝，是個警察。他急著想告訴她某件事，某種不好的消息，但她聽不見；她聽不到他說什麼，因為她想要聽連恩的聲音，想要探查小男孩的呼吸。連恩剛才就在這裡，在書店裡，可是現在跑哪裡去了？他人呢？剛才不是還在這裡嗎？她開始恐慌。他到底在哪？

然後夢中斷了：手機再次響起，這次她立刻清醒，接起電話，覺得可能是弗恩打來要告訴她出了什麼意外，或者更糟糕的事。但電話另一頭的聲音既不是馬汀舅舅那種悠閒的男高音，也不是她兒子歡快的假音，而是一股充滿權威的男中音；對方表明身分是警方的調查人員，克勞斯．范登布克偵緝警長。那個穿西裝的男人。他想與蔓蒂碰面，提議過來找她。現在她真的完全清醒了；她不想要他靠近飯店半步，擔心他真的是要來傳達不愉快的消息。愈少人知道他們的藏身處愈好，於是她提議約在警察局。

「警局不太適合。」

「為什麼？」

「我不想被看到我們兩人見面，他們可能會覺得妳還是嫌疑人。我不希望讓妳面對不必要的危險。」

這句話讓她一陣顫抖：范登布克不相信其他警察。「我怎麼可能還是嫌疑人？」

「因為妳曾經與塔昆．默洛伊訂婚。」

「莫銳斯・蒙特斐爾說我不是嫌犯。」

「我也沒說妳是。」

她咬著嘴唇，思考著。有沒有可能，這名警探其實是來審問她的，因為他懷疑她曾經幫助過塔昆？但是無論問題的答案為何，她都沒有多少選擇。「好吧，我會盡量幫忙。你想在哪裡碰面？」

「謝謝。」他說。他們約定了見面地點：一小時後在中央車站附近的某間咖啡店。

起床沖澡之前，她先打給了溫妮佛。律師已經回到墨爾本了。

「我同意妳的判斷，妳沒有太多選擇。妳應該和他談談看。」蔓蒂把剛剛的事告訴溫妮佛，溫妮佛如此說道。「不過，把時間改到明天如何？我可以飛回去。」

「不用，我想聽聽看他想說什麼。」

電話另一頭停頓了一陣。「為什麼？」

「什麼為什麼？我想要知道調查的進度，也想知道塔昆發生了什麼事。」

「可是，蔓德蕾，何必呢？我說真的，妳應該要從這件事中脫身，而不是愈陷愈深。妳應該離開雪梨，回去陪兒子、繼續過妳的生活，現在這些問題都跟妳無關，已經都不是妳的問題了。」

「真的是這樣就好了。」

「為什麼這麼說？」律師的語氣不甚肯定。

「溫妮佛，無論想或不想，我都已經被捲進去了。如果馬汀要留在這裡，我想要和他待在一起。」

律師的語氣這時肯定了起來。「這理由還不夠好。如果馬汀想重回新聞界，那是他的事，但他這麼做等於讓自己陷入險境，同時還把妳拖下水。」

溫妮佛是很忠實的律師，蔓蒂不想讓她不高興，停頓了一會兒才回應。「好，我會與范登布克談談，但不會說出我沒告訴蒙特斐爾的資訊。等到事情解決了，我會告訴馬汀我們應該離開。」

「我還是覺得妳單獨去找他不太好。」溫妮佛說。「然後，蔓蒂？」

「嗯？」

「記得，以妳的利益為優先。」

「好。」

咖啡店位在地下，開在從中央車站延伸的一條行人地下道，玻璃櫃檯展示著薯條、炸春捲和薯餅；這是你會在趕時間時外帶咖啡的店家，但除非走投無路，否則不會坐進店裡用餐。克勞斯．范登布克坐在一個從櫃檯看不見的小角落，如果他是想與環境融為一體，顯然成功了：他看起來就跟這間咖啡店一樣骯髒凌亂。他面前有只缺了角的盤子，上面放著還沒吃完的培根蛋堡，西裝外套的其中一邊翻領濺上了一滴蛋黃。她坐下。他沒問她要不要喝咖啡，她也不確定自己想喝。

「我已經都與莫銳斯．蒙特斐爾談過了。」她說。

「真的嗎？我沒看到筆錄的文字稿。」

「那他會看到我們今天對話的文字稿嗎？」她反問。

也許是缺乏練習，范登布克露出了變形的微笑。「不會。我覺得不要把今天這場對話當成正式問話比較好，否則我一開始就會要妳與律師一起來了，那樣對妳才有保障。而且，就像我所說的，我不想讓妳處於險境。」他再次試圖擺出笑容，依然缺乏說服力。蔓蒂判斷，范登布克的個性應該不太常能博得好感，他不習慣這種方式；拿著幾本電話簿直接下手解決比較像他的風格。這男人身上有種壓抑的感覺，像是他的內裡充滿緊繃的張力。「妳記得我嗎？」

「不太記得。聽說我們在旱溪鎮短暫見過，但我沒什麼印象。」

「那在銀港呢？上個星期天的時候？」

這次換成蔓蒂聳了聳肩。「我記得有個穿西裝的男人，就是個模糊的印象而已。然後還記得你的名字，因為你告訴我你的名字，但就是這樣而已。那天發生了什麼事？」

「我被打暈了。」

「而我被下藥。」

「妳知道打我的人是誰嗎？」

她愣了一下。他當然知道是誰，這一定是在測試她。「莫銳斯．蒙特斐爾沒告訴你嗎？」

「有，但我並不完全信任蒙特斐爾偵緝督察。他有他自己的考量。」

「打你的是澤妲．佛肖，或是她的同夥。」

「很好，那蒙特斐爾說的就是實話了。」他猶豫了一會兒，然後決定先解釋他的目標、方向。「蒙特斐爾是凶案組的警探，他只專注解決命案、找出殺害塔昆．默洛伊的凶手，但我不是如此。我也是警察，只是暫調到ＡＣＩＣ。妳知道那是什麼嗎？」

她知道，但覺得他應該會喜歡向她解釋；他就是那種男人。「不是很懂。」她說。

「我們負責蒐集犯罪情報，調查組織型犯罪或販毒集團之類的。我們跟大部分警察不一樣，不會等到有人犯案才出手，而是會找出非法集團與犯罪組織的運作架構。」

「了解。這跟我有什麼關聯？」

「塔昆．默洛伊被殺的時候正隸屬於ＡＣＩＣ。」

范登布克居然給出新資訊，她有些吃驚。「他是你的部下嗎？你是為了個人原因才來找我的嗎？」

「不是，他不是我的部下。」范登布克大笑，發出奇怪、空洞的聲音。「如果我是他上司，我會被調得離這件案子遠遠的。剛好相反，上面的人需要一個完全無關、雙手乾乾淨淨的人來查這件事。我短暫見過他幾次，卻沒發現他是臥底，還以為他只是某個比較帥的犯罪側寫師。這也顯示他有多擅長這件事。」

「哪件事？」

「欺騙人。」

「他的本名叫什麼？」

范登布克搖了搖頭，嘆了口氣。「我沒辦法告訴妳，請妳諒解。」

「所以你想知道什麼？」

「默洛伊長期臥底，即使在失蹤後，真實身分也受到嚴格保密，以防萬一他還活在某個地方。這些是我被指派這件案子時，高層告訴我的。當然，情況也可能是當年他們相信他真的帶著上千萬元跑了，因此想把整件事壓下來，避免太丟臉，也能避開國會質詢、聳人聽聞的新聞報導；不過，現在我們確定他是被殺的，那就非常不同了。他被殺，也許是那筆錢，也許是他試圖偷錢，但ＡＣＩＣ之所以介入調查，是同時間還有另一種可能：整個偷錢的故事，有可能只是墨利森銀行編造的煙幕彈，目的是為了掩飾他們自己的行為，並解釋他為什麼失蹤。他有可能是身為臥底而被殺。也有可能是他查出某些非常嚴重的事情，足以讓人殺害警察。」

「可是澤妲為了錢坐了牢。」

「對。不過，所有證據都是銀行提供的，她怎麼可能有辦法反駁？」

「什麼意思？銀行騙了警方嗎？有這個可能嗎？」

「不太可能，但是我的工作是去確認每一種可能性。所以我想要問妳：妳是默洛伊的未婚妻，他有沒有在任何時候對妳說過，他打算從銀行偷錢？」

「沒有，從來沒有。」她深吸一口氣，思考著。「我記得他有一次說過，銀行的網路安全很馬虎，應該要有人檢查一下，但是他沒表現過想要利用這個漏洞。不過，澤妲——我以為她已經認罪了。」

「我相信她說的是實話，那是她所相信的說法。」

「她綁架我也是因為這件事。她覺得我知道錢的去向。」

「所以妳知道嗎？」

「當然不知道，我是在塔昆失蹤之後才聽聞他偷錢。」

「妳相信嗎？」

「大家都相信，尤其是澤妲被判刑之後。」

「警方當時調查過妳。那銀行呢？他們也進行了內部調查，對吧？」

她發現自己皺起了眉頭：范登布克一定什麼都知道了。「對，他們判斷我是清白的。」

「但還是開除了妳。」

「他們開除了很多人。」

范登布克露出那不太自然的笑容，向後靠上椅背，雙手枕在腦後。他西裝外套右邊腋下的縫線已經快要棄守了。「所以妳其實沒看到任何證據顯示默洛伊真的偷了錢？」

「對，只有澤妲被判刑這件事。就像我剛才說的，塔昆失蹤後我才聽到傳聞。」

「那麼，妳與默洛伊相處時，他有沒有提過，他在墨利森發現的其他任何資訊？不是指偷錢，而是能夠證明銀行違法的證據？」

蔓蒂看著他的眼睛，搖著頭。「證據？沒有，完全沒有。而且我當時根本不知道他不是自稱的那個人。」

范登布克把雙手放回桌上，再次露出笑容，然後逐漸嚴肅起來。「聽著，我不想讓妳難過，但有件事必須告訴妳。塔昆．默洛伊是個非常厲害的臥底，接下這個案子之後，我就開始注意到這一點。他的假身分維持了將近兩年，可能已經深入某個規模龐大的犯罪之中。但是，厲害的臥底通常不是多好的人，剛好相反，他們就像間諜，無情、操弄、沒有道德觀念。他們已經做好準備，隨時都能背離法律、打破正常的社會規範，並在難以忍受的情況下過活，隨時都能去賄賂、勒索、脅迫。他們這麼擅長說謊，是因為他們就活在自己說的謊裡，那是他們的生活。妳懂我在說什麼嗎？」

「我懂。你覺得我會沒想過嗎？他操縱我、控制我，和我上床、說他愛我，還向我求婚，但同時間又和澤妲上床，而且他有老婆了。」

「妳知道？知道他已經結婚了？」

「所以是真的嗎？他們還有小孩？」

范登布克搖了搖頭，眼神哀傷。他沉默了好一陣子，再次開口時並未回答蔓蒂的問題。「所以你們在一起那麼久，妳真的完全沒懷疑過他是警察？」

「沒有。」

「即便到了現在，如果仔細回想，妳能不能想到他在墨利森發現了什麼？」

「沒辦法。我剛才說了，我不知道。」

「這很重要。」范登布克堅持。接著，他似乎決定改變策略，眼神穿過她看著某個想像中的遠處，彷彿在考慮某件意義重大的事。最後他拉回視線，重新看著她：「我可以對妳說實話嗎？我可以信任妳嗎？」

蔓蒂皺起眉頭。「什麼意思？」

「我一直在整理現有的證據。妳也知道，澤妲．佛肖最後認罪了，把自己知道的事全告訴了警方，包括她幫過默洛伊哪些忙。但這有個問題：即便有她幫忙，默洛伊也還是拿不到偷那麼多錢所需要的權限。」

「這是什麼意思？」

「一定還有其他人在幫他，銀行內部更大權限的人。」

「那你可以把我排除了，我的權限非常低。」

范登布克笑了。「別緊張，我沒有懷疑妳，但是妳曾經是他的未婚妻，妳比其他人都更懂他。除了妳和澤妲之外，妳記得他還有和誰比較熟嗎？有時候就算是很小的細節也有用，單獨來看沒什麼關聯，但是能讓我們看清全局。」

蔓蒂聳肩答道：「想不到。他一直對我的工作很有興趣，我會遇到誰、誰負責做什麼之類的，還有辦公室的八卦。我都以為他只是想認識我，那種感覺對我來說很新奇。現在想起來，也許他這麼做就是在蒐集資訊，但是我的職位非常初階，我什麼都不懂，也不認識重要的人，根本沒辦法告訴他任何事。」

「但是妳負責交易員的輪班表、休假表這類紀錄。」

「對，那是我的其中一項工作。」

「他問過妳和誰一起工作嗎？像是他們的怪癖之類的？妳懂，就像是哪個同事喜歡賭博、哪個同事付不出帳單、誰還沒出櫃，或者誰沉迷於娛樂用藥這類問題？」

「有可能，如果我知道什麼，大概也都會告訴他。但是現在回想，我想不到曾說過什麼。」

「妳知道有人非法用毒嗎？」

「不知道，當時不知道。」

「現在呢？」

「我聽說我們被裁員後不久，有人因為用藥過量死了。」

「誰？」

「克萊芮媞・司帕克斯，她屬於安全部門。」

「妳不認識她？」

「她找我問過兩次話，一次是關於我的密碼，另一次是在塔昆失蹤之後。所以，我算是見過她，但不會說有多熟。」

「那塔昆呢？他跟她熟嗎？」

蔓蒂聳了聳肩。「我沒注意。」然後她皺起眉頭，被這個問題打亂思緒。「不過她滿年輕的，也有自己的魅力。」

「她過世的消息，是誰告訴妳的？」

她想起溫妮佛的忠告：「**記得，以妳的利益為優先。**」她不想把潘姆的事告訴范登布克。潘姆不行。

「應該是蒙特斐爾督察說的。」

范登布克繼續發問：「妳覺得塔昆・默洛伊為什麼會被殺？」

她聳了聳肩說：「我真的不曉得。他是臥底警察，他騙了我，又刻意和澤妲建立關係，但是我真的不知道他到底在做什麼、查什麼。錢的事也是一樣。銀行說有錢不見，我們當然就相信了，有什麼懷疑的理由呢？」

范登布克點了點頭。「也許真的有錢被偷。我們重新檢查了帳目，看起來跟他們的說法一致。不過我們還是得一一排除其他可能性，這很重要。」他露出微笑。這次看起來沒那麼勉強了；也許經過多次練習，他終於開始獲得回報。

但蔓蒂沒有笑容。「你覺得他被殺，是不是我推了一把？」

「妳是指那份安全問卷，因為妳把給他密碼的事告訴主管嗎？」

「對。」

范登布克搖著頭。「我覺得不太可能。說真的，我不認為妳的行為對後來的事能有多大影響。」他伸出手，安撫地拍了拍她的手。她其實不需要他的安慰，但她並未拒絕。「不用擔心，莫銳斯・蒙特斐爾和我，我們會帶著各自的團隊查個水落石出：莫銳斯會找出殺害塔昆的凶手，而我會找出原因。」

蔓蒂覺得他們即將結束交談，彷彿她已被排除在外，而這件事至此告一段落。「你還沒說為什麼會到銀港找我？」

范登布克再次微笑。「其實就是為了談今天要問妳的事。我不想讓任何人知道，我找妳談過了。」

「為什麼？為什麼要保密？」

警察臉上的笑容褪去。「這些話只能我們兩個知道，了解嗎？」

「當然。」蔓蒂說。

范登布克縮起眉頭，斟酌著該說的話。「我們正在確認默洛伊被殺的原因，到底是那筆錢還是臥底身分，還是兩者都有。不過我們遇到另一個問題：他的身分怎麼曝光的？我們必須考量所有可能。」

「例如？」

「例如默洛伊的團隊裡有人出賣了他。也就是說，ＡＣＩＣ或警方有內鬼。」

「你認真的嗎？」

「我們必須非常確定才行，必須非常、非常確定，所以我當初才不想讓任何人知道我找妳問話。我現在還是不想讓人知道。」

蔓蒂的視線穿過櫃檯，看著後方熙攘的路人，人流毫不間斷。「塔昆以前團隊裡的成員，他們有辦法監視你的行動嗎？他們有辦法查出你在做什麼嗎？」

「不太容易，默洛伊團隊裡的成員都已經被調走了。」

「是為了以防萬一嗎？」

「我說得夠多了。」

「這些人很危險嗎？」

他嘆了口氣，聳肩說道：「我不知道，但我們還是別冒險比較好。」他看向孤零零躺在盤子裡的培根蛋堡，拿起來大口咬下，又在褲子上抹了抹手，嘴裡還沒吞下便站起身來。「很高興我們終於有機會私下談談，非常感謝妳的協助。妳可以走了，也可以離開雪梨。事實上，我強烈建議妳那麼做。」

第二十章

法院新聞記者是個瀕臨滅絕的記者品種，而弗藍耿・默特是其中之一。這人從頭到腳都皺巴巴的，從衣服、面容，到整個人的神態舉止。馬汀在一間滿是西裝人士的酒吧找到他——所有人的西裝狀況都比弗藍耿的要好——這間弗林酒吧，距離菲利浦街那間法院只有兩個街區。正值午餐時段，弗藍耿遠離外頭的大風，正抱著一小杯啤酒，聚精會神讀著賽馬指南，完全沒注意到馬汀正朝他走來。

「有看中哪一匹嗎？」

弗藍耿抬起頭，綻放出燦爛的笑容。「馬汀老弟！最近好嗎？」

馬汀與老記者握了握手。「見到你就什麼都好了，弗藍。你喝什麼？」

弗藍耿可憐兮兮地看著他的啤酒。「我最近其實已經不太喝了，只是點一杯來擺著，比較不會寂寞。賽馬也是。」他把賽馬指南推至一旁。「不過你如果要請客的話就不一樣啦。」接著他又重新露出笑容。

馬汀到吧檯點了兩杯啤酒，端回桌上，然後拉過一張高腳椅坐下。弗藍耿喝光了他本來的啤酒，笑臉迎人地接下了更大的杯子。「謝謝啦，馬汀。」

「弗藍，你最近如何？」

「爛透啦，老弟，爛透了。你是下來參加麥斯葬禮的嗎？」

「已經決定日期了嗎？」

「還沒，但應該快了。我還以為你會知道。」

「還沒聽說。」

「如果不是因為這件事，那你怎麼會來海港城？又要開始寫另一本犯罪紀實的書了嗎？我真的有夠愛前面那兩本。」

「差不多那個意思。」

「對了，威靈頓．史密斯是你的出版商對吧？能不能在他面前幫我推薦一下？」

「可以啊。你在寫什麼？」

「還沒開始，不過晨鋒報那些會計師很快就要發我退休金了，嫌我太老又太貴。他們一定巴不得我快點死一死，但我偏不。」

「別這樣，弗藍，你應該知道他們有多重視你。」

「不要說重視了，他們現在根本什麼都不在乎。看看他們怎麼對你、怎麼對麥斯的，再看看這間破爛酒吧——現在法院附近連間像樣的酒吧都不剩了。」

「弗藍，我跟你說，我需要你幫忙。你知道麥斯與伊莉莎白．托貝那件事吧？」

「誰不知道？大家都在說那不是自殺，差遠了。」

「你說對了。」馬汀喝了一大口啤酒。如果在夏天，這口喝下去一定更美好。「事實是，他們兩個原先根本處不來，但是在被殺之前卻開始合作追查一條大新聞。」

「我知道，麥斯向我提過。」

「真的嗎？」馬汀沒預料這樣的回應。「他跟你說了什麼？」

「什麼都沒說，問題倒是問了一大堆。」

「怎樣的問題？」

「問我有沒有聽到安插陪審團樁腳，或是法官受賄之類的傳聞。」

「你聽過嗎？」

「沒有，那對我來說就好像從別人口中聽到新聞，即使到現在也還是一樣。」弗藍耿突然露出孤獨的神情。「我在這行蹲了四十年，卻對他在查的事情一無所知。你知道嗎，這真的會讓你看清自己是怎樣的人。那些戴著假髮、穿著長袍的人私底下玩了多少把戲，我知道的到底有多少，又有多少事我不知道。」馬汀不確定怎麼回應，思考應該釋出更多資訊還是該給予精神支持；而弗藍耿繼續說了下去。「他說的應該與禁言令[1]那件事有關，不過他既然找了伊莉莎白．托貝合作，其實也不太需要我幫忙了。」

馬汀警覺起來。「什麼事的禁言令？」

弗藍耿有些驚訝。「抱歉，我還以為你知道，其他人都知道了，我以為你的小徒弟會告訴你，就是那個貝瑟妮．葛萊斯。」

馬汀決定不去追究弗藍耿對於貝瑟妮的稱呼：犯罪案件線與法院線記者之間關係緊張也不是一天兩天了，更別說裡頭還混雜了資深男性前輩與女性新秀之間的世代壓力。「告訴我怎麼回事。」

「沒辦法，我那樣做的話會觸法。」弗藍耿露出調皮的笑容，舉起酒杯，灌下一大口啤酒。「就連禁言令本身都在禁制範圍裡，所以不要告訴別人，是我跟你說的，否則我們兩個都要完蛋。」

「我發誓。你要再來一杯嗎？」

「這輪換我了。」

1 澳洲法庭可以針對特定人事物下達禁言令（suppression order），亦即禁止媒體討論或報導、談及命令所禁止的目標。這項制度起初是為了維護審判中案件的司法公正性而設，但也可能擴及國家或公共利益、個人安全或隱私等目的，近年來一直有討論聲浪認為此舉限制了言論自由。

馬汀其實還沒喝到幾口，但弗藍耿已經快喝完了。「沒關係，弗藍，算我的。」

「你確定？」

「當然。」

馬汀帶著一杯新的啤酒回來時，法院線記者已經準備好要開口了。「是這樣，這條禁言令的範圍很廣而且非常模稜兩可，簡單來說，就是禁止我們以任何方式，公開發布可能損害土地與環境法院[2]某位法官名譽或地位的資訊。」

「土地與環境法院？怎麼聽起來像拿牛刀在殺雞。」

「別讓那些千禧世代的年輕人聽到你講這種話，他們會綁著你的蛋蛋把你吊起來打，說你陳腐老舊，反對伸張社會正義。」

「真的有那麼重要嗎？我是說那個法院。」

「你在開玩笑嗎？它跟新南威爾斯高等法院有一樣的重要性跟地位。」

「那個法官發生了什麼事？」

「傳言是有照片外流，性愛照片。」

「男的還是女的？」

「應該是男的，但我不確定。」

「噢，拜託，律師跟記者一樣八卦，鐵定有人知道吧。」

「問題就在那些八卦。法院裡也就六個法官，但是我已經聽到四個不同的名字了，就算有人加油添醋我也不意外。」

馬汀想了一想。「這個法院絕大部分都在裁定開發案能不能繼續進行，對吧？類似這類案件？」

「簡單來說是這樣。」

「所以有大錢牽扯在裡面。」

「當然啊。」

「聽起來像是地方政府的問題，已經腐敗到藏不住了。」

弗藍搖搖頭。「不是這樣。的確像你所說，地方議會就跟狗的後腿一樣，膝蓋永遠站不直，某些警察也是這樣，但法官不是；如果法官想要的是錢，去當律師或企業顧問就好了。錢不會是他們動機。」

「那什麼會是？」

「地位、聲譽、社會貢獻。」

「嗯，你講得好像他們是聖人一樣。」

「只是跟我們這些一般人比起來像啦。」

「弗藍，有人看過那些照片嗎？」

「沒人親眼看過，至少我沒聽過。目前都只是傳聞，不過我聽說法官在照片裡穿著有點怪僻的內衣在做那檔事，吊帶絲襪之類的，而且是正在辦事。」這時弗藍露出擔心的神情。「你還好吧，馬汀？」

他不好：這些描述把馬汀重新拉回貝爾維尤山的命案現場，他們兩人的遺體就穿著情趣內衣。他可以看到現場的血跡、聞到血的味道，看到麥斯·富勒腫脹的青色舌頭以及伊莉莎白·托貝後腦杓巨大的洞。「沒事沒事，抱歉。」他喝了點啤酒，像是要沖淡嘴裡的味道。「不過，問你個問題：那條禁言令的

2 Land and Environment Court，是新南威爾斯州的州法院之一，成立於一九八〇年，也是世界上第一個專門處理環境相關案件的上級法院。

目標——你確定是土地與環境法院的法官？」

「對，這幾乎是我們唯一能夠確定的資訊。」

「有可能找出是哪個法官嗎？」

「我可以問問看，但沒辦法保證。這就跟墨爾本盃賽馬一樣：每個人都有自己的心頭好。」弗藍耿喝乾啤酒。「抱歉，我要回去法院了，等一下有個刺激又有趣的案子要開庭，事關重大，牽涉到某個名人主廚、一份食譜被偷，還有一盒假的瑪莎拉香料。」

第二十一章

甜甜圈店內悶熱至極，空氣裡充滿令人作噁的油味、糖的甜味和逐漸破碎的決心。蔓蒂看了看時間。他遲到了。他真的會來嗎？還是他覺得她只是在裝腔作勢，決定置之不理？

然後她就看到他了，穿著同樣的衣服，永遠都是那一百〇一套，臃腫蹣跚地穿過街。他推開門，看到她，側著身體穿行至桌邊坐下。他看起來有些沾沾自喜，完全沒有昨天的緊張，連招呼都免了。「我今天要吃什麼顏色的呢？」

「格紋的。」

他露出微笑，一臉戒備，彷彿戴了萬聖節面具。「這倒是滿新鮮的。」

她突然希望立刻結束這場碰面，便直接提出要求，而非詢問：「密碼。」

「在這裡。」他遞過一張折起來的紙條。

她打開紙條，查看文字。三個使用者名稱，三個密碼。她開始起身。

「它們沒辦法讓妳看到多少東西。如果妳想進入他當初滲透的財務系統，或是觸及錢的部分，這些密碼沒辦法帶妳到那麼深的地方。」

「對。」她皺起眉頭說著。「它們的權限比較像我以前的等級。」

「沒錯，不過我有更好、更有用的東西。妳坐下吧。」

她猶豫了一下，但還是聽了他的。「是什麼？」

「妳手機有帶在身上嗎？」

「當然。要幹麼？」

「我有一段影片要給妳。」

「什麼影片？」

「妳可以先用我的手機看。」

他站起身，搖搖晃地繞過桌緣，坐到她旁邊。她可以感覺到他的身體，感覺到離她多近，以及那熱度和味道。味道不臭，也不是體味，以他容易流汗的程度來說實在令人意外。那不是辛苦工作或正當勞動後的味道，而是某種更陰險狡詐的氣味：一種甜，彷彿他的皮膚正在滲出甜甜圈的糖霜。

不過當她看到手機上的畫面，所有不適都被拋到腦後。那是一段全螢幕影片，她立刻認出是在哪裡拍的：廣角鏡頭從天花板向下俯瞰著墨利森的交易大廳。這是閉路監視器的角度。他指向一個走進畫面中的人影，是塔昆．默洛伊。「喏，妳的小警察男友。看到了嗎？無憂無慮地走進辦公室，好像沒有任何煩惱。事實上，他也的確沒有未來能夠煩惱了。」他發出如糖漿般黏膩的竊笑。

不舒服的感覺再次出現。烏龜是怎麼了，為什麼現在笑得出來，還這麼放鬆？前一天那隻驚慌失措的水母跑哪去了？不過，再一次地，影片吸引了她的注意力，小小的螢幕上難以辨識太多細節。「他在幹麼？」她問。

「他停下來了。認得這是哪裡嗎？」

「我的辦公桌。」

「他在登入妳的電腦。」

她頸後的寒毛立了起來。塔昆用了她的電腦？

「妳的桌子、妳的電腦，而且剛好就在那天。算我們走運了。」

「走運？什麼意思？」

「因為妳有一臺專屬的攝影機。」烏龜關閉正在播放的影片，打開另一段影片。這次鏡頭從桌子正上方向下俯瞰。蔓蒂侷促不安地扭動身體。滿是監視畫面的監控室就是烏龜藏身的洞穴，是他的龜殼，這個可怕的男人到底多常在裡面意淫她？

「注意看。」他說。

她沒有其他選擇，影片畫面吸引她去見證曾經的真相。她看到塔昆在打字，迅速而短暫。

「他在幹麼？」

「當然是輸入妳的密碼。」烏龜說。

「我給他的那組？」

「對，用來進入系統。」

「那你給他的呢？」

「他透過很多管道找來各種密碼，全都用上了。如果妳逐格播放，可以把所有的密碼找出來。」烏龜關掉影片，切回本來的廣角監視器畫面。「他在那裡待了整整二十分鐘。他知道自己要找什麼，也知道怎麼拿到他要的東西。」

「你知道他拿了什麼嗎？」

「一千萬澳幣，或至少很接近這個數字。他在那個當下、在那個地方把錢轉走了，就在大白天人來人往的交易大廳裡，不得不說膽子真的很大。」

「所以是真的，他真的偷了錢？」

「千真萬確。」

蔓蒂還有更多問題，不過烏龜又重新開始播放影片，她被畫面吸引住了。塔昆站著，四處張望。他看了一下電腦螢幕，似乎把電腦關了，然後彎腰探向主機。

「他拿走一個隨身碟，裡面有他偷錢所用的軟體。」烏龜說。「除了妳、我和澤妲．佛肖，天曉得還有誰也給了他資訊和密碼，他的錢就是用這些資料偷的。」

蔓蒂動彈不得，整個人呆在原地。她看著臥底警察停下腳步，趴在隔間隔板上與某人說話。那個人看起來像拉夫，其中一名首席交易員。接著塔昆便悠哉地走開。她可以從步伐中看出他的自信，充滿活力，彷彿奧運田徑明星選手般輕快。

她看著他走進電梯。她正準備要開口，這時另一個身影走進畫面裡：一個梳著油頭長髮，身穿優雅西裝的瘦高男子，伸出一隻手讓電梯門重新打開。男人走進電梯。是亨利．力芬史東。蔓蒂覺得自己就要無法呼吸了，她說不出話，但知道自己必須說點什麼，於是顫抖地問道：「後面還有嗎？」

「沒有，電梯裡沒有攝影機。他們一定是去了地下室，否則應該會被其他攝影機拍到。地下室也沒有攝影機。」

「這些影片可以給我一份嗎？」

「可以，但是妳必須保證一切到此為止。不要再來找我，不要洩露影片來源，我不要和妳有任何牽連。永遠。否則我們走著瞧。」

「否則怎樣？」

「我還有其他影片，其他攝影機拍的。」

「什麼意思？」

「妳和塔昆做愛的影片，在儲藏室、在董事會議室。」

「放屁。」

「妳現在是公眾人物了，小姐，妳覺得那些八卦報紙和垃圾時事節目不想要這種影片嗎？我覺得他們會願意花大錢買。經過內陸和北海岸那些事，妳知道他們叫妳什麼嗎？自殺金髮妹。妳和那個死掉的警察玩得渾然忘我的影片會癱瘓整個網路。」

「放屁，媒體就算拿了影片也沒辦法公布。」

「但他們絕對會報導有這些影片存在，截了圖再打上馬賽克。這是最好的宣傳：我可以把原始影片拿到暗網拍賣。」

她胃裡一陣噁心。「如果我沒辦法給警察看，那給我幹麼？」

「妳可以給他們，只是不能說是我給的。這是條件，懂嗎？不能告訴警察，不能告訴妳男朋友，誰都不能說。否則妳和默洛伊就等著暴紅了。」

「嗯，好，當然。」現在她懂了：他是拿她來當管道。

「妳的電子信箱？我把影片寄給妳。」

她猶豫了一下。真的想把信箱給他嗎？「為什麼不直接用AirDrop傳？」

「好啊，可以。等傳完之後我們就結束了，懂嗎？否則大家一起玉石俱焚。」

「明白。」

幾分鐘後，她回到清爽的室外，讓新鮮的空氣充滿肺部。但她並未因此放鬆，也沒感受到淨化，彷彿她已經被烏龜向下拉扯，現在降到與他一樣的等級。她知道那些性愛影片的命運：散布到整個網路，彷彿藍山的森林大火，旺盛燃燒、星花飛濺，到處摧殘生命。但跟森林大火不同的是，這些影片永遠不會真的熄滅，無論多大的暴雨都不夠澆滅。它們會在暗處悶燒，像矮桉叢的根或者泥煤沼澤，隨時威脅著重新復燃，造成新的破壞。它們會存在任何地方，即使到連恩上幼稚園時也隨處可見，即使到他坐上高中的校車也不會消失，即使到他變成大人了也一樣。等到她與馬汀滿頭白髮、年邁體衰，它們也還會存在。她得把塔昆的影片交給警方，而且必須說她匿名收到的。

她突然發現自己正站在某個輕軌月臺的砂岩軌道上；她以前來過這裡，下班後總會從這一站搭電車回家。她一定是下意識走上了以前的路線，誤打誤撞來到這裡。她找了個位子坐下，看著從杜威治山開往中央車站的電車緩緩進站，卸下一群旅客之後重新背上另一組，然後再次駛離。她沒有起身，沒有想要上車的念頭，就只是看著。

那部影片。烏龜知道她會把影片交給警方，也必然知道她會給馬汀看。他一定很清楚自己這麼做會有身分曝光、受到審訊的風險，那為什麼還會把影片給她呢？為什麼堅持匿名？也許是因為他隨時可以聲稱當初塔昆剛失蹤時，自己就已經將影片呈給上級——也就是克萊芮媞·司帕克斯，甚至可能是哈利·史維瓦特。那或許也是實話。她得出判斷：對，他應該真的那麼做了，而他們也的確放慢影片速度，找出塔昆用了哪幾組密碼，來源包括澤妲與其他不知名人士。但其中沒有蔓蒂，因為塔昆沒有問過她的新密碼。他用了她的桌子，但沒用她的登入資訊。對，這就是了：這就是她逃過罪嫌的原因。他們一定看到了這一點。

她想通了。影片應該曾被繼續向上呈報，讓管理階層成功指控塔昆的竊盜罪嫌。然後呢？他們對澤妲提出刑事訴訟，這支影片成了關鍵證據，因為塔昆在影片中輸入了澤妲的密碼。如果是這樣的話，警方想必早就看過影片了。況且，如果連她都能認出走進電梯的男人是亨利·力芬史東，警方一定在當年就知情。畢竟那個男人如此惡名昭彰，蒙特斐爾連他用哪個牌子的髮油都曉得。這個念頭讓她打了個冷顫：警方看到殺人犯力芬史東走進電梯，對外卻說塔昆帶著一千萬澳幣逃到海外。范登布克說對了嗎？會不會警方與ＡＣＩＣ真的有共謀？天啊。

和前一輛相反方向的電車滑入月臺，她依然只是坐著，依然只是看。她可以感覺想像力開始狂奔，彷彿一輛她專屬的失控列車。她試圖將車停下，試圖整理思緒。那部影片，一切都跟那部影片有關。

她拿出手機，找到影片，開始播放。日期戳記表示這是默洛伊生前的最後一天，也就是她人在黃金海岸的那個星期五。她很清楚戳記可以造假，但並不懷疑眼前這個戳記的真實性：她知道自己在看的就是塔昆．默洛伊最後的自由時光，也是他生前最後的片刻。這個想法讓她渾身冷顫。她再次看著他悠哉地穿過交易大廳，走向她的位子，彷彿都是再自然不過的動作。她從來不知道這件事，不知道他是在她的辦公桌上完成偷竊。為什麼要這麼做？為什麼在她的位子下手，卻沒用她的帳號密碼？他是想拖累她，還是想保護她？也許都不是。也許他只是需要一部位在交易大廳的電腦，能夠存取交易員存取的伺服器。這就是他把她引到黃金海岸的原因嗎？好確定她的電腦沒人使用？就這麼簡單嗎？

她看著影片；塔昆將手伸向桌子側邊，這一定就是他將隨身碟插入主機的時候。她想起一件事：她的電腦設有安全措施，禁止使用隨身碟。塔昆怎麼有辦法用呢？他一定還有其他人幫忙，不然就是擁有能解除禁令的電腦技能。這需要經過訓練，而警方應該會有這類培訓。她看向手機螢幕。塔昆的自信高昂，甚至沒張望確定有沒有人在看他。現在他開始在鍵盤上輸入資訊，不過攝影機距離太遠，無法辨識他到底打了什麼。

她暫停影片，腦中被一項新的發現占據。這是廣角的版本，拍下了幾乎整個大廳。烏龜沒有給她那支特寫的影片。當然不會給，他不想讓任何人知道，他在蔓蒂的桌子上方裝了針孔攝影機，也不想讓她有機會找出塔昆到底用了哪些密碼。她按下暫停，再次打開他給她的那張紙條。密碼看起來是真的，但應該沒什麼用。

她再次播放影片。影片持續了二十分鐘，塔昆花了不到一分鐘打字，然後不到一分鐘後又打了些什麼，接著輸入了第三次。某一刻，他甚至離開了桌邊，將近十分鐘後才帶著一杯咖啡回來，就站在那裡，與幾個人聊天，然後才登出電腦、拔出隨身碟。她再次看到影片尾聲，他再度靠上拉夫桌旁的隔板，兩人短暫交談。接著他再次走向電梯，活潑得意，無憂無慮。再一次地，影片到了最後一刻：亨利．力芬史東。蒙特斐爾形容過，力芬史東與斯比提是冷酷的殺手，如此惡名昭彰的罪犯，怎麼可能進得了交易員的樓層？這絕非偶然。進出大樓大廳要刷門禁卡，到達交易大廳的出入口時要再刷一次。也許他偷了誰的卡，就像他偷了警察的識別證一樣。不對，這不太可能，他一定是被帶進來的。**天啊**。他是被帶進去處理塔昆，等著電梯來到，因此交易大廳內沒有任何目擊證人。他們走進電梯，前往地下室，遠離監視器。她又打了一次冷顫。

另一班電車進站，方向是往城中心。這次她站了起來，搭上電車。她覺得必須上車，讓事情開始有所推進。如果烏龜已經想到辦法規避影片交給警方後的影響，她也得這麼做才行。她需要想好要告訴蒙特斐爾哪些部分，哪些不要。

第二十二章

手機響的時候，馬汀還站在酒吧外的人行道上。來電顯示一組市內電話號碼，但沒有身分。「馬汀・史卡斯頓。」他粗聲粗氣地回答。

「我是泰厄博・托貝。我想是你之前打給我。」

伊莉莎白・托貝的父親。「是的，謝謝您回電。請問，我能不能有機會和您聊一聊伊莉莎白呢？」

「嗯，可以，我們可以安排一下。你可以來我家嗎？在百年紀念公園這邊。」

「當然可以。」

「太好了。方便的話，可以現在過來嗎？」

「沒問題。」

法官給了確切地址，沒有進一步討論便掛斷電話。

馬汀招了計程車，在腦中重複播放剛才的簡短對話。是他誤會了嗎？還是老法官聽起來真的很想和他談一談？

* * *

房子位在百年紀念公園區，占地不大，但是所在位置令人震撼。雖然不像大部分人那麼執著，但畢竟在雪梨住了二十年，馬汀也沒躲過這座城市對於房地產的迷戀。他很久以前就知道，摩爾公園與百年紀念公園的大片綠地中間夾著一塊住宅區飛地，但一直沒機會前來拜訪。托貝家是一座財富之島，被公園綠地所環繞，外車無法直接進入。計程車將馬汀放下。宅邸的環狀車道上設有安全柵門，但是人行道的柵門是敞開的。走進去，裡頭種了棕櫚樹與兩株巨大的澳洲大葉榕，葉梢在風中沙沙作響。一輛龐大的BMW伏趴車道上，外殼擦至黑亮，是那種車主不駕駛而是坐在後座的車子。房子由砂岩、磚和抹漿蓋成，有百年歷史，混合了裝飾藝術與某種更古老、更炫目的風格。房子座落位置的地勢略為隆起，因此有種超越雙層建築的氣勢。

開門的是一位衣著體面到不像管家的男人。西裝完美無瑕，領帶出自於某間比一番電腦與領巾飾品更高級百倍的店家。「我是泰提斯．托貝。」男人伸出手。「伊莉莎白的哥哥。」

「馬汀．史卡斯頓。」他回答，並且掩飾住自己的驚訝。他不曉得她還有哥哥。「請節哀。」

男人握起手來平凡無奇，堅定而不狂妄，柔軟但不失落，是最完美適當的平衡。同樣的態度也可以用來形容他的外表：長相不英俊也不醜陋，髮量不豐厚也不稀薄，身型既不壯碩也不放縱。馬汀覺得他應該六十歲左右，正值全盛期的專業人士。

「謝謝。你介意先消毒再進來嗎？我父親今年要滿九十八歲了。」他給了馬汀一些酒精殺菌液。

「當然沒問題。」馬汀消毒了雙手。

「謝謝，我父親馬上就出來了。」

泰提斯將他帶至一間樸素的客廳，把他留在那裡。這是間安逸的休息室，沒有炫耀財富或影響力的陳列品，只擺了幾張舊的古典沙發，一扇凸窗俯瞰著玫瑰花園，微風吹動巨樹。唯一透露主人地位的是牆上的畫作：一幅看起來疑似卓斯戴爾的作品，另一幅則像是諾藍[1]。壁爐架上放著兩張褪色的家庭照片，其中一張年代久遠，也許是一九七〇年代拍的，是泰厄博爵士與妻子再加上兩個孩子，伊莉莎白和泰提斯，哥哥保護性地用一隻手環繞住妹妹。沒有任何一項東西暗示著泰厄博爵士崇高的職業成就：沒有他穿著法袍的油畫，沒有他與總理的合照，也沒有任何他接受名譽博士學位時的照片。馬汀拿出手機，拍下那幾張家庭照。他在一張寬大的皮製扶手椅上坐下，隨後便發現自己下意識選對了位子：他對面那張椅子顯然是泰厄博爵士的最愛，因為經常使用已經磨損、歪斜，位置也比較靠近窗邊，可以照到日光並俯瞰花園景色。椅子兩側各放了一張堆滿書的小邊桌，其中一張疊著邱吉爾全套四大本的《英語民族史》。馬汀記得大學時讀過：撇開講了太多自利的話不談，其實寫得不錯。

他坐在那裡，手機響起。是蔓蒂的訊息，「看附件」。她寄來一段影片。不過他還來不及打開，泰厄博爵士便走了進來。馬汀一直預期自己會見到某個被泰提斯用輪椅推進來的傷殘老兵，而不是眼前精神抖擻的削瘦老人，僅只微微駝背，留著一頭白色長髮，彷彿被修圖成老人的青少年。法官的身形頗為嬌小；不知怎地，馬汀一直以為最高法院的法官應該要更具「分量」一點。或許老人也曾龐大過。馬汀起身與老人握手，透過薄薄的皮膚感覺到他的手骨，像是裝在紙袋裡的雞骨。

「馬汀，抱歉久等了。我剛才告訴泰提斯，我是真心想和你碰面。」他在自己的椅子慢慢坐下。「他假裝得很好，不過莉莎的死其實讓他很傷心，我們都一樣。他現在暫時回家住一、兩天，餐廳就是他的辦公室。這種時候，投入工作也許能給予很大的安慰。」老人的藍眼清澈得難以置信，他沒戴眼鏡，兩旁的桌上也沒有眼鏡。馬汀覺得他也許做了雷射或白內障手術。不過當兩人的距離拉近，他發現其實很輕易就能看到老人高齡的痕跡。老法官的鼻子和耳朵非常大，耳垂彷彿存在年代久遠的玻璃，下厚上薄

1 分別是Russell Drysdale、Sidney Nolan，皆為二十世紀澳洲畫家。

且易碎，兩道眉毛也似乎有了自己的生命。

「看來您很喜歡邱吉爾。」馬汀試圖找點話題。

「完全不是。那個人自以為是又愛講話，丟了加里波利和新加坡都要怪他。多虧了他，我得在樟宜那附近待上三年。」

「我聽說您去過那裡，這也是我今天來找您的原因。」

「很久以前的事了，孩子，為什麼想知道當時的事情？」

「我和麥斯·富勒很親近，我相信他與您的女兒遇害時正在合作調查一件案子，可能與樟宜有關。」

老人微笑，這反應讓馬汀覺得有些奇怪。「所以你覺得他們是被殺害的？」

「是的。」

「然後你打算查出原因？」

「沒錯。」

他再次微笑，牙齒整齊得不太自然。「我只要知道這樣就夠了。」老人的聲音有些尖細，但馬汀可以感覺到其中隱含的力道。「你知道為什麼我願意這麼快就和你碰面嗎？」

「不太清楚。」

「這樣啊。你有帶筆記本和錄音機嗎？沒有是嗎？這裡，用這些吧。裡頭裝了新的帶子和電池。」他給了馬汀一臺幾乎是博物館等級的老式掌上型錄音機、一本新筆記本和筆。「準備好了嗎？」

「當然。」馬汀邊回答邊掩飾自己的訝異。他原本想像，老人可能會因為年齡和哀痛而難以自己，所以即便他今天準備了要問什麼，還是不確定該如何開口；而現在，卻是老法官在主導訪問。馬汀按下錄音鍵，同時也點開手機的錄音程式。

「很好。現在，你知道我女兒想要揭發什麼嗎？你知道那件事嗎？」

「不曉得。」

「好，那我們從頭說起吧。在你的記者生涯當中，有沒有聽過一個組織叫做混亂食堂？」

「沒有。那是什麼？」

「那是伊莉莎白和麥斯．富勒會合作的原因。是這樣的……」老法官停了一會兒，也許是在考慮如何直抵話題的核心。「整件事是從樟宜開始的，幾乎可以說是意外。當時我們只是想著要活下去，讓自己的身體和靈魂不要分崩離析，並且重振大家的精神。新加坡淪陷的時候，我只有十九歲，才剛到那裡兩個星期而已。我是中尉，然而個性脆弱敏感、不諳世事，裝模作樣地管理其他比我年長、比我堅強的男人，他們有老婆、孩子，經驗也比我豐富。被俘虜監禁的生活並不好過，不過我畢竟是個軍官，雖然職位低微，還是比其他人輕鬆一點。日本人很在乎這類階級頭銜。我認識了一個同年齡的年輕人，他叫喬．墨菲，我們變成非常要好的朋友，一起經歷了很多事，大多不太重要，最重要的是我們活下來了，一部分是因為我和喬還有其他幾個人懂得互相照顧彼此。我們成了兄弟，很好的兄弟。這個詞現在已經太浮濫了，被廣告和政客挪用得亂七八糟，但當時我們真的是彼此的兄弟。那種羈絆是一輩子的，你可能不懂，不過也沒必要懂。

「戰爭結束後，我們被遣返回國。我急切想要重新開始新的生活：不像很多可憐的傢伙，我有幸躲過了鐵路和其他暴行所造成的創傷[2]。我回到雪梨大學讀法律，喬．墨菲也是。前景璀璨光明。那樣的

2 指的是日軍在二戰期間對於戰俘的暴行。日軍在占領緬甸後，為維持後勤補給，動用數十萬名戰俘及東南亞各國國民趕建泰緬鐵路，原定六年的工期僅用十七個月便完成。修築期間的工作環境極差，單是同盟國戰俘工人的死亡率就達兩成，東南亞人的死亡資料更難以考據，泰緬鐵路因此得名死亡鐵路。樟宜戰俘營的用途之一就是鐵路工人的中轉站，日軍會將戰俘送至樟宜，然後再送往修築鐵路。

生活對我來說很容易，我的家族有錢，在新英格蘭有大片地產，也有親戚在法律界。喬則仰賴遣返委員會：他們付了他的學費，並給他生活津貼，而他晚上會去奇彭戴爾的針織廠上晚班。然後喬遇到了一個叫巴瑞．戴蒙的年輕人，我們在樟宜短暫見過他。巴瑞當時謊報年齡入伍，到了新加坡時剛好趕上我們被日本人輾壓。他很年輕，很害怕，在物資缺乏的折磨開始之前就很瘦弱了，後來在修建鐵路的期間受盡折磨，又染上痢疾和瘧疾。我們本來與他斷了聯繫，直到喬在奇彭戴爾附近發現窮困潦倒的他，就在紅蕨區的街上。我們救了他，好好餵了他一頓。一、兩個星期後，我們的幾個朋友以巴瑞的名義辦了一場晚餐聚會，籌了幾鎊[3]要幫他，那就是整個組織的開端，混亂食堂。」

「為什麼叫『混亂食堂』？」

「說真的，我也不知道怎麼解釋。這名字跟樟宜還有二戰有關，整個馬來半島的防守就是一團亂，樟宜也是一團亂，所有軍官和士兵無論生活、吃飯都混雜在一起。講起來很奇怪，對吧？我是創始會員之一，但我也說不清楚，那就只是我們用來稱呼自己的方式。」

「不過這個組織聽起來挺無害的。」馬汀不確定這與他們的話題有什麼關聯。

「以前確實是這樣。後來我們開始定期聚會。你要知道，退伍軍人其實和一般人不太一樣，我們沒辦法融入大學生活。我們的人數不多，想當然年紀也比其他人大，而且經歷過各種事情，有人因為戰爭而留下心理創傷，很難和無憂無慮的同學們維持關係。但我跟喬不是這樣，剛好相反：在戰爭和戰俘營浪費了好幾年，我們對正常生活有種飢渴，渴望彌補失去的時間，也不會輕易被嚇倒；我們曾經眼對眼逼退日本衛兵，大學講師不太可能嚇唬得了我們。總之，那場晚餐變成了每個月的例行活動，巴瑞也成為我們的成員之一。我們幫了他很多，餵飽他的肚子、維持他的健康、替他找地方住、支持他讀完最後幾年高中、替他找工作，後來還讓他進了大學。我們做得很好，像是組了自己的退伍軍人協會或是專屬於我們的共濟會。雖然當年並不覺得，但是現在想想，我和喬還有另外幾個人當時可能都有現代人所說的『倖存者罪惡感』——畢竟我們那麼輕巧地逃過了折磨。無論如何，幫助他人的感覺非常好。

「我們就這樣持續聚會，直到某一天，有人提議把聚會正式化，組成祕密社團。他聽說美國大學有所謂的祕密俱樂部，於是我們也這樣定位自己，只不過我們社團的祕密只有一個，就是我們的存在本身。沒有傳統、沒有儀式、沒有聚會所，我們沒那麼多麻煩的東西，就只是每個月一次晚餐，偶爾向某個沒我們幸運的可憐人伸出援手，這樣而已。」

「非常高尚的行為。」馬汀說。「所以混亂食堂變成了祕密存在的美食社交團體，但其實大多都是為了幫助自己人，是嗎？這不就是大部分祕密結社成立的目的嗎？」

「噢，是的，這點無法否認。」

「那麼為什麼麥斯．富勒與您的女兒要合作爆料呢？有什麼內幕嗎？還有，為什麼他們會遇害？我不太懂這些事之間的關聯。」

「我不確定有辦法解釋伊莉莎白和麥斯．富勒之間的事，不過先讓我繼續講下去吧。大學畢業後，混亂食堂沒有跟著消失，反而變得更繁榮。我們固定會在每個月第一個星期二晚餐，大家都會打扮得很正式。會員人數一開始限制在三十人，時不時會有人退出，通常是他們搬到了別州或者國外，有時候則是對社團沒興趣了，我們就會找人替補。」

「有女性嗎？」

「沒有，一開始沒有，直到七〇年代才開始改變。」

3 澳洲貨幣最先採用英鎊，在二十世紀初期改為澳洲鎊，一九六六年才改為現行的澳元。

「了解。」

「混亂食堂必須是祕密，這是我們明文定下的第一條規則。同時並行的還有另一條潛規則：在不違法且不傷害任何人的前提下，成員不得拒絕其他成員的合理求助。」

「類似某種影響力的互助？」

「可以這樣說。過去幾十年中，我們的成員時有變化。隨著喬、巴瑞和我開始在事業上取得成就，留下來的初始成員也是如此，到了五〇年代末期，距離我們成立不到十年，新加入的成員就都是當時社會的新起之秀、倡議者和權勢人士。其實是很自然的發展：大家都是同一條軌跡上的人，全都乘在澳大利亞全新的繁榮浪潮上。」

「巴瑞．戴蒙？他好像是政治人物對吧？」

「新南威爾斯的檢察總長，曾經任命我擔任高等法院法官。」

馬汀眨了眨眼睛。「了解。」

法官陰鬱一笑。「我也覺得你會懂。」

「請問成員還有誰？您可以透露名字嗎？」

「你很快就會知道了，史卡斯頓先生。七〇年代中期，我被任命至最高法院，便決定從食堂引退；我覺得擔任那麼高階的職位卻又是祕密結社的成員，兩者不太相襯。」

「但那只是社交聚會不是嗎？」

「對我們很多人來說的確如此，那也是我們最主要的定位，但這會隨時間改變。我當時擔心的是，擁有這樣的會員身分，可能哪天會回過頭反咬我一口。我要澄清一點：入會期間，我從未從事任何違法行為，也沒做過任何不正當的事，正好相反，我們做了很多善事。」

「所以您的意思是，您已經將近五十年沒接觸過混亂食堂了，是嗎？這樣怎麼確定這個組織現在還存在呢？」

「因為在八〇年代，我曾經請喬和巴瑞幫了最後一個忙。我推薦了新的會員，先是泰提斯，然後是伊莉莎白。」

馬汀愣了一下，試圖追上自己狂奔的思緒。麥斯在研究樟宜戰俘營；伊莉莎白為法院裡的某件事感到心煩，伊莉莎白是混亂食堂的成員，而他們兩人合作調查一樁天大的爆料案。

「伊莉莎白會跟您提到混亂食堂的事嗎？」

「沒有。泰提斯沒在裡面待太久，而後來食堂開始變成我們家中不願提起的話題，所以我們從來沒有談過——直到最近，莉莎來找我吐苦水。她說食堂已經偏了，必須好好清理。她當時是說『得把那些化膿的髒東西都清掉』。」

「什麼意思？她有解釋嗎？」

「沒有，她不想要我牽扯進去，不過我們曾經花了一個下午談食堂的緣起。就在這個房間，我坐在這裡，而她坐在你現在坐的地方。我告訴她的故事和現在告訴你的非常相似，就是關於混亂食堂的起源。」

「這是什麼時候的事？」

「就在兩個星期前。」

「所以您覺得這就是她和麥斯・富勒在查的嗎？某件和混亂食堂有關的事？」

「對，這是我的揣測。」

「您覺得您的女兒為什麼會遇害？」

老人吞了口口水。馬汀注意到，他透露出一絲絲因為她的死而產生的憂傷。不過他的話裡依然沒有太多情緒，法官的性格正在掌控一切。「我覺得她惹到食堂有關的權勢人士，但我不曉得是誰，不曉得怎麼惹的，也沒有任何證據。這就是我願意和你見面的原因。你應該有注意到，泰提斯和班傑明對警方的調查進度不甚滿意，麥斯・富勒的太太伊琳也是。」這時老人自嘲地笑了起來，邊說邊望向窗外，聲音愈來愈惆悵。「這麼多年來累積了那麼多影響力，那是會融化的。曾經有段時間，我能夠直接打給各個局處的首長、州長或警察局長，但是現在莉莎死了，我卻完全不曉得該要找誰。我離開混亂食堂進入最高法院已經四十多年，退休也二十五年，曾有的人脈和影響力都消失了。馬汀，記得一件事：當一切的喧囂與憤怒都結束，當你拿到金錶和退休金之後，唯一剩下的就只有家人而已。」

馬汀看著老人，想著為什麼自己並未因此覺得更加同情。「您剛才說的故事很值得深究，但我不確定為什麼告訴我這些事，而不是告訴警方。我沒有把握自己能查出什麼結果。」

泰厄博爵士瞇起眼睛，帶著某種洞察力斜眼瞄向馬汀。「我對警察沒有太多信心。混亂食堂有其勢力，如果這個組織腐敗了，誰曉得它的觸手會伸到多遠。」

「了解。那麼，您可以告訴我成員的名字嗎？您剛才說有大約三十個人。」

法官搖了搖頭，嘴角勾起一道疲憊的笑容。「過了將近五十年，我也說不太出有誰了。我認識的都已經過世，而且就像剛才說的，我們家其實不太討論這件事。」

「一個都沒有嗎？」

「泰提斯可能會知道多一點，畢竟他還在外面闖蕩。」老法官的目光穿過凸窗，彷彿想起某項他所喜愛卻拒絕了他的事物。「我知道的成員有莉莎、泰提斯，還有克拉倫斯・歐圖——一個年輕律師，莉莎的同學。他父親也曾經是成員，兩個人是同時加入的。就我所知，他應該還是成員。」

「您知道哪裡可以找到他嗎？」

「透過法院吧，我想。」

「他現在還是律師嗎？」

「是法官，土地與環境法院的法官。」

第二十三章

蔓蒂屏息打字，把影片傳給了馬汀。他會想知道那是什麼影片、她從哪裡拿到。
她的手機響起。這就是他：那麼專注、迅速就能理解。「馬汀。」
「喂？是蔓蒂嗎？」是個女人的聲音。
「我是。請問有什麼事嗎？請問妳是？」
「我是潘姆。」
「潘姆？都還好嗎？」
「沒事，好得很。我花了點時間查了網路資料，想看看能不能找到一點關於墨利森的事，也許能發現塔昆當初在查什麼。」
「網路？」蔓蒂藏不住聲音裡的懷疑。她喜歡這個昔日上司——潘姆一直很照顧她，基本上也是唯一支持她的人，而且總是出於善意——因此蔓蒂不想對她多加批評，但是想透過Google找出殺害塔昆的凶手，實在太荒唐了。她得盡早結束這通電話，好讓馬汀能夠打進來。
「其實不只是網路。」潘姆繼續說著，似乎沒注意到蔓蒂的懷疑。「澤妲・佛肖也幫了點忙。」
「澤妲？妳在開玩笑吧。」
「我知道妳不喜歡她。」
「我不喜歡她？妳認真的嗎？她綁架我欸，綁住我的手腳，還用東西封住我的嘴。」

「但是，蔓蒂，妳聽我說。她坐過牢——如果塔昆真的是警察，也真的沒偷過任何一筆錢，那澤姐可能是清白的。」

「她認罪了，也被判了刑。」

「因為哪件事？共謀詐欺嗎？但如果其中一方根本不打算詐騙，那還算共謀嗎？如果塔昆只是用錢當藉口，其實只是想爭取她的信任呢？」

蔓蒂不敢相信她們竟然在討論這件事。「潘姆，我知道妳都會看到每個人好的一面，但是相信我，澤姐只對一件事情有興趣，那就是拿到錢。」

「沒錯，她的確是想拿錢，但不是塔昆偷的那筆。」

「什麼意思？」

「如果整件事根本和錢無關，沒有偷錢這件事，塔昆也從來沒偷過或者想要偷錢，那麼她就不能算有罪，因為根本沒有共謀詐欺這件事。」

蔓蒂想到那些交易資料，想到自己努力背下三十六個英數字識別碼，再把識別碼告訴塔昆。她又想到烏龜，他那麼確定上千萬澳幣不翼而飛。「我聽不懂。」

「她應該得到賠償，賠償她受到的非法拘禁、收入損失、名譽損害，還有其他一長串的事情。她從此沒辦法當會計了。她可以因此拿到幾百萬元。」

蔓蒂忍不住笑了：澤姐那個拜金女找到了更有賺頭的未來。「妳相信她？」

「我相信她會盡全力追求對自己有利的事，而且我告訴妳，她很厲害。」

「哪一方面？」

「她是個厲害的會計。我們一起想通了一些事。」

「什麼事？」

「墨利森的運作方式。銀行擁有者是誰，或者說誰可以控制銀行。」

「為什麼我會想知道這些？」

「也許能幫助我們找出塔昆當初在調查什麼。好了，所以是我過去找妳，還是妳要來我這裡？」

一小時後，蔓蒂就在州立圖書館等待潘姆。她在新建側廳的閱覽室裡，坐在一片玻璃牆邊；在這個位置小聲交談應該不至於引起眾怒。館外，午後的陽光愈發耀眼，微風徐徐。她周圍的人都坐在桌前，用圖書館的電腦安靜地工作。

接著，潘姆來了，帶著一只棕色的皮革托特包，悄悄步下階梯，動作裡帶著目的與意圖，同時也有一種滿足。她又回到了中心位置，再度成為小童軍的導護媽媽。她總是會第一個告訴妳香腸已經烤好，善後每件事，永遠是妳哭泣時讓妳依靠的肩膀，總是不吝給予各種擁抱。心地永遠如此善良。蔓蒂忘了她有多難以應付，充滿善意又煩得要死。

「我搭火車來的。」潘姆壓低聲音說道，彷彿吐露某個難以告人的祕密，某個花邊八卦。「回到市中心真好，我都沒發現自己這麼想念這個地方。」她輕輕拍撫著包包，像是長時間以來第一次帶它出門。

蔓蒂沒回話。她完全不想念這裡。在北邊的海岸，她和馬汀還有連恩有自己的一片小天地，他們過得很好。一瞬間她便有些內疚。她有自己的家庭，展開了新的生活，而工作曾經是潘姆的全部。工作就是潘姆的生活，同事就是她的家人，那些卻都在五年前失去了，充沛的精力、強大的工作能力、滿滿的關愛，多麼可惜、多麼浪費。也許潘姆想藉著現在這個機會把她們重新拉在一起，像是家人團聚。「妳發現了什麼？」

潘姆四處張望著。「別在這裡。澤姐會在樓上的咖啡廳等我們。」

「她也要來？」

「對。她不信任妳。」

出乎意料地，蔓蒂大笑了起來。「好吧，我接受。」

一名隔壁桌的中年男子不滿地朝著她們的方向瞪了一眼。

澤姐坐在一張密集板木桌前等她們，旁邊坐著一個用頭巾包著臉的男人。

「他是誰？」蔓蒂跳過招呼，直接問道。「他在這裡幹麼？」

「這是我弟弟，德瑞克。」

「啊，那個戴面罩的人。為什麼要遮著臉？」

德瑞克拉下頭巾；他整張臉亂七八糟，嘴裡似乎裝了線圈，把下巴固定住[1]。

蔓蒂縮了一下。「抱歉。」她不確定自己要抱歉什麼，但還是脫口而出。「亨利．力芬史東做的嗎？」

他點了點頭。

「德瑞克。」澤姐的語氣意外地溫柔，所有尖銳稜角都不見了。「你可以給我們半小時談一下嗎？你去散個步之類的？」

男人溫順地點頭，起身離開。蔓蒂覺得他有些不太對勁，她想起第一次遇到他也有一樣的感覺。

「他沒事。」澤姐說，彷彿已經習慣解釋。「自閉症，但還不算嚴重。」

1 德瑞克的嘴裡裝了jaw wiring。這是一種醫療裝置，長得類似牙套，會以金屬絲將上下排牙齒拉在一起，藉此固定下顎的位置。接受這種治療的人嘴巴不太能打開，只能吃流體食物。

「他看起來人很好。」潘姆的回應非常潘姆。

三個女人同桌坐下，模糊不清的細小聲音圍繞住她們，足以提供一點隱私。蔓蒂主動提議去買咖啡：潘姆要大杯無咖啡因咖啡加脫脂牛奶，一片紅蘿蔔蛋糕，澤妲則點了兩杯冰咖啡加鮮奶油——一杯給她自己，另一杯外帶給德瑞克——外加一個閃電泡芙給自己，一杯慕斯要給她弟弟。蔓蒂到櫃檯點餐，隨意替自己點了脫脂拿鐵，然後拿著黏著號碼牌的小桿子回到桌邊。

當她重新坐定，潘姆就開始接手了。「我有東西給妳看。」她從包包裡拿出透明資料夾，抽出一張紙然後展開。文件以兩張Ａ４黏成，上頭手繪了一張圖表，整齊如作業。圖表正中央是三個巨大方格，排列成三角形，整齊劃一地標了名字：最上面是墨利森，下方兩個則寫著菱鑽和天巨。每個方格之間都有箭頭指向另外兩者，形成三角形的邊線，每個箭頭上又都寫著二十二到二十四不等的百分比。圖表的右側是一份名單，列了二十幾個名字。

「墨利森我知道，但是另外兩個是什麼？聽起來有點耳熟。」蔓蒂說。

「澤妲？」潘姆把問題丟給她。

「墨利森是銀行，菱鑽是一間未掛牌的不動產投資信託，天巨則是地產開發商。這三間都是私人控股公司，所以沒有在證券交易所上市。」

「箭頭和百分比是指什麼？」

「交叉持股的狀況。每間公司都持有另外兩間公司大量股份，還不到完全拿下控制權，但已經能取得一、兩個董事席次。這些公司雖然是獨立法人，但因為彼此交叉持股，而且董事會有相同成員，基本上可以把它們看成是一體的。」

蔓蒂看向名單，大部分都是男性，且大多是盎格魯撒克遜人的名字，但吸引她的不是這件事。有六個名字都加上了代號，類似某種身分資格，寫的不是PhD或AO，而是由M、DS與LS排列組合成的代號[2]。其中四個名字有全部三個代碼，另外兩個則各只有兩個。「這些是什麼？」她問。

潘姆露出自豪的笑容。「董事會成員。」

「有六個人在一間以上的公司擔任董事。」蔓蒂得出結論。

「沒錯。」澤妲說。「在全部公司都擔任董事的有四個人，其中三人分別是各公司的副總裁。」

「安排得非常對稱。」蔓蒂說道。「多出來那個人是誰？當不了副總裁的話，他當了什麼？」

「看這裡。」潘姆拿出另一張單獨的A4紙，最上方寫著「菲普斯・艾倫比・洛克哈特事務所」。

「塔昆之前工作的律師事務所。」蔓蒂說。

「又說對了。」潘姆說。

「這間公司採用合夥人制，就跟大部分的法律事務所一樣。」澤妲說。「妳看他們的合夥人名單。」名單上有十二個名字，但最下面的十個名字都沒有加上代碼，重要的只有兩個——一個叫阿提克斯・龐司，擁有完整M、DS和LS三個代碼，另一個人則只有DS和LS。

蔓蒂將兩份文件放在一起看。「所以這六個人在所有公司裡都有一份？」

「看起來是這樣。」

「我來猜猜。」蔓蒂說。「銀行負責找資金，然後把其中一部分投資到不動產信託公司菱鑽，後者又把錢投資到天巨正在蓋的新建案，或者天巨也有可能直接從墨利森取得資金。然後，如果這中間有任何

2　這三組代號分別代表三間公司的英文名稱縮寫：M是墨利森銀行（Mollisons），DS是菱鑽（Diamond Square），LS是天巨（Large Sky）。

法律問題，就全部交給菲普斯．艾倫比．洛克哈特事務所解決。」

澤妲微笑。「有可能是這樣。我們沒辦法肯定資金的流向運作，不過這推測滿合理的。」

蔓蒂看向流程圖箭頭所標示的數字。「他們這樣交叉持股，有違反法律或任何規定嗎？」

「不算有。但這情況很值得深入研究，對吧？」潘姆說。

「的確是。所以比較核心的這六個人，他們是公司的擁有人嗎？」蔓蒂向澤妲提出問題。

「不是，沒那麼簡單。目前看起來，他們確實擁有一些股份，不過三間公司控制股權的擁有者都在海外。董事會成員代表擁有者，但那不見得是他們自己。」

「所以實際的擁有者是誰？」

「不知道——而且幾乎不可能查得到。有的股份透過保管帳戶持有，有的則是透過設置在海外避稅天堂的公司直接持有，地點分散在開曼群島、巴哈馬、瑞士，還有些零碎的股份在萬那杜。我有文件……」澤妲拿出第三份文件，是從電腦印出來的清單。「妳自己看看吧，股東有好幾百個。」

「什麼是保管帳戶？」

「透過大型股票經紀商之類組織操作的帳戶，是一種偽裝實際擁有權的方式。」

「合法嗎？」

「合法。」

蔓蒂盯著公司圖表、姓名清單，像在看上古石碑：她感覺自己站在豐富的知識面前，卻缺少說明。

「所以這些文件到底代表了什麼？」

「這可能就是我們在找的線索，也可能什麼都不是。」澤妲說。「這幾十個小型持股人或許是線索。雖然實際控制權也有可能在澳洲籍董事手上，但是看到有這麼多幾乎無法追蹤的海外擁有人，我們應該想到另一種可能：少數海外擁有人在掩蓋自己的控制權。」
「有可能嗎？」
「有，這種行為甚至有個專有名詞，叫做『占領銀行[3]』。」
蔓蒂不解地看著她。「聽起來很嚴重。」
「擁有者位在避稅天堂這一點就是個警示，暗示他們可能涉及逃稅或者洗錢，甚至代表擁有權可能握在犯罪集團手上。」
「天啊。」蔓蒂說。
「是吧？」潘姆現在張狂地咧著嘴笑，彷彿學校作業拿了滿分的小女生。
「洗錢是怎麼個洗法？」蔓蒂再次把問題丟給澤妲。
「現在看不出來。這些圖表只顯示交叉持股的情況，還有董事會組成，但是沒說公司怎麼賺錢，也沒有營收、毛利、利潤、現金流的資料。」
「妳怎麼猜？」
「嗯，除了海外流入的資金之外，這三間公司和法律事務所，毫無疑問都有多個主要顧客，會是合法的正當客戶和投資者。」
「我們知道有誰嗎？」
「不知道。客戶的資料會比公司的擁有者更少，妳不會在任何公開的公司紀錄看到這些資訊，不過，

3　占領銀行（bank capture）也可能稱為俘虜銀行，是洗錢犯罪手法的一種，指洗錢者本身取得了金融機構的控制權，可以在不受監管的情況下轉移資金，並以其他正當的銀行進行交易。

我想他們的客戶很可能有一大部分都是重疊的。」澤妲再次露出笑容，彷彿正為自己的推斷感到欽佩。

「如果情況跟我們猜的一樣，那做法真的非常聰明。無論透過墨利森洗錢的人是誰，都不只是在洗錢而已，他們會把資金再投資到合法的事業和資產，同時賺取獲利。」

「公家單位沒辦法追查嗎？」

「只能查到一定程度，資金一旦離岸就很難追了。而且別忘了，墨利森有自己的交易大廳，裡頭有各種外匯、債券、金融衍生品，隨時都有錢洗進洗出，交易數量和規模非常龐大。」

「我的桌子就在那裡，在交易大廳。」蔓蒂說。

「又開始講這種話。」潘姆說。

蔓蒂沒理她，繼續專注在與澤妲的對話。「那有沒有可能，墨利森在澳洲境內的交易都完全正當合法，唯一有問題的只有資金來源和擁有權？」

「這也完全有可能。」

「菲普斯呢？那間法律事務所的擁有者，也跟其他公司一樣嗎？」

「不是，他們的情況不太一樣。他們採取合夥人制度，十二個合夥人全都是澳洲人，大部分都在雪梨，只有兩個在其他州，一個在布里斯本，一個在墨爾本。不在新南威爾斯州的合夥人就不在其他公司的董事會裡。」

「這解釋了為什麼塔昆會被安插進菲普斯。」

「對。他替菲普斯工作，每個星期有三天會在墨利森，他剛好就是最適合查出內部真相的人。」

蔓蒂看著澤妲。「這真的太不可思議。」她對昔日情敵的反感暫時被擱置了。「妳們還有找到其他東西嗎？」

「不多。這三間公司的財務狀況都有獲利，不過墨利森特別不喜歡繳稅。」

「但是一樣沒有違法？」

「對。」潘姆似乎開始有種被冷落的感覺。「顯然只有我們這種盤子才在繳全額的稅。」

蔓蒂向後靠上椅背，思考著。「所以我們歸納出了幾點疑慮。這些公司不僅有大量資金從海外流入，再加上大部分控制權都握在身分不明的海外人士手上，其實可以理解為什麼警方會派塔昆這樣的人臥底，調查實際狀況。但我們還是沒有任何證據能證明他到底查到了什麼。」

澤妲搖頭。「對，沒有。畢竟那種資料也不太可能放進財務報表。」

潘姆也插話：「同時還能看出另一件事，當塔昆看到那麼大量的資金在流動，他可能會起心動念想把一部分放進自己口袋。」

「有可能。」蔓蒂提出想法。「或者，也許他無意間發現有人正在做這樣的事，被對方發現了，於是殺他滅口。」

三個女人持續揣測可能的情況，不過蔓蒂覺得她們圈子愈繞愈大，疑慮只是在空中旋轉，無處降落。最終，潘姆起身去上廁所，她一走，剩下的兩個人就陷入沉默。

最後是澤妲開口：「妳很討厭我，是嗎？」

「對，我之前就跟妳說過了。」蔓蒂說。

「但是妳可以相信我。」澤妲說。

蔓蒂實在忍不住。她搖著頭，表情不屑一顧。「是這樣嗎？」

「妳知道我想要的是什麼。」

「妳指錢嗎？」

「對。如果塔昆根本沒有偷錢，我就要拿到應得的賠償金。」

「妳確定這麼做值得？妳也看到力芬史東怎麼對妳弟弟。」

一提到德瑞克，澤妲臉上冰冷的防禦就崩裂了一點，蔓蒂看得到情緒的痕跡。突然間，澤妲的話裡開始帶了一點點情緒：「妳不懂那是怎樣的生活，妳不會懂的——失業、沒辦法工作、帶著前科、只能做雜工，還有德瑞克這樣的弟弟要照顧。妳有完美的另一半、完美的房子、完美的小孩，妳根本沒辦法理解。」她輕蔑地說著。「如果我沒辦法得到塔昆承諾的生活，我至少要把以前的生活拿回來。」

蔓蒂有些迷惑。她不太懂澤妲是怎麼回事，原本那個厚顏無恥、要什麼拿什麼的她，突然變成了一個情感豐富的女人。「我上次看到妳的時候，妳還很確信那筆錢一定存在，信到足以動手綁架我，我不懂為什麼妳現在會有這種一百八十度大轉變。」

「因為妳。」澤妲說。

「我？」

「妳不懂嗎？我之前一直以為塔昆是個律師，偷了一千萬就逃到國外。我們都這麼覺得。五年來我都這麼相信，已知的事實也支持這種論點，可是現在，開始改變了。第一：原來他當年就死了。第二：他其實是在調查墨利森的臥底警察。第三：他早就結婚了。第四：原來他根本沒告訴妳關於那筆錢的事。所以我現在認為，他從來都沒有偷過任何錢。他把妳打量了一圈，把我也打量了一圈，很快就摸透我們，知道要怎麼讓我們乖乖聽話。我想要過上好的生活，妳想要救美的騎士；我要錢，妳要愛。所以他給了我們想要的東西，或至少是一模一樣的複製品。他答應給我幾百萬澳幣，答應和妳結婚，然後為了報答他，我們就答應與他上床，甚至給他通往天國的鑰匙，讓他有辦法潛入墨利森。承認吧，蔓蒂，他徹徹底底地玩了我們一把，把我們耍得團團轉。」

蔓蒂沒說話，也無話可說。澤妲的話尖銳有理，說服力強大，如此迎頭棒喝，如此穿透，也如此傷人。塔昆利用了她們，就是這樣而已。她把存取交易資料的代碼給了塔昆，但還是完全不曉得他拿那些資料要幹麼。到底是為了蒐集犯罪證據，還是為了奪取千萬財富？無論是哪種可能，克勞斯・范登布克都是對的：身為臥底警察的塔昆・默洛伊就與ASIS任何間諜一樣，不甚道德且無視法規。

她們持續沉默對坐，直到潘姆回來。潘姆一如往常愉悅、熱情，像隻在墓地裡蹦蹦跳跳的狗。「天啊，能像這樣重新碰頭、一起做事，真是太好了。就像又回到以前的團隊。」她說。

稍後，他們離開咖啡店，蔓蒂、澤妲與德瑞克陪著潘姆，沿著伊莉莎白街走到聖雅各火車站的入口。德瑞克用吸管喝完了外帶冰咖啡，開始執行更艱難的任務：用湯匙一點一點地把少量的慕斯舀進嘴裡。

「我已經告訴妳墨利森的運作結構了，現在，我需要妳的幫忙。」澤妲說。

「怎麼幫？」蔓蒂的態度警覺起來。

「我沒有錢，但如果想要拿到賠償金，我需要請律師。」

蔓蒂沒說話。

「作為回報，我會把我知道的所有事都告訴妳，並把找到的資料都給妳。」

「好吧。」蔓蒂最後說。「我有律師，非常厲害的律師。我會請她協助妳。」

「我比較想要有自己的。」

「妳找不到溫妮佛這麼厲害的律師了。而且，一旦妳成為她的客戶，妳就會受到保護。律師和當事人之間有保密特權，她不能告訴我任何事情。」蔓蒂猶豫了一下。「妳確定要這麼做嗎？」

「為什麼不要？我要拿到我應得的。」

「亨利・力芬史東呢？犯罪組織？」

澤姐沮喪地看了她一眼，哈哈大笑起來。「管他去死。我還能有什麼損失？」

德瑞克突然發出低沉喉音的驚呼；湯匙卡在他嘴裡，被線圈固定器勾住了，慕斯全沾上下巴。

第二十四章

泰提斯．托貝開著BMW載馬汀回到市區。看起來這輛豪華轎車是他的，而不是他爸的。

「謝謝你送我一程。」車子駛離屋前時，馬汀說道。

「小事。我剛好也要去法院參加聽證會。」

「你也是律師嗎？」

泰提斯看著路面，不過馬汀似乎察覺到男人臉上出現笑意。「托貝家的人全都是律師。」

「訴訟律師[1]？」

「當然。我是企業的法律顧問。」

「那是什麼意思？」

「我替一群精選的優秀企業工作。」

「聽起來滿有趣的。有哪些公司？」

「抱歉，這是機密。」

「噢，當然。」

1 澳洲採英制律師制度，律師會分為訴訟律師（barrister）和事務律師（solicitor）兩種。前者通常專精於某個領域，也稱為大律師或出庭律師，會代表客戶出庭辯護，伊莉莎白就屬於這類律師。事務律師則相對來說會與客戶密切接觸，負責給予諮詢、起草合約、協談庭外和解等業務，蔓蒂的律師溫妮佛屬於這類律師。

馬汀看著綠油油的摩爾公園飛逝而過，想著如何重啟對話。「你和伊莉莎白，你們親近嗎？」

「當然，她是我妹妹。」泰提斯專注看著前方路況，表情並未透露任何情緒。「我聽說發現現場的人是你。」

「不太算是，不過我的確看到了案發現場。」

他們遇上紅燈，泰提斯趁著機會把視線從路面轉向馬汀。「你覺得她走的時候痛苦嗎？」

馬汀搖了搖頭。「不，她應該沒什麼感覺。」他認為這是實話。當子彈穿入她腦中並從顱骨後方炸開，她應該沒有太多感覺，可是在臨擊之前，她一定非常害怕。不過，何必對她哥哥說這種事呢？「你父親告訴我，你曾經是混亂食堂的成員。」馬汀說。

「很久以前的事了。我只待了兩年就退出。」男人的表情平淡，視線再次回到路面。

「為什麼呢？」

「我一直都對他們沒什麼興趣。雖然父親將我拉進去，但我覺得那是個無聊的地方。一群喜歡自誇的人圍在一起喝高級紅酒、吃所謂不小心抓到的動物，我完全沒興趣。」

「不小心抓到？」

「他們的晚餐。你可能不相信，他們會吃稀有的瀕危物種，覺得這比較特別，比較菁英。」燈號變換，他隨著車流前進，臉色依舊冷淡。「要我說的話，那是邪惡的墮落。」

「像是大白鯊魚翅湯之類的嗎？」

「沒錯，有夠噁心。」

「你反對這種行為？」

「我反對。父親進入最高法院時很明智地遠離了他們。伊莉莎白當初成為法官時也應該這麼做。」

「你認為她是因為這樣而被殺嗎？因為是食堂的一員？」

泰提斯聽了笑了出來。「我很懷疑。」他似乎還想說點什麼，不過猶豫了，最後決定不說。

「你父親覺得你知道食堂的成員有誰，他說你也許知道一些有用的資訊。」

「我？我三十年前就退出了。不止，已經三十多年了。」

「你們完全不會討論食堂嗎？」

「不會。」

「你父親覺得克拉倫斯．歐圖可能還是成員。」

泰提斯不置可否。「很有可能，那個地方對他來說就像家一樣。」

「這是指？」

「那個組織很對他的胃口。」

「了解。你還想得到其他人嗎？」

泰提斯咕噥說著。「只想到一個──你在晨鋒報的老朋友，達西．德佛。」

「達西？你確定嗎？」雖然ＢＭＷ持續平穩地沿著牛津街行駛，馬汀還是忍不住伸手抓住車窗上方的安全把手。

「伊莉莎白是這麼說的。」

「她什麼時候告訴你的？」

「大概兩年前。那時候她盛氣凌人，覺得記者入會簡直令人髮指。她說他一直在四處打探，想要知道一些可以寫成新聞的內幕。」

「聽起來很像他。伊莉莎白對他沒什麼好感？」

「可以這麼說。」

「還有其他人嗎？」

「抱歉，沒有了。」

「阿提克斯・龐司？喬治・優波里斯？」

泰提斯將視線從路面移開，疑惑地看著馬汀。「從來沒聽過。他們是誰？」

「不重要，就只是我聽到的幾個名字，可能完全無關。」車子這時快開到惠特蘭廣場，已經可以看到海德公園的樹了。

「你要在這附近下車嗎？」泰提斯問。

「沒關係，我到法院下就可以了。」馬汀想要再問幾個問題。「再請問你一件事：關於麥斯和你妹妹，如果問你覺得誰有可能殺害他們，你有任何想法嗎？」

「我？沒有，完全沒有頭緒。」

泰提斯右轉至學院街。威廉街交叉口閃起黃燈，邀請著用路人加速通過，不過泰提斯沒那麼做，而是趁機停下，轉向馬汀：「我父親會表現出謙虛穩重、自立的形象，這我很懂，不過像他這樣曾經握有實際權力的人，很習慣身在一切的中心。他們其實不太願意相信自己成了邊緣人，現在發生的事情已不再和他們有關。我父親一心認為伊莉莎白的死和混亂食堂有關，因此也和他有關，但是根本沒有證據能夠證明，完全沒有。食堂和這件案子很可能是兩條平行線，我父親也是——食堂不是犯罪組織，而是一群吹牛大王的美食俱樂部。如果我是你，我會非常小心不要驟下結論，我知道你曾經因此惹過麻煩。」

「你查過我？」

「當然。」燈號變換，泰提斯的注意力又重回方向盤上。他轉入麥夸利街，在路邊停妥，讓馬汀下車。他帶著微笑伸出手，用同樣完美的力道與馬汀握手。「不管怎樣，我還是衷心希望你調查順利。如果我能幫得上任何忙的話，請和我聯絡。」他向馬汀遞出一張名片。這感覺像某種告別，依循慣例的禮貌行為。

馬汀重新站在街上，看著BMW遠去，像一艘遊艇漂浮在中央商業區集體車流之中，正要開往某個祕密碼頭停靠。

馬汀想要遠離街道與風，找個安靜打電話的地方。他看到某棟小型大樓的大廳，裡面只有一排電梯。這樣就夠了。他走進大樓，打給ASIO[2]情報員傑克．高芬，希望對方回應。之前處理旱溪鎮與銀港的事件，高芬幫上不少忙。不過當時馬汀都還能給予一些回報，而這次不一樣，但還是問問無妨。

「馬汀．史卡斯頓，稀客稀客。」

「傑克，好久不見。」

「忙啊。找我有什麼事？」

「我在雪梨，想說你可能會想碰個面聊一下。」

「我在坎培拉，所以你可以別閒聊了，直接說你要幹麼。」

「你有沒有聽過一個自稱混亂食堂的祕密結社或美食社團？」

高芬大笑。「聽起來像是伊妮．布萊敦[3]會取的名字。」

「我認真的，傑克，你能幫我查一下嗎？」

---

2 全名為澳洲安全情報組織（Australian Security Intelligence Organization），是國家安全組織之一。

3 Enid Blyton，二十世紀著名的英國兒童文學作家。

笑聲停了下來。「說吧。」

於是馬汀交代了麥斯與伊莉莎白的死、混亂食堂，以及警方顯然刻意拖延的調查進度。

「你也拜託一下，馬汀，這算哪門子國家安全問題。這種事真的不應該來問祕密警察。」

「我也覺得你會這麼說。但是我問你，去年我在銀港時，你說會把我提報成正式的線人，我現在還是嗎？」

「是啊，怎樣？」

「那你會願意提供代價來換取資訊嗎？」

「什麼意思？你要錢嗎？」高芬聽起來一頭霧水，還有一點擔心。

「才不是。但是我想要回報，獲得資訊當作回報。」

高芬再次大笑。「好，這真的是我聽過最沒料的頭條新聞了，我可以幫你查看看，但有個條件。」

「什麼條件？」

「如果你查出任何有用的東西，我要第一個知道。我不要從晨鋒報上看到消息。」

「沒問題。」

結束通話後，馬汀打給威靈頓．史密斯，他是《本月》月刊與馬汀那兩本犯罪紀實作品的出版商。

「馬汀嗎？怎麼了？」馬汀幾乎聽不見對方說了什麼，電話另一頭太吵了：音樂、人聲、餐具在杯盤上碰撞。

「對，我是馬汀。是我。」

「靠，根本聽不到。我等一下打給你。」電話掛斷。

馬汀等了半分鐘後放棄，於是走回街上，不過只繞了半個街區，手機便響了。

「馬汀嗎？」這次他可以清楚聽到威靈頓的聲音，嘈雜的背景變成只有車聲的白噪音。「抱歉剛剛太吵了。會計年度結束，我們在吃慶功宴。多虧有你和你那幾本暢銷書，我們今年快要看不見紅字了。」

「嗯，很好啊。」

「你什麼時候要再寫給我們一本啊？說到這件事，你什麼時候才要放棄寫晨鋒報那些半吊子的特稿，回來幫《本月》寫點真正的報導？」

「我打給你就是想說這件事，我可能有東西可以給你。」

「真的嗎？太好啦。什麼主題？」

「解釋起來太麻煩，我不想打擾你們吃飯。」

「好嘛，告訴我嘛。講重點就好，標題就好。」

「之後再說吧，威靈頓。我要先問你一件事：麥斯・富勒之前有沒有跟你聯絡，說要幫《本月》寫一篇調查報導？」

一會兒間，電話裡只剩下白噪音。當史密斯再次開口，本來興高采烈的情緒已經消失，語氣變得既清醒又嚴肅。「天啊，馬汀。麥斯。我一定得說，我完全不相信那是自殺。你找伊琳談過了嗎？」

「談過了。而且你說對了，他不是自殺。那是謀殺案，警方也很清楚。」

「媽的。所以你現在就是在查這件事嗎？你要找殺他的凶手？」

「對，而且背後有更大的事件。」

「混亂食堂？」

馬汀盯著眼前不斷移動的城市風景。「他告訴你的？所以他真的加入你們了？」

「對。」威靈頓說。「但是他上個星期才進公司，我根本還沒收到完整的簡報，只知道神祕組織混亂食堂的內部有東西爛了，就這樣。」

「他死的時候，筆電被偷了。你知道他在雲端有沒有備份嗎？我之前寫書時你曾經叫我用過。」

「嗯，我有開權限給他，但不知道他有沒有用，我會去查一下。不過就算他用了，我也不確定能不能登入。」

「了解，那你查一下再告訴我。還有個問題，你知道為什麼他要換陣營嗎？麥斯打從骨子裡就是個晨鋒人，為什麼跑去找你？」

「我覺得他不信任他們。」

「他有說過達西．德佛怎麼樣嗎？」

「沒有。你覺得達西在騙他嗎？」

「也不是第一次了。」

結束通話後，馬汀環視四周，看著這座絲毫未變的城市，繁華而漠然，忙亂而冷淡。他得找個安靜的地方坐下，想辦法找到那位名叫克拉倫斯．歐圖的法官。

第二十五章

蔓蒂獨自回到州立圖書館。她找了位子坐下，思忖著潘姆與澤妲的圖表。那無法證明犯罪行為，但暗示著瀆職亂紀：安排緊密的交叉持股情形、高比例的擁有權處於國外、股東隱藏真實身分，以及極低稅負。她可以理解為什麼警方想要仔細調查這些公司。

她試圖想像這些公司的運作。錢從海外流入，從海外擁有者導向銀行，乾淨的錢、骯髒的錢、充滿血腥的錢。這些資金被轉投入菱鑽、天巨以及其他沒人知道的公司，經過適當清洗之後，獲利會重新回到海外投資人手中，而澳洲的擁有者們則拿到分潤以及交易費用。沒有違法行為，沒有偷偷摸摸的勾當，除了減至最低的稅額之外，澳洲境內的運作完全正當。但話說回來，澳洲這片土地的每間公司都會盡可能減少自己的稅額，誰不是這樣？

她用圖書館的電腦上網，試圖理解國際洗錢是怎麼回事，接著很快意識到這是極為嚴重的問題，牽涉規模是難以想像的數十億、甚至數兆澳元。她從資料中讀到，洗錢通常會是虧損狀態——就像是被收取了服務費一樣，你無法收回投入的全額資金。這解釋了為什麼墨利森的營利狀況這麼好——因為他們能放肆地收取手續費。當然，如果公司擁有者和投資客是同一群人，那就能保住投資的回收比例，從銀行得到的獲利還能洗過兩次。所以，這就是他們的商業模式嗎？塔昆在調查的就是這件事嗎？

她抬起頭，驚訝地發現馬汀正低著頭穿過書架。馬汀？為什麼在這裡？她觀察了他一會兒，讀著他認真的神情與平靜的剛毅，整個人被他迷住了。她很高興能見到他，多巧。她站起身，躡手躡腳地摸到站著的他身後，伸手遮住他的眼睛。他縮了一下，身體僵硬，然後轉身，扭過摀住他臉上的手。他的眼神透露短暫的驚慌，不過一認出是她，便立刻放鬆下來。

「靠，不要這樣，嚇死我了。」他說。

她揉著手腕。「你弄痛我了。」

他馬上道歉。「抱歉，我沒發現是妳。我現在整個人有點緊繃。」

她感到一陣懺悔。「對不起，我太幼稚了。」

「沒關係。」

「我只是看到你很高興。」

「我也是。」

他們在窗邊找了一個安靜的角落，在一根小圓柱旁坐下。圓柱上寬下窄，像被顛倒過來，上頭蓋著布，介於桌子和矮凳之間。

「我傳的影片你看了嗎？有什麼想法？」蔓蒂問道。

「影片？還沒。我現在看。」他拿出手機，打開附件播放影片；而她靠了過來。「好。」他說。「所以這是什麼？這個顯示的日期正確嗎？」

「是對的。很可能就是塔昆．默洛伊生前最後一次被看到的畫面。這段影片證明他進入墨利森的交易大廳，把資料下載到隨身碟上，然後當他走進電梯時，亨利．力芬史東也跟了進去。」

「力芬史東？」

「就是那個殺手，那個暴力男。」

「妳說什麼？」他面露驚訝，拉過播放條再看一次。「妳被綁架的時候，找到妳的就是這個人？」

「對，同一個人。打扮得體，穿著復古西裝，抹了加州罌粟氣味的髮油。」

馬汀的目光還盯著螢幕。「聽起來跟砸了我公寓的也是同一個人。」他抬起視線，開始思考。「妳從哪裡拿到這個影片？」

「以前的同事。這是監視器的畫面。」

「這得趕快讓蒙特斐爾看過才行。」

「我知道，我只是想先讓你看。」

「謝謝，但是在警方拿到影片之前我也沒辦法用。這算是命案調查的證據，妳不會想被指控隱瞞證據或者妨害司法公正。」

蔓蒂微笑著說：「當然不想。但是我答應不把前同事牽扯進來，所以我得說是匿名拿到的。」

「妳要這樣告訴蒙特斐爾？」

「別用這種表情看我，每次都在說要保護資訊來源的人是你耶。」

他奇怪地看了她一眼。「如果妳覺得有必要的話。我想重要的是影片的內容，而不是誰給妳的。」他露出微笑。「而且我猜，假如蒙特斐爾開始追捕力芬史東，力芬史東就不會來煩我們了。」

「沒錯。我在想，你能不能幫我拿給蒙特斐爾？現在溫妮佛不在，我不確定自己想再看到他。」

但馬汀沒答應。她認得他臉上的表情：他有話想問，只是在思考怎麼說比較適當。當他終於開口，是帶著安撫的語氣。「蔓蒂，怎麼了？有什麼問題嗎？」

「我說了，我不想讓前同事惹上麻煩。」這是實話，只是轉了個彎。她不能說出與烏龜的交換條件，無論是對警方或馬汀都不行。烏龜手上握著性愛影片這顆核彈，一想到要讓馬汀知道有那些影片存在，她就充滿恐懼。

「抱歉，我覺得我沒辦法這麼做。」馬汀說。

「好吧，我懂。」她決定先進行下一步。「我還去找了其他前同事，我之前的主管潘姆．里索利給了我這個。」她打開有圖表的那張紙，把那三間姊妹公司的結構圖攤開在他眼前：墨利森、菱鑽和天巨。她看到馬汀先是一陣困惑，接著便又瞪大雙眼，意識到這是什麼東西。

「靠。」他小聲說道，影片已被拋在腦後。

她指出交叉持股的狀況並說明董事會成員；她對於能向他解釋而感到一陣心滿意足。

馬汀用手指戳向圖表。「這兩個名字。菲普斯的資深合夥人阿提克斯．龐司，他也是全部三間公司的董事；然後是喬治．優波里斯，他是天巨地產開發商的董事成員。」

「怎麼了嗎？」

「妳完全不記得他們嗎？」

「不記得。要記得什麼？」

「蒙特斐爾去年在銀港某次偵訊妳的時候提過，妳沒印象嗎？」

她皺起眉來，搖著頭。「我只記得有一場偵訊很奇怪，他的問題到處跳，很沒有邏輯，問了一堆我不認識的名字。」

「溫妮佛當時把名字記下來了。龐司和優波里斯，妳知道他們兩個人有什麼關聯嗎？」

「除了這個之外嗎？」她指著圖表。「不知道。你呢？」

「我也不知道。」

他們的注意力重新回到圖表上，兩人開始提出假設、討論洗錢機制的可能性，並猜測默洛伊當初到底發現什麼資訊。她現在能夠明白並體會調查新聞時的興奮，彷彿她是進入未知世界的探險家，是第一個見證新文明的外邦人，準備向皇家地理學會提出自己的報告。這是她第一次從內部看到馬汀的世界，原來記者嗅到重要新聞時就是這種感覺。她也能感受到那股亢奮，那種狂喜、那種力量，屬於反擊的力量，讓她有能力揭露過去，而不只是被過去追著跑。她和馬汀，一同起身對抗。她激動地笑了出來。

「這真的太刺激了。」

他也笑了。「是滿刺激的。」

「所以接下來呢？」

「妳得去見蒙特斐爾，把影片交給他。我要去查幾條跟默洛伊無關的線索——有幾個人可能知道麥斯和伊莉莎白．托貝為什麼被殺。」他交代了自己與托貝爵士的對話，解釋混亂食堂的存在、麥斯與伊莉莎白正在調查這個祕密結社，以及他想要找出克拉倫斯．歐圖這個人。

「我的天啊。」她聽完之後驚呼。「妳覺得塔昆的死可能和他們兩人的命案有關嗎？」

馬汀的五官糾結起來。「麥斯顯然知道默洛伊的事，他只很籠統地提過他在調查一件龐大的陰謀。不過如果除去這點，我看不出這兩件案子的關聯，也有可能只是巧合。」

蔓蒂注視著他，覺得他們好像就要找到答案了，真相就在一步之遙，等待被揭開。「你這樣覺得？」

他聳了聳肩。「繼續往下挖吧。雖然現在可能只能見到表面，但我們的確有所進展。」

他說「我們」。她心裡湧過一陣暖流。「所以下一步是什麼？」

「去找蒙特斐爾。妳想要的話，可以打給溫妮佛，她會比我們更了解怎麼處理。」

「我們可以信任他嗎？」

她話中的涵義令馬汀皺起眉頭。「我們沒有太多選擇。不過，有任何妳不想講的事，就別告訴他。」

「好。那你呢？」

「我要找到克拉倫斯．歐圖，然後，希望能有機會與達西．德佛談一談。」

「達西？為什麼？」

「他是混亂食堂的成員。」

「你信任他嗎？」

「目前我唯一信任的人只有妳。」

第二十六章

伊莉莎白街是一片陰影中的世界，已經西斜的陽光無法穿透進來，只能以衰弱的微光包圍建築物的屋頂。雪梨人也許會否認這個季節的存在，但是太陽的規律並不受公眾輿論影響。有個老婦人站在葡萄酒吧外面，身上層層疊疊地套滿許多件大衣，整個人幾乎要被吞沒，而在所有大衣的最外面是一件亮色安全背心。她的臉頰通紅，雙眼模糊，正在賣《大誌》。馬汀撈了撈口袋，不只沒零錢，根本沒有任何現金。他帶著歉意經過，推門進入。

店內豪華，坐落在殖民時代的砂岩建築內，黃銅配上拋光木材，紅絲絨配上溫暖燈光，營造富麗堂皇的氣氛。酒吧年代或許久遠，顧客倒都年輕：銀行家、律師和政治相關人員；牙齒矯正整齊，個個都是漂亮英俊的成功人士，對自己向上爬升的人生軌跡有著滿滿自信，整個空間都是他們的吹噓和無懈可擊的笑聲。

經過吧檯邊的人群時，馬汀不禁覺得自己穿著牛仔褲、襯衫領口大開，衣著似乎不夠莊重。榮耀光彩的年輕人們花了千分之一秒掃視他的臉，判定他是不重要、不受歡迎的不知名人士，隨後便將目光轉向更有前途的未來新星身上。馬汀在面街窗邊的高級座位區找到達西．德佛，他坐在黑色皮革扶手椅，面前的古董大理石桌上擱著一杯紅酒。達西一看到馬汀便起身，伸出雙手歡迎。他握起手來像政治人物，臉上笑容頗為得體，同時表達出很高興、很感謝能見到老同事，但對他們是這種情況下碰面也感到遺憾。馬汀忍不住對達西感到敬佩，不只是他的儀態與身上那套剪裁精細的西裝，也包括他竟然有辦法在擁擠的酒吧拿到兩個座位。

客套完畢，達西輕鬆地招來服務生，說要請馬汀喝一杯。

「我試試看你現在喝的那杯吧？」馬汀看向那杯紅酒。

「挑得好。這樣的話，我們直接叫一瓶吧，我報公帳，如何？」

「好啊。」馬汀不懂為什麼每次與達西碰面，就有種像在吵架的感覺。

他們兩人沒有直接面對面坐，而是坐成直角。達西的視野越過桌子朝門口延伸，能看到所有進出的人；馬汀則坐在他的左邊，視線穿過桌面與窗戶，望向人行道及伊莉莎白街上匆忙的車流，將剛才那群志在功成的年輕人放在身後。他們兩人只要前傾就能碰頭，即使四周充滿關於野心抱負的喋喋不休，也能清楚聽見彼此說話。

「馬汀，你最近怎樣？我們滿少聯絡的。」

「還不錯。」

「你要回來當全職記者了嗎？我很需要你的能力。」說起來，達西已經是調查報導組組長，還是發外包稿件給馬汀的主管之一，但在過去十八個月裡，馬汀交稿的頻率斷斷續續，主要都在交代旱溪鎮與銀港事件的後續消息，也就是他那兩本書的更新資訊。他很清楚，以晨鋒報現在承受的財務壓力，這種隨心所欲總會有結束的一天。老實說，即便在病毒重創經濟前，這種自由就已經不容易了。

「其實沒有，不過我現在手上有題目在進行，是關於麥斯的死。」

「噢對，麥斯。」達西若有所思地喝了一口酒。「我很高興你來找我——我正在寫他的訃聞，爭取整版刊登，他值得這樣的篇幅。我的想法是：如果你能提供幾則不錯的軼事，一些關於性格的觀察角度，我可以把你和我的意見整合。我會把草稿寄給你，之後就由你決定了，看你要挑錯、修飾段落，或者整篇重寫都可以，都由你決定。照這樣進行的話，我們兩個都可以掛名。你覺得如何？」

「聽起來不錯，謝謝。」馬汀一直自認是個不錯的寫作者，時間和條件允許，就能突破俗套的窠臼，但他知道自己不是達西．德佛。他這位同事的寫作風格多變，而且對每一種都掌握得宜：分析、抒情、諷刺、不祥、輓歌。過去十年來，他每兩年就產出一本書，全都叫好叫座。

於是兩個昔日同事一起喝著紅酒，馬汀開始說著關於麥斯的故事。很多事情達西已經知道了，不過他要馬汀補充更多細節。一小時後，紅酒見底，達西又點了另一支比較清爽的葡萄酒，說要「敬那個優秀的男人」。兩人舉杯啜了一口。馬汀覺得這支酒實在好喝；麥斯值得他們開這瓶酒。

「達西，我有幾件事想問你。」

「好啊，儘管問。」

「為什麼麥斯命案那篇報導那麼短？還排在第十三版，幾行字就帶過。」

達西看著他，打量著。「是我決定的。」

「啊？為什麼？」

「警方要求我低調，他們想要把實際的案情壓下幾天，不要張揚。我們在會議上爭論過這一點，最後我想，也許這麼做能協助他們找到凶手，就同意答應了條件。」

「什麼條件？」

「等到他們決定公開時，我們可以拿到所有的資訊。」

「你和莫銳斯．蒙特斐爾談的嗎？」

「不是。他是誰？」

「負責調查這件案子的偵緝督察。」

「噢。」

「不是蒙特斐爾的話是誰？」

「羅傑．馬卡泰利。」

「副警察局長？他要你暫緩他們兩人的命案報導？」

達西無所謂地聳了聳肩，表情卻有些不安。「對，和我談的人是馬卡泰利。怎麼了嗎？」

馬汀想起莫銳斯．蒙特斐爾曾說，一年多前派他負責銀港命案的人就是馬卡泰利，而現在副局長再次出手影響調查中的案件。馬汀改變方向，希望單刀直入的態度能引出一點回應。「跟我說說混亂食堂的事。」

達西沒有馬上反應，也看不出被這個問題惹怒，相反地，他露出彷彿被逗樂的微笑。「所以你知道混亂食堂了。你想了解什麼？」

「我聽說你是成員。」

「對，我是。」

「馬卡泰利也是嗎？」

達西只是搖了搖頭。「我無權告訴你。」

「規則之一，是嗎？」

「事實上，真正的規則只有一條。」

「你怎麼會加入？」

「什麼怎麼會？只要有點機會，為什麼不加入？那是前所未有的好機會：像是挖到新聞金礦的礦脈。我不會告訴你成員有誰，只能說有些非常重要的人物，政治家、律師、商人。身為成員之一，他們會平等對待你，推心置腹，以互信為基礎和你進行討論。馬汀，『信任』是任何記者所能擁有最貴重的物資。這是一次現成的觀察機會，能讓我看到這座城市背後那些從未公開的內幕。」

「但那是個祕密組織，這點不會困擾你嗎？我們的工作不是應該揭發暗處嗎？」

「為什麼你覺得那是個暗處？」

「因為伊莉莎白．托貝本來也是成員之一，她和麥斯開始調查組織內部之後就被殺了。」馬汀說。

達西點點頭，頓時嚴肅起來，考慮著自己能說什麼。「所以麥斯之前在寫的就是這件事。」

「我認為是。」

「好吧。」達西嘆了口氣。「伊莉莎白確實是會員。我相信她父親——最高法院的前法官托貝爵士——就是食堂的創始者之一。」他皺著眉頭，看著自己的酒。「你真的相信命案和混亂食堂有關嗎？」

「你覺得有沒有這個可能？」

達西沒有馬上回答，而是轉頭看向窗外。馬汀沒辦法看到他的眼睛。達西轉回來，傾身向他靠近。「馬汀，我要告訴你一些事情，但是絕對不能外流，可以嗎？」馬汀同意後，他說：「我不曉得你對食堂的了解有多少，但你說得沒錯：裡頭有些不太對勁。我剛才說的都是真的，我加入的目的是為了人脈。我已經加入三年，不過最近幾個月，我開始擔心某些沒品的人混了進來——不對，不只是沒品，而是罪犯。不過我必須強調：大部分成員都沒做過什麼不好的行為，這也是我不想透露他們身分的原因。儘管如此，我覺得有一、兩個人已經屈從於利益誘惑，而我打算揭發他們。」

馬汀眨了眨眼。「什麼？怎麼做？」

「當然是寫成系列調查報導登在報上啊，還有其他方法嗎？」達西笑著說。「如果我處理得好，也許還能擴寫成書。我聽說現在犯罪紀實很紅。」他偷笑了一下，馬汀也了解那種幽默感。接著達西又再次嚴肅起來。「但是這必須謹慎處理，我不想搞到退路全無。」

「當然。」馬汀試著保持語氣平穩。

達西還是察覺到他有所懷疑。「你應該要懂的。如果我透露了不該透露的資訊，說出資訊來源是誰，那會毀掉我的名聲，整個職業生涯也到此為止。」

「嗯。」

「如果你是對的，麥斯和伊莉莎白確實因為調查食堂而被殺，那我寧可退出。沒有新聞值得拿命去換。」

「麥斯跟你提過食堂嗎？」

「從來沒有。」

「但伊莉莎白知道你是成員？」

「當然。」

「那為什麼麥斯不跟你討論？」

達西聳了聳肩。「也許他有這個打算，或者他覺得我講不出什麼有用的，畢竟伊莉莎白知道的比我多太多了。她已經加入幾十年，之前還有她爸。或者，麥斯只是想要謹慎一點，不想讓其他人知道。」

「但你知道他在查一件大新聞嗎？」

「知道，我畢竟還是調查組名義上的負責人。」

「他沒交代在做什麼題目，你不會覺得奇怪嗎？」

達西一副無所謂。「我是覺得遲早會說。以前他在當編輯的時候，我也不是每次都會告訴他我在寫什麼，你也一樣吧。」

馬汀對此無法反駁。他又喝了幾口酒。這支酒確實好喝，達西的品味真的無可挑剔。「那關於伊莉莎白·托貝，有哪些資訊可以告訴我嗎？」

「還能說什麼？高等法院法官，法界的中流砥柱。我其實認識她好幾年了，在我加入食堂之前就認識，因為她也是雪梨板球場的會員。她很喜歡板球，而且看的是對抗賽，不是一日賽。我們曾經與同一群人一起去看新年對抗賽。我一直覺得她這個人有點疏離，總是彬彬有禮，但是稍嫌冷漠，我不確定那是她的本性，還是因為我是記者。她似乎不怎麼喜歡媒體，之所以願意忍受我，只是因為我們都是食堂成員。」達西再次看著自己的酒杯。「因為這樣，當初聽到她與麥斯合作我才很驚訝。不過話說回來，我之前也不曉得他們是姻親。」

「麥斯沒跟你說，他們兩人在合作調查？」

「沒有。他只說可能有稿子可以給我，說可以掛名為晨鋒報調查報導，就這樣，其他的事都沒講。」

馬汀想了一下。達西是晨鋒報調查組的組長，也是麥斯的徒弟之一。之前麥斯曾打電話到銀港找馬汀，積極地想把他拉進調查團隊，卻沒把細節告訴達西，而且他最近還選擇跳槽，改與威靈頓·史密斯合作。「麥斯在被殺的前一晚到過晨鋒報辦公室，清空他在辦公室裡的硬碟。他為什麼要這麼做？」

達西再次微笑，不過這一次沒有多少笑意。「你的資訊來源很厲害，我還在想會是誰呢。」接著他再次轉為嚴肅。「我不知道他為什麼那麼做。也許你是對的：也許因為我是食堂的成員，他才選擇不再信任我。如果是這樣，那就是悲劇了。他應該相信我的，我們應該好好合作才對。」他啜了一口酒。「這是給我們所有人的教訓。」

「那關於克拉倫斯·歐圖呢？」馬汀問道。

這個問題引起達西會心一笑。「他怎樣？」

「我已經知道他是食堂的成員，你並沒有洩露機密。」

「我還能說什麼？你應該已經聽到照片與禁言令的事了吧？」

馬汀壓著，不讓嘴角向上揚。正如他的揣測：歐圖就是那個土地與環境法院的法官，也就是弗藍耿所說的禁言令要保護的對象。「對，我知道那件事。」

「當然了，現在還有誰不知道？」達西繼續說道。「你問我的話，我會說他那個人有點像小丑，但也可能只是有點裝模作樣。他是那種會借酒裝瘋的人。內衣的事，其實也沒那麼不像他會做的事，如果你懂我意思的話。不過以法官的職務而言，他的名聲確實不錯。」達西倒了更多酒進馬汀的杯裡，也替自己倒了一杯。「歐圖的照片以及麥斯與伊莉莎白的命案，兩者之間有很明顯的相似處，但我也說不出來，這種關聯是因為食堂還是因為法院，也有可能與兩者都無關。」

「你說混亂食堂裡可能有某種犯案，有跡象顯示跟歐圖有關嗎？」

「沒有，至少我沒注意到。」馬汀想進一步提問，不過被達西打斷。「那個，馬汀，我等一下還得去別的地方，不過我有個提議。我們現在調查的其實是同一件事，都在探聽食堂內部，不如我們合作，聯合報導。這個案子可能需要很長的時間，可能要挖得很深，不過有潛力成為很龐大的故事。我們可以一起研究、一起寫稿，一起把沃克力獎拿下來，把它獻給麥斯。」

馬汀有些訝異。除了酒、幾個玩笑和偶爾要過幾個聯絡電話之外，他與這位對手之間從來沒分享過任何東西。「你確定？」

「確定啊。有你當共同作者搞不好很有用，如果我哪個線人火大了，我可以把責任都推給你。」達西用他那渾厚的男中音哈哈大笑起來。他舉起酒杯，令馬汀不得不也舉杯。兩人相互敬酒。「我很高興你回來了。」達西喝了一大口酒。

不過馬汀抵抗著繼續喝的衝動。「好，既然我們現在合作了，你能不能幫我聯絡克拉倫斯．歐圖？我只找到他法官辦公室的電話，但他們什麼都不告訴我。」

「我們試試看吧。」達西從西裝內袋拿出手機。手機殼是褐紅色皮革，與這間酒吧的奢華內裝相應。馬汀看著他傳出一封簡訊。達西抬頭看向馬汀，挑起眉毛，擺出「等著看結果吧」的表情。

手機幾乎立刻震動起來。達西點了點頭。「呵，你走運了，他說好。」

「有地址嗎？我們這邊結束之後，我可以直接過去。」

達西再次輸入，然後在收到回覆時出示手機畫面。馬汀記下地址。在帕丁頓，坐計程車過去大約十分鐘，最多十五分鐘。

「謝了，達西。」

「不客氣，我也很想聽到法官大人會怎麼說。」他抬起手臂，一只精緻講究的手錶便從袖扣下滑出。他看了看時間。「抱歉，馬汀，我真的得走了。再告訴我你跟法官談得怎樣。」

女服務生彷彿變魔法似地再次出現，達西簽了帳單。「我在這裡都用記帳的。」達西解釋。當然了，他當然是用記帳的，他是誰？達西起身，杯裡的酒還沒喝完，瓶子裡剩下的更多。他離開酒吧，店裡那群懷有抱負的年輕人轉頭看著他離開。

馬汀獨自坐著，重新回到隱姓埋名的狀態。他很心動。達西已經打入內部，建立了人脈，還能保證他們能拿下頭版，讓這件案子的報導盡可能轟動。但是另一部分的馬汀仍是提防、頗不自在。達西依然是混亂食堂的成員，麥斯也仍在另一個世界。到頭來，一切取決於信任。他信任達西嗎？馬汀轉過頭，看向身後的吧檯，女服務生堅定不移地持續忽略他。他又待了一會兒，想著那瓶酒是不是真的有看起來那麼好。他想到麥斯投向了威靈頓．史密斯，其實對他來說只要知道這一點就夠了。就這樣吧，就給威靈頓·史密斯和《本月》雜誌了。他起身離開，沒人發現。酒吧外，賣《大誌》的女人已經離開，太陽也下山，至少風沒繼續吹了。

第二十七章

雪梨呈現一片冬裝的黑；夏服的色彩已經完全消失，彷彿都與樟腦丸一起放進了櫃子，只偶爾拿出來通通風，在春天來臨前都不會認真穿過。至少不是現在。夜晚降臨，上班族快步走過，急著回家。迪克森街看起來有些破舊，樹都沒了葉子，沒有哪片拖拖磨磨，街上沒有遊客，餐廳的霓虹燈招牌只能算花俏，毫無歡快的氣息。疫情已經消退，但中國城還沒恢復活力。一位街頭藝人站在柯芬園酒吧那一頭的街角，英勇地想要吸引路人注意，至少有個一、兩塊錢也好，但卻因為缺乏才華、吉他斷了一條弦以及路人普遍不耐煩而挫折。

蔓蒂在同一間中菜餐館裡找到了莫銳斯．蒙特斐爾。就是她離開澤妲．佛肖的俘虜之後，他帶她去的那間。餐廳在薩塞克斯街上，不在一樓，而在樓上。警探坐在同樣的角落，顯然也點了同樣的菜，不過這次身旁坐的是伊凡．路奇。馬汀說過蒙特斐爾有老婆小孩，他手上也確實帶著結婚戒指，但那就是唯一的證據了。感覺起來，他比較像是娶了自己的工作，全年無休陪伴在旁，把西裝當成皮膚穿，吞食味精和追捕殺人凶手成癮。她朝他們那桌走去。蒙特斐爾至少欣然地認真看著她，路奇就只是隨便瞥了一瞥。

「請坐。」蒙特斐爾說。雖然他只是出於禮貌，話中卻帶有一絲同情。不過即使坐了下來，她也不覺得自在或放鬆。「妳吃了嗎？」警探指著桌上的菜問道。

「沒關係，謝謝。我晚點再和馬汀去吃就好了。」

「了解。」蒙特斐爾說。「所以妳想要給我什麼？妳說是影片？」

「對。」她點開自己的手機，叫出影片，調成全螢幕。「就是這個。」她遞出手機，相信影片不說自明。蒙特斐爾看的時候，她直盯著他的眼睛，為接下來一定會提出的一連串問題預備。

蒙特斐爾只看了一下，足夠讓他了解大意，然後就把手機交給路奇。「上面顯示的日期。」蒙特斐爾對她說。「妳相信那是準確的嗎？」

「相信。那是塔昆．默洛伊生前最後一天的畫面。地點在墨利森的交易大廳。」她說。

「嗯，我們已經有了。」路奇不以為意地說。

「什麼？怎麼拿到的？」蔓蒂對著路奇問道，並注意到蒙特斐爾正看著她，研究她的反應。

路奇聳了聳肩，不像在回答她的問題，而是在和上司報告。「影片是最初負責默洛伊竊盜案的調查小組找到的。在影片裡，默洛伊走到蔓德蕾在交易大廳的辦公桌，把一個隨身碟插進原本應該要停用的電腦插槽，導入能讓他轉帳幾百萬元的軟體，然後離開。」

蔓蒂覺得無法置信。「所以你們當年就知道有他在場？我說亨利．力芬史東？」

蒙特斐爾看了路奇一眼，然後又轉回來看著她。「什麼意思？」他嘴裡塞滿麵條，聲音模模糊糊，不過眉頭正表達著他的不悅。路奇一臉茫然。

蔓蒂填補了那片空白：「影片最後面，塔昆進電梯。就在影片切斷以前，有個男人也進了電梯，那是亨利．力芬史東。」

蒙特斐爾轉頭看向路奇，後者正在重看影片。「媽的。老大，她說得對。」年輕人說完後便把手機交還給蒙特斐爾。

資深警探檢視著影片，沉默了片刻，然後才給出結論。「那些笨蛋，他們漏掉了。」

「我猜他們根本不知道要找。」路奇說。「他們只注意默洛伊，心裡想的全是被偷走的錢。力芬史東就只是某個穿西裝的男人，整個交易大廳都是這樣的人。如果他們不知道要找，那看了也看不到。」

蒙特斐爾指示下屬：「好，你叫技術人員看一下影片，看他們能不能強化那個畫面——過了五年，現在的科技一定比較好吧？然後聯絡墨利森，看他們還有沒有那天的其他片段。我猜他們把所有拍到默洛伊的片段都交出來了，但也許還有其他片段拍到了力芬史東。我要知道他與誰碰過面、與誰說過話——還有他到底怎麼進入銀行的管制區域。」

「我會親自去拿。今天晚上打電話，明天一大早就過去。」路奇回答。

蒙特斐爾點點頭，然後把注意力轉回到蔓蒂。「妳從哪裡拿到的？」

「當初與我同時間在墨利森工作的同事。」

「不是警方給妳的？」

「不是，我根本不認識任何警察。」她說。

她預期他會要求供出影片來源，但警探的思緒已經到其他地方了。「馬汀目前在調查這支影片嗎？打算寫成另一本犯罪紀實暢銷八點檔？」

「我覺得他比較在意麥斯．富勒和伊莉莎白．托貝的命案。」她把話丟了回去。「麥斯就像他父親一樣，馬汀覺得必須為他查清楚。」

蒙特斐爾心不在焉地看了她好一會兒，然後把頭埋進手中，筷子和食物都已被忘在一旁。他維持那個姿勢一段時間，才對她說：「聽著，蔓德蕾。蔓蒂。妳幫了我們，幫了我們一個很大的忙。我們之前沒注意到力芬史東也被拍到了。但是，妳聽好，我很認真：這個案子很危險。力芬史東與斯比提是心理變態，他們殺過人，手段非常殘忍。如果妳出了事，馬汀永遠不會原諒他自己。」

「這是威脅嗎？」

蒙特斐爾大笑起來，真正的笑聲，從肚子發力的那種大笑。路奇不敢置信地搖著頭。「不是。」資深警探說。「不是，我不是在威脅妳。剛好相反，我是想救妳一命。」

第二十八章

計程車開到帕丁頓的川沛公園附近，馬汀在一座寬大的露臺外下車：那是一棟現代風格的房子，座落在一整排十九世紀的房舍之中，只盡了最低限度的努力去配合周圍鄰居的外觀，以獲得市議會的建築批准。這條街上綠樹夾道，寧靜的氣息與公園北邊的忙碌背景音形成對比，新南岬路在彼處的山脊上蔓延。蝙蝠無聲穿過發著微光的灰色夜空。他打開屋外的大柵門，跨上兩級階梯來到狹窄的水泥門廊。屋子大門被保護在上鎖的防盜鐵門後方，無法觸及。一盞泛光燈亮起，一架攝影機正俯視著他。馬汀面前有個自帶鏡頭的對講機，他按了門鈴，報上身分。一位女僕打開屋子大門，再打開防盜門，將馬汀引進屋內。不對，不是女僕，制服不太一樣。她別在胸上的錶透露了身分：她是護理師。除了那身制服之外，她臉上還掛著滿滿無趣的神情，彷彿對她來說應門是多麼卑微的工作。

「他在裡面，在客廳裡。」她指了指方向，但沒有要帶路的意思，逕自走入屋內。

新南威爾斯州土地與環境法院的克拉倫斯・歐圖法官癱坐在扶手椅上，看起來跟照片中的他完全不同。在Google上，他精力充沛、臉色紅潤，像是有著劊子手凶狠眼神的聖誕老人；而現實中的他蒼白黯淡，皮膚黃得像羊皮紙。他的手臂上插著導管，而且馬汀可以從男人敞開的袍子下瞥見他胸前還有另一條管子。

「我快死了。」或許是注意到馬汀的眼色，歐圖如此說道。他以此代替打招呼，無意起身。「胰臟癌。」

「很遺憾。」

「我也對自己感到遺憾。請坐吧。」他的聲音低沉宏亮，是習慣被人服從、受人重視的聲音。這嗓音還沒跟上主人已然悲慘的現況。

馬汀找了個位子，迅速瞄了瞄四周。房間老舊，感覺有些陳腐，彷彿也生了重病。其中一面牆上掛著風格過時的油畫：兩個男孩抱著一隻拉不拉多。這裡曾是一個家，不過馬汀猜測現在只是歐圖唯一的保護區。像是博物館，或者陵墓。「什麼時候的事？」

「什麼時候發現嗎？大概一個月前。什麼時候會死呢？撐不到夏天了。沒機會假釋，也沒機會被特赦，上訴的次數也全都用完了。」歐圖虛弱地笑了一下，不過馬汀懷疑就連這個笑話也要變得老套。「但是啊，從某種層面來說，死亡也是一種自由。」

「怎麼說？」

「很多事我已經不用在乎了。」

「原來如此。」馬汀想著，不知道這時的法官大人吃了哪些藥。法官露出邪惡的微笑。「我不用再擔心後果了。」

「什麼事的後果？」

「比方說接受記者訪問。」歐圖大笑起來，彷彿在笑自己處境的荒謬。

「嗯。」馬汀決定不要浪費法官的時間。「我可以請問您關於混亂食堂的事嗎？」

「啊，混亂食堂，原來這就是你這麼晚來這裡的原因。我還在想，為什麼像你這樣年輕有為的記者會想來找我，就是為了混亂食堂，是嗎？」

「是的。您可以和我談談這個組織嗎？」

「我在那裡遇過這輩子最難吃的食物、最差勁的吃飯對象，也喝過最好的葡萄酒。如果問我的話，我可以單單為了酒再加入一次。」此時法官突然像對自己的俏皮話厭倦似的，開始變得真誠起來。「你想知道什麼呢，史卡斯頓先生？」

「我有個很好的朋友叫麥斯・富勒，我相信他之前與伊莉莎白・托貝一起調查食堂。」

「啊，莉莎。」他的語氣裡帶著喜愛。「莉莎啊莉莎。你應該要認識年輕時的她，燦爛耀眼，大美人一個。」他停頓了一下，彷彿在回憶。「而且非常好強。莉莎這個人是不受限的，不喜歡別人告訴她什麼能做、什麼不能做。」他再次停頓。「我們是法學院的同學。當然了，她從來不想和我這樣的人有太多接觸；她的天空裡已經有太多更耀眼的星星了。但是儘管如此，我們還是成了朋友。」他露出一種正在作白日夢的表情，眼神迷茫。馬汀再次懷疑他服用的藥物效果可能太過強烈。「某天晚上，我們在藍山上面裸泳，我還以為自己有機會，結果後來才發現她根本是另一隊的。」他的雙眼重新聚焦，馬汀可以看到藏在後頭的智慧與算計。「我今天告訴你的，應該不會在我死前公開吧？」

「我保證不會。」

法官露出微笑。「問吧。」

「請問您協助過麥斯與伊莉莎白的調查嗎？」

「是的。」

「您是他們的資訊來源？」

「我是他們『唯一的』來源，拜託別抹滅了我的功勞。過去兩個星期，麥斯花了很多時間待在這裡，就坐在你現在的位置。他甚至有這裡的鑰匙，好讓他能在護士離開之後自己進來。他最後一次來是上星期六。」

「請問您提供了怎樣的資訊？是什麼讓伊莉莎白・托貝願意與麥斯・富勒合作？」

「嗯，首先是我惹上的那個小麻煩。」

「禁言令嗎？」

「哈，你也知道？還有誰不知道的嗎？」

馬汀不置可否。

「那你就曉得情況了。我被拍到不雅照片，身上穿著網襪和女性內衣。」法官笑著，幽默感又回來了。「我年輕時有一陣子長得還不錯，穿起來其實也滿美的。」接著他又正經了起來。馬汀已經開始習慣這種交替循環的情緒擺蕩。「有天晚上我一個人在家，心情沮喪，然後就聽到有人敲門。來的是兩個全身肌肉的高大男人，還有一個負責監督的小胖子，全都像三流電影裡那樣戴著滑雪面罩。他們把我打倒在地，接著又拉起來，往我肚子上揍，把我雙手反折到背後。小個子的傢伙用刀抵住我脖子，然後另一隻手捏緊我的睪丸。他們逼我喝了一點威士忌，喝起來甜甜的——我不確定裡面摻了什麼，應該是某種藥，沒多久我就覺得一陣嗨。比較矮的那人把刀舉到我面前，我可以看到刀子有多鋒利，隨便揮兩下就可以傷害到我。他的眼睛從面罩的洞裡發出精光，像那把刀一樣陰光森森。我看得出來他想要傷害我。他讓我選：看是被切掉一顆睪丸，或者玩扮裝遊戲。我根本沒辦法多想，不過穿女裝聽起來比另一個簡單很多，所以我就做了，還覺得自己很聰明，做了點無傷大雅的事情來拯救自己一顆蛋蛋。你應該懂吧：它們兩個畢竟跟了我這麼長時間，大家已經有感情了。總之那些人把我脫光，我穿上他們帶來的女性內衣，性感的那種。他們要我擺姿勢拍照，然後哈哈大笑，好像那是世界上最好笑的笑話。藥效發揮，我也笑了。之後他們就離開了。臨走前，小個子的男人說：『我們再聯絡。』」

「您知道他們為什麼要這樣對你嗎？」

「噢，我知道。事情發生的隔週，我在法院的辦公室收到一封電子郵件，附上那些照片，信裡寫著：『你知道該怎麼做。』嗯，我的確知道，那就是拒絕屈服於這種公然威脅勒索。於是我就把那些照片拿給其他法官看。」歐圖法官再次發出低沉的咯咯笑聲。「他們的反應挺有趣的。你知道嗎，照片裡的我穿著網襪和吊襪帶，但是看起來完全沒有受到脅迫，反而對著鏡頭笑，好像很樂在其中。我有的同事覺得丟臉，有的覺得有趣，我覺得有一、兩個人因此對我肅然起敬，至少有一個人自己也喜歡扮裝，還以為他找到了同路人。雖然這些人反應不一，不過在一件事情上倒是都很槍口一致：他們全都決心要保護司法的完整與獨立，抵抗這種黑函勒索。於是法院院長親自發了禁言令。」

「這是什麼時候的事？」

「大概一個月或六個星期前。」

「那就是跟您確診的時間差不多囉？」

「剛好在那之前。」

「所以整件事是為了什麼？他們想要您做什麼？」馬汀說。

「他們想影響我手上一樁案子的判決，一件規模很龐大的開發申請。但我不願屈從，這次不行。院長發下禁言令後，我覺得事情應該會就此結束，不過還是在家裡裝了最先進的安全系統，以防那些流氓又跑回來。」

「不過您應該知道禁言令的效果有限，沒辦法阻止大家嚼舌根八卦吧？」

「當然，這就是我們的目的。」他露出一種逗弄的笑容，雙眼發出調皮的神采。馬汀突然意識到法官很享受這樣一來一往的對話。「大家應該知道發生了什麼事——不是一般大眾，那些人就算了——而是指那些重要的人。他們會知道我把這件事告訴其他法官，而且得到了支持。如果對方知道同事們都站在我這邊，黑函勒索就沒用了。」

「所以成功了嗎？」

法官扮了個鬼臉，給出回答。他的嗓音帶著身為法官的力道和腔調，彷彿在講述精心斟酌完成的法律意見書。「多多少少吧，不過同時也附帶傷害。這件事讓伊莉莎白警覺到了食堂的本質。她非常聰明，這是事實，不過某種程度也很天真，相信每個人看待世界都和她一樣高尚。我猜這就是為什麼在她父親和哥哥都退出食堂之後，她卻還留下來的原因。」

「伊莉莎白發現了什麼？」

「其實也沒多少事情需要發現，應該說是意識到它們的存在。事情是這樣的——」法官停頓下來，像在整理思緒，也有可能是為了加強懸疑效果。或許是因為有人作伴，法官似乎真的很享受這場表演。畢竟講故事給記者聽，總比夜晚獨坐等死有趣太多了。

「我想你應該知道，混亂食堂是個祕密。我們大概三十名成員，每個月有一場晚餐聚會，表面上就是這樣。我和莉莎加入時很資淺，當時主導的還是創社那一代，我們只是因為各自的父親而加入。我們會坐在桌子的邊緣，邊聽邊學。但是幾年過去，成員世代更迭，我們當上了訴訟律師，然後是資深大律師，又當上了法官，同時也接下食堂的位子。我們搞懂了這個社會真正的運作方式：政治資助、裙帶關係、勢力網絡。所以，對，食堂成員的確可以只是來聚餐，忍耐那些奇異的食材、四通八達的對話，然後把那些話語都留在晚宴上，再偶爾與大家一起做做善事，你的確可以這樣。但這不是我們加入的真正原因，大家心知肚明，這不是食堂的目的。」

馬汀沒插話，法官的情緒正高昂，就讓他繼續說下去。

「別的不說，混亂食堂至少就是個情報中心，而且不只是每個月聚餐，我們會持續交流，告訴彼此一些不應該外流的資訊。假設我想知道工黨或自由黨的黨團會議上發生了什麼事，我們之中的政客會開誠布公地告訴我。我很確定他們每天都會把這些事情告訴食堂的其他人，不論黨派。你可以想像這多有用。股票經紀人或是商人則會說出企業交易的內幕，讓其他成員有機會優先投資，從中獲利。我想你也知道那是違法的吧。」

「法官們呢？」馬汀問道。

歐圖法官聽了這個問題，自顧自地笑了起來。「我們也會交換資訊，有時候拐個彎繞過法律，有時候繞過條文。但我們做的不只是這樣。除了交流資訊之外，我們也會互相幫助。都是很小的事情，微不足道的人情。某個成員朋友的兒子想在法院實習一個學期——沒問題，又不犯法，這種事常有。某個成員的女兒學校成績不怎麼樣，但是她想到大城市的律師事務所工作——沒問題，我們做得到。有成員想要在開庭之前先知道某件案子的機密資訊——可以安排。這些事情有各種可能：有的成員會曲解規則，有的無視規則，有的則打破規則，並因為壞了規則高興不已。這樣你聽得懂吧？」

「我想應該懂。」馬汀說。「不過我聽說的是，食堂成員的確有義務，在可行的情況下協助彼此，但是必須合法。」

法官大笑起來，結結實實的捧腹大笑。「別相信那種話，孩子。不用懷疑，我們都犯過法，而且沒受到任何懲罰。我自己就做過。」法官停頓下來，然後決定為自己的斷言加上但書。「不過我要說，雖然我覺得是少數，但還是有些成員的確沒有做過任何違法的事。伊莉莎白．托貝就是這樣的人。她像是圓桌會議上的加拉哈德，眼裡只看得到桌上人們的閃亮盔甲和澳大利亞勳章，彷彿我們是現代的王國騎士團，卻沒注意到其中有些小偷和惡棍。」他再次停頓，彷彿即將宣判。「在我看來，我加入的這三十多年裡，我們變得愈來愈習慣這種犯罪，彷彿那是種常態。今天的混亂食堂和過去不同了：慈善愈來愈少，利己愈來愈多。不過可以肯定的是，如果你之後有辦法發表這些事情，等你發表時，慈善的那部分肯定會在報紙上大書特書。只要用媒體管理的手段和諧一下，在大眾面前，我們看起來就會像是受害者。」又是一記不帶笑意的哼聲。馬汀試圖插話，不過法官舉起一隻手表示肅靜，彷彿他正坐在法官席發出命令，馬汀便繼續保持沉默。

「我想說的是，我們其實一直都處在一道滑溜溜的斜坡上，本來就注定愈來愈為所欲為。但是這個過程大概從六年前開始急速推進，我相信這是因為我們被一個真正的罪犯滲透了，一個叫哈利・史維瓦特的男人。」馬汀的警鈴大作：史維瓦特——蔓蒂提過他。法官似乎沒注意到他的反應。「你聽過這個人嗎？」

「是的，我聽過。」馬汀說。

「嗯，那你是少數聽過他的人之一。你有沒有調查過他是誰？做什麼的？有過什麼經歷？」

「我知道他是墨利森投資銀行的安全負責人，不過我只知道這樣。」

「我想也是。」法官閉上眼睛一會兒，似乎皺起眉頭。馬汀想也許他正在經歷某種疼痛。他張開雙眼繼續說道，原本的和藹親切消失了。「我自己也查不到他的資料。總之，這個哈利・史維瓦特大概在六年前入會，而他是個很不一樣的人。大部分成員加入食堂——或許是所有成員——都是希望能在職涯上獲得幫助，甚至累積財富。律師想要成為高級顧問，政治人物想要當上首長，商人則想變成富豪大亨。史維瓦特是個銀行家，銀行的資深主管，但不是董事會成員，所以一定是得到了很強大的支持才有辦法入會。第一年他頗為安靜，正在熟悉情況。接下來幾年，他成了每個人的好朋友，把自己塑造成萬事通的形象，什麼事情都能幫你解決，永遠不嫌事情太大，也永遠不嫌事情太小。他像個神仙教母到處施恩，如果其他人沒有問題需要幫忙，他一樣善意十足。那時他非常友善、非常容易親近，而我是個笨蛋，就那樣接受了。」現在法官的眼神裡充滿了悔恨。

「發生了什麼事嗎？」

「不是太誇張的事，也沒有違法，他就只是替我外甥女安排了一份工作。她是個聰明的孩子，只是很任性、很容易失控，晚上都在玩，白天都在睡，嘗試各種毒品。她的童年不怎麼好過，父母離婚撕破臉，於是她交上一群遊手好閒、沒什麼長進的朋友。當時她的生活有許多小變動，如果有份正當工作能讓她離監獄遠一點，不要留下前科，也許還能讓她改邪歸正。史維瓦特不知道從哪裡聽到這件事，主動說要幫忙；我接受了，就這樣與他接上線。他在他工作的墨利森銀行替她找了個不錯的職位，當他的下屬，薪水優渥又體面。」

「您的外甥女叫什麼名字？」

「克萊芮媞．司帕克斯，她是我妹妹的孩子。」法官低下頭，彷彿想尋找片刻寧靜。「大概一年之後，她就過世了——藥物過量意外致死。」

馬汀現在想起來了，蔓蒂提過安全部門主管的死。他能在這位重病之人的眼中看見痛苦神情，不只是難過，而是悲痛。「您不覺得那是意外？」

「不覺得。」

「為什麼？有什麼原因嗎？」

「啊，現在開始說到重點了。在她過世前大約一星期，她來這裡找我。」法官停頓下來，計算著時間。「那是大概將近五年前，當時我太太還沒走，有一天克萊芮媞來找我們，大家一起在後院涼亭午餐，之後，克萊芮媞便和我聊了一下。我看得出來她在擔心什麼，整個午餐心不在焉，幾乎什麼都沒吃。她告訴我，墨利森當時發生的事讓她心煩意亂。」歐圖整理了一下思緒，繼續說道。「我聽到時其實有些訝異。那時她已經進銀行一年了，很喜歡那份工作，而且有點成就。他們給了她一個很大的頭銜：實體安全主管。在我看來就是個打雜的，但她很喜歡，那給她一種擁有責任、被信任的感覺，也讓她覺得是團隊一分子。我一直很慶幸自己將她領進了門，但突然之間她卻不高興了。」法官偷偷地四下張望，然後彎下腰，把手伸進坐墊底下，拿出一瓶隨身酒壺。「一小口就好。」他說著，然後轉開蓋子，快速灌了一口。「反正現在也傷不了我了。」他蓋上蓋子，把酒瓶塞回原位。「嗯，我剛才說到哪裡？噢對，他們發現有個年輕的律師想偷銀行的錢，而克萊芮媞被要求把那個傢伙處理掉。她覺得這個任務非常奇怪，想不通為什麼銀行不直接報警。總而言之，她的主管——也就是哈利．史維瓦特——說他們不能讓警方進入銀行調查，因為銀行有責任保護客戶隱私之類的胡說八道。總之呢，她相信他了，就找了一個對她有意思的小混混去把那個律師修理一頓，並叫對方滾蛋。給了警告之後，她覺得事情應該就這樣結束了。她雖然還是很不安，但同時也很高興，因為史維瓦特很高興，對她讚譽有加，說她現在是他們的一分子了。

「接下來她就發現，那個律師失蹤了，而且銀行裡一千萬元也跟著消失。史維瓦特勃然大怒，威脅開除她，想知道她怎麼會讓那個律師帶著錢走人。她面臨開除的危機，開始著手調查，把銀行職員找來問話。過了一陣子，史維瓦特冷靜下來，要她不用擔心，她還是團隊的一員。他們最後開除了一大票人，她保住了飯碗，可是卻起了疑心，於是開始暗中調查。」

「她查到什麼？」

「銀行的行為不太正當，包括他們的資金來源和操作方式，於是開始懷疑她的主管哈利．史維瓦特。當時她把這些事情告訴我，一個星期之後人就走了。」

「您後來怎麼處理？」

「我怎麼處理？沒怎麼處理，我就是個膽小鬼。噢，我和羅傑．馬卡泰利聊了一下，就是警察局副局長。好人一個，腦子非常精明。我把自己的疑慮告訴他，他也開始懷疑克萊芮媞可能遭人殺害，然後我也把克萊芮媞在懷疑的事告訴他，他保證會仔細徹查。但最後什麼都沒查出來。警方認定克萊芮媞自己用藥過量，驗屍官也這麼說。於是我那時候就知道，要嘛是馬卡泰利自己腐化了，要嘛是他被其他有問題的人壓制住。結局老早就被決定好，我能做的極其有限。」法官笑了一下，表情苦澀，接著又以近乎傷感的語氣，彷彿對自己喃喃自語：「你鬥不過整個市政府。」

馬卡泰利。又是這個名字。「我想，羅傑．馬卡泰利也是食堂成員？」

「當然。」

馬汀暫停一下，確定消化了法官的話後才回應：「那件事畢竟過去也快五年了，除了您的身體狀況之外，是什麼讓您選擇現在要改變態度？」

「你講得也真委婉。沒錯，主要還是因為我的身體狀況。身體變成這樣，其實跟撿到槍差不多，很多事情都不用顧慮了。」聽到法官用宏亮權威的方式說出年輕人的用語，馬汀忍不住莞爾。歐圖的態度再次從不正經轉成嚴肅：「一、兩個月前，哈利．史維瓦特來找我，希望我幫他一個忙。他特地提醒我，當年他雇用克萊芮媞也算是幫了我。」法官的呼吸濁重。「他對我這樣說。真的，他就講這種話。」又是一陣停頓，法官的情緒沸騰。「所以我就微笑，同意他說的真對。總之呢，他希望我在某件案子做出有利於食堂某位成員的判決。」

「什麼案子？」馬汀問。

「一件開發申請，我剛才提過，很大的案子。開發地點在北岸，矗立在月亮公園旁邊，規模極大，占地相當於整個巴蘭加魯區，裡面包含商店、一間飯店、幾間電影院、上千套公寓，還有一座賭場。這座城市最需要的就是這個：更多公寓與另一座賭場。這件案子一開始就沒有勝算，依照法規，申請本來就無法通過。」

「這跟您剛才所說，惹出照片勒索事件與禁言令的開發申請案，是同一個案子嗎？」

「就是那個案子。」

「史維瓦特是什麼時候來找您？事件之前或之後？」

「大約在那些事情的一個星期前。」

「讓我猜猜。」馬汀說。「天巨。」

這個答案引起了法官的注意。「非常好。你怎麼知道的？」

「我不知道，瞎猜而已。那個成員是誰？」

「一個新人，喬治．優波里斯。我一直沒跟這人太多來往。」

所以優波里斯也是食堂成員。「您後來怎麼做？」

「我拒絕了。我加入食堂是想讓職涯更進一步，不是為了自毀前程；我想要獲得一定程度的權力，不是變成別人的棋子。當然，我當下沒跟史維瓦特講這麼白。我告訴他那麼做沒有意義；如果我做出這麼離譜的判決，也會在高等法院的上訴中被推翻。史維瓦特說那不是問題，他已經與伊莉莎白談過了，她會支持他。」

馬汀有些訝異，沒預料到這種發展。「『會支持他』指的是什麼？」

「她會安排自己聽取上訴，做出有利於優波里斯與天巨的決定。」

「您是指伊莉莎白．托貝濱職了嗎？我以為您說她是聖杯騎士加拉哈德？」

「她是。只是他還不知道。」

「抱歉，我不太懂。發生了什麼事？」

「我去找伊莉莎白吃晚餐，過程彬彬有禮，彼此成熟地聊天，還喝了幾杯。我把所有的事都告訴她，全部。我很公平，而且坦白，把自己過去犯的一些錯也列出來，像是在告解。」他停下來，摸出酒瓶，再次喝下一大口。「她嚇壞了，完全不敢相信，尤其是聽到我說史維瓦特宣稱得到了她的支持。她就像加拉哈德那樣，突然意識到原來圓桌上坐的都是一群白蟻。」他清了清喉嚨，收起酒瓶。「抱歉，比喻不太好。」

「後來呢？」

「案子在那個星期開庭，很明顯我不會放任天巨胡來。我提出判決延期之後，就被拍了女性內衣照片。」法官搖著頭。「在那件事不久之後，我被判定得了癌症。我現在就是個快死的人，很多事都不在乎了。我太太死了，克萊芮媞死了，兒子們都住在國外，我也快走了，所以你說我何必要幫那個混蛋？」

「所以您把這些都告訴伊莉莎白了嗎？」

「對。」

「於是她找了麥斯合作，準備爆料。」

「類似。」

馬汀想了一下。他可以理解歐圖的行為與動機，但還是不太懂伊莉莎白．托貝在想什麼。「可是這樣有點說不太通。她是高等法院的法官，還是最高法院法官的女兒，沒人比她更熟雪梨的權力集團了，為什麼還需要與麥斯合作呢？我聽說她很看不起記者。」

這時歐圖表情嚴肅，緩慢地點著頭。「你觀察得很好，的確是這樣。雪梨也許腐化了，但還沒壞到那種地步，這座城市還是有很多光榮、正直且潔身自愛的人：法官、政治人物、警察。」

「為什麼不去找這些人？」

「還不明顯嗎？因為史維瓦特有她的把柄。」

「您知道是什麼嗎？」

「不知道。」

「如果知道的話，您願意告訴我嗎？」

「看情況。」

馬汀皺起眉頭。「我還是聽不太懂。」

「噢，我想你應該懂，只是不想承認。」

「能告訴我嗎？」

「她去找了她先生的妹夫，麥斯·富勒，報社的前編輯。坦白說，伊莉莎白不喜歡這個人，覺得他是個扒糞的，還是個社會主義者，但她看出他能有什麼用。她拿出證據，讓富勒知道他失去晨鋒報編輯的職位，其實是食堂的精心計畫。你的朋友上鉤了。當然了，怎麼能不上鉤呢？她提供了一條大新聞，能讓他優秀的職業生涯有相稱的收場，辯護自己的清白，向那些壞了他編輯生涯的人罵幾句髒話。」

馬汀在座位上扭動著，心底的不安逐漸蔓延，開始聽懂了。

歐圖冷笑了一下，繼續說道：「麥斯·富勒與伊莉莎白開始寫新聞，打算公開混亂食堂，不過大多聚焦在史維瓦特的行為。依照我的理解，她想將食堂定位成大致上清白良善，是不幸被職業罪犯滲透的美食社交社團。你知道，到了這個時候，某些成員開始聽到禁言令的傳聞，自己拼湊出發生了什麼事，於是也開始懷疑起他們心目中的萬事通先生其實沒那麼熱心。你應該想像得到我有多享受那種狀況。當時我知道自己生病了，就開始把事情告訴其他人，讓情況再惡化一點。」法官深呼吸。「當時機成熟，伊莉莎白寄了一封匿名電子郵件給史維瓦特，信中貼了一大段爆料文章的摘錄。那封信無法追蹤，摘錄的文字也經過編輯，讓人看不出誰寫的，不過史維瓦特會知道伊莉莎白就是作者，而麥斯．富勒有門路可以發表文章。當時史維瓦特的地位已經被我的禁言令事件動搖。而伊莉莎白說得很清楚：要他安安分分，否則文章就會見報，並要求史維瓦特退出食堂，否則就等著被我們處刑。我們那時確信他逾矩了，而我們會讓他知道自己有多少分量。」

「她是用曝光食堂來威脅史維瓦特？」

「對，核彈級的手段，敵我雙亡。」

「他真的有因此受到壓力嗎？」

「我認為有。那封信幾天之後，她與麥斯．富勒就被殺了，兩個人都被穿上女性內衣，清楚地告訴我和食堂的其他人：閉上嘴，否則就會落得同樣下場。」

馬汀簡直不敢相信。「但這就不叫核彈了，而是末日。其他成員想必不會屈服於這種壓迫吧？誰知道他還會做出什麼事情。」

法官對此哼了一聲。「你當然會希望他們這麼想，也許他們最終會起身反抗。但是我問你一件事：莉莎與麥斯．富勒的命案調查現在進度如何？到底是調查真的陷入了僵局，還是警方仍在假裝那只是自殺，就像當年他們宣稱是克萊芮媞不小心用藥過量死亡一樣？」

馬汀接受了這個論點；法官很清楚自己在說什麼。兩人沉默下來，馬汀不禁懷疑達西到底知道多少。但現在他暫且相信歐圖的說法。「我們往回倒退一些：您剛才的意思是，伊莉莎白．托貝其實無意公開文章，只是想藉此擺脫史維瓦特？」

「沒錯。就像我所說的，真的照威脅所說發表文章，會是核彈級的手段：不只摧毀史維瓦特，也很有可能毀掉伊莉莎白，並把食堂與好幾個成員拖下水。所以，對，那是個從來就沒有執行意圖的威脅。我很抱歉，史卡斯頓先生，但這是一場高風險的遊戲，伊莉莎白需要把富勒的名字掛在文章上，以此表明那不只是個空包彈。」

「那是她的動機。但為什麼麥斯會同意報導呢？」

「高等法院先發布一道禁制令，接著追加禁言令，然後先發制人地發出誹謗案傳票，讓董事會擔心造成財務影響，最後食堂成員出手施壓，並和藹可親地給予建議。原先的劇本是這樣。」

「我覺得她可能低估麥斯了。」馬汀想到他這位導師花了那麼多時間訪問歐圖。既然已經有了伊莉莎白與她所知道的大量資訊，為什麼還要這麼做呢？重複求證嗎？**只要找得到兩個消息來源，就不要單信一方之言**。難道他其實不完全信任伊莉莎白？他是不是已在懷疑她並非真的想發表文章？

「你很忠誠。」法官的話把馬汀拉回了現實。「但是他已經死了，而報導還是沒有發表。」歐圖再一次改變語氣，充滿了同情心。「不管伊莉莎白怎麼想，我其實滿喜歡他那個人的，他對真相有種執著的追求。一般來說律師就不是這樣：我們只會追求比較好的論點，並依此獲得獎勵。」

「您說他上個星期六有來，你們談了些什麼？」

「他來告訴我默洛伊的遺體被找到了。他很興奮，說警方就沒辦法忽視這樁謀殺案。他說這件事甚至可能透露出克萊芮媞命案的真相。」

「他對克萊芮媞的案子有興趣嗎？」

「沒有，是我。那是我們的合作條件之一：我會告訴他所有關於食堂的事，而他得試著查出克萊芮媞發生了什麼事。」

「他有說什麼嗎？」

「默洛伊有個同謀，是一個叫澤妲·佛肖的女人，他聽說克萊芮娗死的時候，那個女人在場。」

「他想要找到澤妲？」

「沒有，但我想。麥斯對哈利·史維瓦特比較有興趣。」

馬汀仔細想了一下。「您懷疑史維瓦特殺了麥斯與伊莉莎白·托貝，是嗎？」

「他確實有動機，不過可能很多人都有。」

「與其把這件事告訴我，您不是應該告訴警方嗎？」

「警方？你太讓我失望了，史卡斯頓先生。警方非常了解這些事。事實上，他們甚至希望自己別知道那麼多。我確保他們知道了每個細節。我的照片和命案現場的關聯顯而易見，但他們就是不敢來問我話。警方對此無能為力。我很清楚，現在調查之所以有任何進度，都是因為富勒的太太、伊莉莎白的先生還有老托貝爵士在施壓，但他們要對抗食堂的影響力？我實在沒辦法說有多大勝算。哈利·史維瓦特最終可能還是會逃過正義的制裁。」

「這就是您告訴我這些事的原因嗎？」

「對，我想要你抓到史維瓦特。不要讓步，不要威脅，不要強逼，也不要私下和解什麼的，別讓他有機會再從暗處爬回來，那些伊莉莎白都試過了。」此刻，法官語氣中的平穩與自制終於被某種發自內心的東西所取代。「我要你毀了他——把他吊起來，東拉西扯、五馬分屍，然後把他的頭用矛插著，掛在城牆上。我要你每天都用不同方法把他幹得死去活來。如果這會把食堂一起拖下水，那也是我們必須付出的代價。」

法官的憤怒讓馬汀一時無語，過了一會兒才問道：「您確定要這麼做嗎？那您的聲譽呢？」

「我的名聲，伊莉莎白的名聲，麥斯·富勒的名聲，都在你手裡了。但是切記不要拖延。一旦文章發布，你應該就安全了。不管文章裡罵得多惡劣，史維瓦特都絕對不會提告。他會用盡一切辦法避免公開出庭，因為在法庭上，他的過去、他的性格和他的所作所為都會受到質問。」法官從酒瓶裡又喝了一小口，彷彿是在控制自己生命力的每日配給。「有則新聞在這裡等著你，史卡斯頓先生，一則獨家，也許是有史以來最龐大的新聞。你的朋友麥斯．富勒死了，這是你為他復仇的機會。你想要怎麼做都可以。」法官讓這些話慢慢進入馬汀腦中，然後緩慢地想要起身，他因為用力而臉部抽搐，但失敗了。他又試了一次，這次成功了。他四處張望房內，彷彿房裡突然變得陌生。「我得走了，快要掛點不代表我不用拉屎。之後如果不是特別必要，請不要和我聯絡。」

「當然。」

「還有一件非常重要的事。這給你。」法官從袍子口袋拿出一張名片給馬汀。「好好收在安全的地方。」

「這是什麼？」馬汀仔細看著名片。

「那是個網站，附上了帳戶名稱與密碼。」

「這是保全公司。」

「對。這間屋子現在布滿了閉路監視器。」歐圖用下巴指了指房裡的某個角落。馬汀轉頭，但什麼都沒看到，不過法官還是繼續說道：「光纖攝影機，錄下的影像會全部傳到那個網站，你可以查看至少過去四十八小時內的畫面。」

「為什麼我會需要看？」

「不是現在，而是如果我出事的話——要是我發生不幸的話。」法官笑著說。「警方說他們沒找到我給麥斯．富勒的鑰匙。」

馬汀看著他。「換鎖。」

「可能太晚了。很多事情都太晚了。」歐圖目光堅定地看著馬汀。「我在今天稍早給出了我的最後判決——阻止了天巨的開發案。」他又從酒瓶裡喝了一口。「現在他們沒理由讓我繼續活著了。」

第二十九章

妳應該要慶祝才對；一部分的她這樣對自己說。她向警方通報了一則重要資訊，搞不好還是關鍵證據：塔昆·默洛伊被槍殺的那一天，亨利·力芬史東與那位臥底警察一起進了電梯。她現在應該要在市區，把這個消息告訴馬汀，為他送上這份獨家新聞：原來證據一直都在警方手裡，只是他們沒發現。為什麼她沒這麼做呢？相反地，她卻坐上一列火車，目的地未知。列車開往郊區，向西。她很快就得下車，也許是在雪梨近郊的某個地方，更遠一點也許到彭里斯，或者是藍山，然後她就得下車，搭上另一輛開回市中心的列車。但不是現在；現在她覺得一陣空虛，太多情緒消耗。

她必須把警方那邊的事告訴馬汀，她知道自己得這麼做。他是個記者，她沒辦法讓他發布錯誤的報導。他不能把那段影片視為戲劇化出現的新證據，因為事實不是如此；這麼多年來，影片一直在警方手裡。他以前就做過這種事——刊出錯誤或者只有部分正確的報導——並為失誤付出了代價。可是她不想面對他，還沒辦法，於是她改用比較省事的方式，傳了簡訊：「**警方當年就找到影片了，但是蒙沒發現進電梯的是力！**」好了，任務完成。

烏龜耍了她，讓她在兩名凶案組警探面前像個笨蛋。他一定早就知道警方有影片了，五年前就是他把影片交出去。他給出的東西居然有用，完全只是運氣。他像對小孩那樣把她耍得團團轉，而她還真的掉進了陷阱；他什麼都沒給，就得到了她承諾保護作為回報。而且即使是現在這種情況，他要公開影片的威脅也是真的。光是想到這點就讓她噁心。

於是她搭上夜間列車，旅客湧入車內，此時上班族都已經到家，只剩下班後醉醺醺的醉鬼、無家可歸的流浪者與輪班的人。在天花板某個角落，她瞥見那顆愛打小報告的黑色半圓形監視器，彷彿上下顛倒的雪花球。她偏過頭看向窗外，並舉手遮臉，擋住窗戶上反射的車內燈光。列車急速前行，經過許多高樓建築，窗格彷彿人生的棋盤；列車經過建築工地，工程在泛光燈下繼續進行；列車掠過擠滿車流的交叉路口。這座城市從山海間的盆地溢出，無止盡擴展、蔓延，幾百萬人，幾百萬種掙扎。

自己一意孤行，跑去玩那麼危險的遊戲，她到底在想什麼？馬汀當記者二十年了，在世界各地追過新聞，經歷無數地獄，與各種專橫的統治者交手。他懂這種遊戲怎麼玩，規則、風險、倫理道德。然而，她卻選擇在烏龜的賭桌坐下，用他控制的牌進行遊戲，然後輸了。烏龜達成目的，讓蔓蒂保證閉嘴。她懂他的意思：他要繼續躲在暗處，躲過警方的訊問。但是，如果他知道警方手上已經有這段影片，為什麼還要把影片給她呢？為了展現他的能耐，炫耀他的攝影機軍團嗎？還是想要她向警方指認亨利．力芬史東？有這種可能嗎？把警方的調查推回正軌，讓他們不再只是注意他與墨利森？她想破頭也想不起來他們曾在對話中提過力芬史東。雖然沒提過，但他卻注意到她對默洛伊電梯中的那名男子很感興趣，是這樣嗎？

她好想把這些都告訴馬汀。當她向他坦承自己曾幫塔昆背下英數字密碼時，她感到一陣解脫。說出那件事只可能傷到她自己，對其他人都沒有影響，但是性愛影片不一樣。她知道這沒什麼好丟臉的，她懂，她沒有做錯什麼，馬汀也會理解，她沒辦法忍受的是這會影響到連恩——在未來的某一天，他可能會看到影片，聽到他媽媽被腐敗的警察玩弄之後拋棄，發現她只是對方偷錢大計中用完就丟的工具。她可以想像兒子坐在校車上，背負著母親的醜聞，遭受嘲笑。她必須保護他才對。她必須守好祕密。

這時她突然醒悟了，彷彿收到一則陰暗、討厭的啟示：她不只與烏龜做了交易，也包括過去，她決定起身對抗的那個過去。過去追捕著她，將她趕到角落，然後她便妥協了，同意沉默，同意將它區隔開來。她還有什麼選擇呢？她放下手，看到自己在窗上的倒影，玻璃上的裂縫扭曲了她的臉，照映出變形的她，被車廂裡閃爍的綠燈照亮。她盯著自己空洞的眼睛。她得把過去留在過去。

火車放慢速度，駛入史特斯菲爾站，車輪發出刺耳聲音，車輪沒有對齊鐵軌，鐵軌之間也沒有對齊平行。很多乘客下車，寥寥幾人上車，無人交談，似乎都被自己的手機迷住了。月臺上有著成排的廣告看板，賭場、預售屋、現金融資，寫著各種誘惑的標語，未來永遠那麼光明。還有那些模特兒，全都美貌得極其壯觀，年輕且無憂無慮，有著處理過的美肌、修過圖的牙齒，眼神散發自信光采。她的視線飄向睡在廣告看板下方長椅上的老人們，瑟縮在寒冷之中。那才是真正的雪梨。火車慢慢駛離，老人們頭也不抬。

十五分鐘後，火車尖叫著駛進帕拉馬塔站，輪子像臨終的動物般哀號。列車在呼吸，更多乘客在嘈雜的夜色中上下車。有個女人上了車，穿著時髦西裝，手機壓在耳邊，一位事業有成的女性，職場的女強人。這讓蔓蒂想到潘姆，想到她的事業、她的自尊自重、她的同理心，以及處事原則。蔓蒂曾經同情過她。那是當年的事了，那時蔓蒂的世界還燦爛輝煌，在塔昆的承諾之下顯得耀眼，那時的蔓蒂在自己想像的廣告看板上兀自散發著光芒，而潘姆只是她的觀眾之一，只是下方月臺的一名旅客。她到底怎麼有資格去可憐潘姆？那個潘姆，大學畢業取得學位，以優異成績進入墨利森，又靠著自己的能力與努力爭取到晉升機會，善良又有愛心。多虧當年飛黃騰達的未婚夫塔昆，蔓蒂竟然也自覺高人一等。但那些都不是她自己努力得來的，都只是濾鏡與修圖，她的存在其實空泛不已。遇見塔昆之前，她窮困潦倒，離毒蟲只有一步之遙，絕望而無助，只與貝斯手比利一起漂浮在雪梨這座池塘裡。後來塔昆拉了她一把，彷彿上演現代版《賣花女》，他替她安排工作，也安排她的生活。但那就是齣戲而已：塔昆是演員，是專業的冒牌貨。天啊，她怎麼敢輕視潘姆？

「妳還好嗎？」那名商場女強人站在她旁邊問。

「什麼？」蔓蒂嘴裡這麼回答，不過已經伸手摸到臉上一片溼潤。

「需要幫妳打電話給誰嗎？」

「沒關係，我沒事。」

「妳確定嗎？妳有地方住嗎？」

蔓蒂露出笑容。「沒事。我有錢，也訂了飯店，就只是難過而已。」

女人回以笑容。「那就好。」她抬起頭，列車開始放慢速度。「我要下車了。妳保重。」

蔓蒂看著女人下車，接著，在最後一刻，她匆匆把自己從椅子上拉起來。該是跨向鐵軌另一邊的時候了，她該踏上回程，重新回到事件之中。她想到那個女人，那個女人關心他人的感受。她想到潘姆。該是起身反抗的時候了，是時候給予自己應有的尊重。

＊　＊　＊

他走著，穿過空蕩的大街，空氣靜止而緊繃，街燈輸給了蠶食鯨吞的夜色。他穿過海德公園，小小的燈串在樹上閃爍，為樹下那些煙嗨上癮、語無倫次的毒蟲創造出一片夢幻仙境。他的調查有了進展，真正的進展。克拉倫斯．歐圖將一條超大的新聞交到他手上，關於謀殺命案、腐化的權力者與陰謀集團。他無法坐視，沒辦法閃避，必須寫下來才行。歐圖法官提供了如此大量的資訊，很難全部吸收。不過最重要的是，他把兩起命案連起來了：麥斯與伊莉莎白的命案，會連到他們對混亂食堂的調查，然後混亂食堂又再連到墨利森銀行以及塔昆・默洛伊之死，並且通向天巨、喬治・優波里斯，以及最重要的：哈利・史維瓦特。他可以感覺到新聞就在那裡，幾乎可以聞到那股氣味，但是這一次，他沒有感到任何一絲興奮或刺激。

他想到麥斯。讓他賠上性命的不是什麼偉大的獨家新聞，不是水門案，不是巴拿馬文件，也不是月光之州[1]，都不是，他只是被玩了。他被伊莉莎白・托貝擺了一道，當成她智取哈利・史維瓦特計畫中的棋子。那是為所欲為的菁英分子之間的口角，腐敗而草率。

一部分的馬汀不想回飯店，不想面對蔓蒂，不想解釋那個他如此崇拜、造就他一生、彷彿第二個父親的男人如何被羞辱至此。但另一部分的他不是這麼想：他想飛奔到她身邊，在她的懷中大哭，讓她給予安慰。說真的，那樣又有什麼不對？他們兩個是一起的，不是嗎？不只是在這次的調查與事件中，而是這輩子，不只是躲在銀港時的輕鬆日子，也包括當外界傳來不快消息的難熬時刻，對吧？

他應該把事情告訴她，他知道應該這麼做。但是，可憐的麥斯，死在自己家裡的地板上，還遭到褻瀆。馬汀怎麼有辦法寫出真相呢？那等於是把人生導師的名聲敲個粉碎，告訴全世界他其實死得一點價值都沒有。他真的有辦法告訴伊琳・富勒，她丈夫是個上當的傻子嗎？或者，他真的有辦法向班傑明解釋他太太根本不是什麼加拉哈德嗎？他有辦法告訴托貝爵士，他女兒只是另一個狡猾精明的幕後黑手嗎？當老人坐在凸窗邊的扶手椅上讀馬汀的報導時，會作何感想？老人又會如何看待自己一輩子以來的所有付出？

馬汀知道自己不必那樣去寫這則報導。他可以把麥斯寫成受害者，就是個普普通通的受害者，然後將伊莉莎白的背叛掩蓋起來。其實很簡單。他在之前的書裡就這樣做過，成就了旱溪鎮和銀港命案及其背後真相的權威版本。這不就是他之前所學到的重大教訓嗎？應該要有同情心，放過那些無辜的人。

但他覺得這次不一樣。這一次他要寫的是混亂食堂，關於政治資助與裙帶關係，關於給予人情與虧欠人情。的確，克拉倫斯·歐圖走後門幫外甥女找工作，達西·德佛為了追求更大的新聞而對小罪小惡視而不見，可是他有什麼資格譴責他們？他不也像達西一樣，自詡為守門人，選擇饒過一些人而譴責另一些。就只是這樣嗎？他之所以選擇所謂的客觀——就只是因為這種偽善嗎？還是有別的原因？過去他放過某些人，沒把他們完全攤在眾目睽睽之下，不過這次他放過的不只是他們，還包括他自己。他的動機到底是出於對他們的同情，或是對自己的？

不過，他自知沒辦法放著這則新聞不管。他不寫，別人也會寫。比方說道格·桑寇頓，以有限的悟性與小報般的敏銳度，過度仰賴伊琳·富勒一方；又或者達西，算盡心機去選擇要報導什麼又不報導什麼。還是他自己動筆吧，好過落入其他人手裡。混亂食堂的所有墮落都必須公諸於世。托貝爵士是對的，膿包得被刺破，裡頭的髒東西得清掉。馬汀意識到這之中沒有多少輕描淡寫的空間：他必須寫下完整的故事。這是他該為社會大眾做的，也該為所有受害者做的。他想起一件關於麥斯的往事。當年自己糾結著不知該如何切入旱溪鎮的故事，不知道該用什麼角度去寫內陸灌木荒野間的糟糕事情；而麥斯堅決地告訴他：「保護好你的消息來源，除此之外的一切都寫進去。只要有新聞價值，大眾就有知道的權利。我們不是來扮演上帝的。」

馬汀現在了解麥斯為什麼要離開晨鋒報。如果還留在那裡，他們很輕易就能將這篇規模龐大的揭露

1 一九八七年五月，澳洲記者Chris Masters揭露了昆士蘭警界內部有個名為「笑話」（Joke）的貪腐組織，數十年來受賄貪汙且與不法集團掛勾。報導發布後，調查委員會耗時兩年做出「費茲傑羅報告」（Fitzgerald Inquiry），最終起訴昆士蘭州長、多名部長及許多警察，包括三名部長及警察局長被判刑入獄。此案間接終結了國家黨在昆士蘭州超過三十年的統治地位，報導名稱「月光之州」（Moonlight State），呼應昆士蘭的別稱「陽光之州」。

案拒於版面之外，或者只報導部分內容，就像貝瑟妮當初那篇關於麥斯與伊莉莎白命案的稿子——羅傑．馬卡泰利只要向達西提出要求就好了。而且有件事很難反駁：食堂成員一定包括了雪梨這座城市裡最傑出、最有影響力的一部分人物。就算不用應付後臺施壓，就算編輯室頂住了董事會的壓力，在這個連知名大報都沒有多少現金撐腰的時代，報社的律師團也會使盡全力，要求報導的每一項指控都有如山的鐵證，以免公司被誹謗案壓垮。而在之後還有歐圖所說的法律障礙：禁制令與禁言令、審理中案件無法公開討論、蔑視法庭的威脅。這不會是媒體第一次因為風險太大而放棄報導。馬汀想到威靈頓．史密斯；威靈頓的大本營在墨爾本，也許食堂在維多利亞州的首都沒有那麼大影響力。

他離開公園，跨越惠特蘭廣場，穿向牛津街。他想起一段週五深夜出門的回憶，那是他還是實習記者、晨鋒報仍然強盛輝煌的年代，分類廣告與大篇幅的陳列廣告還沒先後轉移到網路，彼時報紙擁有的權力和資金多到連他們自己都不曉得該怎麼用，他與其他實習記者擁有整個世界。經過一整晚喝酒狂歡之後，他們會在午夜時分醉頭晃腦地跑到泰勒廣場買剛從卡車卸下來的報紙；又肥又嫩的週六報，剛從印刷廠送出來，還暖呼呼地散發著油墨的味道，對他們這群年輕記者來說那就彷彿剛出爐的麵包，因為添加分類廣告和副刊而蓬鬆柔軟。而隔天早上，那份報紙會與菸屁股、空酒瓶以及宿醉一起迎接他起床，他會發現報紙就攤開在印有他最新署名文章的那一版。

他經過一間便利商店，走進刺眼的燈光中，晃了一圈，尋找報紙，但什麼都沒找到，只看到幾本雜誌：《美麗家園》、《美食漫遊客》；一堆亂七八糟的八卦雜誌高聲叫著哈利與梅根的最新謠言；還有兩本封面設計老舊的雜誌，在這個數位時代，它們包覆的塑膠封膜只是一種單薄的預防措施。

「報紙？沒有欸。去火車站找找看吧。」站在安全玻璃後的店員說道。

馬汀聽從建議，往中央車站的方向走去，突然充滿了動力。不可能吧，晨鋒報不可能撤場撤得這麼徹底。

又是一間便利商店。這些看了傷眼睛的複製品到底是什麼時候開始擴散的？長滿在市中心街道，彷彿滿街的膿疱。是因為背包客、遊客和外國學生嗎？家庭式牛奶店[2]與街角雜貨店終究無法與企業效率和無薪加班文化競爭。但至少這間還有幾份報紙。星期五的報紙還在天曉得哪個角落印製中，尚未送達。這裡有份萎靡的星期四晨鋒報。馬汀拿起那份報紙。比以前更薄了，削瘦憔悴，但是還撐在這裡。他為這些前同事與他們的後防工事感到驕傲。不過他知道，他的報導將不會發表在這裡，他已經得出與麥斯相同的結論。他感到一陣哀傷；而麥斯在前往晨鋒報辦公室清理硬碟資料的那天晚上一定也有同樣的感覺。

離那個時代真的那麼遠了嗎？馬汀心想。當卡車在泰勒廣場丟下報紙，他和同事會爭先恐後掏錢去買，開始翻找，查看自己稿子的命運，被排到哪一版、有多少篇幅。他想念那種情誼。那些人現在不在了，都跑去加入政府組織或私人企業，轉當公關或排除萬難當上主管，追逐更快的錢、更適合陪伴家人的工作時間。等到他回過神來，身邊就只剩他和達西了。而從現在開始，就只有達西了。這是齣長達二十年的實境節目，《我要活下去》的《雪梨晨鋒報》版本，達西是最後的贏家。因為馬汀已經意識到，他將永遠離開晨鋒報；不只是一篇報導而已，而是徹底離去。當威靈頓．史密斯在《本月》刊出這篇報導時，一切就將走到終點。他不會再回頭了，這次不會了。達西信任他，在兩人合作的前提下幫他聯絡上克拉倫斯．歐圖，他知道自己將背叛那份信任。也許他有很好的理由，但他知道達西永遠不會原諒他。

2　牛奶店（milk bar）是一九三〇年代在澳洲興起的一種零售形式，類似雜貨店，除了一般零食飲料之外也可能還會有熟食或肉、菜等生食。早期因為政府管制零售業營業時間，因此家庭式經營的牛奶店便是平日晚間或假日時唯一開門營業的店家。七〇年代起，政府逐漸放寬零售業營業時間，便利商店興起，牛奶店也逐漸沒落。

他拿出歐圖給的那張名片。也許他該把這件事告訴葉夫，確保他們能隨時掌握網站上的情況。他不得不佩服這位法官，竟如此安排自己的死亡：接受馬汀訪問，交代他所知的前因後果，近乎歡迎地邀請對方前來報復，希求一死、希求殉道，並讓一旁的閉路監視器留下不可抹滅的證據。馬汀忍不住佩服這種崇高：要就死得轟轟烈烈，死得有價值，而不是緩慢沉入忘卻、呆靜與毫無所覺之中。

手機響了，把馬汀從思緒的深處拉回現實。是個未知號碼。

「喂？」

「我是傑克．高芬，我們需要見個面。」

星期五

Friday

第三十章

凝滯的夜色之中，一陣霧霾籠罩住雪梨，把黎明抹得灰暗，讓剛升起的太陽變成一輪陰慘的橘。這片刺鼻的遮蔽塵霧令人窒息且不祥，聞起來像一千堆營火同時燃燒，有種這塊土地哪裡出了錯的感覺。蔓蒂用微微發癢的眼睛看進霧霾之中，一段距離外的建築已經消失不見。雪梨城一片緊張：工人們紛紛戴起夏季大火與冬季疫情所留下的口罩。

「冬天還會發生森林大火嗎？」她說。「應該不是吧。」

一旁的馬汀用手機連上晨鋒報的網站。「減災。在藍山那邊。他們會在安全的時候燒。現在是冬天，加上又沒有風[1]。」他說。

就是這個原因了，她想：除了煙霧之外，也因為無風，所以才有了這片陰森的景象。天色像重擔一般壓在她身上，這是一種預兆。

馬汀轉向她說：「準備好了嗎？」

「當然——來吧。」她還記得要微笑。

走進一番電腦與領巾飾品店，留著純白長直髮的年輕人坐在櫃檯後的老式電腦螢幕前，正在服務一名顧客。蔓蒂覺得這年輕的客人應該把錢花在除痘軟膏，而不是拿來買最新的顯示卡，但是他眼中的光芒與興奮的語氣暗示著他並不這麼想。等待期間，蔓蒂晃到飾品區，有個年輕女子正在開箱新品：高級喀什米爾羊毛圍巾。女子長得很像電腦櫃檯後的人，但整個人是正常配色，留著棕色長直髮，有著灰色雙眸。她自我介紹叫蓮娜，推薦綠色的圍巾來搭配蔓蒂眼睛的顏色。蔓蒂接受她的建議，買了圍巾與一組三條的棉質頭巾要給馬汀。這年頭又是煙霧又是病毒，你永遠不曉得自己什麼時候會需要頭巾這種東西。蔓蒂付了錢。蓮娜對她微微一笑。

等到她結完帳，年輕的電腦遊戲玩家已經離開，馬汀便把她介紹給葉夫根尼。接著馬汀直接切入正題：「葉夫，我們的調查有點進度了，需要你的幫忙。」

葉夫的眼睛瞪得老大。「真的假的？」

「真的。」馬汀笑著說。

「我可以幫什麼？」

蔓蒂主動說明：「我們想在網路上查幾件事。不過在那之前，想先問你會不會強化影片的影像？放大畫面、提高銳利度這類的？」

葉夫聳聳肩。「應該可以吧。」

「當然，我們會付錢。」

「很好，我不是慈善機構。」一陣乾笑。「哪種影片？」

蔓蒂把手機上的影片拿給他看，是塔昆・默洛伊在墨利森銀行裡的監視器畫面。

葉夫點點頭，皺起臉來，顯然已經被這個難題勾起興趣。「嗯，我可以把畫面弄清晰一點。大部分影片軟體都能做初階處理，警方和情報組織手上才有真正好用的工具。」

「有辦法放大嗎？」

1 澳洲極容易發生森林大火，因此澳洲人有時會先燃燒部分地區，確立防火線或防火區域。

他又皺了皺臉。「別太期待。軟體只能在非常有限的範圍內推斷，但如果是畫面上沒有的細節，也不可能推導出東西來，那些畫面連情報局也沒轍。」

「整段影片大約二十分鐘，我們只需要幾個重要片段，不需要全部處理。」馬汀說。「你看那個穿西裝的男人，他是不是在電腦上插了隨身碟？我們有辦法知道他在鍵盤上打了什麼嗎？然後在影片最後，另一個男人跟他一起進了電梯，我們能不能強化那個畫面，看看第二個人手裡拿著什麼？」

葉夫聳了聳肩。「聽起來滿難的。」然後又是同樣的乾笑。「不過還是要試試看才知道啦。」

這個笑容應該是好的意思，蔓蒂默想，沒有騙人的感覺。她不曉得葉夫幾歲。他看起來很年輕，像才剛大學畢業，還年輕到無法被這個世界的狡詐算計壓倒。

「可以把影片寄給我嗎？」他問蔓蒂，然後掏出自己的手機，從一長串名單中選了一個電子信箱地址給她。她把檔案存成附件寄出。「來吧，我在櫃檯後面有另一個工作檯，長得沒那麼好看，比較無聊一點。」

與櫃檯上那外型復古的四方形顯示器相比，葉夫的工作檯極為現代，桌上放著兩臺巨大螢幕、一組鍵盤滑鼠、一塊繪圖板及手寫筆，還有整組的喇叭。主機在桌子下方，訂製的主機殼由拉絲鋁板與發光藍色塑膠組成。

「滿帥的。」馬汀說。

「我自己組的。」葉夫的聲音裡有著一絲自豪。他在桌前坐下，要馬汀與蔓蒂自己拉過椅子隨便坐。不過現場只有另一張椅子，她拉了過來；而馬汀站著，說他沒辦法待太久。葉夫登入電腦，打開瀏覽器，前往信箱，選取剛才給蔓蒂的那個地址。

「你有多少個帳戶？」她問。

「很多。」登入信箱，收信匣裡只有一封信：蔓蒂寄的那封。他點開信，找到附件，想要打開影片，但是電腦止步不前，跳出一個警告訊息。他的手放在滑鼠上，游標懸浮在「忽略」的按鈕上。「妳影片是哪來的？」

「某個人給的。」蔓蒂說。

「那個人可信嗎？」

「不可信。」她想起烏龜那個樣子。「我不會說是可信的人。」

「好。我可以借一下妳的手機嗎？」

「怎麼了嗎？」

「只是想要檢查一下。」

「檢查什麼？」

「病毒、惡意軟體，應該一下子就好。」

蔓蒂無奈地交出手機。葉夫翻找出一條傳輸線接上手機，讓蔓蒂解鎖。

「好，我們來測試一下吧。」他打開某個程式。蔓蒂看到螢幕上跑過一條藍色的進度條，跑完後宣布手機沒有乾淨無毒。「奇怪。」葉夫說。他看了一下手機，然後上網搜尋某個BBS站臺。蔓蒂看向馬汀；後者聳聳肩，挑起眉毛。

「嗯，我們來研究研究。」葉夫說。他前往另一個網站，選了某個軟體，然後在另一長串清單裡選了一組信用卡號碼付款。

「我可以付。」蔓蒂說。

「不行，妳不會想在這網站用自己信用卡的。」

「好吧。」她和馬汀又互看了一眼。

葉夫下線，重新接上蔓蒂的手機。新軟體的介面沒那麼時髦，比較質樸，黑白單色。上頭的文字看起來像西里爾文。葉夫開始執行程式時，畫面上沒出現彩色進度條，而是直接顯示百分比。數字跳到百分之七十四時停了下來，螢幕上降下一面海盜旗，出現一行文字，同樣用著外國文字。

「上面說什麼？」蔓蒂問。

「天啊。」葉夫喃喃自語。「天啊。」他匆忙拔掉手機線，才轉向他們解釋：「那是俄文，算是事先警告。它說：**你完蛋了**。**代號63457**。**祝你今天愉快**。」

「什麼意思？」馬汀問道。「它找到了什麼？」

「不是什麼好東西。」葉夫用自己的手機拍了張照片，然後關閉電腦，轉向他們兩人。「妳的手機上有一隻病毒，是個惡意軟體，可能跟那部影片有關。我現在要先掃描我的電腦。應該是不會被感染，但我想先確定一下。然後我再幫妳解除手機上的病毒。」

「她有把影片傳給我。」馬汀說。

「在你手機上嗎？你有打開還是播放嗎？」

「有。」馬汀臉上的憂慮顯而易見。

「糟糕。」葉夫說。「現在就關機，蔓蒂妳也是。」兩人照做。他拿了兩人的手機，放進一只鐵盒裡。

葉夫花了十分鐘確認他的電腦沒被病毒感染，再次上線搜尋代號63457。最後進到深網某個聊天室，交談用的都是俄文。他關閉瀏覽器，一臉嚴肅地轉向兩人，準備說出壞消息。

「病毒很新，而且結構複雜。基本上你只要一播放影片，你手機的控制權就會被交到第三方手上。他們可以存取你所有的資料，監控所有通話，並追蹤你的地點，還可以趁你沒注意時打開相機鏡頭和麥克風。就是個綜合禮包，什麼都有。」

「靠。」馬汀說。

「靠。」蔓蒂問：「那現在怎麼辦？」

「我會把你們的手機清空，重新安裝作業系統。你們會失去所有資料，相片、聯絡人，全部。希望你們都有備份，手機裡也沒存什麼太重要的東西。」

「那部影片呢？」蔓蒂問。

葉夫搖了搖頭。「沒辦法，救不回來。」

「媽的，我手機的備份都在被偷的筆電上。」馬汀說。

「雲端呢？」葉夫問。

「沒有。」接著馬汀轉向蔓蒂。「妳把那部影片拿給蒙特斐爾看，有另外複製一份給他嗎？」

「沒有。就像我昨天晚上說的，他們本來就有影片了。」

「所以就只有妳跟我，只有我們被感染？」

「對，應該是吧。」

「謝天謝地。我沒辦法想像我們感染了警方的系統會是什麼情況。」他大笑起來，表達他有多緊張。

「嗯，那你們兩個要不要先去喝杯咖啡還是什麼的？重新安裝手機需要一點時間。」葉夫說。

＊ ＊ ＊

他們走進咖啡店的瞬間，奧多的熱情便噴發開來，臉上的笑容幾乎與張開的雙臂一樣寬闊。他衝出櫃檯，大大擁抱了蔓蒂；她還來不及回神又被迅速放開。「馬汀！你帶她來了，你終於把她帶來了！」奧多接著轉向她：「大美人一個！太漂亮了！」然後又轉向馬汀：「你很幸運啊，老弟！」他問蔓蒂：「想點什麼？咖啡？蛋糕？帕尼尼？我請客。」雖然手機中毒，雖然整座城市被煙霧籠罩，她卻發現自己笑了。這種熱情實在很難抗拒。

但是當他們入座後，馬汀的笑容很快便消退了。

「怎麼了？」

「沒事，沒什麼。」

「馬汀？」

「只是在想我的手機，我的聯絡人資料，裡面有些人就這樣沒了。」

她大笑。「就因為這樣？都出人命了你卻在擔心手機？」不過話一出口，她就知道自己越線了。

她可以看出他眼中的怒氣。他反駁道：「妳的消息來源跟那部影片。妳被陷害了。警方早就有影片，那個人唯一給妳的只有病毒而已。所以，對，我很不高興。就因為妳不夠清醒，搞不清楚狀況，我二十年來的聯絡人資料就這樣沒了。」

她嗆了回去：「那些聯絡人資料沒了，是因為你沒好好備份。」

馬汀站起身，不打算繼續等他的咖啡和帕尼尼。「我去附近走一走，晚點再來找妳。」他的語氣平穩理性、仁慈親切。她覺得背脊一陣涼顫。

「你要去哪裡？」

「回公寓看看，看能不能找人整理一下。整個門板都被拆下來，我不能丟著不管。」他看了她好一會；她感覺他的視線落在身上彷彿指責。接著他才繼續說道：「還有我昨天晚上就跟妳說了，我還要跟威靈頓·史密斯討論。」

於是她便一個人帶著自責獨坐。義式咖啡機後方的奧多別開視線，臉上沒有笑容了。天啊，他們吵得那麼明顯嗎？

她喝著咖啡等馬汀，但是他沒有回來。她又等了五分鐘才付錢離開。當她回到一番時，他已經在店內，正與葉夫討論某個網站，而葉夫則盯著手中的名片。電腦專家把手機還給她，似乎沒注意到他們兩人有任何不對勁。「已經安裝好了。你們能不能現在完成設定？包括密碼、指紋還有臉部辨識那些東西。」她看向馬汀，不過他正專注在自己的手機上。她照著葉夫說的開始設定手機，但不像馬汀，她忘記自己的ＰＩＮ碼或密碼了，只能重新設定。對此葉夫沒有太大反應——這時來了另一個客人，他正在櫃檯忙碌著——但是她可以感受到馬汀的不耐煩，因為他被迫浪費寶貴時間等她。

等到她完成，葉夫回到兩人面前。「好。現在，你們能不能去App Store下載WhatsApp？我們需要一個能安全溝通的管道。」

「為什麼是WhatsApp？」蔓蒂問。

「端對端加密。這樣不錯。」馬汀說。

但一切沒這麼簡單。現在蔓蒂得重設App Store的密碼，又過了十分鐘才完成。

「還要做一件事。把你們手機給我。」葉夫說。

「怎麼了？」馬汀問。

「我要安裝追蹤程式，也是加密過的。這能讓我們隨時知道彼此的位置。」

「為什麼需要那種東西？」馬汀問。

「以防萬一。」蔓蒂的話引來他一陣怒視。

手機設定好後，葉夫笑著說：「好，無聊的部分都完成了，還有其他事情需要幫忙的嗎？」

馬汀正要開口時，手機響了。

「馬汀．史卡斯頓。」他聽了好一陣子才開口：「對，抱歉，我手機剛才沒辦法用。我等一下就去找你。」接著他告訴蔓蒂與葉夫：「是我一個資訊窗口，我等一下就得走了。」

「誰？」蔓蒂問。

「晚點再跟妳說。」他的語氣有些不耐煩。

「那我跟葉夫還有什麼事要做？」她試著不要聽起來有任何受傷的感覺。

馬汀幾乎是忽視她的問題，直接對著葉夫說：「上次來的時候，我說《雪梨晨鋒報》的前編輯麥斯．富勒被殺了，我們想要查出凶手的身分和動機。」

葉夫從容地看著馬汀。「我了解。」

「就像我星期三說的，他的筆電在被殺後就不見了。他在晨鋒報有另一臺電腦，但資料都被他自己清空了。他在幫一本叫《本月》的新雜誌寫報導，你聽過嗎？」

「聽過，但沒看過。」

「好。那天你說麥斯可能把一些資料備份到雲端，我找到了這些東西。」馬汀把一張紙交給葉夫。

「這是網站和他的帳戶密碼。」

「你從哪裡拿到的？」蔓蒂因為被晾在一邊而受挫。

馬汀平穩說著：「網站是威靈頓．史密斯給的——與我寫書時用的是同一個——密碼則是伊琳．富勒今天早上寄到我信箱裡。」

葉夫看著那張紙，皺著眉頭問：「為什麼需要我幫忙？這應該滿簡單的。」

「其實不簡單。我試過了，感覺那些檔案還有密碼以外的保護措施。」

葉夫抬起眉毛，露出微笑。「好喔，我最喜歡挑戰了。」

「抱歉，我真的得走了。」馬汀說。

「交給我吧。」葉夫說。

「有進展我會馬上告訴你。」蔓蒂補充道。

「嗯。那，待會見。」

她伸出手，輕輕觸碰他的手。「自己小心。」

「妳也是。」

她咬唇看著他離開，發現兩人之間已經生出縫隙，不曉得該怎麼辦。

第三十一章

煙霧愈來愈重了，停滯的空氣彷彿和緩溫馴的末日。他穿過這座愈趨朦朧的城市，陽光變得柔和而橘紅，一段距離外的建築便模糊到只剩輪廓，令人懷疑只是幻覺。路人彷彿惡靈，沿著人行道飄移。他沿著奧比昂街往下，往約好的集合地點走去，這時一輛白色SUV停至他旁邊，發出短促的喇叭聲。車窗上了顏色，副駕駛座的窗戶緩緩降下。「馬汀，上車。」開車的是ASIO情報員傑克・高芬。

馬汀坐進車內，驚訝地發現有個女人在後座。

「傑克？」

高芬駛離路緣。「我先找個停車場，然後我們好好談一下。」

ASIO探員挑了一個地下停車場，應該是隨意選的。他開下樓，停至某個非常狹窄的車格，挪動了兩、三次才正確停妥，關掉引擎。

「馬汀，這位是格里夫，但不是本名。」

「格里夫，妳好。我是馬汀・史卡斯頓，這是我的本名。」

「我相信你。」女人輕聲說道。她體型矮壯，年約五十多歲，一頭灰色短髮，鼻子又扁又歪，彷彿當過拳擊手。

「傑克，這是在幹麼？搞得像在出間諜任務。」

「是滿像的。事態有點嚴重，我不想冒任何風險。」

「你查到了什麼？」馬汀問。

「首先，我們現在告訴你的資訊都絕對不能外流，除非我們點頭，否則不能發布。你懂嗎？不管怎樣都不行。」

馬汀嘆了口氣；又是這種路數。「如果這是你們的條件的話。」

「局長授權我可以介入這件事——當然了，要求我們必須非常小心。」

「ＡＳＩＯ局長？他覺得我在查的案子可能影響國家安全嗎？」

「對。」

「例如哪個部分？」

「混亂食堂。」

「所以你去查了？」

「對。你的懷疑是對的，食堂不只是美食社團，那是個影響力交換所、訊息中心、權力運輸管道，所有活動都祕密進行，遮蔽在假象底下。」

「嗯，但他們會危害到國家安全？」

「有可能。我們幾乎能夠確定他們已經被滲透了，而且對方很有可能是國外的犯罪組織。」

馬汀突然感覺到一股熟悉的激動，腎上腺素隨著新事件或更大的新聞而高漲。案件可能比他想像中還要龐大很多。

高芬繼續說道：「你聽過一個人叫哈利．史維瓦特嗎？」

馬汀冷笑了幾聲。「聽過，食堂的成員之一，有人告訴我他不是個好東西。」

「不只這樣。哈利．史維瓦特是個假名，他真正的名字叫丹尼洛．卡拉貝希。」

「聽這名字，是義大利人嗎？」

「美國人。他是犯罪組織的一員，芝加哥黑幫的資深成員，人脈很廣。他受到通緝，但是從來沒被定罪，是非常危險的人物。」

馬汀不曉得該回什麼，但身體仍自顧反應：他頓時渾身顫慄。這則新聞或許更大了，但也在瞬間變得更加危險。

此時後座的女人開口，嗓音輕柔但是沙啞，彷彿她平常都用通樂漱口。「他在十二年前抵達澳大利亞，直接進入墨利森工作，一路待到現在。」

馬汀絕望地搖著頭。「麥斯・富勒與伊莉莎白・托貝，他們根本不曉得自己在跟誰交手。」

「這倒不一定，也許他們知道。」後座的女人說道。

「抱歉我要這麼問，不過，格里夫，請問妳是誰？」馬汀說。

回答的是高芬：「格里夫已經退休了，現在住在中央海岸繁殖鸚哥。非常謝謝她今天抽空來和我們碰面。」

「我今天剛好彈性放假。」格里夫說。

馬汀感覺有股怒氣冒了出來。他以前就玩過這種遊戲，他們會塞給他一些被閹割過的資訊，然後找個資訊來源否認其他事情；麥斯被殺，蔓蒂被綁架，他的公寓被砸，他現在真的沒心情玩這種把戲。

「我以前是警察，隸屬犯罪委員會[1]。」格里夫彷彿讀透了馬汀的心思，主動說道。「我曾經在ＡＣＩＣ負責墨利森的調查案，塔昆・默洛伊是我的手下。」

這讓馬汀放下心來。所以這不是篩選過的資訊。「你們當時在調查史維瓦特嗎？」

「不，是墨利森銀行。當時我們根本不曉得史維瓦特這個人。事實上，我是到了今天早上，傑克告訴我的時候才知道。」

高芬補充了自己的意見。「這件事才剛曝光而已。大概在去年，我們收到一份FBI傳來的資訊，是一件完全無關的美國調查案。案子裡有人提到卡拉貝希，說他在澳洲。後來美方發現原來卡拉貝希在雪梨待了這麼多年，便立刻把資訊告訴AFP[2]。」

馬汀在座位上扭過身體，正視格里夫的雙眼。「妳覺得默洛伊當時發現的就是這件事嗎？史維瓦特的身分還有黑幫滲透墨利森？所以他才被殺？」

女人沒有畏縮，直接迎向馬汀的檢視。「這絕對是可能性之一。」

「如果你們不知道史維瓦特和黑幫的事，為什麼要去調查墨利森？」

「你應該不需要知道這麼細。」

於是馬汀一口氣把蔓蒂、潘姆與澤妲的推測說了出來：「銀行的擁有權，很大一部分都掌握在無法追蹤的國外個體手上，資金透過避稅天堂流進流出，而墨利森賺了利潤卻只繳出非常低額的稅金，你們懷疑有洗錢和犯罪組織介入的可能。」

格里夫非常緩慢地點了點頭，彷彿承認了這個推測。「非常好，你有認真做功課。」她停了一下，才繼續說道：「墨利森在全球金融危機前夕做了一些糟糕的決定。非常糟糕的那種。他們完全暴露在風險中，二〇〇九年初幾乎瀕臨破產，就像是澳洲版的雷曼兄弟。他們當時急需一大筆錢。」

馬汀把注意力轉回到高芬。「為什麼要告訴我這些事？」

1 新南威爾斯州犯罪委員會（NSW Crime Commission）成立於二十世紀中期，調查組織型犯罪及其他重大刑案。
2 澳洲聯邦警察（Australian Federal Police）簡稱。

高芬露出一臉壞笑。「首先，最重要的，你必須知道自己面對的危險。我不想看到你與女朋友會像麥斯・富勒和伊莉莎白・托貝那樣。」

「嗯。」馬汀說。「這是第一點。那第二點呢？」

頓時一陣沉默，馬汀覺得至少有一分鐘。

最後是格里夫開口：「你還知道混亂食堂哪些事情？」

馬汀正打算開始解釋利益交換、腐敗、盜獵野宴和戰俘營，不過最後說的是完全不同的事。「成員的身分。副警察局長，羅傑・馬卡泰利。」

「不錯嘛。」格里夫說。「傑克，你對這傢伙應該沒看走眼。」

「就是你說的這樣。」高芬說。「史維瓦特的勢力已經延伸很多年了，食堂裡外都是。我們目前不確定他影響到了多遠，這也是我老闆想要我介入的原因。如果背後的黑手是黑幫，他擔心外國勢力可能會利用同樣的管道侵入國內。」

「你們有成員名單嗎？」馬汀問。「我聽說總共三十個人。」

「應該有。」高芬說。「不過我們今天才算真正開始處理這件事，我覺得要到今晚才能拿到完整名單，最晚明天。應該會有一些重量級人物。」

「可以給我一份嗎？」

「當然，我們告訴你這些事，一部分也是這個原因。」高芬回答

「我們可能需要媒體的力量。」格里夫說。「這可能是唯一的選擇了。」馬汀可以聽出她的不情願。

「了解。」馬汀吞下她話中的暗示。「那告訴我一件事：你們對於默洛伊的死知道多少？當年就知道了嗎？你們的推測是什麼？」

格里夫的表情反映了她話中的酸苦。「要我說的話，我覺得我們被狠狠擺了一道。」

「怎麼說？」

「你口中的那個塔昆．默洛伊，他很擅長這項工作——甚至可以用傑出來形容。但是他的自尊心很高，覺得整個世界都繞著他轉，以為自己是〇〇七龐德，覺得自己刀槍不入。他很不受控制，也聽不太進建議，就是一匹孤狼，但卻是非常好的情報員，最頂尖的之一。他告訴我的最後一件事，是他找到有力證據，就差在要想辦法拿到手。」

「什麼意思？」

「我不知道。我們後來只知道他失蹤了，而墨利森激動地指控他偷了一千萬後潛逃出國。他們甚至找到一個證人，向詐欺偵查小組訴說整個情況。」

「澤妲．佛肖。」

「就是她。」

「妳相信她嗎？」

「我不曉得該相信什麼。考慮到塔昆的個性，我們也沒辦法說這絕對不可能。後來我們這個團隊就被解散了，我被停職。」

「咦？為什麼？」

「你認真的嗎？當然是因為我其中一名手下擅離職守還偷了一大筆錢啊。當時倒楣事從四面八方向我們湧來，說真的，我也提不出反對的理由，如果換作我是ＡＣＩＣ高層，我可能也會做出一樣的決定。從他們的角度來看，要嘛是我失職出包，不然就是更糟糕的情況：我是共犯。再說，他們還得安撫銀行，以示有關單位有在行動，於是我與團隊就被犧牲掉了。後來我被調到內勤，職涯就算結束了，我決定提早退休。」格里夫的沙啞嗓音中沒有任何情緒，彷彿對她來說都已是過去事。

「妳覺得銀行知不知道默洛伊是臥底？還是他們只認為他是個利欲薰心的律師？」

「要我說的話，我覺得殺他的人知道他是警察，而其他人可能都相信偷錢逃逸的說法。不過這只是我的猜測。」

對話再次停頓，這次換成傑克．高芬開口：「因為水泥的關係，默洛伊的遺體被保存得很好。有跡象顯示他被槍殺之前受到各種折磨。」

「天啊。」馬汀說。「所以他們逼他說出知道的事情。」

「很有可能。」

三人再次沉默，整理思緒。

馬汀的手機響起，是一般的簡訊，不是WhatsApp訊息：「**需要碰面。盡快來薩里山一趟。**」馬汀把畫面拿給高芬看。「這個號碼是莫銳斯．蒙特斐爾的電話嗎？」

高芬比對了他手機的聯絡人資料。「對，是他。你手機怎麼了？」

「我遇到一點狀況，得把資料刪掉重新安裝，說來話長。」他收起手機。「那蒙特斐爾呢？我能相信他嗎？」

「什麼意思？」高芬的語氣謹慎。

「他屬於新南威爾斯警方，最終還是聽令於馬卡泰利，然後他現在說要找我。」

回答的人是格里夫：「我從沒聽過莫銳斯有什麼負面評價。他的破案率很高，沒做過什麼不道德的行為。」她遲疑了一下，仔細選擇自己的措辭。「不過他也以政治敏銳度出名。」

「什麼意思？」

「他永遠都會順著毛摸，討厭挑戰現況。」

「所以我應該避開他？」

「剛好相反。」高芬插話。「格里夫退休了，完全不能介入這件事。而我是ＡＳＩＯ，我不想失去自己的掩護，所以就剩下你了。我們需要你與蒙特斐爾交涉。」

「原來如此，我還以為你會擔心我的安危。」馬汀說。

「我擔心你的安危，還有整個國家的安危。」高芬的嘴角勾起一道若有似無的微笑。「所以，你要加入嗎？我們是同一隊了嗎？」

馬汀聳肩說：「應該是吧。」

「還有一件事。」高芬說。

「怎麼了？」

「哈利．史維瓦特在ＡＦＰ的線人名單上，他的資料受到了保護。」

「啊？誰提的？他是誰的線人？」

「還不曉得。ＡＦＰ不肯交出線人資訊。」

馬汀想了一想：連史維瓦特是澳洲聯邦警察的線人都知道，這就證明了高芬的人脈有多廣。

「ＦＢＩ根本不曉得ＡＦＰ在利用他。」高芬冷冷說道。「所以這件事絕對不能告訴其他人，也別想寫成文章了。」

「不過你們應該會把他抓起來吧？既是黑手黨高層又頂著假名活動。」

「嗯，現在討論這件事還有點不切實際。他消失了，我們找不到他。」

「有人通風報信？」

「有可能。」

當高芬把他載到警局附近的街區讓他下車時，馬汀才想到剛剛在停車場的對話有多荒謬：他和本名不叫格里夫的退休警察談論本名不叫塔昆·默洛伊的臥底間諜，而這個間諜的調查對象則是一個本名不叫哈利·史維瓦特的黑手黨角頭。

第三十二章

「媽的。」葉夫說。

「怎麼了？」蔓蒂問道。

「妳看。」葉夫指著其中一個螢幕上的某個圖示。「幾分鐘前這個資料夾還塞滿文件，現在卻空了。」

「這是誰的資料夾？麥斯的嗎？」

「對。這些都是密碼保護的檔案，全都經過加密處理。我剛才一直嘗試進去，現在卻……」葉夫又按了幾下鍵盤，沮喪地嘆了長長一口氣。「現在卻都不見了。連資料夾本身都消失了。」

「消失是什麼意思？」

「被刪掉，沒了。」

「有人在這裡刪資料？」

「對。」

「但他們怎麼知道要到哪裡找？」

「你們的手機。妳和馬汀之前討論過這件事嗎？」

蔓蒂回想兩人昨晚與今天早上的對話。他一定提過伊琳·富勒與威靈頓·史密斯的事。「有。」她小聲說道。

「那就來不及了。妳看。」葉夫再次重新整理畫面，剩下的檔案也都消失了。「完了。」

「誰有可能像這樣把檔案清空？」蔓蒂問。

葉夫聳肩說道：「檔案的擁有者、公司的管理員、某個有密碼的人，或是任何半吊子的駭客。」

「那我們等於玩完了。」蔓蒂說。

「是還不至於那麼慘。」葉夫露出笑容以及幾顆歪牙。「剛才登入之後，我第一件事就是先下載所有資料夾，好讓我之後可以進行離線處理。」

「太好了。」她綻放出一朵大大的微笑。「謝謝，這麼做好聰明。」

「對，是很棒，但是要打開也還是得花一點時間，需要多久還得看它們的保護有多嚴密。」他皺起眉頭看著螢幕。「可能需要好幾天，甚至好幾個星期。妳要不要之後再過來？好了我傳WhatsApp給妳。」

「好。不過我還要請你幫忙另一件事。這是另一間公司，是一間銀行。」

「哈哈，講得好像真的一樣。」葉夫的語氣有些輕蔑。「我進不去銀行啦，不可能啦。犯罪組織、恐怖分子、政府機關，大家都想進去，而且是請了複雜龐大團隊在做這件事，我比不過人家。」

「我不是要進去銀行帳戶，也不想看財務系統或任何跟錢有關的地方，就只是想進入管理系統而已，像是電子郵件、人事資料這類的。」

葉夫聳肩說道：「也許有可能，但機率很低。銀行的系統都很靈敏：任何成功入侵都會有損他們的聲譽。」

「我們可以試試看嗎？我有登入帳密。」

「妳有密碼？那好吧，試試看吧。」

蔓蒂將他引導到登入頁面，那個網址從她在墨利森上班時就沒變過。網站畫面不太一樣了，不過唯一的差別只在新的介面變得更簡單、更容易瀏覽。她把自己舊的使用者名稱與密碼給葉夫，想著也許還能靠這組帳密登入。

「不行。這太冒險了。」葉夫說。

「什麼意思？為什麼？你沒辦法肯定一定登不進去啊。」

「我可以肯定，百分之九十九點九沒辦法登入，而且更糟的是會留下足跡。妳想登入，系統把妳擋在外面，馬上就會有人想辦法要追過來。這種事情，不用多懂電腦都想得出來。」

「好，我懂了，那試試看這個吧。」她給出烏龜提供的帳密資料。

「這些跟妳沒有任何關聯吧？」

「沒有。」她的回答比自己實際的感覺還要更有自信一點。

「好，那開始囉。」

「先問你一個問題，我們這樣做，對方有辦法反查到我們嗎？」

「不行，我們有偽裝。所有連線都會透過ＶＰＮ。」

「所以是沒有風險的意思？」她問。

「多多少少吧。」

葉夫輸入資料。畫面上出現一個圓形圖示，像是旋轉的車輪，接著登入畫面呈現溶解效果，切換成另一個介面。那是個歡迎頁面，羅列出通往各種部門與檔案的連結列表。介面更新過，但蔓蒂還是認得路。

「還滿簡單的嘛。」葉夫說。「妳想先看什麼？」

蔓蒂指著一個連結。「先看信。先找這是誰的帳號。」

葉夫點擊連結，前往電子信箱介面。「沒有東西。妳認得這個使用者嗎？」

一開始蔓蒂還看不出來，但是想起來後便有種被雷打到的感覺。帳號擁有者的姓名就列在畫面右上角。克萊芮媞．司帕克斯。「靠。」她說。

「怎麼了？」葉夫問道。不過他還來不及說什麼，電腦主機就開始發出一陣細微的嗶嗶聲。「咦，奇怪。」他把游標拉到另一個螢幕，打開某個程式開始打字，愈打愈快。「見鬼。」

「怎麼了？」

「有人在追蹤我。」

「你不是說不可能嗎？」

「是不可能啊。」

「糟糕，你看。」蔓蒂說。右側螢幕，有個笑臉出現在克萊芮媞．司帕克斯的信箱首頁，正在嘲笑他們。她驚恐地看著那個笑臉，然後，就在此時笑臉消失了，取而代之的是一根老二的照片。蔓蒂充滿疑惑和震驚，整個人頓時愣住。

但葉夫沒愣住，他反應飛快，離開椅子跪到桌子下方，拔掉電源線，電腦頓時癱瘓，螢幕畫面閃離，喇叭發出爆裂聲。他在桌下待了一會兒、喘著粗氣，然後才又爬出來。

「到底發生什麼事？」蔓蒂小聲說道。

「妳看到了。他們知道我們在裡面。」

「他們在等我們嗎？」

「對。」

「但沒辦法知道我們在這裡吧？」

「不行。他們想要那麼做，用上了很多東西，所以我才拔掉插頭。」

「動作很快。」

「我已經十年沒做這種事了。」葉夫聽起來像在自言自語。「我沒別的選擇。」他瞪著死寂一片的螢幕，彷彿自己剛才的行為弄痛了他心愛的寵物。

「手機。」蔓蒂說。「他們可以追蹤手機。」

「已經不行了。」

「不是那個意思。不是現在，而是在你把手機弄乾淨之前。他們會知道馬汀和我都來了這裡，還待了一段時間，接著追蹤程式就停止了，那個惡意軟體還被刪掉，全都發生在這間店裡。」

「妳的意思是？」葉夫這麼問，不過他的表情表明他其實已經知道答案了。

「我們得離開這裡。立刻就走。」蔓蒂說。

「好。」葉夫說。但他並未往門口移動，而是重新鑽到桌下。

「你在幹嘛？」

「拿硬碟。」

「別管了，那不重要。」她可以聽見自己聲音的驚慌，彷彿漲潮，淹沒了心中的理智。「蓮娜在哪？」

她急忙跑回櫃檯，四處張望，但沒看到蓮娜，只有一個中年女人在看飾品。

「好了。」葉夫從桌子下鑽出來，手裡拿著兩塊薄型硬碟。「我的檔案和麥斯・富勒的檔案。」他對她微笑，蔓蒂也回以笑容。

然後兩人的笑容都消失了。兩個男人走進了一番電腦與領巾飾品。

「小姐，不好意思這邊請。警方辦案，請先離開。」亨利・力芬史東出示假警徽，彬彬有禮地對中年女人說道。「我們打烊了。」

賈舒華・斯比提護送她離開，把門鎖上。

「早安。」亨利・力芬史東說著，走向飾品區。「領巾不錯嘛。」

第三十三章

快走到警察局時，馬汀的手機發出WhatsApp的通知聲。蔓蒂在群組傳了訊息：

這裡結束了，你一定不相信我們找到了什麼。我們在哪裡碰面？你在哪裡？

他回覆：**我還要一個小時。**

你在哪裡？

他沒時間回答。莫銳斯．蒙特斐爾等在前方，手插口袋，正瞇著眼，透過霧霾看著他。他覺得霧霾好像愈來愈濃了。馬汀把手機放回口袋；葉夫裝了追蹤程式，他們真的想知道的話直接看就好了。

「怎麼在外面？」

「快要中午了，想說我們可以去找點東西吃。」

「要私下聊是嗎？」

警察露出微笑。「差不多那個意思。」

他們徒步兩個街區，來到一間街邊的咖啡店，店面狹小，店外散亂地擺了幾張桌子。「我們在這裡喝杯咖啡吧。」蒙特斐爾說。

「我還以為你說你餓了。」

「是餓啊。」他看著手錶答道。「但可能沒多少時間吃東西。坐吧，你要什麼？」

「白咖啡，謝謝。」馬汀照著蒙特斐爾所說，占據了一張沒人的桌子。其實這裡很多空位；因為這場煙霧，任何有點理智的人都會待在室內保護自己的肺。這至少為他們提供了一點隱私。蒙特斐爾帶著飲料回來，一臉不安與失眠的樣子，即使隔著煙霧都沒辦法減輕他的狼狽。他遞出馬汀的咖啡，然後把自己的放在桌上，坐下後盯著馬汀。他還是瞇著眼，但馬汀分不出是因為煙霧還是專注。

「怎樣？」

「我知道你自己在調查麥斯・富勒的命案。」

「他太太不滿意警方的進度。」

「嗯，還需要你講？」

「找我來就是為了這件事？你是要叫我別管，好好過自己生活嗎？」

「不是。那種話我之前就說過了，還記得嗎？我之前就叫你趕快帶著女朋友離開雪梨。」

「然後？」

「然後講了也沒用啊。」

馬汀喝了一口咖啡，牛奶竟然有焦味。雪梨什麼時候連這麼常見的飲料都不會做了？「不然的話，找我是什麼事？你要問我什麼嗎？」他又喝了一口；也許他喝到的味道是這片煙塵。

「你有沒有聽過一個叫哈利・史維瓦特的人？」

馬汀差點嗆到。「有趣了。」他把杯子放回桌上，試著保持輕鬆語氣。「今天早上才有人提過這個名字。」

「嗯，所以你知道什麼？」

「他在墨利森是個大人物——也就是塔昆・默洛伊死前調查的銀行。」

「誰告訴你的？」

「說錯了嗎？」

蒙特斐爾向後靠上椅背。「沒有。默洛伊的確在調查墨利森與另外兩個關係企業。」

「菱鑽和天巨。」馬汀平靜地說道。

蒙特斐爾的回答就顯得小心翼翼。「對。」

「所以哈利．史維瓦特跟這些案子有關？」

「哈利．史維瓦特想要見你。見我們。」

馬汀不曉得作何反應。他發現自己嘴巴開開像隻金魚傻愣著，於是趕快闔起嘴，以免說出什麼蠢話，或是吞下太多煙塵。他給了那杯咖啡第三次機會，好讓自己有點時間思考。咖啡進到嘴裡仍像在喝焚化爐的垃圾。

警探注意到他的不安。「怎麼了，馬汀？你發現了什麼？」

「他找我們幹麼？為什麼是我？」

「我不知道。我猜他知道一些關於默洛伊的資訊，希望你在場當保證人之類的。他可能探聽過你這個人，知道你擅長寫犯罪紀實的報導。」

「他不信任你嗎？」

蒙特斐爾聳肩說道：「我覺得不信任。他應該認為，如果他把知道的告訴我們，而我沒展開調查或者吞了案，你就會知道，然後你就能把事情公開。」

「這樣你沒意見？」

「很不巧，我還真的沒意見。」

「把我當保證的確是其中一種可能。」

「其他還有什麼？」

「也許他想殺我們。誰知道呢？也許是想殺你，找我去當目擊證人。」

蒙特斐爾大笑。「媽的，你別那麼緊張好不好？那傢伙只是個在銀行的上班族。」

馬汀看著面前的蒙特斐爾。要告訴他嗎？他無疑必須信任這位警探，必須警告他史維瓦特是黑手黨成員，而且非常危險。當他還在思考如何回答時，手機響了，打斷了他的思緒。又是蔓蒂窮追不捨的WhatsApp訊息：**你在哪裡？有急事**。

馬汀忍不住了。**有完沒完**，他輸入訊息。**用程式自己找**。等到他重新抬頭，蒙特斐爾也正在看手機的訊息。

「走吧，史維瓦特跟我們約十分鐘後碰面，中央車站。」

第三十四章

他們雙手抱頭，坐在地板中央：蔓蒂、葉夫與蓮娜。賈舒華・斯比提反轉了門上的牌子，拉下百葉遮簾，然後就站在那裡，手裡握著槍，充滿威脅性。亨利・力芬史東正在圍巾櫃檯旁，欣賞展示的商品。他也拿著槍，體積巨大，造型復古，槍托由碳鋼和閃閃發光的珍珠貝組成。他用槍攤開領帶，欣賞著，最後滿意地對蓮娜商品的品質點了點頭，接著才轉過身看向他們。他的肢體動作非常放鬆，嘴角掛著愉悅的笑容。蔓蒂可以聞到他身上的味道，混合了髮油與菸味，再加上她自己汗水與恐懼的氣味。他走了過來，拉過椅子在他們三人面前坐下。

他緩慢地一一看向三名俘虜，不過最後開口時，目光是放在蔓蒂身上。他輕柔地說：「妳知道，我與他兩個人加起來殺過多少人嗎？」

她搖著頭，無法言語。她可以聽到蓮娜小聲抽泣。

「對，親愛的，我們也不知道。」他拉出笑容，露出一顆閃閃金牙。「我去哪裡可以找到馬汀・史卡斯頓？」

「為什麼要找他？」

「無所謂為什麼，告訴我就是了。」他的語氣冷酷起來。

「我真的不知道。」

「手機給我。」

「我沒有他的手機號碼。」

「那妳應該不介意我看一下。」

她交出手機。

他把手機遞回來。「解鎖。」

她用指紋解開鎖定。

他開始查找手機裡的資料，神情疑惑。「妳的聯絡人都到哪去了？」

「沒了。我們才剛把手機的資料都刪掉。」

「為什麼？」

「有人透過我們的手機監視我們。」

「警察嗎？」

「不是，我們不知道是誰。」

力芬史東再次看向她的手機，彷彿能在裡頭找到答案。「看看這是什麼。」他說。「WhatsApp。」他專注地看著手機，手指滑動、點選。蔓蒂瞄了葉夫一眼。「噢，太好了。」力芬史東開始用手指敲擊螢幕。他一定是在傳訊息給馬汀。接著他又滿臉笑容，再次抬起頭來。「我喜歡WhatsApp，壞人都用這個。」

「你跟他說了什麼？」蔓蒂問。

「沒什麼，只是問他在哪。」力芬史東再次看向手機，然後坐回位子，用膝蓋頂著手機，平衡著沒掉下來。「我和斯比提先生昨天晚上找澤妲·佛肖聊了一下。」

「她沒事吧？」

「沒事。她本來就嚇得要死。」

「為什麼？」

「她可能有殺人罪嫌。」

「什麼意思？」力芬史東對她的反應歪嘴一笑，但她不懂那是什麼意思。「她殺了誰？」

「妳問我嗎？沒有人吧。」

「抱歉，我聽不懂。」

「我也不懂啊，親愛的，我也不懂。」他和藹可親地笑著，溫柔地摸著自己的槍。蔓蒂覺得這個人搞不好根本沒有任何合理性可言。

他站起身，開始踱步。她趁機瞥向另外兩名同伴。蓮娜低著頭，避開視線接觸，鼻子下方掛著鼻涕；葉夫也低著頭，不過看起來比較鎮靜，他從眉毛下方拋出視線，臉上偷偷露出一點笑容，試圖回以鼓勵。

力芬史東停下腳步，坐回位子。「妳有沒有遇到一個叫肯尼斯．史戴曼的小胖子？」

「烏龜嗎？」

「就是他。他是妳朋友嗎？」

「不是，絕對不是。」蔓蒂不知道為什麼要對力芬史東說實話，不過她實在忍不住；她厭惡烏龜到了極點。

「很高興聽到妳這麼說。」他再次微笑，除了一顆金色門牙之外，其餘牙齒都染上了尼古丁，形狀尚且完整，不過內裡已經開始蛀壞。「我今天早上在警察那裡，應付某個叫蒙特斐爾的傢伙。多管閒事的混蛋，妳認識他嗎？」

蔓蒂點點頭，不確定對話會怎麼發展。

「他手上有一段我和塔昆．默洛伊的影片，是妳給他們的嗎？」

「不是，他們本來就有了。」

「妳本來打算給他們嗎？」

她再次點頭。面對手裡有槍的人，沒有多少說謊的空間。誰知道蒙特斐爾跟他說了什麼？「對，我本來打算把影片給他們。」

「他也這麼說。」這時力芬史東的笑容出現了一絲邪惡，彷彿想起什麼而感到愉悅，不過隨後又再次轉為嚴肅，就像有朵烏雲飄來，在地面投下陰影。「我可以在哪裡找到史卡斯頓？」

「我剛才就說了，我不知道。他十五分鐘前還在這裡，但後來有事走了。他和某個人約了碰面，我不知道是誰，也不知道在哪裡。」

「跟我說說哈利．史維瓦特這個人。」

她聳聳肩，因為話題突然改變而有些無所適從，不過很高興他們已經不用再討論馬汀。「我在墨利森工作時只看過他一、兩次。當時塔昆帶著錢失蹤了，而他要問我話——他和克萊芮媞．司帕克斯找我問話。」

「克萊芮媞也在？」

「對。」

「妳對他的印象怎麼樣？」

「我不喜歡那個人。」

「其他人呢？」

「大家都不喜歡他。」

「嗯，妳知道哪裡可以找到他嗎？」

「他還在墨利森工作。」

「已經不在了。」

「你確定嗎？」

「沒有昨天晚上那麼確定。他失蹤了，有些非常壞的人在找他。非常、非常壞的人，包括賈舒華和我。我們是壞人。妳知道為什麼有壞人想找他嗎？」

「不知道，我根本跟他不熟。」

「美女，這樣算妳運氣好。」他歪嘴笑著。蔓蒂搞不懂這人怎麼回事，完全跟不上他的思考邏輯，而且感覺他也不懂自己在想什麼。「我們再試一次好嗎？」力芬史東遞出她的手機。

她再次解鎖手機，接著力芬史東又用WhatsApp傳了訊息。

當他再次開口時，臉上的表情極為嚴肅。「澤妲．佛肖——她以前和克萊芮媞是朋友嗎？」

「安全部門的克萊芮媞．司帕克斯？」

「對，安全部門的克萊芮媞。妳剛才說她問過妳話，妳們認識嗎？」

「不算認識。她話很少，不太喜歡談私事。」

「對，她就是那樣。」天啊，她在他話中聽到的那是什麼？溫柔嗎？感傷嗎？「她也是大美人一個，就跟妳一樣。」他說。嗯，她沒聽錯：是喜愛。

「還有澤妲，她以前就在吸毒了嗎？」

「什麼？」啊，當然了。經他這麼一說，很明顯了。澤妲缺錢、皮膚奇差，還有那種絕望。「我怎麼會知道？」

力芬史東神情哀傷。「她說她是在裡面染上的，或者說是被纏上。她坐了六個月的牢，妳知道這件事嗎？」

「墨利森每個員工都知道。」

「她否認了。我們昨天晚上問她，但她否認了。」現在他的聲音有種疏遠的感覺，更像是說給他自己聽，而不是蔓蒂。

她還是跟不太上他的思緒。她盡可能溫柔地問道：「否認哪件事？錢嗎？」

「不是。我聽說克萊芮媞死的那天晚上跟澤妲在一起，當時她剛保釋出獄，正在等候判決。」

蔓蒂征征地看著他。克萊芮媞・司帕克斯死於快速球用藥過量，海洛因和古柯鹼混合的毒品。她意識到自己咬著嘴唇，於是鬆開嘴巴。「你是因為這件事才去找澤妲嗎？」

他還來不及回答，她的手機便在他手中響起，一則WhatsApp訊息。他看向螢幕兩秒，笑容便又回來了，牙齒像童話故事的大野狼般閃閃發光。「追蹤程式？你們有追蹤程式？」

蔓蒂沒說話。

「打開我看。」他把手機還給她，用槍指著她，沒有給她任何拖延的餘地。

她打開程式，把手機拿給他看。程式顯示馬汀在中央車站附近。

「太好了。離這裡不遠。」力芬史東說，一邊站起身。「我需要手機的解鎖密碼。」

「現在是開的啊。」

「之後還要用。我們會把手機帶走，看妳是要給我密碼還是手指，妳自己選。」

蔓蒂給出密碼，看著他測試。

「非常好。現在，仔細聽好，我和斯比提先生都是專業人士，所以不會殺掉你們，畢竟沒人出錢。我們和馬汀談完之後就會告訴他該去哪裡找妳。」

他們兩人用義大利絲質領帶、埃及棉質頭巾還有印度皮繩綁住蔓蒂、葉夫和蓮娜，塞住他們的嘴，對著蓮娜和蔓蒂噴了一點噴瓶裡的香水，並在葉夫的下巴抹了一點鬍後水。離開前，力芬史東蹲下來，一隻手放在蔓蒂的肩膀上。「我沒有殺那個臥底警察，沒殺那個報社編輯，也沒有殺那個法官。條子不相信我，所以就由妳去告訴馬汀・史卡斯頓吧。妳去告訴他——如果我沒先遇到他的話。」

第三十五章

他在哈瑞斯街附近舊鐵道區[1]的一張黃色金屬桌旁等他們。這種放在街頭的家具，設計來不是為了使用者的舒適，而是要能避免蓄意破壞，要能熬過各種風吹雨淋。架高於城市街道上方的舊鐵道已經被轉化成徒步通道，巨大的人行道從ABC大樓與雪梨科技大學之間往港口方向延伸，彷彿紐約高架鐵路公園的回音。這天的白晝死寂無風，藍山大火的煙霧愈來愈濃。遠方有警笛的哀號，百老匯街上教堂的鐘聲迴蕩，近處則是某隻渡鴉的叫聲。史維瓦特自顧自低頭看著自己的手機，直到他們來到對面坐下，才終於抬起頭來。現在，他直盯著他們，雙眼藏在飛行員墨鏡後方，眼神難以辨讀。

「蒙特斐爾和史卡斯頓嗎？」

「對。」蒙特斐爾說。

「你們知道我是誰嗎？」

「哈利．史維瓦特，墨利森投資銀行的安全主管。」警探回答。

史維瓦特點點頭，轉向馬汀。「那你呢？你知道我是誰嗎？」

馬汀輕輕點了一下頭。「丹尼洛．卡拉貝希，芝加哥黑幫成員。」蒙特斐爾沒說話，不過馬汀可以感覺他的身體一僵。

史維瓦特捲起一邊嘴角，與其說是微笑，更像是冷笑。「警察永遠都是最後知道的那一個。」冷笑消失在煙霧之中。「把你們的手都放在桌上吧，我們可不希望有任何誤會。」他邊說邊將手伸進一邊外套口袋，拿出一把拉絲金屬外表的小型手槍，放在桌上清楚看得見的地方，一隻手按在槍托上。如果說這世界有所謂優雅的槍，這把就是了。

「你想要什麼？」蒙特斐爾的聲音裡混雜了憂慮、惱怒與不確定。

「嗯，我想活下去，但你也幫不上什麼忙就是了。」他張開雙臂。「我想要在永遠消失以前澄清幾件事情。」

「我不太懂你的意思。」

「這位史卡斯頓稍微知道一點我的事情。我的確是芝加哥人，我有很多朋友還住在那裡。當然了，不只芝加哥，其他地方也有。總之，我的某個朋友昨天晚上打了通電話給我，告訴我一件很有趣的傳聞，說組織對我下了追殺令。我為他們做了這麼多，卻換來一道追殺令。我欸。你懂我的意思嗎？」

「我們可以提供保護。你可以信任我。」蒙特斐爾的話只換來一聲輕蔑的嗤鼻。

「他們為什麼要殺你？」馬汀問。「為了什麼事？」

「根據可靠的內幕資訊，有人告訴他們說我吃裡扒外。FBI某個愛哭鬼告訴他們，我一直提供資訊給你們的犯罪委員會。」

「所以你有嗎？」馬汀問。

「去你媽的。」史維瓦特的聲音低沉，充滿威脅，握著槍的手抓得更緊。

「如果你不要保護，為什麼要告訴我們這件事？」蒙特斐爾追問。

1　原文對於此處地名用的是The Goods Line，這是一條位於雪梨市中心的舊工業運輸路線，臺灣有時譯為「鐵道貨物線」。這條高架火車路線在二〇一五年被改建成長約八百公尺的徒步區，包含公園、人行道等建設。下文的紐約高架鐵路公園（The High Line，也稱高線公園），則是紐約市中心相似舊鐵道再造而成的公共空間，於二〇〇九年啟用，並持續改建。

史維瓦特抬頭看向天空，噘起嘴來。接著他看向蒙特斐爾，最後將視線轉向馬汀。「我要你洗清我的名聲。」

「什麼意思？怎麼個洗法？」蒙特斐爾問。

「我被陷害了，這是有人計畫好的。我沒殺默洛伊，也沒下令殺他，我根本不曉得他已經死了，也不知道他是警察。如果我知道的話，也許還有可能殺他。」他深吸一口氣，像在壓抑怒意，或者悔恨。「還有，我也沒殺那個法官和王八蛋記者，那些事與我一點關係也沒有，但我在這裡建立的人脈，卻因此開始跟我劃清界線。我背了別人的鍋。」

「誰的？」馬汀問。

「還不夠明顯嗎？」史維瓦特再次露出笑容，張開嘴彷彿要說什麼，卻又再次闔上。有好一會兒，他只是呆坐著，沒有任何動靜，彷彿負責這一天運作的機制正在變換檔次，即將切換成更大的齒輪，於是整個世界的速度慢了下來。馬汀無法動彈，看著事件在他面前展開，一幀接著一幀播放：史維瓦特的手指緩緩握緊槍柄，指節逐漸發白，然後將槍管舉了起來。「你們兩個狗娘養的。」黑幫男子咒罵出聲，聲音聽起來彷彿在水底說話，同時他開始起身，手中武器也愈來愈具有威脅。史維瓦特的槍口指向蒙特斐爾，手指扣上板機；警探舉起雙手試圖進行無謂的抵擋。但無人開槍，沒有火花與硝煙。史維瓦特轉向他處，看向蒙特斐爾和馬汀身後。他還是沒開槍，而是開始移動腳步，拔腿就跑。馬汀看向他，腦袋仍試圖跟上事情發生的速度；同時蒙特斐爾放下手臂去看。史維瓦特已經跨出一步，然後是兩步、三步，彷彿踩在糖漿中加速離開。

馬汀轉身。有個穿著復古西裝的男人正朝他們靠近，從容不迫地走在人群之中，似乎完全沒引起任何行人多加注意。他大步流星，像是哪來的西部神槍手，黑色長髮油亮。馬汀腦中的邊疆地帶傳來報告，彷彿偏遠的殖民地將消息傳回首都：那一定就是亨利．力芬史東。力芬史東伸出槍管，舉在身前一隻手臂遠的位置——那是一隻黑色啞鋼製成的巨大野獸，是帶來死亡的工具，能夠優雅地收拾任何人。活生生的亨利．力芬史東現身此地，高舉著一把左輪手槍。

「趴下。」馬汀大喊，靠向椅子上的蒙特斐爾，將他向下拉往水泥地面。一顆子彈從兩人上方飛過，西裝男子的方向爆出一陣巨大聲響。馬汀看到了槍口的閃光，相信自己聞到了火藥的味道；他跌至地上，手肘撞上路面，一陣疼痛。槍聲在煙霧瀰漫的白晝裡迴蕩，聲音像散彈般碎成片片，撞上一旁建築物凹凸不平的表面，再以各種角度反彈回來。另一槍跟了上來，轟隆作響如大砲，回音直追第一槍。

力芬史東現在走到他們身旁，腳上的馬靴擦拭得明亮照人。他低頭瞥向蹲在地上的兩人。在那個片刻，在某個剎那之間，他和馬汀對上了眼。殺手露出笑容，金牙閃閃，接著他對馬汀眨了一眼，隨後便繼續前進。近處，渡鴉飛進空中，發瘋似地呀呀叫著。

就在那個瞬間，世界背後的齒輪組降低了檔次，生活再次恢復正常速度，再晚一些，整個世界可能就要完全故障失靈。在那個剎那，他們兩人的視線交會，殺手和記者；在那個剎那，死神穿著馬靴與做工精細的西裝，就站在一步之遙的地方，像個老朋友朝馬汀眨眼。

馬汀翻成跪姿，手肘的疼痛因為腎上腺素而暫時安靜下來。他準備起身，這時便聽到史維瓦特那邊傳來連續三槍回擊。史維瓦特此時已在一段距離之外，看不見人影，他的反擊如鞭炮，是一段最高音部的斷奏，是對亨利．力芬史東深沉低音左輪的對位回應。這是一支死亡的管弦樂隊。一顆子彈發出尖嘯，從街頭上的金屬家具彈開，馬汀旁邊的座椅因為衝擊力道而像鐘一般響了起來。馬汀看向蒙特斐爾，看到自己此刻的感覺也反映在警探臉上：並不害怕，也不驚慌，只是拚命試著理解。

啪，啪。史維瓦特再次開槍。他現在跑得更遠了，但力道依舊，拉絲鋼面手槍高唱著死亡之歌。力芬史東以同樣方式回應，發出一聲巨響。馬汀和蒙特斐爾掙扎著起身，交戰中的兩人已經走遠，身影消失在煙霧之中。接著是一片安靜，萬物死寂，彷彿整座城市憋住了呼吸，行人眼神空洞地注視著，不敢相信，無人發出任何聲音。

然後寂靜被一聲動物似的尖叫打破，一聲痛苦哀號。有人中槍。馬汀開始移動腳步，身旁跟著警探，兩人往煙塵推進，進入迷霧之中。他們邁開步伐跑了起來，世界再次換檔，將他們往力芬史東與史維瓦特的方向推送，同時，路邊的人們開始往反方向前進，拚命想要逃離槍口，逃離血腥與恐懼。馬汀感覺自己的腳步太慢，再怎樣都太晚了，但他們還是繼續向前跑去。

他們先遇到那個女人，躺在地上扭動著，全身是血。她旁邊跪著一名男子，是個上班族，他已經脫掉身上的西裝外套和襯衫，正試圖止住女人的血，但徒勞無功。有個小女孩站在附近，不敢注視，無法別開視線，也發不出任何聲音，恐懼從眼眶傾瀉而出，彷彿從孟克的《吶喊》中來到現實。世界頓時停了下來，齒輪咬合鬆脫，以確保即使在大步前進的途中，這個畫面也能烙進馬汀的視網膜：瀕死的母親，無助的女兒。

接著他們遇到了力芬史東，蹲伏在鐵道路線的中段，手裡仍握著槍，對外在世界的變化毫無所覺。他抱著賈舒華．斯比提，懷中同伴的血沾滿他一度完美無瑕的西裝，然後流至地上。馬汀和蒙特斐爾放慢腳步，向他們走去。馬汀現在懂了，這是一次鉗形攻擊：力芬史東和斯比提分別從不同方向包夾，想要困住史維瓦特。至少他們本來是這麼想的。而現在斯比提大量失血，生命正從他的身上流失。「不要啊——！」力芬史東大吼出聲，發自肺腑靈魂的吶喊抗議。一名看起來像學生的旁觀民眾正拿著手機錄影，悄悄靠近。

蒙特斐爾一隻手裡拿著電話，張開雙臂往力芬史東走去，試圖移轉殺手的注意。「亨利，不要開槍。

我現在要叫救護車。」

力芬史東猛然回神，彷彿這時才注意到他們似地快速轉過頭，舉起手上的槍，眼裡充滿憤怒與絕望，一副恨不得對誰扣下板機的樣子。但他沒開槍，而是急迫地下令：「快點打，現在就打！」

他接著輕柔地將斯比提的頭放到水泥地上，跪在他身邊，槍口持續指著蒙特斐爾。蜘蛛網刺青隨著男人衰弱的脈搏而跳動，他的雙眼因為生命力流失而不停顫動。「賈舒華。」力芬史東輕聲說道，彷彿煙霧之中聲音的幽靈。他傾過身，輕輕親吻瀕死友人的額頭。「再見，兄弟。」接著他起身邁開腳步，瘦長的雙腿大步跨出，怒不可抑地往史維瓦特的方向追去。

第三十六章

他們坐在警局裡，屋內的寂靜與外頭的煙霧一樣濃厚。蔓蒂看向馬汀，但他只是盯著自己的手。葉夫賊頭賊腦地四處張望，渴望看到電腦還是什麼的設備，彷彿毒癮發作急需來上一劑。他們在這裡好幾個小時了，剛重獲自由的興奮早已消失。她在煙霧瀰漫的灰色玻璃上看到自己的倒影，仍因一連串的事件而顫抖，但除此之外沒有受到任何傷害或威脅。不過，她還是感覺得到這些事的重量，事態多麼嚴重。她揉了揉被綁而痠疼的手腕。

三人坐在一間玻璃辦公室裡，辦公室外擠滿了警探。他們成群行動，分成許多小組，態度急迫、目標明確、充滿決心。現在，所有人都停下動作，看向牆上那一整排的新聞監控螢幕。從玻璃庇護所裡，她可以清楚看到所有的新聞頻道頓時活躍起來，彷彿縮時攝影的花朵一一綻放。這是當下的頭條新聞，每個頻道都以最盛大的規模報導雪梨市中心的槍戰。她聽不到外面的警察收聽的頻道，但可以讀到標題。七號臺說「**爆發槍戰：兩人死亡**」，九號臺說「**市中心槍戰**」，十號臺說「**搜捕行動**」。她看得入迷，腦中開始填補馬汀無法複述的那些空白。她轉頭看他：至少他這時看著螢幕，沒有繼續沉溺在自己的思緒與自責中。她為他感到難過——他是個好人，不該遇上這種事。

路奇碰地一聲開門進來。「還妳。」他遞出蔓蒂的手機。「我們在現場附近找到的，他一到現場就丟了。妳運氣很好，有人找到送過來。」

「謝謝。」她收下手機，小聲說道。

「可以把我的手機還我嗎？」葉夫問。

路奇聳肩說道：「有在我們這邊嗎？」

「你明知故問。」葉夫怒氣沖沖地頂了回去，但只從路奇身上拿回一個微笑。

蒙特斐爾走進房間，找了位子坐下。路奇繼續站在一旁，隱約散發著威脅感。「搞這一齣，我得寫報告寫到世界末日了。」蒙特斐爾嘆了口氣。

「沒找到力芬史東嗎？」馬汀問。他沒有因此變得沉默，蔓蒂鬆了一口氣。

「我為什麼要告訴你？」蒙特斐爾的眼神有某種情緒，一種沒說出口的指責。隨後他的態度又軟化下來。「沒什麼有用的資訊。中央車站附近有幾臺監視器拍到他，但就算我們循線去追也太慢了。他已經消失了。」

「他的同夥死了？」葉夫朝著電視螢幕的方向偏了偏頭。

蒙特斐爾點頭。「賈舒華．斯比提被想要逃跑的哈利．史維瓦特開槍打死。」接著，他面露顯而易見的痛苦。「另外還死了一個年輕媽媽。就是個無辜的路人，在錯的時間去了錯的地方，被流彈波及。從傷口的大小判斷，應該是被力芬史東拿的那管大砲打到。」

「所以他應該會因為殺人罪而被通緝吧？」蔓蒂問。

「兩個人都會。」

路奇清了清喉嚨，引起蔓蒂的注意。年輕的警官搖了搖頭，彷彿是要她別說話。她對上他的視線，沒有動搖。她現在沒心情受任何人的氣。

蒙特斐爾變換了坐姿。「好，我們現在把所有事情快速理過一遍，把前因後果搞清楚，說確切的資訊就好。我很想知道你們的各種推理猜測，但不是今晚。我們現在的第一要務，是處理犯罪現場以及抓到史維瓦特與力芬史東。」

「我需要請律師來嗎？」蔓蒂問道。「她在墨爾本。」

「我不覺得有必要。之後的確還是需要一份正式筆錄，不過現在我只想要了解大概的情況。」他看了一眼手錶。「上面的人大概十五分鐘後會看完新聞，到時候我就得去樓上。」

「了解。」

「好。事件的前因後果，蔓德蕾先開始，葉夫根尼和馬汀想到有關的就補充。記得，我只要確切的事實資訊。」蒙特斐爾再次看了一下手錶，然後抬頭看向路奇。「伊凡，坐吧——做筆記。」

路奇從旁邊的桌上拿了紙筆，放下手機，啟動錄音程式。

蔓蒂看著那手機，扭動了一下身子。為什麼蒙特斐爾要挑她重述？因為不信任馬汀，不相信他會坦率交代所有細節嗎？還是她比較有可能說出不該說出口的話？「你要我從哪裡開始？」她問。

「你們怎麼會在那間電腦店？」

蔓蒂瞄了葉夫與馬汀一眼，意識到沒有任何試圖隱瞞的餘地。「馬汀和我去那裡找葉夫幫忙。」

「幫什麼？」

「十五分鐘之內講不完。」馬汀插嘴道。「我在調查麥斯・富勒和伊莉莎白・托貝的命案以及塔昆・默洛伊的案子。蔓蒂與葉夫在幫我。」

正在專心筆記的路奇嘲諷地哼了一聲。

蒙特斐爾轉向葉夫。「你是電腦專家？」

葉夫不置可否。「你覺得是就是了。」

蒙特斐爾重新轉向馬汀。「斯比提與力芬史東到店裡的時候，你不在場？」

「不在，我那時已經離開了——去找你。」

「嗯，你什麼時候離開的？」

馬汀說出時間；蔓蒂同意那個時間正確。

蒙特斐爾皺起眉頭，注意力回到蔓蒂身上。「所以，馬汀離開之後，妳和葉夫根尼繼續在電腦上查你們的東西，是這樣嗎？」

「對。」

「後來發生什麼事？」

「斯比提和力芬史東來了。他們進到店裡，鎖上門，用槍指著我和葉夫，還有葉夫的姊姊蓮娜。」

「她沒在幫你們調查？」

「沒有，她在領巾區工作。」

「什麼區？」

「店裡分成兩個區域，她在其中一邊賣服飾配件。」

蒙特斐爾一臉莫名，有些惱火，感覺到寶貴的十五分鐘正一點一滴地流逝。「斯比提與力芬史東要幹麼？」

「斯比提沒說什麼，只是偶爾吼個幾聲，負責發問的是力芬史東。」

「他想要什麼？」蒙特斐爾沒因此灰心，再問了一次。

「馬汀。他想找到馬汀。」

「就這樣嗎？」

「他想知道我對哈利·史維瓦特這個人知道多少，還有在哪裡可以找到他。」

「史維瓦特？妳怎麼說？」

「我說他在墨利森工作，要找他可以去那裡。但他說史維瓦特跑了，有壞人正在追他。」

「他那樣講嗎？」蒙特斐爾轉頭向葉夫確認。

「對。」葉夫說。

「他們對你們在查的東西有興趣嗎？」蒙特斐爾問葉夫。「就是電腦那些？」

「沒有，完全沒興趣，他只想找到馬汀。」電腦宅答道。「他說今天早上警方找他問過話。」

「你把他放走了？」馬汀問警探。

「史卡斯頓你閉嘴，我沒在跟你說話。」

警探的聲音有種陌生的怒氣。蔓蒂想知道他們兩個發生了什麼事。他覺得槍戰是馬汀的錯嗎？

「力芬史東還想知道什麼？」蒙特斐爾直接對著葉夫問。

「沒了。」葉夫聽起來有些害怕。

「然後妳就告訴他們馬汀在哪裡嗎？」蒙特斐爾問。

「他們有槍。」蔓蒂說。

馬汀再次插嘴。「我們的手機有連線。我們裝了追蹤程式，他們是用程式找到我。」

蒙特斐爾看著他們兩人。「馬汀，你知道斯比提和力芬史東找你幹麼嗎？」

「我不知道。揍我？殺我？告訴我他們的說法？」

蒙特斐爾重新轉向蔓蒂。「他們知道馬汀當時要與史維瓦特見面嗎？」

「我不知道。就算他們知道，也沒告訴我們。」她說。

「你忘了嗎？在你告訴我之前，我根本不曉得我們要和他碰面。」馬汀補充道，不過蒙特斐爾並沒有因此高興一點。「還有誰知道他聯絡過你？」

此時蒙特斐爾的怒氣已近臨界值。「閉嘴，馬汀，我們沒有要討論那種可能性，無論是現在或以後都不會。」警探再次轉向蔓蒂：「回到那件事之前。他們怎麼找到妳的？他們怎麼知道妳在電腦店？」

蔓蒂不曉得怎麼回答，只能非常感謝葉夫此時跳出來接話。「他們可能追蹤了手機。」

蒙特斐爾專注地看著蔓蒂，然後看向馬汀。「他說的是真的嗎？」

「你不是說不想聽到揣測嗎？」馬汀說。

蒙特斐爾一臉敵意地看著他，彷彿能感覺到他們沒說出全部的實情，不過就在開口之前，他的手機響了，他看了看螢幕。「我得上樓了。你們可以離開，不過明天早上要再過來一趟。八點半。到時候我們要做正式筆錄，有需要的話就帶律師過來。」

「我們現在安全了嗎？」蔓蒂問。

「什麼意思？」蒙特斐爾正要起身，一時間停下動作，像是這時才開始思考他們後續是否會受到任何威脅。「我認為已經安全了。力芬史東正在逃亡，應該沒空騷擾任何人。」

「史維瓦特呢？他本來想告訴我什麼，還記得嗎？」馬汀問。

蒙特斐爾看著他，思緒開始運轉。「我覺得那件事應該吹了，至少不是在現在的情況下。他現在應該覺得力芬史東是我們帶去的。但如果他試圖聯絡你，一定要告訴我，懂嗎？不要又一股腦自己衝出去。現在情況非常嚴重、非常危險。」

「你是說他可能會來找我們嗎？」蔓蒂聲音顫抖地說。

此時蒙特斐爾已經往門口走去，他交代路奇：「請你安排員警護送他們回飯店。」接著他轉向蔓蒂，語氣近乎親切：「妳回去收拾東西，訂一間新的飯店。等到妳覺得安全了，再讓警察回來。」

「謝謝。」馬汀說。

「可以把手機還我嗎？」葉夫問。

蒙特斐爾覺得沒救了似地搖著頭。「我的天啊，快把阿宅的手機還他。」

星期六

Saturday

第三十七章

馬汀不敢相信竟然有這種事。實在太離譜了。他坐在薩里山警察局的等候室裡，用手機讀著《雪梨晨鋒報》，一旁的蔓蒂在看書，而溫妮佛正在筆電上打字。外頭，生活在煙霧中紛亂前進，這天早晨因為槍戰多了一種緊張感，彷彿雪梨這座城市的都會發展資歷已經晉升到洛杉磯或紐約等級。牆上那臺電視第無數次重述了舊鐵道公園事件，目擊者也不斷複誦自己的驚險經歷，子彈在幾公分外擦身而過、自動自發的英雄行為、某個朋友的朋友認識死者云云。不過馬汀幾乎沒在聽，他的注意力都被晨鋒報吸走了。首先是頭條新聞——鐵道公園染血——戲劇性的槍戰報導，搭配社群媒體上找到的照片，其中一張是他與蒙特斐爾蹲在桌下，並且附上一段影片連結，是力芬史東抱著將死的斯比提時，蒙特斐爾朝他們走去的場景。報導也附了鳥瞰圖，把馬汀與偵緝督察分別標記為「記者」、「警察」，用一個X標出他們與史維瓦特會面的地點，彷彿他們在某種程度上必須為斯比提與年輕媽媽的死負責。然而這都不是讓他惱火的地方。他冷靜後才發現，真正讓他惱火的是貝瑟妮拿走了所有的功勞；作者照片中的她以冷靜的權威神情看著讀者，並在整篇報導的最下方致上最淺薄的謝意：馬汀．史卡斯頓補充報導。補充報導？有沒有搞錯？他人就在案發現場，親身經歷力芬史東狂野西部左輪的開場，以及史維瓦特拿著黑手黨配發的克拉克手槍反擊，子彈從水泥地面與街頭金屬家具上彈射，一名無辜的路人倒下，斯比提失血過多而死。他人就在那裡，在那一切混亂之間，恐懼、嘈雜、恐慌、死亡，小女孩驚愕地僵在原地，而他最後得到的就只是貝瑟妮頭版頭條裡的一行備註，彷彿他整個人就是個次要的補充說明。那張鳥瞰圖都還至少暗示了他的某種重要性、某種關聯。

「去你媽的。」他小聲說道，抬頭就看到蔓蒂擔心的神情，與溫妮佛要他別罵髒話的臉。有個上了年紀的男人坐在幾個座位外，緊張地看著他。

他知道，這只能怪他自己。他和蒙特斐爾去了警局，配合警方問話，還與蔓蒂、葉夫一起核對紀錄。一直要等到他們被晾在一旁等待數小時後，他才想到應該打給貝瑟妮，當時她的第一輪報導早已發布。就像他的本能已經消失，新聞優先對他來說再也不重要。他到底在想什麼？他的首要任務什麼時候變成配合警方調查了？是因為他向警探隱瞞史維瓦特的身分，下意識地想要補償嗎？他是不是不知不覺中變成了官方的俘虜，不再是追究當權者責任的永遠的懷疑論者？如果不是為了報導，他又何必介入？何必留在這滿是煙塵的城市？他大可以與蔓蒂一起回家陪連恩。但是他已經決定留下來了，要為麥斯查明真相，要寫下這段歷史的初稿，又為什麼沒做到呢？因為這些原因，那行字實在令他憤恨不已，「**馬汀．史卡斯頓補充報導**」，麥斯看到的話作何感想？

不過，當他繼續瀏覽晨鋒報其他相關報導，他對於貝瑟妮的不悅都不算什麼了。因為在裡面等著他的，是達西．德佛所謂的獨家報導。文章鑽進他的眉心，將他的胃整個翻了出來。

獨家。混亂食堂：潛入雪梨染血的祕密結社

晨鋒報調查報導。撰稿者：達西．德佛

達西的照片是貝瑟妮的兩倍大，聰明、淵博、優秀，注視著手機外的馬汀。「靠。」馬汀開始閱讀那篇文章。「靠，靠，靠。」

「你還好嗎？」蔓蒂問。

「沒事。」他氣沖沖地說。

溫妮佛做了個表情後又繼續打字。老人則再度往外坐了幾個位子。馬汀繼續讀著，沒注意其他人的反應。

很少人知道它的存在，更少人知道它握有怎樣的權力。混亂食堂不只是雪梨最隱密的陰謀集團，還是這個州內最有影響力，甚至可能最腐敗的組織。

這個地下社團涉入了一系列血腥謀殺事件及可疑命案，循著沿途滴落的血跡，我們甚至能一路追至昨天下午在歐緹莫區舊鐵道公園的槍戰。今天，《雪梨晨鋒報》將首次為您掀開這個祕密組織的神祕面紗。

據晨鋒報調查，星期五槍戰的其中一名槍手，就是惡名昭彰的美國黑手黨角頭丹尼洛·卡拉貝希。此人在美國已受司法單位通緝多年，來到澳大利亞後化名哈利·史維瓦特，是混亂食堂中頗具影響力的成員之一。

這麼多年來，混亂食堂一直設法在暗地裡擴張腐敗的範圍、延伸充滿惡意的影響力，並且始終能夠逍遙法外。這樣的環境剛好給了史維瓦特這類人完美的切入點，讓他們能由此進入雪梨權力中心。

過去十年中，我花了大部分時間研究這個最隱密的組織，年復一年，慢慢摸索它的影響力。

您必須知道，為了調查與打入組織內部，我主動加入這個祕密組織，成為其中一員，誓言擁護組織的守則，並保守祕密。

簡而言之：我為了這篇報導承擔了生命的危險。

「媽的咧。」馬汀忍不住喊出聲。他不曉得該笑、該哭，還是該覺得噁心。「死騙子。」他小聲對著手機發火。老人放棄移往更遠的座位，而是直接離開。馬汀完全沒注意到，他所有的注意力都被文章奪走了：

但是，現在有一位年輕、無辜的媽媽在歐緹莫區的舊鐵道公園喪命，以致我必須打破混亂食堂最基本的守則——這是混亂食堂其他所有規則的前提：永遠不得公開組織的存在。

我公開組織有兩個原因：第一，公眾有權知道那扇緊閉的門後發生了什麼事；其次，我愈來愈明白，組織部分成員玷汙了曾經高尚的理想，自甘墮落地犯了罪。

許多年來，我一直聽聞，這座城市的金字塔頂端存在著一個神秘結社。我開始深入調查，一步一步逐漸接近。最終，在查出幾名成員的會員身分之後，我收到了加入食堂的邀請，很是驚訝。

我所參與的第一場晚宴，在全澳洲最頂級的餐廳之一舉行。走進餐廳二樓的私人包廂，放眼望去皆是這座城市裡最偉大、優秀的人物：法官、政治家、運動員、律師、商業龍頭、工會人士。我感覺自己觸及了調查新聞的礦脈，就像是受邀出席內閣會議。

那次聚會的餐點是我所想像得到最美味的，喝的是最頂級的葡萄美酒。不過我喝得很少，因為我渴望記下席間的每句話、每個細節，等到有機會要趕快寫下。就這樣，我參加了一場又一場聚會，大約每個月一次，持續了三年：晚宴大多都在雪梨舉行，偶爾移師坎培拉和布里斯本，還有一次辦在巴羅莎谷。

所以，我到底查到了什麼呢？

混亂食堂的本質是隱密，是權力，是影響力。從這個角度來說，這是一個極其不民主的團體：在暗處運作，遠離媒體監督，也不為公眾所知，從根本上有著非澳大利亞的質地。

然而剛加入時，我並未發現任何腐敗或濫用權勢的跡象。有的股票經紀人分享分析市場的觀點；某個工會成員講述他最愛的賽馬選手有哪些優勢；另一個房地產仲介則熱心答應幫你留意合適的物件。簡單來說，完全不像有任何犯罪活動。

我當初的確這麼想。

但到了現在，食堂成員卻發現他們已與命案密不可分。具體來說，混亂食堂中有一名成員正在大玩險惡的兩面手法，他是黑手黨角頭丹尼洛·卡拉貝希，在我們面前，他則使用假名哈利·史維瓦特。就像我加入食堂別有用心，史維瓦特也一樣。他以食堂為管道，將犯罪組織引入澳洲政治與商業的核心團體，得以接觸這座城市的權力菁英。

我必須強調，混亂食堂的三十位成員中，絕大多數不曾犯過罪，就只是偶爾幫朋友一、兩個小忙，如此而已。

因此，即便我擁有完整的成員名單，也不會公開所有成員的身分。畢竟，迫於媒體助長的獵巫氛圍，而去詆毀優秀澳大利亞人的名聲是極不公平的。無論是要繼續保密，或者甘冒受到牽連怪罪的風險，公開承認自己是成員，都會是非常艱難的決定，應由個別成員自行選擇。

不過，我可以向您透露其中幾個人的身分。

新南威爾斯高等法院的伊莉莎白·托貝法官曾是成員。

她過去與前晨鋒報編輯麥斯·富勒合作，試圖揭穿食堂內幕，但在調查過程中遭開槍殺死。

另外還有幾位成員同意我透露他們的身分。工黨聯邦參議員珍寧·崔羅以及本州的自由黨眾議員山森‧費丁都是仍在世的成員，他們同意我公開身分是非常勇敢的行為，應受讚揚。他們都表示不曉得史維瓦特的真正目的，且堅決否認曾以任何方式協助他從事任何犯罪行為。我願意相信兩人的說法：目前確實沒有任何證據顯示食堂全面腐敗，反而是個別成員，可能因為哈利‧史維瓦特的魔咒而墮落敗壞。

接下來數天和數週，我將撰寫更多報導，揭露我對食堂及其成員的發現。混亂食堂或許是個祕密組織，而這樣的遮掩或許不符合民主精神，但說穿了，那也只是個非公開的社交晚宴俱樂部。絕大多數成員——甚至是所有成員——可能永遠都不會曉得哈利‧史維瓦特與黑手黨的關聯。他們不該為了只是聚餐而遭到公開批評。

有好一會兒，馬汀心裡充滿了……什麼樣的感覺呢？不爽？憤怒？饒富興味？這是他的新聞，卻被達西騙走，在他身處警局乾等時公開發表。的確不是什麼好事，但真正讓他惱火的是其他事情。他試著客觀點重讀文章，發現第一次沒看出來的細節：這篇文章和以往的晨鋒報重大調查報導不同，完全沒有嚴肅認真的筆法、充滿邏輯的布局，以及徹底檢視一字一句正當性的態度。報導開頭壯闊，結尾卻嗯嗯啊啊。火力全開的達西會是非常優秀的新聞記者和撰稿人，文筆清晰有說服力，但這篇文章沒有，差得遠了。文中點名的食堂成員，只有因為殺了賈舒華‧斯比提而遭通緝的哈利‧史維瓦特，以及已經死了的伊莉莎白‧托貝，再加上兩個自己主動公開的政治人物，費丁和崔羅。整篇文章實在太像臨時拼湊的奇談故事，是在某種壓力下硬擠出來的產物。問題是，這個壓力究竟是為了搶先所有人發布重磅新聞，還是為了不讓其他媒體揭露他也是成員，而先行坦承？畢竟，等到其他人把食堂的成員名單挖出來時，整個案子就會像掛滿燈泡的聖誕樹一樣燈火通明。有人在某個座位上丟了一份晨鋒報，馬汀放下手機，走過去拿起報紙。鐵道公園槍擊案占據了整個頭版，以及一整篇的內頁跨版報導；貝瑟妮使盡全力彙整截稿前所能得到的任何資訊。不過報紙上完全沒提到達西的重大調查，不只是沒刊出文章本身，連一點挑逗的預告都沒有。

馬汀微笑。他知道寫這種報導要花費多少心力，如果沒有好的理由，你不會隨便趕鴨子上架。他可以想像當時編輯室的情況，看出一連串的邏輯因果。達西當下一聽到史維瓦特殺了人而遭到通緝，就會發現他必須趕緊丟點東西出來，一部分是害怕這新聞被馬汀或其他人搶走，同時也是替自己打預防針，好讓所有人知道他是為了正當目的才加入食堂。達西不是笨蛋，他看得出即將來臨的媒體風暴，決定先發制人。他發聲支持幾位食堂成員，並且譴責史維瓦特，將自己塑造成仲裁者，能夠評斷哪些成員無可指責，哪些成員則應該受到詛咒。聰明的達西，那些被他免罪的人應該會非常感激。

＊　＊　＊

蔓蒂想知道馬汀怎麼了。他坐在她旁邊，不斷對著手機發表意見：大笑、咒罵、嘲諷。昨晚的他受到槍戰中的暴力震撼而顫抖，孤立起了自己，沉浸在思緒裡，長時間都沒說話，眼神沒有焦點，就只是看著。她花了好幾個小時慰問、呵護，才讓他說出那些恐怖的場面：一個男人在他眼前流血至死，無辜的女人躺在自己孩子面前垂死掙扎。直到今天早上，他們抵達警局時，他都還有些抽離，現在卻坐在這裡，彷彿什麼事都沒發生，彷彿他什麼都沒看到。好像他腦中有個開關被打開，開啟了某種補償機制，讓他突然又活了過來。但她完全沒有活過來的感受。真要說的話，反而有些灰心喪氣，因為她、馬汀以及又大老遠從墨爾本飛過來的溫妮佛，現在都被困在這裡，乾等著蒙特斐爾。這讓蔓蒂強烈感覺到，自已不過是這臺巨大調查機器中一顆再迷你不過的小齒輪。

「妳看。」溫妮佛的聲音讓她注意到了電視畫面。ABC正在現場轉播，是在新南威爾斯州議會後方的記者會。有人轉大了音量。鏡頭正對著兩個人，畫面上的說明文字表示他們分別是新南威爾斯州的工黨參議員珍寧・崔羅，以及隸屬自由黨的州財政局副局長山森・費丁。

「各位先生女士，謝謝大家這麼臨時前來參與記者會。」兩人中的男子似乎理所當然地掌握了主導權，他的聲音鏗鏘有力而有分量，斷句的空檔長而適當。「在過去十二小時內，崔羅參議員與我注意到了事態有多嚴重。針對此一事件，我們雙方都認為必須盡快主動面對，並且盡可能坦承以告。不過，由於警方及其他司法單位已積極展開調查，我們的資訊會受到一定程度的約束，因此，今天我們會盡力向各位說明，但無法接受提問。珍寧？」

「謝謝山森。從昨晚到今天早上這段時間內，我們得知警方正在調查一個疑似重大犯罪集團的組織，同時也得知自己可能在無意間——我必須強調，是在完全不知情的情況下——與警方調查的部分對象有過不重要的接觸。之所以會有這樣的接觸，是因為我們與這些對象皆為一私人社團的成員，該社團叫做混亂食堂，是歷史悠久且信譽良好的社交晚宴俱樂部。」她稍作停頓才又繼續說。看來當過宴會主持人的不只費丁一個。「在此強調：無論是我本人或費丁議員，都從未涉入任何犯罪活動之中。我們並未受到任何指控，也沒有任何嫌疑。我們從未參與任何不道德的行為，也未曾有損議員身分或怠忽職責。」

崔羅停了下來，此時費丁立刻接手。對於來自不同議院且分屬不同立場黨派的政治人物來說，這種團隊合作可是非常了不起。「得知消息後，我們第一反應是不要妨礙警方調查，因此本能地保持沉默。不過我們同時也意識到，隸屬於《雪梨晨鋒報》且本身也為社團成員之一的達西・德佛，正準備公開報導此事件。考量到公共利益，我們認為自己有必要公開成員身分——以此維護自身清白——並且捍衛社團其他成員的名譽。他們都是社會上備受尊敬的人物，皆在無意間被捲入此次調查。」他給了一個邱吉爾式的停頓，換上哀傷的語氣。「接下來的數天或數個星期內，各位可能會看到許多名字在媒體流傳。我懇求各位行動前務必三思，別忘了，絕大部分被點名的人，就像崔羅參議員與我，並未參與任何不法行為，也對這些行為毫不知情。他們就只是社交俱樂部的成員而已。」

媒體間一陣竊竊私語，有人試圖提問，不過珍寧．崔羅並不打算脫稿。她清楚有力地說道：「我們相信此次調查重點在於社團中一名惡劣的成員，此人名為哈利．史維瓦特。據我們了解，目前沒有任何證據顯示，現階段調查牽涉到社團的其他成員。如果稍後警方發現其他成員涉入，我們也會尊重結果。食堂任何成員若是犯下任何罪行或不當行為，都不應逃避應有的法律後果。」

山森．費丁再次完美地接過話尾。兩人默契之強大，蔓蒂覺得他們搞不好是情侶。「我們的社團由三十位澳大利亞知名人士組成，大約每個月舉辦一次社交晚宴；通常會包下一間小型餐廳，或是租用大型餐廳的隱密空間。聚會上，我們享用美食美酒，並且討論當次的主題，僅此而已。這個社交晚宴俱樂部並不要求一致的政治立場，也沒有統一的目標或目的，純粹是享用美食、社交。我們不公開成員的身分，是為了維護部分成員的隱私，他們包括政治人物、工會領袖、各產業領導人、法界成員及其他從業人士，以及資深媒體人。」

輪到珍寧．崔羅：「山森和我今天秉持坦白誠信的態度，站出來向各位說明，因為我們的身分與其他成員有些許不同。我們是公眾人物，而大部分成員都只是一般人，因此，是否公開身分，也該由他們個人決定。請記得：他們都只是一般人而已。感謝各位參與本次記者會，費丁議員和我很希望能告訴各位更多內幕，不過老實說，其實也沒有更多內幕可談。無論如何，我們都不希望妨礙進行中的調查，或侵犯無辜人民的隱私。請各位在報導前務必三思，並再三確認資訊的真偽。感謝各位今天的參與。」

一陣相機快門與大喊提問的聲音傳來，隨後畫面便切回位在歐緹莫的攝影棚內。

「在想辦法脫罪了。」溫妮佛說。「看來這件事要鬧大了。」

＊＊＊

電視報導又回到了棚內，某個溫馴無趣的學者正在解釋這個祕密團體的歷史。馬汀的手機響了：是威靈頓．史密斯。馬汀慢慢找回了一些聯絡人資料，足以顯示部分來電者。

他搶在編輯之前開口：「威靈頓，不用擔心，我們還有很多可以寫。」

這位媒體編輯的情緒之興奮，馬汀幾乎聽見他的熱情正在電話的另一頭滋滋冒泡。「很好。你有看到天空新聞嗎？」

「我看ＡＢＣ，崔羅和費丁。」

「有什麼感想？」

「他們在打預防針。」

「你現在查到什麼了？」

馬汀猶豫著，在空曠的警局大廳裡四處張望，但也僅只一下子而已。「麥斯與伊莉莎白之前在追的案子、混亂食堂的存在，還有史維瓦特、美國黑手黨以及那個臥底警察塔昆．默洛伊的命案，所有事情都彼此相關。」

「太棒了，老弟，幹得好。所以這就是他們被殺的原因嗎？」史密斯面對死亡和暴行有種無法抑制的熱情，即使是馬汀都覺得他有些欠缺同理。再怎麼說，麥斯和伊莉莎白之前好歹也算是在替他工作。

「我現在的想法是這樣。」編輯兀自說著，語氣中的狂熱未減。「現在離《本月》截稿還有兩個星期，時間還很充裕，我要你寫篇東西刊在上面。在那之前，你要把所有該查的事情查清楚，這是一定的。然後，這一定有辦法寫成一本書。旱溪鎮和銀港那兩本目前都還賣得很好，你現在就是犯罪紀實暢銷書的霸主，到時候我們一定會讓你跑場參加各個城市的作家節，而且還要……」威靈頓截斷了自己說到一半的句子，重新修正焦點。「不過這些都是之後的事，我們現在是要盡快把你有的東西上線。我們要領先別人，把達西．德佛踢回原位。」

「上線？」

「歡迎來到未來世界，老弟。你一有時間就寫點東西給我，篇幅不一定要長，也不必把所有細節都塞進去，只要做出聲明，讓讀者知道我們正在調查就夠了。我們會把稿子放上電子報，作為之後雜誌的預告。事實上，如果你可以直接分成幾篇短文更好，我們可以一連幾天刊出，持續吸引讀者注意。我不會讓你的努力白費的。你要的話也可以把一些重點資訊留給雜誌。然後，等到我們在這篇新聞上插了旗，就能為之後的書打好基礎。你覺得怎樣？」

「嗯，我懂了。不過我現在沒辦法保證什麼，還是得看之後查得到什麼再說。」

「你認真的嗎？你當時人就在現場欸，在整場槍戰的正中間，跟進到當年O. K.牧場大戰的現場沒兩樣[1]。你只要寫第一手資料就好，寫當下現場是什麼感覺。現在就寫。晨鋒報或其他人不管寫什麼都比不過這個。你記得要把自己擺進去，記得說清楚：你之所以出現在那裡並不是偶然。」

掛上電話後，馬汀坐在位子上想著。威靈頓說得很對，這些都是再明顯不過的事，為什麼自己這麼慢才意識到這件事呢？他之前也報導過類似的事件，知道它們的影響力。也許他真的退步了。

路奇從櫃檯旁的安全門後走出來，打斷了他的沉思，對著他們三個人說：「老大要找你們談一下。」

你們三個都是。」

走進警局內部，莫銳斯・蒙特斐爾正在前一晚的玻璃辦公室中等著他們，顯然已與克勞斯・范登布克交談許久。他們走進辦公室時，督察抬起頭來，示意他們坐下。「早。現在混亂食堂的成員跑出來自表身分，樓上那群人嚇得要死，所以我等一下很快又要到樓上開會，我們動作必須快點。我和克勞斯有幾個簡單的問題要問。」

范登布克覺得這樣的開場就夠了，於是直接以慣用的直球丟向馬汀：「蒙特斐爾偵緝督察告訴我，哈利・史維瓦特表明他是美國犯罪集團的成員時，你一點都不意外。」

「芝加哥黑手黨。」

「對。你怎麼知道的？」

馬汀皺起眉頭，手叉在胸前。「我不會說出我的資訊來源。」

「去你的。是不是犯罪情資或聯邦警察的人告訴你的？是或不是？」

馬汀聳了聳肩。「抱歉，我不能玩這種刪去法的遊戲。」

范登布克激動起來，馬汀從他眼中看得出來。不過，這名調查員的聲音依然平穩：「我很欣賞你謹守記者道德，但這是人命關天的事。你要知道：默洛伊是個臥底警察，是有家庭的好人，現在他被殘忍殺害，很可能就是他的身分被揭穿了。我們還有其他臥底，這些人的生命安危可能已經受到威脅，所以我們必須排除有人因為這事而繼續喪命的風險，我們得確定有沒有任何聯邦組織在洩露消息。」

1 O.K.牧場（O.K. Corral）位在美國亞歷桑那州，警方與牛仔間曾於一八八一年發生槍戰衝突，該次槍戰對美國歷史有重要影響，曾多次改編成影視作品。

「你們對墨利森還有正在進行中的調查？」

范登布克伸出雙手，挫折地拍上桌面。「你只要知道現在是人命關天就夠了。」

馬汀想了一想。「好吧。我的資訊不是從ＡＣＩＣ或ＡＦＰ得來的。」

「很好。謝天謝地。」范登布克稍微平靜下來。他深呼吸一口氣，左右轉動肩膀彷彿想放鬆肌肉。

「你還知道史維瓦特什麼事？」

馬汀的第一反應是該保持沉默，不過他隨即看到有個機會，也許他能藉此搜集一些資訊。上次在旱溪鎮時，他和范登布克便做過類似的協議。「史維瓦特是ＡＦＰ登記在案的線人。」

房內竄起一陣寒意。范登布克和蒙特斐爾都愣住了，一動也不動，彷彿有人把他們的電池拆掉了一秒鐘。一名記者竟然有辦法得知受到高度保護的線人身分。

馬汀抓住機會，決定藉著優勢推進。「他是默洛伊的線人嗎？」

現在換成范登布克開始思考自己的立場。隨著他猶豫愈久，馬汀愈相信其中有一定的關聯。「也許是。」范登布克終於說道。「我們不確定他們確切關係如何。」

「那為什麼當初默洛伊被殺的時候，你們沒調查史維瓦特？」

「因為我們根本不知道默洛伊死了。我們跟其他人一樣，都覺得他帶著錢跑了，無論史維瓦特是不是線人都一樣。」

「默洛伊消失之後，史維瓦特還有繼續配合嗎？」

不過范登布克搖著頭說：「我沒辦法告訴你他的現況，我只能說他因為殺死賈舒華．斯比提而被通緝，我們也因為塔昆．默洛伊的命案要找他問話。擁有線人身分也沒辦法讓他避開這些，完全不行。」

「你覺得是他做的嗎？」

「你覺得不是嗎？他有完美的動機，完美的下手機會。」

「他告訴我和莫銳斯，黑手黨對他下了追殺令。所以他是個逃犯：同時要躲避警察和黑幫。」

「對，消息傳得很快，那也是為什麼亨利．力芬史東與賈舒華．斯比提會拿著槍去找他。追殺令的賞金有五十萬美元，是筆大數目。」

「那件事和我有什麼關係？」

「我們非常想早其他人一步找到史維瓦特，你應該想像得到我們可以從他身上獲得多少資訊。所以如果他試圖聯絡你的話，你必須讓我知道，懂嗎？」

「為什麼會找我？經過鐵道公園的事情之後，我和莫銳斯應該是他最不相信的人了，他會覺得我們在幫力芬史東抓他。」

在一旁安靜聽著的蔓蒂這時開口：「如果他真的走投無路，也許會去拿那筆錢？我們可以循線找到。」

范登布克皺眉說道：「我覺得不太可能，他應該早就把錢藏好了。」

「為什麼這麼覺得？」馬汀問。

范登布克聳了聳肩。「黑手黨一定有理由才會對他發出追殺令。也許是他殺了默洛伊並把錢私吞，然後告訴他上面的人默洛伊逃到了海外。」

馬汀看向蒙特斐爾，後者抬起眉毛，好像覺得這個論點值得考量。

蔓蒂表情擔憂地說：「如果他願意和你談，你會給他豁免權嗎？」

「不會。」蒙特斐爾說。「殺了人就是殺了人，殺了警察的話更是如此。」

范登布克噘起嘴，思考著自己的回答。「我個人同意莫銳斯的看法，不過這種問題的決定權從來就不在我們這個等級的人手上。」

現在換成蒙特斐爾面露惱火。

「老大？」還站在角落的路奇說道。

蒙特斐爾看了看錶。「靠，我要上去了。要挨罵了。謝謝你願意這麼坦承，我不用說你應該也知道，不要把剛才說的告訴任何人，也拜託絕對不要寫到報紙上，讓那個達西．德佛慢慢猜就好。」

「我們可以走了嗎？」蔓蒂問。

「可以。」蒙特斐爾說。

「可以。」范登布克說。

馬汀點頭表示同意，不過他覺得真相並非如此。當時力芬史東出現在舊鐵道，是從葉夫與蔓蒂那裡一路看著追蹤程式找來的，而且他要找的是馬汀，不是史維瓦特。所以，要嘛力芬史東事先知道他們要碰面，否則一切只是巧合。

馬汀跟著蔓蒂與溫妮佛回到街上，此時他的手機響了。又是一個不明號碼。聯絡人資料被刪掉真的開始讓他有點火大。

「你好，我是史卡斯頓。」

「馬汀，我是泰厄博．托貝。請問你有沒有達西．德佛的電話？我有急事要找這個記者談談。」

「您在哪裡？在家嗎？」

「對。」

「我現在過去。」

第三十八章

蔓蒂還是無法理解馬汀的轉變。他們正與溫妮佛一起離開警局，而他整個人充滿活力，一邊講電話，一邊像青蛙似地跳來跳去。他收起手機，握住她的肩膀，給了她匆匆一吻。「我有事要走了。」

「要我跟你一起去嗎？」蔓蒂問。

「不用。我要去找我一個資訊來源，他們不想暴露身分。」

蔓蒂懂了：他現在滿腦子只有新聞。她知道，這種對新聞的熱情是他的一部分，只是她不確定自己喜歡他這個樣子。就在兩天前，她在州立圖書館把潘姆與澤妲準備的公司結構圖拿給馬汀看，而他指出那些公司與混亂食堂的關聯，那個當下，她也體會到同樣腎上腺素狂飆的快感、令人上癮的拉力；但是她現在覺得，那種刺激其實帶著某種魯莽、自以為是，有點像當初默洛伊染上的那種態度。某種像是牛仔精神的東西，讓人自覺與眾不同，有權無視規則，以目的合理化手段。她常聽到馬汀把麥斯・富勒的格言雋語掛在嘴邊：「向掌權者說實話」、「追究權勢的責任」、「照亮黑暗的地方」。媒體第四權。但她知道那都只是一部分而已：在那為大眾服務的高貴理想中，其實也包含著不相上下的自私野心。不過，在這個當下，在這個地方，她沒有時間表達顧慮。「好，注意安全。」

「嗯，妳也是。」馬汀聽起來心不在焉。他的眼神充滿緊迫，整個人已被新聞抓在手心。

他招來計程車離開後沒多久，她的手機便響了，是葉夫。

「看來你們已經跟警察談完了。」他說。

「你怎麼知道？」她問。

「追蹤程式，妳又回到街上了。」

「程式？那個還能用嗎？」

「當然啊。馬汀要去哪裡？他的手機忙線中。」

「他去和線人碰面。」

「會很久嗎？」現在蔓蒂聽出葉夫聲音裡的嚴肅，以及別的情緒：驚慌。

「怎麼了？發生什麼事？」

「妳最好立刻過來，有東西妳應該看一下。立刻過來，我會試著再打給馬汀。」

蔓蒂向溫妮佛保證，如果有任何進展都會讓她了解；十五分鐘後，她便走進一番電腦與領巾飾品店。蓮娜一看到她就皺起眉頭。空氣中還留著前一天亨利．力芬史東離去前撒下的淡淡香水味。葉夫沒坐在櫃檯的復古螢幕旁，而是在貨架後方，他自組的超級電腦前面。

「媽的。跟妳講完電話之後我又查到更多了。妳一定不敢相信我看到了什麼。」他說。

「什麼意思？你看到什麼？」

「我們得立刻去找警察。」

「葉夫，拜託一下——先說你找到什麼。」

「妳還記得馬汀之前去找的那個老人嗎？一個叫歐圖的法官。他跟妳講過這件事嗎？」

「當然，我們什麼事都會告訴對方。」她試著隱藏自己語氣裡的諷刺。

「那個法官在他家裡裝滿了閉路監視器，如果有誰入侵，例如家裡多了個人，所有畫面都會上傳到一個外部網站，並發出警報通知。警報今天凌晨響過一次。我收到一封訊息，所以就上去看了一下。」

「你收到訊息？為什麼是你？」

「馬汀應該也有收到。網站是他給我的，還給了我帳號跟登入密碼。」

「繼續說。」蔓蒂說。「你看到什麼？」

「這裡，妳自己看吧。」他在電腦上打開一個程式，兩塊大螢幕上，呈現出同一棟房子裡裡外外將近二十個不同角度的攝影機畫面。

「這就是那個網站？」蔓蒂問。

「這是從網站抓出來的畫面，我一直在下載影像。網站為了方便播放，只會顯示很模糊的低解析度畫面，還是黑白的。不過下載的檔案就是高解析度的全彩影像，有點像在看真人實境秀。我不想把這些畫面留在網站裡，太容易被人刪除，就像麥斯・富勒那些檔案一樣。」

蔓蒂數了數攝影機，總共二十二臺。「規模浩大。」

「花了很多錢。」葉夫說。「所有的畫面都是同步播放，妳可以在不同攝影機之間切換，畫面會跑到上面這裡。」他指著一個較大的影像說。「就像在電視攝影棚裡一樣。」

「放給我看。」蔓蒂說。

「好。這是第一段──我打給妳的時候就是在看這段。」葉夫點選播放，所有的畫面都同時動了起來。關於畫質，他說的沒錯：的確像在看電視。從大門旁的攝影機來看，這時是晚上。每個畫面的右上角都有日期與時間戳記。這是今天凌晨的畫面，時間剛過兩點。突然之間燈火通明，黑夜被瞬間驅散。

「開始了。」葉夫說。

有個男人出現在前門，攝影機從上俯視著他。他穿著長風衣，立著領子，用圍巾遮住臉的下半部，雙眼躲藏在毛氈帽底下，手上戴著皮革手套；再給他一根菸幾乎就是亨佛萊．鮑嘉了。

「他是誰？」蔓蒂問。

「某個知道有攝影機的人。」葉夫說。「但是妳看這個。」他切換到遠景，鏡頭沿著狹窄的門廊望去，剛好來得及看到男人打開門。三把鑰匙，三道鎖。他進入屋內，在門邊的按鍵前停了一下，輸入密碼。「他在解除室內警報。」男人重新鎖上前門，才繼續前進。

「法官在哪裡？」

「屋子裡。」

「他人在屋內怎麼啟動警報器？」

「護理師晚上下班時開的。」

蔓蒂與葉夫看著男人持著手電筒照亮腳邊，往屋內深處走去。影片畫面缺乏光源而模糊不清，不過男人的身形還算明顯，周身冒出一圈手電筒的燈光。他走進一間房內，從所有的畫面中消失。

「那是廁所，沒有攝影機。」葉夫說。

幾秒鐘後，男人再次出現。他循原路往回走，進入客廳，打開電燈。兩個監視器影像因為光源而清楚起來，是高解析度的彩色畫面。男人現在戴著滑雪面罩，皮手套已經換成橡膠材質。

「有聲音嗎？」蔓蒂問。

「沒有。」

男人的動作簡潔，沒有遲疑。

「他知道房子的格局。」葉夫觀察道。

「你剛才說法官在屋子裡，他在哪？」蔓蒂再次問道。

「這裡。」葉夫切換到另一臺位於臥室的攝影機，大顆粒的黑白畫面。蔓蒂只能勉強辨識單人床上有個男人的身影。「我打給妳時就是看到這裡，後面還有。」他深吸了一口氣。「不過非常恐怖。」

「放給我看。」

然而葉夫按下暫停鍵。「闖入者很悠哉，搜索了幾乎快一個小時，有條不紊地搜索了法官的書房和圖書館。妳看這裡……」他將影片往前快轉。「這很有意思。」攝影機拍到男人正仔細看著書桌上的小筆記本，在電腦上嘗試輸入密碼。然後他停下動作，在面罩外戴上一副老花眼鏡。

「鏡框是綠色的。」蔓蒂說。

「他知道有攝影機，不過可能以為它們跟網站上一樣都是黑白畫面。然後是這裡……」葉夫再次快轉影片。「圖書館。」男人正把手伸進一個洞裡，拉出某種電子設備，長得像擴音機或是家用媒體伺服器。他把那個設備放到桌上，冷靜地用螺絲起子打開，將機器裡某個元件放進他的公事包。「是硬碟。他把攝影機畫面的存檔拿走了。」

「但他不曉得網站上有即時影像。」

「顯然不知道。」

「你不給我看的片段是什麼？」

他轉頭看著她，眼神頗為不安。「妳確定？」

「確定。」

「這裡。」他再次快轉影像，二十幾個監視器畫面全都同步快轉，男人走過屋內不同房間開燈關燈，不同的畫面也跟著亮起、暗下。最後兩個亮起的畫面位於法官的臥室，葉夫放大其中之一。入侵的男子站在床邊，手裡有槍，他拿槍戳向法官的臉，把對方叫醒。

「他們談了快十五分鐘。」葉夫說。「一開始氣氛幾乎算是愉悅，但最後那個男人開始用槍毆打法官，把槍管塞進他嘴裡。妳看這段。」

影片再次快轉。當畫面停下，蔓蒂見到法官滿臉是血，他舉起雙手但毫無防備之力。她一陣反胃，對即將發生的事有種難以忍受的恐懼。她不必繼續看下去了，但是必須知道發生什麼事。

「然後呢？」

「他對法官開了三槍，然後就離開了。」

第三十九章

馬汀的計程車開到托貝爵士位在百年紀念公園的住家前，他要下車時，手機發出通知聲。葉夫傳來WhatsApp訊息：**過來店裡，有急事**。馬汀沒有理會，付了錢後下車。任何事都不能再讓他從這則新聞中分心；應該與托貝談話的人是他，而不是達西・德佛。

他走進人行道上敞開的大門，看到BMW停在屋子正門前；泰提斯一定也在這裡。他敲了兩次門才得到回應。開門的是前法官泰厄博爵士本人。跟上次見面比起來，法官今天沒那麼有精神，反而有些彎腰駝背，彷彿整個人被哀傷吞噬。

「你來了。」老人的語氣中帶著一絲淺淺的困惑。

「對，我來了。」馬汀不知道還能怎麼回答。

「那這樣我就得請你進來了。」

馬汀跟著老人走進低調樸素的家中。這與馬汀自己市中心的公寓截然不同，彷彿泰厄博爵士對於家中擺設的整潔程度有著更高規格的要求。他們走進有著凸窗、皮製舒適扶手椅的客廳，不過有幾張扶手椅不見了，而泰提斯・托貝正坐在客廳另一端的一張餐桌木椅旁。泰提斯對馬汀淺淺一笑，但並未起身。因為他沒辦法起身。太晚了：馬汀這時才看到他的手腕被用束帶綁在椅子的扶把上，他試圖逃脫，傷口還滲著血。馬汀來不及動作或開口，便被某個冰冷堅硬的東西抵住後頸。

「嗨，馬汀。」那個聲音以某種熟悉的美國口音平靜地說道。「對，沒錯，這是槍。」

恐懼從他心底某個深處升起，流竄全身，彷彿冰水注射進他的血管中。「嗨。」他試圖冷靜回應，但明白其實自己什麼也控制不了。他看向泰提斯。泰提斯正看著拿槍的男人，他的眉心刻著一道垂直的摺痕，整個人憂慮大過恐懼。

「除非真的迫不得已，否則，馬汀，我不會對你開槍。」槍管從脖子上移開，移至他的背上。從泰提斯目光的移動方向來看，他身後的歹徒往斜後方退了一步。「現在，請你拿出手機，要非常緩慢地拿，放到地上。」

馬汀照做。

「用力踩，把它踩壞。」

「為什麼要這樣？」

某個聲響在馬汀耳邊炸開——那個人開了一槍。泰厄博爵士的天花板不再純淨，一些石膏碎屑掉落。「現在就踩。」

馬汀緩慢、謹慎地從地毯上移開，將手機放在打了蠟的地板上，重踏直到手機灰飛煙滅。他心想，不知道葉夫的追蹤程式只是即時訊號，還是也會記錄過去的足跡，如果是後者，他們之後或許能查出他的所在位置。

「很好，現在請坐。你坐在小托貝旁邊好了。」

泰提斯旁邊有另一張同樣的寬木椅等著他。泰提斯對他點點頭，敦促他坐下。馬汀高舉雙手，表示服從，走到那張椅子前轉身坐下。他抬頭看向拿槍的人：是哈利·史維瓦特；飛行員墨鏡不見了，柔和的棕色眼睛周圍有著笑紋，讓整張臉愉悅友好。那對眼睛充滿著聰慧、決心與暴力。

「你好，哈利。」馬汀不太相信這張親切臉龐的主人，竟然是個黑手黨和殺手。

男人轉向法官，後者正靠在門框上穩住自己的身體。「現在，泰厄博爵士，可以勞煩您再幫個忙嗎？把他的手綁到椅子上。好好綁緊，我會檢查。」

法官拖著腳步走了過來，用塑膠束帶把馬汀的手腕綁到木椅扶手上。

「腳踝也是，綁到椅子腳上。」

法官很老了，花了點時間才完成。他必須趴到地上，爬到馬汀旁邊，用束帶繞過馬汀的腳踝與椅腳。

「抱歉。」馬汀說。

「我比較抱歉，孩子。」前法官說道。等到他綁好、用力撐起身體時，呼吸已經有些沉重。

「謝謝，泰厄博爵士，你可以坐下了。那邊，坐到你的椅子上。」史維瓦特用槍指著。「我不會把你綁起來，但如果你試圖站起來，我會用槍打你，下手會很重。如果你還是不聽話，我就會開槍。這樣懂嗎？」

老人點點頭，眼中閃爍著憤慨與不屑，但紀律嚴謹的思緒沒讓他做出錯誤的決定。他不會選擇激怒槍手。

這時，史維瓦特已經走到凸窗對面的壁爐前，從那裡可以看到車道，隨時知道是否有人靠近。他的左手邊就是泰提斯和馬汀：泰提斯比較靠近史維瓦特，而馬汀比較靠近窗戶。史維瓦特的右邊則是坐在椅子上，凶狠眼神的泰厄博爵士。這位黑手黨角頭再次確認一切都如他的安排，才開口告訴馬汀：「現在你來了，我們就可以開始了。只要大家好好配合，我們都能活著離開這裡。我完全不想傷害任何人，更別說殺人了，不過都得取決於你們的態度。或者更準確來說，取決於這位托貝先生的態度。」他指向泰提斯。

「這是什麼意思？」泰提斯試圖表現得有自信一點，卻無法掩蓋話中潛藏的恐懼和顫抖。

「我之後會從你們面前消失。」史維瓦特說。「你們永遠不會再見到我，我也不會與你們聯絡。應該說，我不會再與任何人聯絡。不過離開前，我得先讓大家知道真相。這就是你的工作了，馬汀。因為種種原因，你變成了這一連串混亂事件的記錄者，負責寫下這一切的人。你和那個逢迎諂媚的德佛都是。為了你和你的讀者好，我要你好好聽完接下來的話，牢牢記進腦袋裡，之後全都寫下來。」

「如果你鬆開我一隻手的話，我可以速記。」馬汀說。

「如果我鬆開泰提斯一隻腳，他還能跳佛朗明哥咧。」史維瓦特搖了搖頭，彷彿他被迫與一群業餘人士合作。「接下來是這樣：我問問題，泰提斯回答，我問完之後，你可能也會有問題想問他。最後當大家都問完，我就會離開這裡。等到法官幫你們鬆綁、報警時，我也已經遠走高飛了。同意嗎？」

馬汀皺起眉頭。「應該吧。」他的聲音裡帶著不確定。

「不過，還有一條討人厭的規則。」史維瓦特說著，露出微笑；那個瞬間，馬汀覺得在這個殺手眼中看到了某種惡意。史維瓦特很享受他們被折磨。馬汀這時才想起以前受過的敵意環境訓練：被當成人質時，不要和歹徒有眼神接觸。但已經太晚了。說起來都容易。史維瓦特繼續說道：「泰提斯只要回答不誠實，我就會切他老爸一刀。」他伸手進外套口袋，拿出一把彈簧刀，按下彈鈕，發出頗具威脅性的啪嚓聲，十公分的刀刃瞬間彈出，在光線中閃動。法官驚呼吐氣，試圖站起來，不過史維瓦特快速走向他，將他壓回椅子上。「放輕鬆，老傢伙。你不用怕我，你要怕的是你兒子。」史維瓦特從法官身後看向泰提斯。「你聽懂規則了嗎？你說一個謊，你爸就少一只耳朵。你說愈多謊，他少的東西就愈多。」

馬汀看著老法官，他眼中沒有絲毫恐懼，只有頑強抵抗，堅實得彷彿柚木。但兒子的反應就不同了。泰提斯在發抖，畏懼、害怕、恐慌在他的側臉上彼此追逐。

「很好。」史維瓦特親切說道。「我們盡快開始就能盡快結束。第一個問題，你在墨利森的確切職位是？」

「公司法律顧問。」

「謝謝。很簡單，對吧？」史維瓦特轉向馬汀。「你知道這件事嗎？」

「我不知道。」

史維瓦特咧嘴一笑，對馬汀的訝異感到一陣得意，然後重新轉向泰提斯。「我為什麼會來到澳大利亞，還和你一起在墨利森工作？」

泰提斯看向父親，然後又看向馬汀。他的眼神哀求著，但是馬汀無能為力。「你要我把這種事告訴記者嗎？」

「沒錯。」

重新轉頭面對史維瓦特之前，泰提斯快速瞥了馬汀一眼。那個瞬間，馬汀可以看到這個男人正在快速思考，試圖衡量角度利害；那是身為律師所擁有的才能。「我知道的是，你來澳大利亞是長遠計畫裡的一項安排。你的雇主想透過墨利森注入更多資金，並拿下公司內的大量股份，他們把你安插進公司，是要確保他們的利益。」

「非常好，泰提斯，我很高興你回答得這麼好。不過，沒必要這麼拐彎抹角，史卡斯頓先生已經知道我的雇主是誰了，或許該讓你父親也知道這個祕密。」

馬汀看到老人充滿智慧的雙眼睜得老大，是審判者的眼睛。馬汀清了清喉嚨，打算回應。

「不是你。」史維瓦特打斷他。「讓他的繼承人自己告訴他。」

泰提斯的聲音變得更輕柔、更低沉。「史維瓦特先生受雇於美國的犯罪集團，芝加哥黑手黨，他是黑手黨的成員。」

「而身為公司的法律顧問，你是不是協助處理了公司股權、投資資金、我的簽證和職位安排呢？你是不是從中推了好幾把，幫忙偽裝、讓一切看起來更有正當性呢？」

「對。」泰提斯低聲說道。他垂著頭，無法迎向父親銳利的瞪視。法官臉上的厭惡顯而易見。

但是史維瓦特還沒說完，還早得很。「現在我問你，是誰建議我加入馬汀一直在探聽的那個混亂食堂，也就是所謂的社交美食俱樂部呢？」

泰提斯依然低垂著頭，他的聲音只比耳語稍微大聲一點。「是我。」

「你也在食堂上表態支持我入會，對不對？」

「對。」

「為什麼呢？」

泰提斯抬起頭，哀求地看著史維瓦特。「我覺得能幫你擴展影響力。」

史維瓦特點了點頭。「所以，我是不是受到了你的幫助和唆使呢？」

他再次垂下頭，再次以耳語回答：「是。」

「但是你自己卻退出了？」

「對，我只當了幾年會員。」

「為什麼要退出？」

這個問題在馬汀聽來頗為無害，應該很容易回答，泰提斯卻因為某些原因猶豫起來。

「該說實話了。」史維瓦特說。他的聲音平靜溫和，但突然一把揪住老法官的白髮，緊緊抓住老人的頭，在他眼前揮舞著刀。「說實話，否則老傢伙就要沒鼻子了。」

除了這句話，泰提斯不必更多理由。「伊莉莎白要我退出的，因為她想要找人加入。」

「因為會員人數有限制。」

「對。」

「你一定很傷心。你的妹妹，自己的親妹妹，竟然覺得你不夠重要。」史維瓦特笑著放開泰提斯的父親。「你回答得非常好。馬汀，希望你都聽進去了。接下來的問題很簡單：你知道我做得出什麼事吧？」

馬汀感覺得出來，這句話踩中了兒子的軟肋。又一陣顫抖竄過律師的身體，將他的回答打得斷斷續續。「我知道。」

泰提斯已經被害怕吞噬。史維瓦特則依然平靜、從容、面帶微笑，彷彿弄蛇人。

「我曾經使用過暴力嗎？」

「你是要我指控你犯了什麼罪嗎？」

史維瓦特聽了這回答不甚滿意。他走到法官身後，伸出刀子，不過最後改變心意。「把塔昆・默洛伊的事情告訴馬汀。他怎麼了？」

律師的思緒已經往前跳了一階，知道這個問題可能導出怎樣的結論。「你要我怎樣我都會照做，你沒必要殺了我們。」男人的語氣聽在馬汀耳中有點可悲、懦弱，而他對面的泰厄博爵士眼中則出現了新的情緒：輕蔑。

「只要你說實話，我不會殺任何人，甚至不會傷害你們。」史維瓦特說。

泰提斯開口時，雙眼牢牢地看著地面。「你的實體安全主管克萊芮媞・司帕克斯來找我們，懷疑默洛伊試圖與她還有其他女員工拉近關係，她覺得默洛伊想要看到他無權查看的檔案。」

「那時候我們知道默洛伊是警察嗎？」

「不知道，我們只覺得他是詐欺犯。無論他到底是誰，我們都得想辦法處理他，而且不能引起別人注意銀行的作為或是我們自己。」

「我們不想驚動警察，對嗎？」

「對。」

「所以我們怎麼處理？」

「我們三個人討論了可行的辦法，還找了——我忘記他名字了——我們找烏龜架了監視器。克萊芮媞試圖去套默洛伊的話，想知道他的目的。我們同意克萊芮媞用錢買通他，但是他不受誘惑。」

「後來呢？」

泰提斯的表情有些困惑。「我們為什麼要講這件事？」

史維瓦特只是抬了抬眉毛。「這樣馬汀和你父親才知道我們做了什麼，這樣他們才知道你與我到底是怎樣的人。」他微笑，邪惡笑容充滿甜膩威脅。「後來發生了什麼事？」

「你和我討論過，該不該殺了他，但是你覺得這樣做太過頭。」

「克萊芮媞呢？她怎麼說？」

「她提議去揍默洛伊一頓，警告他離開。她說她認識有人能做這件事。」

「所謂的人是指誰呢？」

「一個男人、罪犯、恐嚇分子。亨利・力芬史東。」

史維瓦特看向馬汀。「就是昨天下午試圖開槍殺我的那個人。」

「我沒忘。」馬汀說。

「你知道他們為什麼要跟蹤我嗎？」史維瓦特問。

「不知道。」馬汀說。「我不知道。」

「算你走運。」史維瓦特說。「泰提斯，繼續說。」

馬汀插話。「我可以問一個問題嗎？」

史維瓦特皺起眉。這是他的舞臺，他不想失去自己的敘述視角。「好吧，讓你問一題。」

「克萊芮媞．司帕克斯當時知道嗎？她知不知道墨利森到底在做什麼？」

史維瓦特把問題推給墨利森的法律顧問。「泰提斯？」

「她不知道。我覺得到了最後，她開始有些懷疑，但她並不知道。她不是內部會議的成員。」

史維瓦特向馬汀點了點頭，彷彿同意這個說法，接著對泰提斯說：「請繼續。」

小托貝的表情一半茫然，一半驚慌。「從哪裡繼續？」

「默洛伊的下場？」

「他失蹤了。一開始我們以為揍他一頓奏效了，但後來有錢不翼而飛。默洛伊失蹤的同時，一大筆錢也跟著不見。我們查了系統發現他偷了那筆錢。」他停頓一下。「真的，我們當時以為就是這樣。」

「沒錯。」史維瓦特說。「這樣你懂了嗎，馬汀？我們以為他帶著錢跑了，泰提斯、我和我們的員工都這樣想。我們最後覺得他就是個騙錢的，一個非常幸運、也非常大膽的騙子，他可能根本不曉得自己偷的是誰的錢。你也這樣覺得，對吧？」

「對。」托貝說道，不過馬汀再次聽到他的些許遲疑。這名律師還是不確定這場對話的目的何在，為什麼史維瓦特這麼想要揭開他們兩人的犯罪史。馬汀也在想一樣的問題：為什麼要搞出這麼大場面？史維瓦特已經承認是芝加哥黑幫的高級成員，也承認滲透了墨利森，現在是想要擺脫殺人的罪名嗎？還是要把矛頭指向那些他認為在迫害他的人？

「所以是誰殺了默洛伊呢？」史維瓦特輕柔地問道。

壓迫感頓時提高了一階，馬汀覺得自己的耳朵快要炸開了，彷彿他們突然潛入水更深之處。史維瓦特這是要送上馬汀這輩子最大的獨家新聞嗎？

「力芬史東。」泰提斯不確定地說道。「他被告知要打默洛伊一頓，但是搞砸了，做得太過頭，不小心殺了對方。」

史維瓦特笑出聲，以高音咯咯笑著。「不小心？你在跟我說什麼屁話？有人對著他的頭開了三槍，絕對不可能是不小心啊，先生。」

泰提斯看著父親，彷彿在哀求老人相信他。「好，有人下令殺他，但不是我。我根本不知道默洛伊死了，我以為他捲款潛逃。」

「真的嗎？」史維瓦特走向泰厄博爵士，刀抵在法官的脖子。「你確定嗎？」他的語氣溫和，行為卻充滿威脅。

泰提斯滿臉驚慌，但仍堅持說法。「確定，我什麼都不知道。」

「所以下令的是誰？」

「我不知道。」

「你覺得是誰？」

泰提斯沒有回答，直到史維瓦特再次欣賞著刀刃才終於開口。現在他的聲音充滿驚慌，暗示情緒很可能即將失控。「為什麼要問我？顯然你知道的比我更多。」

「因為你是個懦夫，不管我說什麼你都會同意。史卡斯頓需要聽你親口說出來，你父親也是。所以囉，請說吧。記住，說實話就不會有任何懲罰。」

「我不知道。一定是克萊芮媞。是她要人殺了默洛伊，然後拿走了那筆錢。」一陣停頓，馬汀幾乎可以聽到泰提斯嚥下怒氣的聲音。「或者是你。」最後一句話僅是竊竊私語。

史維瓦特又大笑起來，同樣高亢的咯咯笑聲，有種精神失常的感覺。他在眼前彈出刀子，轉動著刀鋒仔細看著。「你真的不知道？真的完全不曉得？」

「不知道。」

「很好，泰提斯，你做得很好。好好說實話就不會發生壞事，懂嗎？不用擔心會不會冒犯到我，或者說出我做了什麼壞事，說實話就對了。」他轉向馬汀。「我要聲明，不是我殺的。但是我很懷疑克萊芮媞·司帕克斯有那個膽量下令殺人。」他重新看向泰提斯。「誰殺了你妹妹和麥斯·富勒？」一陣沉默，漫長且充滿不祥。史維瓦特愉悅的臉上依然掛著愉悅的笑容，不過他話中的和藹已經被冷酷取代。「所以那件事跟我一點關係也沒有，對不對？」

「對。」

「那是誰殺了他們呢？」

「我不知道。力芬史東和斯比提。」

「這答案也許是對的。但如果是這樣，是誰出錢要他們下手的呢？」

「我不知道，真的不知道。也許是你。」

「答錯了。」史維瓦特難過地說，接著迅速、自信地抓住法官的頭，切下他一邊耳朵的尖端。血液突然噴出，泰厄博爵士伸手抓住自己剩下的殘耳。

「王八蛋。」他驚叫。

史維瓦特哈哈大笑，把那一小塊耳朵朝泰提斯丟去，耳朵落在他的大腿上，緩慢地蠕動，彷彿將死的蟲。泰提斯驚恐地看著，嘴巴大張，雙眼圓睜，雙手在束帶下使盡掙扎。

「說。」史維瓦特說。

「拜託你，把它拿走。」

「說。」

「我不知道，我怎麼可能知道？」

這次史維瓦特的動作非常緩慢，清楚表明了自己的意圖。「別動啊，混蛋。」他把法官另一邊的耳朵完全切下，往泰提斯丟去，耳朵從他的大腿彈到地上。

「啊！」法官哭號出聲。他用手捂住一邊的頭，血液從指縫間滲出。

「你知道對不對？」泰提斯睜大了雙眼。

「對，不過馬汀和你父親需要聽你親口說出來，尤其是你爸。」

「幹，你要殺就殺我。」泰提斯被逼上絕路，反抗來得突然。

史維瓦特冷冷地笑著說：「我不會讓你那麼輕鬆的，王八蛋。」他在曲身縮起的法官面前轉動刀刃。

「接下來要切哪裡呢？泰提斯，給你選。」

「他媽的，快告訴他。」法官說道。「你想讓我失血過多嗎？」

「很有智慧的建言。」史維瓦特說。

有那麼一瞬間，馬汀能從小托貝的眼中看出，他知道現在只剩一條路可以走了，再無處可逃。

「是我。」泰提斯低著頭，垂下眼睛，小聲說道。

「大聲一點。」

「是我，是我殺了他們。」

「你下令殺了自己的妹妹，對不對？」

「對。」

「白養了你這雜種。」法官說。「刀子給我，我直接殺了他。」

史維瓦特因為這場情感上的大屠殺而喜悅，重心在兩腳間不停變換，高興得幾乎要跳起來。「冷靜一點，孩子們，冷靜。」他再次咯咯笑著，因為自己的劇本被演得如此優越而欣喜若狂。「所以，泰提斯，我們把話說清楚了，現在死了這麼多人都跟我沒有關係，對不對？你說啊，我跟默洛伊的死無關，跟富勒的死無關，跟你妹的死也無關。」

「默洛伊不是我殺的。」

「噢，他媽的有沒有搞錯，你真的比我想的還要笨欸。」他一把抓過法官的頭髮，但是這一次老人舉起雙手保護自己剩下的耳朵。史維瓦特從法官左手間快速抽出刀子，沒切斷任何東西，但是在指間留下一道極深的刀口，血液汩汩流出。

「媽的。」法官的話中充滿怒意。「你這王八蛋，你一定會為這些行為付出代價。」

「噢，我想我會的。」史維瓦特說完重新轉向泰提斯。「好，來，告訴你爸、告訴馬汀，為什麼你非得殺了你妹妹和富勒不可呢？」

「我在保護我們。我在保護你、我、我們全部的人。他們知道食堂裡所有的事情，已經快要查到墨利森了。」

「於是你就自己決定要除掉他們？」

「對，這是為了大局著想。」

「你有先來問過我的意見嗎？我有叫你去做這種事嗎？」

「沒有。」激動的情緒從泰提斯的聲音中逐漸流失。

史維瓦特看向馬汀。「你聽懂了嗎？這個中產廢物律師，膽小得跟什麼一樣的小王八蛋，明明與一個芝加哥黑幫的核心成員一起合作，卻問都不問一聲就自己決定殺掉兩個無辜老百姓。」他的注意力再次轉向小托貝。「為什麼啊，泰提斯？你怎麼會蠢成這樣啊？」

泰提斯似乎已經泣不成聲，他的視線在父親和地板上來回游移，彷彿抬頭對上史維瓦特的目光是物理上辦不到的事。他因為愧疚和自憐而一臉飽受折磨。老法官也身陷痛苦，真正的痛苦。馬汀明白，不是失去耳朵或者手上陣陣作痛的傷口，而是來自更深層的地方。自己的兒子殺死自己的女兒，失去耳朵怎麼比得上這種極度痛苦的煎熬？

史維瓦特繼續說：「現在，你們兩位應該要想想——尤其是馬汀你在寫報導的時候——為什麼哥哥要殺死妹妹呢？真的是為了保護墨利森、保護我、保護我們寶貴的屁股不會蹲進大牢嗎？還是有其他原因？真的只是因為他受不了自己有可能被親妹妹揭發、失勢、關進牢裡、從此在父親眼中抬不起頭嗎？就只是這樣嗎？怕被揭穿在黑手黨控制的公司當法律顧問？父親是身為王國騎士的最高法院法官，才高八斗的女兒則是高等法院法官、父親的掌上明珠，永遠是家裡最受寵、最有成就的小孩。而這個可悲的廢物蠢材呢？他獲得地位與財富的唯一方式，是幫墨利森這樣的公司犯罪。但是在那之前，他連自己在食堂的成員資格都保不住。」

馬汀聽出史維瓦特話中的不屑，心裡只覺得納悶。史維瓦特是個罪犯，也是黑手黨成員，為什麼像他這樣的人，要對另一個人的非法行為這麼嚴厲？

彷彿為了回應馬汀的疑問，史維瓦特開始對著泰提斯咒罵，聲音裡終於充滿著真實的情緒：「你這個可悲的廢物，從來不知道什麼叫窮，從來沒被奪走過任何東西，也沒被虐待過，在這棟房子出生長大，一輩子享受特權。我跟你不一樣，我沒有那麼多選擇，卻依然打拚出了你一輩子都不可能達成的成就。但是現在，所有人在追殺我，為什麼呢？就因為他媽的你這個被寵壞的富家少爺，覺得某個小女孩掩蓋了你在老爸眼中的光芒。」

現在，他們之間幾乎只剩一片寂靜：馬汀可以聽見史維瓦特情緒爆發後的濁重呼吸、泰提斯．托貝自憐自艾的啜泣，以及法官痛苦的喘息。就這樣嗎？馬汀心想。史維瓦特已經挖出他需要知道的所有資訊了嗎？他給出他所希望給的痛苦了嗎？他覺得這些報應夠了嗎？接下來呢？他要丟下他們，離開這裡了嗎？

馬汀覺得自己該介入了。他看著史維瓦特的雙眼說：「我都聽完了，也知道來龍去脈，我會把這些事寫成報導公開，不用再繼續說了，已經夠了。」

但是回答的人不是史維瓦特。回話的是另一個低沉的聲音，聲音的主人拿著一把音域更低沉的手槍。「還沒，我們的帳還沒算。」亨利．力芬史東從暗處走了出來，用槍抵住哈利．史維瓦特的背。「把刀放下，王八蛋。」

第四十章

她又打了一次，然後再一次，但馬汀都沒接電話。他應該是關機了，直接進入語音信箱。她懶得再留言了，於是掛斷電話，試著用追蹤程式找出他的位置，卻似乎沒用。

「嘿，葉夫，追蹤程式壞了嗎？你不是說還能用？」

「可以啊，我看一下。」他接過蔓蒂的手機，皺起了眉頭。「奇怪了，妳可以看到我啊。」他檢查自己的手機。「我也可以看到妳啊。」他聳了聳肩。「他應該是關機了，或者在地底下之類的地方吧。」

「火車上呢？」

「應該不是，隧道裡也會有訊號。」

「嗯。影片好了嗎？」

「快下載完了。我想要先複製一份，再把影片交給警方。」葉夫回到工作檯前，拉過播放軸，仔細檢查。「好了，都弄好了。」然後他安靜下來。

「走吧，快點。」蔓蒂急著想把這件事搞定。

「靠，還有。」葉夫說。

「什麼意思？」

「妳過來看。」

「什麼東西？」

「有新的影像，還有別人也去了那棟房子。」

她站到他身旁，在他調整控制項時安靜等待。「這是網站顯示的影像，所以畫質不高。」他開始播放。時間同樣是夜晚，闖入者觸發了監視器和錄影功能，畫面被泛光燈照亮。不過，這次有些東西不太一樣。走向前門的那個男人絲毫沒有偷偷摸摸的樣子，也並未隱藏自己的身分：西裝、油頭、長臉。

「亨利．力芬史東。」蔓蒂低聲說道。

「謀殺通緝犯。」葉夫說。

「連躲都不想躲，有夠大膽。」

「而且還敢來找法官。」

他沒敲門或按門鈴，便在他們眼前打開門鎖，拿著鑰匙，大搖大擺走了進去，不必擔心會有什麼後果，彷彿他並不曉得已經出事，不曉得克拉倫斯．歐圖已經在兩個小時前被一個頭戴滑雪面罩的男人開槍殺死。蔓蒂知道發生了什麼事，也知道力芬史東會發現什麼；她覺得這段影片讓人不寒而慄。他們看著他解除顯然在他進入屋內時大響的警報器，態度從容地進入走廊，彷彿他做過這件事許多次。他們看著他走進臥室，打開燈，一動也不動看著眼前的景象。

「他不知道。」葉夫說。

「對，看起來像不知道。」

「還要繼續看下去嗎？」

「要。看看他接下來做了什麼。」

接下來，他拿出西裝胸前口袋的方巾，讓裝飾品開始發揮實際功用，擦了擦電燈開關，然後關上燈。他關上房門，然後擦拭門把，接著直接走向圖書館，隔著方巾打開電燈。他走向放了錄影設備的櫃子，看到已經支離破碎的裝置，自顧自點了點頭。他拿出手機，開始查某個東西。

「靠，他能夠存取這個網站。」葉夫說。

「你確定嗎？」

「不確定，但如果不是，他為什麼要在凌晨四點看手機？」

然而力芬史東沒有看太久，而是轉頭拿下牆上所掛的一幅畫。

「我的媽呀，嵌入式的保險箱欸。」葉夫說。

「之前那個殺手沒發現。」

他們看著力芬史東一邊不停查看手機，一邊冷靜地轉動保險鎖，始終用手巾包著手指以免留下指紋，花了幾分鐘的時間，不過最終打開了保險箱，拿出某個東西放進自己的口袋。「倒回去，你看得出那是什麼嗎？」蔓蒂說。

葉夫試了一下，但是影片的拉軸功能很笨，再說畫質也不好。「我得下載影片才行，高畫質看得比較清楚。」

「需要多久？」

「不確定，可能要一個小時。」

「嗯，看來不管怎樣都得下載才行。之前的殺手毀了屋內的儲存裝置，如果網站上的檔案是唯一的存檔，那太危險了。」

「沒錯。」

「好，那你留在這裡抓檔案，我可以先把第一段影片拿去給警察嗎？」

「就這樣做吧。」

「還有，你可以想辦法聯絡馬汀嗎？」

「我繼續打電話。」

當蔓蒂帶著克拉倫斯．歐圖命案的影片抵達警局，溫妮佛．巴比肯已經到了。蔓蒂為此鬆了一口氣；有這位強力律師在場支援，她的壓力減輕不少。她們走進警局大廳，溫妮佛立刻打電話到蒙特斐爾的私人手機。

「他馬上就到。」她說。

帶她們進去的不是蒙特斐爾，而是他的手下伊凡．路奇。路奇沉默，板著一張臉，只說了一句「最好不是在浪費我們時間」。他將兩人帶至之前那間玻璃辦公室。蔓蒂想到她已經連續三天都來這報到了。

蒙特斐爾衝了進來。「妳有兩分鐘，快說。」

「克拉倫斯．歐圖法官被殺了，在自己床上被人開槍殺死。」

「我們知道。」蒙特斐爾說。「護理師上班時發現就報了警。我們才剛離開。但是妳怎麼會知道？」

「我們看到了案發過程，而且知道凶手是誰。」

蒙特斐爾懵了，直著眼睛說：「坐下，開始解釋。」一旁的路奇拿出筆記本與筆。

於是蔓蒂解釋起葉夫如何從保全網站下載監視器的畫面。

蒙特斐爾聽完後才開始發問。「妳這個小朋友，那個電腦天才——他為什麼能存取網站？他駭進去的嗎？」

「不是。歐圖之前把帳號密碼給了馬汀，以防萬一自己出事。」

「有這麼巧？」路奇說。

「注意你的態度，警察先生。」溫妮佛厲聲說道。「我的當事人沒有義務告訴你們這些，她大可以不管你們，直接把影片交給馬汀．史卡斯頓，那樣的話你第一次看到這項證據就會是在晨鋒報上。」

路奇看起來恨不得一口咬下這位律師的頭。不過蒙特斐爾就是全然的安撫態度。「冷靜，大家冷靜，我沒有要誹謗妳的意思。」他直接對著蔓蒂說道。「妳的律師應該理解，我們必須確定包括這段影片在內的任何證據都是合法取得。如果影片是偷來的，我們就得確保它不會被判定無證據能力。」

「影片為合法取得。」溫妮佛堅定聲明。「歐圖就是擔心自己遇害，才會把保全網站的帳密交給馬汀。」

「非常好。來看影片吧。」蒙特斐爾說。

蔓蒂拿出一個小型硬碟。「攝影機有很多臺，都是從房子的不同角度拍攝。葉夫把最相關的都剪出來了。如果你要的話，我們也可以把全部的影像都給你。」

「再好不過。」蒙特斐爾說。「說到葉夫根尼，他人呢？而且為什麼妳會自己帶影片來找我？馬汀．史卡斯頓在哪裡？」

第四十一章

所有人的眼睛都轉了過去。亨利．力芬史東離開陰暗的走廊，走入客廳之中，巨大的手槍彷彿磁鐵般吸住眾人注意力。史維瓦特丟下刀，力芬史東對著他的背用力一推，讓他跪在凸窗前方，就跪在泰提斯、馬汀以及血流不止的泰厄博．托貝爵士中間。馬汀被綁在椅子上，從這個位置，他可以看到整齣戲在眼前開演，但他不是觀眾，而是臺上的演員，一個沒拿到劇本、被固定住、完全不曉得劇情的演員，任何進展都讓他驚恐。首先，是那把手槍——史維瓦特跪到地上的同時，悄悄將那把充滿設計感的克拉克手槍從槍套中滑出。黑手黨員起身轉向，將槍口對準力芬史東，但是他還不及對準，力芬史東手中的武器就爆發出一陣激烈巨響。馬汀看到槍口的閃光，看到硝煙，看到後座力將力芬史東的手向後拉扯。槍聲震耳欲聾，滿懷能量的炸裂聲，彷彿音爆。而在他正前方約一公尺遠的位置，史維瓦特因為衝擊力而搖搖晃晃地後退，血肉與布料從後方的出口噴出，在窗戶上砸出一個洞來，並且噴濺到馬汀和泰提斯身上。史維瓦特還來不及做任何事——來不及開槍，甚至來不及跌倒——第二聲爆炸以及第二次撕毀肉體的撞擊接踵而來。他的膝蓋放棄了，整個人跌落，側身著地，卻仍試圖舉起武器回擊。

力芬史東毫無表情地看著他。「慢慢死吧，你這垃圾。」他冷冷說著，但其實已經不太可能了。生命力從史維瓦特體內向外潑灑，擴散到他周身的血泊之中。這個黑手黨員很清楚自己的情況，他仰視著馬汀，情緒在他的目光中一覽無遺。「真相。」他喘著氣對馬汀說道，接著使上最後的力氣舉起槍，但不再試圖轉向力芬史東。泰提斯看著他，看出了他的意圖，還來不及說話或求饒，槍就響了。史維瓦特的槍聲是一句銳利的反駁，力度不亞於力芬史東的大砲。那聲槍響寫下了另一個標點，終結了另一則故事。馬汀聽到子彈擊中泰提斯．托貝胸口時的碎裂聲。律師臉上寫著恐懼以及震驚，而他腳邊的哈利．史維瓦特露出最後一次天使般的微笑、死去，表情隨著生命力逐漸消失而逝去。

泰提斯的死狀就一點也不像天使：他開始抽搐、咳血，雙眼因為懼怕而圓睜，隨著他向前癱垂，老花眼鏡和筆也從他胸前的口袋裡掉出來。他的父親已經忘記流血的耳朵，試圖起身，但是沒有完全站起就往前軟倒，跌出椅子外，經過地毯上史維瓦特屍體的血泊，往兒子的方向爬過去。「泰提斯。」他哭著，眼淚不斷湧出，五官扭曲。「我的孩子。」

最後，兒子終於聽見他的話，抬起頭對上他哀求的目光。「爸，原諒我。」他擠出幾個字。「原諒我。」便在瀕死以及認罪的雙重壓力下癱軟了。他的目光呆滯，呼出最後一口氣——混合著空氣、血和痰——他死了，而父親仍朝他爬去。

馬汀抬頭看向力芬史東；後者面無表情地站著，檢視著自己的傑作。他的穿著十分考究：深藍色三件式西裝、擦得光亮的皮鞋、嶄新白色襯衫配紅色絲質領帶，西裝翻領上別著一朵紅色康乃馨，彷彿新郎。他看向馬汀，注意到他的存在。「他們殺了她，這兩個人殺了她。」

「誰？」馬汀問。

不過馬汀看得出來，力芬史東已經不在這裡了；他的腳步沒有移動，可是心思已經拋下所有問題與答案，離開此時此地。「克萊芮媞。」說完後，他將槍管塞進自己嘴裡，扣下板機。這一槍在天花板噴出一個巨大的紅洞，力芬史東彷彿布娃娃一般倒下。紅霧瀰漫在空氣中，馬汀一陣作嘔，他屏住氣，不想吸進去，但是，當然了，他逃不掉。當那陣紅霧進到呼吸道，他便立刻吐了出來，彎腰向前，為這片已經殘暴汙穢的沼澤再添一點髒亂。他的雙耳因為暴烈的槍聲而嗡嗡作響，腦中滿是血腥的場面。

他耳中的嗡鳴以非常、非常緩慢的速度平息，整個空間逐漸安靜下來，只剩泰厄博・托貝爵士低微的啜泣。

「刀子。」馬汀對他說。「用史維瓦特的刀子幫我鬆綁。」

但是老人聽不見。他的耳朵已經關上了，困在自己的思緒裡，卡在私人的哀慟與恐懼中。於是馬汀也只能跟著困在這裡，被綁在屠宰現場的一張椅子上，閉著眼睛，在這場大屠殺中掙扎著，努力維護僅剩的一點理智。

第四十二章

克勞斯．范登布克走進透明辦公室，如常一臉繁忙。他因為被叫來而有些不耐煩，但是壓抑著脾氣。「什麼事？」他說。

「克拉倫斯．歐圖被殺了。」蒙特斐爾說。

「那個法官嗎？」

「就是他。」

「在哪裡？什麼時候發生的？」

「今天凌晨在他家中。報案人是護理師。」

范登布克指向蔓蒂和溫妮佛。「她們在這裡幹麼？」

「來告訴我們凶手是誰。你看這個。」

蒙特斐爾播放葉夫準備的影片，蔓蒂沒看螢幕，而是盯著兩名警官。已經知情的蒙特斐爾一臉嚴肅。范登布克則睜大眼睛，聚精會神地看著，隨時警覺，但不曉得事情會怎麼發生、什麼時候發生，以及是誰下手。

面罩男走進屋子打開燈光時，他看著影片問道：「這是誰？」

「不知道。」蒙特斐爾說。

不過當蒙特斐爾快轉到書房那一段，在凶手戴上眼鏡、仔細讀著筆記本時，蔓蒂覺得范登布克眼中出現某種火花。是因為認得還是驚惶？

「他的眼鏡——鏡框是綠色的。」她說，希望能得到回應。

確實有人回應。「對。」蒙特斐爾說著，雙眼仍然盯著螢幕，試圖找出線索。范登布克則轉頭看著她。

「綠色鏡框。」他只說了這一句。

蔓蒂表示凶手花了好一段時間才真正進入法官房間，在那之前他都在搜索房子。他們將影片快轉。

「他們聊了一段時間。」蔓蒂說。「一陣子之後，凶手就開始毆打法官，最後開槍殺了他。」

「檔案有聲音嗎？」范登布克問道。

「沒有。我們查過了。」蔓蒂說。

蒙特斐爾快轉影片，看了毆打、殺人的段落，最後按下停止鍵，轉頭對范登布克說：「他在等這一刻。他看起來幾乎是高興的，他很高興這件事終於發生了。」

「你沒辦法確定。」范登布克說。

「沒聲音太可惜了。」蒙特斐爾說。

「真的。這影片可以給我一份嗎？拜託。這就是全部了嗎？」

「我們有的就是這些。」蒙特斐爾說。「我會盡快複製一份給你。」

蔓蒂看向溫妮佛，後者搖著頭。蔓蒂將這個動作解釋為保持沉默。

「可以現在嗎？」范登布克說。

「你有硬碟的話。」

「我去拿一個來。」范登布克說完便走出辦公室。

「你不信任他。」蔓蒂說。

蒙特斐爾表情有些火大；路奇睜大了眼睛，彷彿他剛吸了一排安非他命。「我信任他。」年長的警探說道。「但這是謀殺案，我不想要他們那邊的反貪腐鬥士擋路。」

范登布克帶著硬碟回來。蒙特斐爾開始複製檔案。

「你知道禁言令的事嗎？」范登布克問。

「知道。你覺得有關嗎？」蒙特斐爾說。

范登布克聳了聳肩。「有可能。」

複製完成，范登布克拿著硬碟再次離開。

「不止這些。」蔓蒂說。「還有別的影片。」

「告訴我有什麼。」蒙特斐爾說。

於是蔓蒂說了力芬史東進入房子後，發現法官已死，並從保險箱拿走某樣東西。

「你確定那是他嗎？力芬史東？」

「百分之百確定。」

「為什麼妳沒一起帶來？」

「葉夫還在下載。」她解釋為什麼網站上只會顯示低畫質影像，但是下載後能看到非常清晰的畫面。

「所以，這邊這段影片是最高解析度嗎？」

「大概是吧。在葉夫那邊看的時候畫質更清楚，不過他的螢幕也比較好。」

「他有可能為了裝進硬碟而壓縮畫質。」路奇提出意見。

蒙特斐爾轉向下屬。「伊凡，你立刻跟蔓德蕾回去，我要他有的全部影片，攝影機的所有視角都要。

全部。我要網站的網址、登入名稱跟密碼。最重要的是，我要凶手在房間裡那段時間的影片，而且要最高的畫質——不只是下手那段時間，而是整個過程，包括凶手與法官講話那段，兩臺攝影機的角度都要。」

「讀唇語。」蔓蒂小聲說。

蒙特斐爾轉向她，他臉上閃過一股怒氣，但是馬上就壓下去了。「不要告訴任何人，誰都不能說，妳聽到了嗎？」

「當然，督察。」溫妮佛平靜地回答。

「我認真的。」蒙特斐爾說道。

「蔓德蕾才剛把你們的凶手送上門。」溫妮佛的語氣冷靜而審慎。「除此之外，我不會建議葉夫根尼非要看到搜查令不可。」

蒙特斐爾深呼吸。「好，我非常感激。我們都是。但是如果你們看到馬汀．史卡斯頓的話，告訴他除非我點頭，否則這些東西絕對不能見報。」他再次轉向路奇。「去吧，伊凡。然後找個人進來，我們要想辦法辨識那副眼鏡。」

第四十三章

第一批警察到的時候，馬汀正坐在屋外。在那之前，老法官短暫恢復了足夠的行為能力，將他鬆綁，接著便又再次陷入驚嚇、哀傷和痛苦，不願離開也無法離開房間。現在，馬汀坐在一座鳥浴盆旁的大石頭上，睜著眼睛、全身血跡，身體彷彿受到電擊一般，不由自主地間歇性顫抖。他知道自己現在的狀態很差，非常差，但他必須見證那一切。他隱約注意到兩名穿著制服的員警朝他走來，他們小心翼翼地穿過人行道上的大門後散開，身上穿著防彈背心，手裡的槍正對著他。馬汀將雙手高舉過頭，表示自己沒有武器。

「是在裡面嗎？」其中一名年輕警察問道，面露明顯的害怕。

馬汀點了點頭，覺得說話好難。他勉強擠出「槍戰」兩個字。

「他們現在有武器嗎？」

「已經死了。」他說。

「幾名死者？」另一個警察問。

馬汀舉起三根手指，然後逼迫自己開口。「有個老人還活著，沒有武器，沒有危險性。他受了刀傷，正在流血，需要救護車。」

「靠，你還好嗎？」第一個警察問道，手中的槍還是對著馬汀，彷彿馬汀的外表本身就具有威脅性。

「不，我不好。」

「你有受傷嗎？有傷口嗎？」

馬汀愣了一下，然後低頭看著自己，好像被那個問題弄迷糊了。「沒有。我覺得沒有。應該沒有。」

緊急事故車輛陸續抵達，警笛呼嘯。一名同樣穿著防具、位階是小隊長的警察朝他們跑來。

沒等小隊長發問，年輕員警主動報告：「他沒有武器，也沒有受傷。他說屋內發生槍戰，有三名死者。倖存者是一名老人，需要醫療支援。」

小隊長問馬汀：「現在進去安全嗎？」

「安全。」就在馬汀這麼說的同時，一陣尖銳的槍響打斷了他：聽起來是史維瓦特的槍發出的，僅只一聲，高而銳利。

「媽的。」資深員警大喊。「把他帶出去。這裡用封鎖線圍起來，戰術應對小組到之前不准任何人進去。」

馬汀想要解釋，但是他們已經沒在聽了。他們催促他離開，把他趕到柵門外，趕到尚未被瘋狂占領的雪梨街道上。

他不知道這樣過了多久，但是當蒙特斐爾和范登布克出現時，他知道自己依然坐在路邊，一名戴著橡膠手套與口罩的救護人員正在清理他的手和臉。愈來愈多車輛抵達，將他們團團圍住：談判人員、鑑識科卡車、警犬隊；各式各樣穿著的警察，從牛仔褲到防彈防具。還有摩爾公園的騎警。騎警？為什麼連騎警也來了？

「你還好嗎？」蒙特斐爾不太確定地問道。

馬汀抬起頭，空洞地看了他一會兒，然後才想到要回答。「不好。」

「他受到驚嚇了。」救護人員說道。

「真假？到底發生了什麼事？」范登布克說。

單是聽到這句觸發混亂回憶的問題，馬汀的身體便被另一陣顫抖攻占。蒙特斐爾與范登布克互看了一眼。

「我們可以帶他離開嗎？」蒙特斐爾問救護人員。

「愈快愈好。不過他需要看醫生，需要好好照顧。」

「我們會確保他得到最好的照顧。」蒙特斐爾轉向馬汀。「來吧，老弟，我們帶你去安全一點的地方，把你弄乾淨。」

馬汀露出微笑。他可以感覺到自己在微笑，在點頭。他覺得自己可能要哭了。

蒙特斐爾蹲下，調整聲音，讓語氣聽起來盡可能地安撫。「離開這裡之前，你可以告訴我屋內有誰嗎？」

馬汀很訝異自己竟然有辦法回答。「亨利．力芬史東開槍殺了哈利．史維瓦特，史維瓦特開槍殺了泰提斯．托貝，力芬史東接著自殺。我覺得法官剛才應該也自殺了。」

「我的天。」蒙特斐爾低聲說道，臉上寫滿驚恐，他難以理解。「可憐的傢伙。」

范登布克好一陣子沒說話，眼睛睜得老大。「在這裡等一下，先別走。」他快步走開。

蒙特斐爾在馬汀旁邊坐下，坐到路緣，用一隻手摟住他，表示安慰和支持，完全不在乎自己的衣服可能因此沾到什麼。他詢問救護人員：「有可能給他一點喝的嗎？有茶嗎？」

「熱巧克力？」救護人員提議。

「馬汀？」

但馬汀只是望著天空。煙霧似乎正在消散，天空比平常更藍。也許那些人已經燒完了，或者是起了海風，將這天吹拂乾淨，把煙霧、灰燼和餘火往陸地回推，推回那些煙塵所屬的內陸，推離雪梨，遠離這張美麗的明信片。一架直升機飛過上方，彷彿在慶祝。

范登布克一臉嚴肅走了回來，他戴著橡膠手套，鞋外也套上塑膠，長得像被拿來再利用的浴帽。他搖了搖頭，眼中充滿驚恐。他把手機拿給蒙特斐爾。蒙特斐爾看了一會兒，然後把螢幕轉向馬汀。是一張照片，顏色對比過於鮮豔，紅與綠互相映襯，彷彿聖誕節裝飾：浸滿血的地毯上躺著一副綠框眼鏡。

「馬汀，綠色眼鏡是誰戴的？」

他深深呼了一口氣，空氣沖刷過他，彷彿有人將他從死亡中喚醒，將他從深海拉回溫暖的沙灘上，拉回人世。他深深嘆氣，然後才有辦法說話，霧氣又開始升起。「沒有人戴眼鏡。那是泰提斯・托貝的，他被殺的時候從口袋裡掉出來。」

蒙特斐爾和范登布克充滿意會地看向彼此。「所以是托貝殺了克拉倫斯・歐圖。」蒙特斐爾說。

「他……」馬汀試圖開口。他又試了一次。「他承認了。在裡面的時候。承認殺了伊莉莎白和麥斯。他下令殺了他們。」

沉默短暫蔓延，好讓他們適應這項推測的重量。「你說他殺了自己的妹妹？他這樣說嗎？」蒙特斐爾問。

馬汀點頭。他覺得自己好像點得太大力，又好像太慢。「他親口說的。」

「天啊。」范登布克說。「想起來好像有點道理，他殺了歐圖，殺了他妹妹和富勒，可能也殺了默洛伊。」

「可是為什麼？」蒙特斐爾的語氣像在反問。「這麼做的目的是什麼？」

但馬汀沒有回答。看著濃霧，他的思緒也跟著慢慢復甦。托貝的確承認殺了自己的妹妹，在父親面前承認自己的罪行。照這兩個警察的話聽來，他還殺了歐圖。那麼為什麼他會否認殺死默洛伊？為什麼呢？這時，清晰的片刻再次消散，他再次發現自己難以集中思緒，所有念頭飄蕩閃現，難以捕捉。「什麼是『烏龜』？」他問兩名警察。

第四十四章

她沒有多少選擇。警察不讓她繼續待在辦公室裡，馬汀的手機依然無人回應，而路奇還在葉夫店裡抓影片，她不想回去。她可以回飯店，但是能幹麼？織毛衣嗎？現在面對的事，有可能決定她的未來。她好不容易把事件推進至此，難道要她現在放棄離開？怎麼可能。

於是她在警察局的大廳等著，試圖決定下一步要怎麼走。她試著保持鎮定，努力從手機的新聞網站和牆上的電視搜集現況。她耳邊仍能聽到范登布克與蒙特斐爾一起衝出警局時丟下的話：「是史卡斯頓。那傢伙根本死亡天使吧。」馬汀在哪裡？發生了什麼事？

電視上的ABC新聞主播擰著眉毛，擺出一副過於強調擔心的表情，畫面下方橫過一道紅色通知：**新聞快報**。蔓蒂坐在大廳裡，聽到主播說警方警告在雪梨東部「一名槍手在逃」，據傳已經造成人員傷亡。蔓蒂雙眼死盯著螢幕，耳朵緊跟著主播的話，同時間思緒狂奔揣測，五臟六腑全被攪進擔憂恐懼的漩渦之中。很快地，ABC派了直升機升空。主播開始介紹百年紀念公園區，那裡有塊被公園圍繞的封閉飛地。媽的。不行，她對自己說，不要是他，還不是時候，不可以現在就把他從她與連恩身邊帶走。她腦中突然浮現他們在銀港的房子，它不再是庇護所，而是變成煉獄，而她成了寡婦，兒子沒了爸爸。

「不可以。」她再次輕聲說著。「不可以。」

新聞主播開始更新最新案情。警方表示沒有在逃的槍手，現場受到控制，目前正在封鎖犯罪現場，請所有用路人避開摩爾公園路及周圍區域。螢幕上出現一張替代路線圖，占滿整個畫面。

「誰管用路人怎樣。」她大聲說。「誰死了？誰還活著？馬汀在哪裡？」

過了一陣，新聞開始追上她的提問。報導表示，據信有三或四名死者受槍擊身亡，地點在百年紀念公園內的一處民宅。她聽到這裡，思緒已經開始有最壞的打算：也許他真的死了。

然後她就看到他走進警局。

如釋重負、感謝與未說出口的祈禱如潮水湧來，隨後緊跟著另一波擔憂，片刻的噁心。他全身都是汙血，衣服上，頭髮裡；他臉上有些地方的血已經被擦掉了，她看得出來痕跡。他沒有關心她好不好，其他人就把她推向他、扔到他身上，用她的手臂勾住他的脖子，也不管他身上乾不乾淨、有沒有血。

「你還活著。」她往後退開，仔細端詳他的臉，擠出這一句話。

「對。」他的回答聽起來似乎也有點驚訝。

「你沒事吧？」他的語調奇怪，讓她有些不安地問道。

「他稍微受到了驚嚇。」蒙特斐爾回答。他的手扣著馬汀的手臂。

「稍微？」蔓蒂問道，然後低頭看向警探的手。「你現在是撐著他走路，還是他被捕了？」

「他沒有被逮捕，不是妳想的那樣。我們只是需要他的筆錄而已，可能需要花點時間。」

「還要做筆錄？他現在需要的是醫療照顧。」

「會的，他會得到照顧，我保證。」

馬汀轉向她說：「沒關係，他們需要知道發生了什麼事。」

「我可以進去陪他嗎？」蔓蒂問警探。

蒙特斐爾的表情皺了一下。「不行，有些細節妳還是別聽到比較好。」

這個回答有點惹毛她，說得好像只有男人有本事面對血腥似的。「我不會有事的。」

不過蒙特斐爾態度堅決。「抱歉，還是不行。」

「那我要派我的律師進去。」

「妳的律師？」

「他的律師。」

蒙特斐爾嘆了口氣。「好，派她進來。」接著他的聲音放軟。「說真的，他沒有遇到任何法律問題，不過我們這裡結束之後，他會需要有人照顧。」

她被指派成了照顧的角色，這再次令她光火。不過馬汀以無助的臉做了一個表情，讓她知道蒙特斐爾已經盡可能表現同理。

「需要多久？」

「給我們一個小時。」

她親吻馬汀，握了握他的手，然後離開。她等走到警局外才伸手擦嘴，試圖抹掉血的味道。現在應該要待在警局大廳等他，但是她已經受夠了，受夠等待警察臨幸，受夠ＡＢＣ那種模稜兩可的播報。她傳訊息給溫妮佛，請她陪馬汀做筆錄。

當她已經快回到薩里山時，才收到溫妮佛回訊：**抱歉，過去要四十五分鐘**。

她徒步到一番電腦與領巾飾品。看到她走進店裡，葉夫露出微笑，蓮娜沉下臉，路奇則是覺得好笑。天啊，她本來以為路奇會像其他人一樣被叫去百年紀念公園，但他居然還在這裡搜刮著影片寶庫；這項任務顯然非常重要，重要到蒙特斐爾無法把他派到別處。

「你聽到百年紀念公園的事了嗎？」她盡可能只像是隨意問問。

「沒有。我應該要知道嗎？」路奇說。

「好像還好。」她轉向其他人。「嘿，葉夫，我要去買咖啡，你要什麼？」

「澳式黑咖啡。」電腦天才頭也不抬地說著。

「美女，我要大杯卡布奇諾。」路奇微笑著說。「上面要加很多巧克力。」

「要棉花糖嗎？」

「嗄？不用，謝謝。」

蓮娜搖了搖頭，她不想和蔓蒂有任何接觸。

＊＊＊

她走進奧多店裡，時值午餐尖峰時段，剛開始忙碌起來。

「是妳呀。」奧多說。「我才在想你們什麼時候會來。馬汀呢？」

「在警察局。」她其實不太懂咖啡老闆這話是什麼意思。

「他的鑰匙在我這裡。」奧多說。

「什麼鑰匙？」

「公寓的鑰匙啊。」奧多看到她一臉迷惑，放下手上的器具，開始解釋。「馬汀找了人打掃他公寓和換鎖，他應該還有款項沒付清。」

「我完全不知道這件事。」

「那，妳拿著吧，再幫我拿給馬汀？」

「好。」

「解決一件事了。」奧多交出鑰匙時很高興，彷彿完成了一件任務。「妳要點咖啡嗎？」

「對，一杯脫脂拿鐵帶走，謝謝。」她想到葉夫與路奇。沒關係，他們可以等。

她帶著咖啡走到馬汀的公寓，想看看整理得如何，希望晚點能帶點好消息給他。一樓外面多了一臺水泥推車，裡頭裝滿了一堆零碎垃圾。門廊整齊乾淨，一樓大門換了新鎖。她用奧多給的那串鑰匙開門，爬上樓梯，打開新換上的公寓大門，走進屋內。

整間公寓乾淨得只剩下基本配備，幾乎沒有任何家具。屋裡有座沒看過的書架，上頭放著搶救出來的寥寥幾本小說、馬汀的幾座記者獎盃，大多已經支離破碎。架上有幅相框，玻璃龜裂。她見過裡頭放的照片，他們在銀港也有一張一模一樣的。照片中的馬汀還是個小男孩，面對鏡頭咧嘴笑著，與他一起入鏡的是他的母親、父親和兩個雙胞胎妹妹。馬汀會很高興這張照片被救了下來。屋內有股阿摩尼亞、氯和油漆的味道。她看到兩扇窗戶被整個換新，接縫處的黏膠還沒乾。一陣聲音傳來，有張臉從廚房的轉角冒了出來。

「噢，是妳呀。」是睡在樓下的流浪漢，馬汀的乞丐朋友，不過他的鬍子不見了，長髮也拉到腦後綁成馬尾。

「你在這裡幹麼？」蔓蒂問。

「打掃啊。」

「對，我知道，我是說為什麼是你在打掃？」

男人聳了聳肩，飄開眼神。「馬汀叫我掃的，不過我有點做過頭了。」

「看得出來。」她環視四周，整個地方一塵不染。「這全都是你做的？」

「嗯哼。」

「馬汀同意嗎？」

男人聳起肩膀。「嗯啊，他給了我兩百塊，說他信任我。」

「包括外面的推車？新的窗戶玻璃？鎖匠的工錢？這樣可不只兩百塊。」

「呃，對，我之後得跟他拿錢。」他的聲音充滿歉意。

蔓蒂發現自己嘴角上揚，幾乎要大笑起來。「我的天呀，聽了一整天的壞消息，你是做了最多好事的人了。」接著她走上前，給了老人一個大大的擁抱。他對此有些訝異，她自己也是。

兩人重新分開時，他一張臉笑得眼睛都沒了，接著重新換上認真的神情。

「那個。」他說。「有兩件事要跟妳說，趁我還沒忘記。我最近很常忘東忘西。」他在口袋裡一陣翻找，交出一張皺巴巴的紙。「警察給的。」

「這是什麼？」

「收據。」

她打開紙條。確實是某種收據沒錯：警方拿走了某個證據的正式證明。表格上的字跡還算清楚：一**坨排泄物——冷凍**。簽名的人是伊凡．路奇。她完全不懂這是什麼意思，不過這令她的嘴角再次上揚。

「謝謝。」她說。「另一件事是什麼？」

「噢對——妳叔叔後來有找到妳嗎？」

「我叔叔？」

「他今天早上來過這裡，說要找妳和馬汀。」

「我沒有叔叔。」

「一個打扮有點奇怪的傢伙，抹了髮油，穿著三件式西裝，身上有空氣清新劑的味道。」

蔓蒂頓時警覺起來。「不會是破壞公寓的那個人吧？」

男人皺起眉頭，彷彿思緒穿過迷霧回想著。「噢，糟糕，妳覺得是他嗎？」

「你不記得長相了嗎？」

「我不知道，我當時沒有很清醒。」他的聲音裡帶著懺悔和難過。「但是他還問我這裡發生了什麼事，這樣應該不是他吧。」他似乎隨時要落下淚水。他為他們完成了這麼多工作，現在擔心起自己在這件事上搞砸了。

「沒關係。你處理得很好。」蔓蒂說。

「妳確定？」

「確定。我叔叔找我們做什麼？你還記得嗎？」

「我告訴他，這裡被砸之後你們已經好幾天沒回來了。他聽了好像有點困擾，問我發生了什麼事，然後說他沒辦法等，好像說快沒時間什麼的。他要我轉交某個東西給妳和馬汀。」

「真的嗎？」

「這裡。」他伸進口袋拉出一個信封。

蔓蒂打開信封，裡頭是個亮藍色的隨身碟。

第四十五章

馬汀的思緒逐漸醒轉，五感也清晰起來，彷彿老車被棄置幾個月之後重新發動，還在噴藍煙、燃燒沉積的油垢，但運轉已經愈來愈順暢。他帶著蒙特斐爾和范登布克，重新經歷他在百年紀念公園所見到的死亡殺戮之舞，接著他打了一份正式筆錄；溫妮佛抵達時剛好幫他看過一遍內容。這個過程讓他多少消化了過去的事情，讓他多少有了一定程度的理解。現在，他的感知能力已經能察覺到蒙特斐爾的喜悅：命案真相彷彿禮物般自動送到蒙特斐爾面前，泰提斯．托貝殺了克拉倫斯．歐圖，也殺了伊莉莎白．托貝與麥斯．富勒。馬汀同時難過地注意到，如今托貝與史維瓦特都死了，警方就能義無反顧地將五年前克萊芮媞、默洛伊的命案推給托貝與史維瓦特。當然了，對於力芬史東而言，他確實深信，下令殺害克萊芮媞的幕後主使就是史維瓦特。

范登布克顯然比警探同事想得更多。「托貝這麼做的動機是什麼？嫉妒嗎？還是？」

馬汀聳了聳肩，然後皺起眉頭，某段記憶再次浮現，令他的精神引擎跳過一拍。「『烏龜』是什麼意思？」他再次問道。

「管他什麼意思。」蒙特斐爾說。「來吧，我們帶你回去了，蔓蒂應該在外面等你。」

聽到她的名字，馬汀就感到一陣渴望，許多情緒冒了出來。對，蔓蒂。但是當他們走進大廳，她並不在那裡。

溫妮佛試著打電話給她，卻無人接聽。

「我們去搭計程車，先送你回飯店。」律師的聲音充滿耐心，彷彿在對孩子說話。
「現在嗎？」
「對。」她擔心地看著他。「你得洗澡、換新衣服。」
「好像是。」他低頭看向自己。噢對，要換新衣服。
他們走向計程車招呼站。他隱約注意到溫妮佛以法規威脅不情願載客的司機。司機似乎覺得馬汀可能會很麻煩。
溫妮佛離開後，剩他獨自待在飯店房間。他眨了眨眼睛。到底發生了什麼事？
電話響了。但不是他的手機，而是飯店客房的電話。他的手機好像掉在某個地方。噢，不對：是在史維瓦特的指示下踩碎了。
電話鈴聲停下。他開始脫衣服。
電話再次響起。
「喂？」他試探地問道。
「馬汀，你沒事吧？」
「是達西嗎？」
「對。你還好吧？」
「很好啊。你怎麼會有這支電話？」
「很重要嗎？」他停頓了一下。「貝瑟妮說你當時人在那裡，在那棟房子裡。」
「對。」
「很好，名副其實的現場報導記者。我們需要你的第一手報導，這種東西只有你能寫，其他人都碰不得。還要一篇長篇的分析報導，『**混亂食堂：第二章**』，共同掛名。我們已經在做圖表了。」

這位對手的聲音充滿熱情，急於創造出下一篇熱門新聞。「你聽起來很高興。」

「你不知道這代表什麼嗎？」達西說。「這是你重新回到報社的絕佳機會。不管還剩下誰在反對，這次的報導都能讓他們閉嘴。你可以決定自己的職位。我們一定會是很厲害的團隊。」

「那混亂食堂呢？」

「對，當然。我們會揭露所有事情，毫不保留。我跟你說，整個澳洲都沒看過這種新聞，從來沒有。而你，老朋友，你就在整個事件的中心。」

「謝謝，達西，我想一想再跟你說。」他掛上電話。就這樣。

他站起身，在牆上嵌的全身鏡前端詳自己，血跡斑斑、神色枯槁。為什麼飯店房間裡永遠都有這麼多鏡子？是為了讓空間看起來更大？還是滿足住客的虛榮心？鏡中的自己也回望著他，彷彿熟悉的陌生人，面容憔悴，頭髮糾纏，眼神焦慮不安，令他驚醒。他觸碰自己的臉，抹了抹，在那外表底下的人確實是他沒錯。天啊。

他就站在那裡好一段時間，看著自己。大家都很高興。蒙特斐爾很高興：他知道誰是凶手了：泰提斯．托貝，而且已經死了，多麼方便。省去開庭，不必被指指點點，不用面對媒體令人難堪的爆料，上面掌權的人也能繼續高枕無憂。一切收拾得整整齊齊、乾乾淨淨，打上血紅色的蝴蝶結。范登布克也很高興：ACIC危機解除，他們可以將塔昆．默洛伊稱為英雄了，而不再是竄逃的小偷，彷彿隨時會引爆的定時炸彈。他們可以公布他真正的姓名，可以將他隆重下葬，讓州長、警察局長、檢察總長與ACIC的大頭在他的棺材披覆國旗，眾人敬禮目送遠行。還有達西．德佛，他也很高興：他釣上了龐大無比的新聞，素材將透過馬汀和食堂源源不絕送到他面前，食堂成員會爭先恐後地安撫、滿足這位調查報導編輯，他是為他們免罪開脫的守門人。所有人都很高興；除了馬汀以外。馬汀・史卡斯頓一點也不高興。死了這麼多人之後，他還是不知道全部的真相。

「媽的，算了。」他對著鏡子說。

他真的得洗澡了。但在那之前，他先打了電話給威靈頓・史密斯。

第四十六章

走進一番電腦與領巾飾品店，路奇已經離開了，而蓮娜還在。她冷淡的態度也還在。蔓蒂沒理她，逕自走向櫃檯復古螢幕後的葉夫。

「都好了？」她問。

「對。他們抓了很多影片，夠開錄影帶店了。」他試著微笑，但實在不太像樣。

「你還好嗎？」

「事情實際發生的時候，還是跟電影裡不太一樣，對吧？電影都是演技和特效，不管看起來多真實，你都知道不是真的。但我們現在面對的這些……我從來沒想過……」他愈說愈小聲。

蔓蒂這才想到，他整理影片花了好幾個小時。「葉夫，我懂，不過這能幫警方非常大的忙。你才剛幫他們解開了很多犯罪案件，你做得很好。」

「但是感覺沒有很好。」他的聲音與表情一樣冷淡。「我看到新聞了，他們說馬汀當時就在那棟房子裡。一堆人開槍，又死了那麼多人。他現在還好嗎？」

「他會沒事的。」她將一隻手放在葉夫身上以示安慰。「你聽我說，我拿到了別的東西，可能很重要。」她拿出那個隨身碟。

「應該不會又是影片了吧？」

「不是，我覺得不是。」

他的眼中突然閃過一絲警覺。「這不會是我想的那個吧？法官保險箱裡的東西？」

「只有一個方法能知道了。」

「進來吧，這個得到總部處理。」

葉夫啟動那座現代化工作站的電源，一邊等待，一邊看著隨身碟，熱情又回來了一些。「三十二G，也沒那麼大嘛。」

「很大了。」她說。

他皺起眉頭，不知道該回什麼，這時電腦剛好開機完成。「好，先把該做的做一做。」他將隨身碟插入插槽，沒有直接打開，而先執行了一連串測試。「沒事。沒有壞軌，也沒有病毒，而且裡面幾乎塞滿了資料，來看看有什麼吧。」他試圖開啟隨身碟時，畫面上出現了兩個資料夾，不過也出現一個對話框，擋住了他的去路。「靠。」

「怎麼了？」

「要密碼。」

「有辦法繞過去嗎？」

「我試試看。」葉夫開啟新的程式，開始輸入程式碼，不過沒花多久時間就放棄了。他嘆了口氣。

「不太行，整個隨身碟都加密了。」

「能夠駭進去嗎？」

「沒有人能駭這種東西。情報局也許可以吧，如果給他們好幾個月的話。」

「可以複製嗎？鏡像備份？」

葉夫輸入其他程式碼，然後搖搖頭。「不行。不知道為什麼，但不行。」他露出笑容，聲音裡充滿敬佩。「媽呀，這真的太厲害。」

「所以是沒有人能打開，也沒有人能夠複製嗎？」她問。

「差不多。」他說，盯著螢幕，皺著眉頭，不過最終聳了聳肩，不情願地拔下隨身碟，交還給她。

「妳打算怎麼處理這東西？」

「當然是拿給警方。就算他們沒辦法解密，這也還算是證據之一。」

「什麼東西的證據？」

「天曉得。」她把隨身碟收進口袋。「再見了，葉夫，好好照顧你自己，我們保持聯絡。記得，你做的事非常了不起——你幫忙抓到了凶手。」

「你們要離開雪梨了？」

「不是馬上，但是馬汀需要去有助他健康一點的地方，得帶他回家才行。」她傾身靠近，親吻他的臉頰，真誠地給予擁抱。「謝謝你幫我們做的每一件事。很榮幸能與你這樣值得信賴的人一起合作。」

「妳也是，保重。」他說。

她轉身正要離開，就看到蓮娜的眼神如匕首般射來。蔓蒂重新轉向葉夫。「你花了那麼多時間和心力，我們欠你很多酬勞。你算一算，算完之後把那個數字乘以二。」

「妳認真的嗎？」

「當然啊。然後，趁現在有機會，你有沒有筆電可以賣我？」

葉夫聽了咧嘴笑開。「當然有。有一臺不錯的 Mac，剛到而已，幾乎沒用過，比馬汀那臺還好。」

「我要了。」

＊　＊　＊

稍後，她坐在奧多的店裡，奢侈地點了全脂拿鐵與一塊蛋糕，完成了新筆電的初始設定。她將隨身碟接上葉夫賣給她的轉接頭，插進電腦的新型插槽，開啟隨身碟，對話框跳了出來，上頭沒有文字、沒有說明需要輸入什麼，就只有一個輸入密碼的文字框。她閉上眼睛，重新進入腦中的記憶宮殿。她回到母親在旱溪鎮的書店，一切擺設都與她少女時一模一樣。她在熟悉的書架間逡巡，在每個文類前停下，抽出她最愛的那幾本書，每本書的封面都包含著一個字母或數字，每本都不相同，就像塔昆．默洛伊教過的那樣。她匆匆記下那組英數字代碼：總共三十六個字母。寫完之後，她再次閉上雙眼，重複走過相同的路徑，再次檢查。確定無誤之後，她輸入密碼。那是五年多前，塔昆教給她的第一組幫助記憶的範例，他用這組代碼訓練她去記憶，他知道她永遠都會記得。

隨身碟吐出過去與現在的祕密，她花了一整個小時閱讀那些文件。一直要到她讀夠了，當所有的好奇心都被滿足、所有問題都得到解答，她才關上電腦。該去飯店了，真正信任馬汀．史卡斯頓的時候到了。

星期天

Sunday

第四十七章

馬汀奮筆疾書。他不停寫著，幾乎沒有休息，最終給了威靈頓・史密斯還有《本月》九篇不同的稿子。第一批文章上線，在網路流竄開來，同一時間，他已經在寫下一篇。蔓蒂坐在他身邊，給予咖啡、精神支持與關鍵資訊。她開著自己的電腦，在默洛伊的資訊庫中撈捕，指引馬汀哪些段落最為重要、幫忙核實資訊、提供報導的布局建議。

過程中他們一度停下，一邊等待編輯室審核稿件，一邊上網站確認晨鋒報的進度。費爾法克斯[1]建了一個部落格，專門報導案件的最新消息。貝瑟妮撰寫新聞，達西不斷交出各種分析文章，攝影師則發出大量照片：停在墨利森銀行外的警車、突襲行動中的片刻、一名政客伸手遮擋相機鏡頭。晨鋒報的團隊卯足了全力，但是馬汀知道他們無法與自己抗衡，他們拚不過百年紀念公園槍戰的內幕故事，也無法抵擋藍色隨身碟所蘊藏的豐富犯罪證據。他帶著一種殘忍的滿足感，看出貝瑟妮在某個點上終於投降，開始直接引用《本月》網站上的資訊並標明完整出處，把前所未有的龐大流量歸功給「《雪梨晨鋒報》供稿者馬汀・史卡斯頓」。

史密斯打了飯店的電話進來。「伺服器又爆了，我們承受不了那麼大的流量。我現在要去提高伺服器規模，拿到更多資料中心的資源。我們會在五分鐘後重新上線。你繼續發稿過來。」他掛斷電話。

一個半小時後，馬汀產出兩篇新文章，威靈頓又打來了。「我們現在開始應付大規模的拒絕服務攻擊，有些噁心要死的大人物想關掉我們的網站。我們全刊了吧，把你所有東西都發出去。」

「不行。到時候他們會告到你脫褲子，把你搞到破產。」馬汀說。

「放屁，他們想試就來試，這樣等於幫我們送上出版界有史以來最大的宣傳。」這位雜誌老闆聽來有種狂躁的興奮感。

「你在開玩笑吧？」

「沒有，沒在開玩笑。我們要把所有東西都發出去，而且要現在，要趕在他們完全壓垮我們網站以及申請到禁制令之前。我們在新南威爾斯還有首都領地已經都在打官司了。」

「可是現在是凌晨四點欸？」

「起床上工囉。這是我們唯一的機會。這條新聞已經散布到世界上每一個社交平臺了，他們永遠不可能把潑出去的水再收回來。到時候我們一定會鬧到籌組調查委員會[2]。」

「所以就不管後果，想寫什麼就寫什麼囉？」

「你寫，最好寫到他們全被幹翻過去。」

於是他們繼續，直到深夜，直到連深夜也過去。他們被咖啡、腎上腺素和使命感驅使著，不斷產出新聞，然後把報導推上社群媒體，使盡全力讓資訊傳播到任何法院、政府或網路暴徒都無法掩蓋、來不及掩蓋的地步。接著，美國民眾開始意識到這則新聞的規模和影響力，也變得凶猛起來。哈利．史維瓦特在澳洲被槍殺，他不只是黑手黨的正式成員，更負責大規模洗錢行動，十多年來都未曾曝光。史維瓦特洗過的髒錢來自四面八方，從芝加哥黑手黨到俄羅斯黑幫，一路擴及中美洲毒梟。對馬汀和蔓蒂來

1 費爾法克斯（Fairfax）是《雪梨晨鋒報》的母公司，隸屬九號臺娛樂集團。

2 又稱皇家委員會（Royal Commission），政府授權組成的臨時組織，負責調查重大爭議事件的真相。此制度發源於英國，調查委員會獨立於政府之外，通常由法官領導，且擁有比法院更大的權限。

說，這一夜極為漫長，卻轉眼間就結束了。

＊＊＊

馬汀在警察局大廳內等待。外頭冷颼颼，又冷又凌亂，天空一片冰藍，從南極吹來的氣流驅散了最後的煙霧。平面攝影師與團隊聚集在一起，等待著。進來警局前，他的前同事貝克斯特．詹姆斯對著他拍了一張，態度執著且理所當然。看來晨鋒報的部落格又多了一張配圖。

他買了一份《太陽前鋒報》[3]。報紙的資訊已經不夠新了，買報紙只是為了留存。頭版封面被百年紀念公園大屠殺占據，內頁塞滿照片、圖表和死者的姓名，卻完全沒有解釋槍戰的原因。馬汀在報紙完成排版很久之後，才對外說明來龍去脈，所以晨鋒報只有名字——泰提斯．托貝、他父親泰厄博爵士、哈利．史維瓦特與亨利．力芬史東——但遺漏他們身亡的過程或者他們說了什麼。馬汀諷刺地笑著，注意到達西對於食堂的後續調查報導已經被擱置了。

他放下報紙。在睡了三小時之後，他仍然累得像狗，但對自己的工作成果感到滿意，當你澄清什麼事情的時候，就會有這種感覺。然而他不滿意生活的現況。蔓蒂還在裡面，還在受拷問，因為隨身碟的內容以及她如何破解密碼而被痛斥。

溫妮佛從警局深處走出。她看起來比馬汀此刻感覺到的更加疲累，步伐帶著與年齡相襯的僵硬。她坐下，嘆了口氣，搖著頭。

「怎麼了？」馬汀說。

「她承認了。」

「承認什麼？」

「所有的事情，全部。她根本不聽我說，我阻止不了她。」她再次嘆氣。「她一直在幫默洛伊，她知道他當時想要滲透墨利森，最後甚至也懷疑他是警察。我根本沒辦法讓她閉嘴。她唯一否認的，是事先知道默洛伊偷錢的計畫。不過她也說，雖然不知道，但是她一聽到錢被偷就知道那是真的，知道她交給他的資訊真的幫了他。」

「所以他真的偷了錢？」

「對，他真的偷了一千萬澳幣，上下誤差個幾千塊吧。不只是用來掩飾的藉口，而是扎扎實實的一千萬。但是他還沒離開銀行就被殺了，也來不及告訴她錢在哪裡。」

「如果她知道所有事情的話，怎麼會不知道錢在哪？」

溫妮佛的神色極度疲倦。「她愛他，也信任他，他不必用錢來綁住她。那句話怎麼說的？愛情都是盲目的？」這時她深吸了一口氣，彷彿沒辦法相信自己竟然這樣結論。「後來他失蹤，她意識到那些傳聞都是真的，他真的偷了那筆錢。她以為他已經逃到海外，背叛了她。所以她決定為自己著想：她說了謊，說她什麼都不知道。考慮到當時的情況，我完全可以理解她為什麼那麼做。」

馬汀搖著頭。「為什麼要現在承認？她一定得說出來嗎？」

「也許不用。她其實可以隱瞞那個隨身碟，毀了它，不透露有這東西存在，或是編個故事說她只是與未婚夫比賽記憶力，但不知道自己記得的東西代表什麼。」

「蒙特斐爾不會相信那種藉口，他不是笨蛋。」

3 *Sun-Herald*，《雪梨晨鋒報》的星期日版本。

「是不會，但是知道是一回事，要在法庭上證明又是另一回事，兩者之間還有很大的空間。」

「妳有機會幫她圓回來嗎？」

「沒有用，馬汀，她已經承認了。」

他沉默了一會兒，好好想了一下。他還是不懂為什麼她要自首，全盤托出。當然，隨身碟在她手上，她也知道怎麼打開、知道密碼，不過這並未完全解釋她為什麼這麼堅決向警方坦承一切。「他們不會起訴的。」他對溫妮佛說。「她交出了所有的證據，還給出默洛伊找到的所有情報，基本上是在幫他們做事，范登布克高興都來不及。」

溫妮佛淺淺地笑了。「你不知道你們兩個還有威靈頓點名了多少掌權人士。你們該擔心的不是警方，也不是刑事檢察官，而是政界和法律機構——他們每個人都巴不得從你們身上挖下一塊肉來。」

「但是支持我們的人一定比恨我們的人多吧？一定還有很多人也想把那些暗地裡的髒事全部清一清。再說，有問題的那些人也會因為彼此牽連，全都被跟著拖下水。」

溫妮佛對著那個願景笑了出來。「對，你可能是對的。但是現在這種政治局勢轉變的時期，支持你們的人可能不想被發現自己在幫她。他們會希望一切正正當當，保持安全距離。」

「媽的，那有什麼是我可以做的嗎？」

「蔓蒂請我擬了幾份文件要讓你簽，如果你願意的話。」

「什麼文件？」

「她要讓你獲得連恩的完整監護權，讓你和她成為連恩的共同監護人。」

馬汀眨了眨眼睛，很明顯嚇到了。「為什麼？這很急嗎？」

「你不懂嗎？她可能得坐牢。」

在溫妮佛的見證下，馬汀簽完文件。溫妮佛再度走入警局，他又成了一個人。警局外，狗仔隊徘徊在周圍，隨時準備用鏡頭瞄準獵物；他沒辦法離開，只能等待。他躺到地板上，陷入沉睡，直到被路奇搖醒。

「怎麼了？」

「你看起來好慘。」路奇以此招呼。

「謝謝你噢。」

「起來吧，我帶你去找老大。」路奇帶著他穿過警局，來到地下停車場，載著他離開。馬汀在車上彎著腰，躲避攝影鏡頭偵測。他被載到一間咖啡店外，就是霧霾期間他與蒙特斐爾碰面的那間。「他馬上就到了。」路奇說。

「他不想被看到與我碰面嗎？」

「誰想啊？」顯然路奇只是想嗆他。

這次馬汀在店內等，避開外頭的冷風。這間店與其說是咖啡店，其實更像酒吧，星期天早上幾乎無人光顧，但還留著週六夜晚的餘波，塑造出整間店裡基本的氣味：酒精、體味，甚至還有——是他的幻覺嗎——香菸的味道。他點了一杯澳式黑咖啡，三份濃縮。多點咖啡，有益無害。咖啡端來時，蒙特斐爾正好抵達，他看起來邋遢凌亂，很需要刮鬍子。

「莫銳斯。」

「馬汀。」他們省略握手的客套。

「溫妮佛告訴我，蔓蒂認罪了。」

蒙特斐爾搖著頭，彷彿對此感到後悔。「我不想要她被起訴，詐欺偵查小組也不想起訴她，但警察局長堅持我們一定要完全秉公辦理。沒膽子的王八蛋。」蒙特斐爾走到櫃檯點咖啡，回來後繼續說道：「她會在今天下午被起訴，基本上一定會獲得保釋，你到時記得回局裡接她。大概四點左右。」

「好，謝謝。」馬汀說。

警探臉上的疲憊反映了馬汀自己的精神和身體狀態，但是蒙特斐爾仍掛著笑容。「你絕對不相信你們捅了多大的蜂窩。」

「聽起來你也滿贊成的。」

「當然贊成。盡量捅吧，把髒東西都翻出來，把你能挖到的所有事情都丟出來。」

「你認真？」

警探回答時，眼中有著哀愁的神色。「把你能挖到的所有事情都寫出來，別指望我們了。」

「我們正在努力。威靈頓・史密斯現在火力全開。」

「感覺得出來。」蒙特斐爾一臉深情地看著馬汀的咖啡，然後抬起頭來張望，若不是想知道他點的東西什麼時候會來，就是在確認沒人正注意他們，也沒有攝影師暗中潛伏。

「莫銳斯，怎麼了？」

「你不是從我這裡聽到的。」

「當然。」

「有件事我們從來沒公開過，守得非常緊，知道的只有伊凡、我，與鑑識組裡幾個我信任的人。」

「只有一小群人知道。」馬汀說。

「非常小。」

咖啡師端來警探的咖啡。蒙特斐爾感激地喝了幾口，繼續說道：「默洛伊的死因是腦部中了三槍。

我們找到遺體的時候，其中一顆子彈還留在頭裡面，要保密的就是這件事。我們做了彈道分析，找到了槍。」

「泰提斯．托貝？」

「克勞斯．范登布克。」

馬汀看著眼前的警察好一會兒，等待腦子跟上。「他五年前就知道這個案子了？」

「對。」蒙特斐爾說。「你回去看隨身碟裡的文件，就是默洛伊複製下來，被蔓蒂用密碼解開的那些。范登布克的代號是『SC13』，代表『十三號聖誕老人』[4]。你重新看一次，事情就很清楚了。」

「為什麼史維瓦特沒提過他？連泰提斯．托貝也沒說過？」

「我猜他們根本不知道有這個人。他的目的不是保護罪犯和洗錢。」

「那是什麼？」

「他在幫上面那些搞政治的人做事，檢察總長、副警察局長還有其他人。」蒙特斐爾又喝了幾口咖啡。「我們相信他勾結了一個叫肯尼斯．史戴曼的男人，外號烏龜。」

「烏龜？」

「我知道你聽過他。」

「泰提斯．托貝提過，那時候我不知道他是誰，其實現在還是不知道。」

「他正在逃亡，不過我估計很快就會逮到他了。」蒙特斐爾看了看錶。「大約兩個小時之後。」

「這麼精確。」

4　聖誕老人的英文Santa Claus，與范登布克的名字克勞斯（Claus）相同。

「是啊。然後我們抓到他的第一件事就是去驗DNA。」

「DNA？」

蒙特斐爾微笑。「你冷凍庫裡那坨屎，那是他的。」

馬汀也笑了。「這標題一定寫『罪證確鑿：屎定了』。」

「這新聞夠大條了吧？」

「超大條。」

蒙特斐爾又喝了一口咖啡，然後皺起眉頭，遲疑地瞪著杯子。他的手機在桌上發出低沉的咕噥聲。他看了看訊息，然後起身。「我得回去了。你、我、伊凡，還有蔓蒂，我們找一天喝一杯，正式慶祝一下。還有溫妮佛。我們的好人小組。」

「好啊，聽起來不錯。」馬汀說。「我可以寫范登布克那件事嗎？」

「那就是我今天找你的原因。你可以公開所有事情，愈快愈好，最好趕在我們起訴他，或是上頭哪個膽小的奇葩又開始偷耍小手段之前。」

「還有一個問題，他之前為什麼會去銀港？為什麼要去找蔓蒂？」

「去確定她到底知道多少。他知道她現在有錢了，所以懷疑她沒說實話。如果她真的知道內幕的話，他也許會殺了她，可能也會殺了你。」

馬汀不解。「你怎麼會知道？他說的嗎？」

「不是，他沒說。還沒說。」蒙特斐爾示意馬汀起身。「走吧，有人在等你。」

離開咖啡店，走到街上，有輛暗色車窗的白色SUV正停在街邊。

「這給你。餞別禮物。」蒙特斐爾說。他交給馬汀一張摺起來的紙。

「什麼東西？」

「混亂食堂的完整成員名單。」

「真的嗎？謝謝，莫銳斯，太感謝了。」

「沒有，我才該謝謝你。」

馬汀打開車門，上了車。「嗨，傑克。」

「你拿到成員名單了？」傑克．高芬問。

「對。」

「很好。趁現在我在開車，你有時間可以好好看一看。」

「我們要去哪裡？」

「等一下就知道了。」

馬汀打開那張紙，迅速掃視成員清單。這張是影印的複本，所有的姓名都是電腦字體，有人在名字後面手寫註明了身分。

傑佛瑞．詹米森——退休准將和外交官

山森．費丁——州財政局副局長，自由黨

岢萊瑞莎．霍桑——「新城」獵才公司擁有人，自由黨州幹部成員

珍寧．崔羅——新南威爾斯州聯邦參議員，工黨

哈利．史維瓦特——墨利森銀行安全長

伊莉莎白．托貝——新南威爾斯高等法院法官

克拉倫斯．歐圖——土地與環境法院法官
切斯特．布萊斯—真斯——企業董事，前雪梨巡艇俱樂部會長
瑪蒂達．霍普——美術館館長、電影監製
達西．德佛——雪梨晨鋒報記者
杰諾．川皮諾——商人，CFMEU工會新南威爾斯州分會前祕書
帕墨．佛萊徹——九號娛樂集團董事會顧問
瑪莉．鄧巴——雪梨大學歷史學家
勞夫．賴德斯——勞動工會、工會總會
諾曼．彭斯——雪梨名嘴
傑諾德．瓊斯——知名股票經紀人
喬治．優波里斯——地產開發商，「天巨」董事會成員
露西．黃—克拉克——服飾零售、進出口
德萊尼．布溫克（大人物）——礦業大王，億萬富豪
比爾．湯森——說客，工黨州黨委會成員
可萊麗．佩雷——前板球對抗賽選手，運輸業大亨
托佛．斯普萊——媒體大王，億萬富豪
費妮拉．湯林森——墨爾本自由黨員、慈善女王
麥可．奧格登——「戰爭號角T&S」武器製造商
派翠克．杜格——奧伯立區主教

傑瑞米・普蘭克坦——州檢察總長
阿提克斯・龐司——菲普斯・艾倫比・洛克哈特法律事務所合夥人，墨利森、菱鑽和天巨董事會成員
羅傑・馬卡泰利——新南威爾斯州警局副局長
喬・威加洛（偉哥喬）——新南威爾斯說客、公關
朗諾・派特森（班卓）——菱鑽不動產投資信託執行長，墨利森、菱鑽和天巨董事會成員

「我的媽呀。」馬汀再次看了一遍名單。「檢察總長、一位主教、幾個億萬富翁，這個人脈網牽連得也太大。」

「這就是你的下一條新聞了。要在你那個出版商被訴訟淹沒之前發表。」高芬說。

「他開始轉到海外發布新聞了。」

「我想也是。」高芬說著，在郊區一間屋前的車道上停下。

剛才馬汀只顧著成員名單，眼睛緊盯著紙，將事件與人連接起來。這時他才抬頭環視四周。「這是哪裡？」

「所謂的安全屋。切記絕對不能公開。」

「了解。」

進入屋內，窗簾緊閉，室內燈光通明。格里夫坐在沙發上，看著電視上的橄欖球比賽，嗑花生、喝可樂，彷彿只是個尋常的週日午後。看到馬汀與高芬進來，她便起身關掉電視，對馬汀點點頭以示招呼，也像在道謝。「做得好，孩子，非常好。」她說完後轉向高芬：「還安全吧？」

「沒事。」

「往這邊走。」

她將他們帶到廚房，走入舊式日光燈管的刺眼光線中。餐桌前坐了個男人，他向前趴在桌上，一隻手伸向牆邊，與牆上的管線銬在一起。

「起床了，親愛的。」格里夫命令道，然後轉向馬汀。「他是肯尼斯．史戴曼，大家都叫他烏龜。」

男人抬起頭來，馬汀倒抽了一口涼氣。這名囚犯被揍到歪七扭八，整張臉爛成一團，右眼腫到張不開。馬汀轉頭問高芬：「你們弄的嗎？」

「不是，你再看仔細一點。」

馬汀於是發現了第一眼沒看出來的細節：他的臉上有縫線、結痂的傷口、經過不同時間已分別轉黃轉藍的瘀青，彷彿由不同程度的殘忍組成的彩虹。

「亨利．力芬史東做的。」高芬說道。「大概在三天前。幸好我們有找到這傢伙，再晚一點他就要敗血症了。」

「把他關在這裡，這樣合法嗎？」

「勉勉強強啦。我可是ASIO，記得嗎？」高芬說。

「你是誰？」烏龜問了個問題，然後又自問自答地說道。「又來一個骯髒的傢伙。」他用完好的那隻眼睛惡毒、輕蔑地瞪著馬汀。

「他是馬汀．史卡斯頓。」高芬說。「他和蔓德蕾．布朗德雖然沒有結婚，不過實質上就是她的先生。」烏龜畏縮了一下，整個人蜷在一起，彷彿又被人打了一頓。馬汀皺起眉來，不懂為什麼會有這種反應。高芬繼續說道：「肯尼斯，我要你把之前告訴我們的告訴馬汀，說完之後我們就會把你交給警察。」

烏龜的聲音哀怨、強硬：「我要求受到保護。」

「當然，你會受到澳大利亞最高等級的嚴密保護。」

「豁免權呢？」

「那得由警方決定。不過如果你坦誠交代，我會幫你說點好話。」

烏龜笑了笑，把他腫起來的臉與那隻狂躁的眼睛轉向馬汀。「我會拿到豁免權的，你們等著看好了。」馬汀覺得他似乎有點精神異常。

「肯尼斯，你要喝茶嗎？要抽菸嗎？」格里夫的嗓音近乎溫柔。「還是要吃甜甜圈？」

「不用。」烏龜再次蜷縮起來，彷彿想縮回殼裡。「我不餓。」

格里夫笑了一下。她拉過一張椅子，示意馬汀也照做；高芬則繼續站著。格里夫對烏龜說：「你告訴馬汀，塔昆．默洛伊怎麼死的。」

烏龜露出微笑，眼中散發精光。「開槍的是范登布克。」

「這我知道。」馬汀說。「告訴我過程，還有原因。」

烏龜挑起目光瞥向高芬。

「嚴密保護，肯尼斯，還有豁免權。快說。」高芬表示。

烏龜轉向馬汀。「默洛伊是個好人，該死的好人。」

格里夫搖著頭。「我們問的不是這個，肯尼斯。」

囚犯點點頭，表示理解。「克萊芮媞．司帕克斯，事情是她惹出來的。她覺得默洛伊有鬼，就叫資訊部追蹤他的筆電。他用了蔓德蕾．布朗德密碼的時候，我們就收到了警報。克萊芮媞覺得自己抓到他了，便告訴她的主管哈利．史維瓦特。」他停下，像是想起了某件事，然後抬頭看著高芬。「是真的嗎？史維瓦特真的死了嗎？」

回答的是馬汀。「他死了，我在現場親眼看到的。他死了，泰提斯．托貝死了，亨利．力芬史東也死了，克勞斯．范登布克被扣押，他們都不能傷害你了，你現在很安全，可以把事情都說出來。」

但是烏龜大笑起來，雖然臉上的痛苦顯而易見。「你還不懂嗎？他們本來就不能傷害我。」

「對，肯尼斯，我不懂。」馬汀不太確定這次談話，到底是不是在浪費時間。

烏龜突然挺直了背，彷彿為自己驕傲一般，長脖子末端的頭再次往前一甩。「他們都低估我了。他們以為我只是隻烏龜，只會縮在殼裡，透過螢幕看外面的世界，好像我不是這個世界的一分子，只會聽他們的命令做事。呵，通通去死吧。到頭來，他們還不都按照我的安排，在我想要他們在的地方。我知道所有的事情。」

「例如什麼？」馬汀的聲音小得彷彿耳語，眼前這個人實在太奇葩了。

「我知道范登布克殺了默洛伊，我知道史維瓦特殺了克萊芮媞．司帕克斯，我知道泰提斯．托貝殺了他妹妹和那個報社的人。我什麼都知道，而他們根本拿我沒辦法。」他再次轉頭看著高芬。「這就是為什麼他們會給我豁免權的原因。我敢跟你打包票，我一定拿得到，因為我什麼都知道。」

「你的確是一直這麼說。」高芬回答得含糊不清。

「你知道我是誰嗎，肯尼斯？」馬汀問。

「我什麼都知道。」烏龜再次說道，這次不是自誇，就只是陳述事實。

「如果我把那些資訊都寫進報導，就沒有人有任何理由傷害你了。你懂嗎？」

烏龜想了一下，悠悠哉哉，瞪著半空中。當他再次看向馬汀時，神色裡帶著一絲狡猾。「你會在報導提到我嗎？」

「你希望我提到嗎？」

「想，我想。」

「那我會說你知道所有事情。你清楚知道一切來龍去脈，比他們都聰明，比哈利·史維瓦特、泰提斯·托貝還有其他人都聰明。而且你活下來了，活得比他們久。全世界都會知道。」

烏龜好的那隻眼睛露出滿意的光芒。「你想知道什麼？」

「默洛伊。你說克萊芮媞抓到他用了蔓蒂的密碼。」

「克萊芮媞想把他、蔓德蕾與澤妲一網打盡，所以就發了那份線上問卷；那是個陷阱，她想引誘蔓德蕾與澤妲說謊，藉此向史維瓦特證明確實有陰謀正在進行。但是事與願違，你的女朋友主動承認自己犯了錯，舉報默洛伊用了她的密碼。史維瓦特拿這件事奚落克萊芮媞，變得看不起她。克萊芮媞因此更火大了，堅持自己的看法是對的，繼續追查下去。她要我監控默洛伊、蔓德蕾和澤妲。」

「所以你是向克萊芮媞報告，而不是史維瓦特？」

「說是這樣說，但我不是笨蛋。史維瓦特手握所有權力，克萊芮媞只是個外人，她根本不知道銀行真正在做的事。」

「你知道？」

「對，我自己想出來的。」

「你很厲害。」馬汀說。「所以你同時也會把狀況告訴史維瓦特？」

「對，我想站在他那邊。」

格里夫插嘴。「你還告訴了誰？」

烏龜盯著她看，猶豫了一會兒。「克勞斯．范登布克，我是他在銀行裡的耳目。」

「為什麼你會答應跟他合作？」馬汀問。

「他說他是警察，正在進行一項調查。如果我幫他的話，他保證我會受到照顧。」

「你相信他嗎？」

「信啊。他在深夜帶我進了警察總部，也能通過所有的門禁，每一道門禁。我當然相信。」

馬汀看了格里夫一眼；她也看了回來，眼神頗為失望。「繼續說。」馬汀說。

「克萊芮媞一得知蔓德蕾和澤妲在星期五都沒來上班，就猜到可能有事發生。前一天星期四早上，我看到默洛伊在她們桌上留了信封。克萊芮媞跑去警告史維瓦特與泰提斯，他們覺得他應該是小偷，計畫要偷錢。他們不想把警察引來銀行，甚至考慮直接殺掉他。克萊芮媞不知道這件事，但是她提出了一項解決辦法。她認識一個會聽她話的小流氓，提議讓他揍默洛伊一頓，警告他離開。史維瓦特與托貝都同意了。」

「亨利．力芬史東。」

「對，就是那個混蛋。」

「你怎麼會知道這些事？」

「我有參與他們的計畫，負責透過閉路監視器監控情況，把他做的事情錄下來。」

「你後來怎麼處理？」

「我把這個計畫告訴范登布克。」

「但是史維瓦特與托貝不知道你告訴他？」

「對。」

「范登布克有什麼反應？」

「沒什麼反應，至少我告訴他時沒表現什麼。他只要我告訴他計畫內容和時間。」

「所以實際上發生了什麼事？」

「力芬史東照計畫把默洛伊揍了一頓，把他扔到大街上。然後范登布克就到那個地方把人載走了。」

「沒人看到嗎？」

「我看到了，我的攝影機也看到了。全都錄成了影片。」

「影片怎麼了？」

「洗掉了。我還沒那麼瘋。」

「這樣范登布克就會欠你人情。」

「類似那個意思。」

馬汀搖著頭。「這太危險了，他有可能把你也一起殺掉。」

「如果他覺得還有其他備份存在的話就不會。」

「所以有嗎？」

「沒有。」

馬汀看向格里夫。

她聳了聳肩。「無所謂，范登布克已經認罪了。」

馬汀將注意力轉回烏龜身上。「默洛伊有一個隨身碟，你看過，影片裡有拍到。那個隨身碟去了哪裡？」

「被力芬史東拿走了。但是根本不會有人在意那個東西。」

「咦?為什麼?」

「因為默洛伊很聰明。沒人知道他是警察，大家都覺得那個隨身碟裝的只是他用來偷錢的程式碼。」

「隨身碟在哪裡?」

「力芬史東揍默洛伊的時候找到的，於是拿給克萊芮媞，但是她打不開，就把那東西放在保險箱裡，現在可能還在裡面。」

馬汀看向格里夫，然後看向高芬，沒人說話。他重新轉向烏龜，但是沒說隨身碟目前在警方手上，選擇繼續將他蒙在鼓裡。

「你怎麼可能確定?」

「我說了，我什麼都知道。」

「我明白了。」馬汀的話勾起格里夫一陣偷笑。「回到默洛伊的命案。那天是星期五，後來發生了什麼事?」

「星期一，格林威治標準時間一到，對了帳之後，警報響了。一千萬不翼而飛。交易紀錄可以追溯到蔓德蕾在交易大廳的電腦，但是她星期五就沒來上班。我有影片，拿走錢的人很明顯是默洛伊。」

「後來呢?」

「史維瓦特很氣克萊芮媞，但是很快又冷靜下來，不再追究。泰提斯和范登布克也是。」

「為什麼?我聽不懂。」

「因為電腦系統的紀錄，只看得出默洛伊偷了錢，其他什麼都看不出來。而他們幾個人怕的其實是他壞了銀行的運作，擔心他已經發現銀行的祕密，所以當他們發現那只是一宗單純的竊盜案，就全都放心了。那時候史維瓦特和泰提斯根本不曉得默洛伊死了。他們其實很不想報警，但是為了讓克萊芮媞滿意，必須這麼做，最後澤妲．佛肖成了代罪羔羊，除此之外皆大歡喜。相對於錢，史維瓦特比較擔心他在美國老家的名聲，一千萬對他們來說只是零頭。」

「所以默洛伊除了錢之外什麼都沒拿？」

「不對，那只是他們以為，因為系統紀錄說他只偷了錢。我剛才說了，他很聰明。」

馬汀看了高芬一眼，然後看向格里夫。現在他懂了。臥底警察偷了一大堆重要資訊，把資料都塞進隨身碟裡，然後用偷錢來掩蓋自己的足跡，讓整件事看起來像一起竊盜案。非常聰明，而他也幾乎要成功了。

「那范登布克呢？」

「他也跟他們一樣想法。」

「所以大家都很滿意這樣的收尾？」

「除了克萊芮媞。那個蠢女人就像死命追著骨頭的狗，不斷刺探，直到最後探過了頭。」

「你剛才說是史維瓦特殺了她，所以用藥過量這件事不是意外。」

「不是意外，是他幹的。」

「你怎麼知道？」

他露出微笑。「我說了，我什麼都知道。」

「力芬史東揍你的時候，你就是這樣對他說嗎？告訴他史維瓦特是殺害克萊芮媞的凶手？」

「對。」

馬汀點點頭。所以力芬史東之所以追殺史維瓦特是這件事：那個黑幫分子殺了他女朋友，跟追殺令一點關係也沒有。「我以為你在幫克勞斯．范登布克工作？」

烏龜只是笑了笑，搖著頭說：「我從來沒幫過他們任何一個人。他們始終沒搞清楚這一點。他們從來不信任彼此——我又何必信任他們任何一個人？」

「謝謝，肯尼斯，我們就問到這裡了。」高芬插話進來。他用手指點了點手錶，示意馬汀時間有限。「你幫了我們很大的忙，我們會記得你的貢獻。」

「我還有其他問題。」馬汀抗議。

「我知道。」高芬說。「你之後會得到答案的，但是現在得先走了。」

離開格里夫與被銬在屋子裡的烏龜後，回到車內，高芬才告訴馬汀：「我把你拉走，是因為他開始胡扯了。」

「什麼意思？」

「我們判斷，他所說關於范登布克與克萊芮媞那一連串都是真的，不過接下來的發展就不是。」

「可以解釋一下嗎？」

「史維瓦特的確下令殺死克萊芮媞，但是我們幾乎可以確定的是，肯尼斯找了兩個暴力分子把她壓制住，然後由肯尼斯親自把毒品注射到她體內。另外，拍了克拉倫斯．歐圖不雅照片的也是他與那兩個人；這件事可能是史維瓦特下的令，或許泰提斯．托貝也有分，我們還不清楚。泰提斯殺死麥斯．富勒和伊莉莎白．托貝的時候，肯尼斯也在場。亨利．力芬史東闖進你公寓偷走筆電之後，把公寓砸爛的人就是他，讓你的手機感染惡意軟體的也是他。他是所有事件的中心。」

「所以就是爛人一個。」

「不只爛，還是個心理變態，超愛女人的內衣。但是有了他知道的這些事情加上默洛伊的大量資料，詐欺偵查隊的孩子們應該會很高興，ＡＦＰ與ＡＣＩＣ也是。他們已經蒐集到所有必要線索。ＦＢＩ會派一組人過來，而且他們不會是唯一一組人。坎培拉的政客現在都在劃清界線，宣稱這些都是州內的單一事件，是雪梨的政治人物搞出來的。你等著看，之後一定會有調查委員會，半個雪梨的人都等著完蛋。感謝威靈頓．史密斯、蔓蒂還有你，他們已經沒地方躲了。」

高芬把他載到飯店外。馬汀極度渴望睡眠，也確實需要休息。但是，時間還沒到。他得先把報導發出去，公開范登布克殺死默洛伊的事實，並確保威靈頓．史密斯刊出食堂的成員名單，直到那些名字隨處可見，散播到任何禁令都禁止不了的程度。在那之後，他或許會小睡幾個小時，然後要在四點前到警局接蔓蒂。

星期三

Wednesday

第四十八章

風勢連夜從東南方來，帶著雨水掃過這座城市，雲帶縫隙間的天空被洗得一片清朗。雨來了又走，狂飆追逐著彼此朝北方而去，將城市又打掃了一天；不過在這麼西邊的位置，天色一直不曾那麼明亮；有些陰霾是單單一日好天氣無法洗去的。但至少這裡仍算是雪梨，她來到這裡不算違反保釋條件。Subaru停在一條單調死巷內一棟單調的民房前，她坐在車裡，召喚著勇氣。附近房子的外觀都對能夠住在這裡表現出一種自豪，門牌三十一號這間卻並非如此：廢棄的腳踏車被扔在無人修剪的草坪上，信箱向上翹起，內部因為某個鄰居的惡作劇而焦黑一片。她知道這代表什麼意思，凌亂的外表是為了掩飾更加凌亂的內裡。當她還在試著鼓起勇氣，壓抑著慌張時，一輛車經過她，嘰嘎作響地開進屋前的車道。

她著迷地看著那個畫面。車子老舊，是住在一群SUV之間的普通轎車，其中一扇車門的顏色不同，輪圈蓋也少了一片，駕駛熄火時，排氣管還吐出陣陣藍煙。兩個男孩從後座跳出來，奔跑、爭吵，又一陣狂風吹來，他們彷彿飛舞的雲。男孩沒等開車的人，逕自跑向屋子。那個女人出現了：她穿著灰色運動褲、哈佛大學套頭衫，棒球帽底下的頭髮綁成馬尾。美麗的女人，被生活推著跑的女人。她費力提著裝滿日用雜物的購物袋，袋子拖在腳邊，兩個男孩沒有一點幫忙的意思。蔓蒂等女人走進家門，然後給了她十分鐘把買來的東西收拾整齊，不過必須發生的事就是必須發生，無法躲避。她可以看到另一片雨勢正在迫近，於是抓起運動包，離開Subaru的庇護。

她沒等多久，女人幾乎立刻開了門。「是妳。」女人透過紗門說。

「妳知道我是誰？」蔓蒂問。

「有誰不知道嗎？」

「我可以進去嗎？」

「要幹麼？」

「我有東西要給妳。」

「真相嗎？」

「如果妳真的想聽的話。」

女人別過頭看了看身後，彷彿是要確定她的孩子們平安無事，確定蔓蒂無法危害到他們。「好吧，進來吧。如果妳堅持的話。」

她們坐在一座窄小的廚房裡，空間剛好塞得進一張層板剝離的桌子。桌上放了一份女性雜誌，期數已是三個月前，另外還有一盆水果。在這麼近的距離，蔓蒂看得出女人被生活壓迫之前曾經多麼美麗。即使是現在，脂粉未施又豐滿了一點，如果不看她眼中的憤怒、繃緊的嘴唇，她也還是很有魅力。

「我在新聞上看過妳。」女人說。「妳是蔓德蕾．布朗德。」

「對。而妳是艾芙琳．布萊特，理查的遺孀。塔昆的遺孀。」

「對，看看這個身分為我帶來多少好事。」她少了一顆牙，手上也沒有婚戒。

「沒有養老金或退休金嗎？」

艾芙琳．布萊特的回答裡帶著敵意。「他是被開除的。懲戒免職，被指控偷了一千多萬。他們叫我乖乖閉嘴。他失蹤的時候他們這麼說，找到他的時候也這麼說，到了現在也對我講一樣的話。」

「妳現在可以說了，說什麼都可以，對誰說都可以。」

「妳來就是為了這件事嗎？幫妳的記者男友拉生意？」她的聲音帶著厭惡和酸苦。「記者也要人幫忙拉皮條嗎？」她這句話表達了滿滿的不屑。

蔓蒂放任侮辱飄過，完全沒往心裡去。「塔昆——理查——是個英雄。他的名譽會被洗清，妳會得到妳應得的權利。他偷錢只是掩護，他找到的資訊，比這個州過去兩百年來做過的任何事都更能打擊貪腐。他因公殉職，死的時候也是個英雄。」

「因公殉職嗎？他做這份工作的時候，有跟妳上床嗎？」

蔓蒂皺起臉來，看著桌子。這不是她想像中的會面，她希望的談話不是這樣。但是她已經不想再說謊了。「有，我們上過床。」

「他也說過他愛妳嗎？」

「說過。」

接著兩人一陣沉默。蔓蒂聽到孩子們在背後嬉鬧、大叫。

「我那時候很愛他，妳懂嗎？」艾芙琳．布萊特說著，語氣挑釁。「也許到現在都還愛。」她的眼神四處遊走，想找到某個定點，但是一無所獲。「我可以原諒你們上床，也可以原諒他做的其他事情，那些我都習慣了。但是我沒辦法原諒他竟然死了，竟然丟下我們。」蔓蒂感覺情緒漲起，然而艾芙琳眼中沒有一滴淚，神色依然嚴厲，聲音充滿指責。「他很魯莽，一直都這麼魯莽，活在小男生的幻想裡，就是個廉價版的傑森．包恩。然後他就死了，留下我們，留下我和三個兒子。」

「三個？」

「全都不到十歲。」她沉默了一陣子，重新開口時少了一點敵意。「他們都長得像他。都是在一些很小的地方，這裡一點那裡一點，永遠都在那裡，永遠都在提醒我，好像他的鬼魂一樣。最小的那個很害羞，個性很懂事，謝天謝地，但是兩個大的很難管，就跟他一樣，天不怕地不怕，做事不顧後果，充滿魅力。」

「我記得。」

「我想也是。」又是一陣停頓。「妳為什麼會來這裡？是要來看妳和他造成的後果嗎？」

「補償。」

「什麼意思？」

蔓蒂舉起運動包放到桌上，壓在雜誌上。「這是妳的。」

「什麼東西？」

「錢。」

艾芙琳沒說話，只是看著袋子好一段時間，然後又把目光轉向這位訪客。

「很多的錢。五十萬元，現金。」蔓蒂說。

女人眨了眨眼，拉過袋子，打開拉鍊，看見裡頭成綑的鈔票，然後重新拉起拉鍊。「這是誰的？」

「現在是妳的了。」

「這是他偷的錢嗎？」

「對。」

「我不能拿。」她說，但是眼神直盯著袋子。當她再次開口，比較像在自言自語，而不是對蔓蒂說話。「太危險了，他們會來找這筆錢。」

「不會的。已經過去五年了，如果他們找得到的話早就找到了。這些錢不屬於任何人或任何組織，就只是從大湯鍋裡撈掉的泡沫而已。」

「妳為什麼不自己留著？」

「我不需要，也沒有資格拿，這是他要給妳的。」

「妳怎麼可能知道。」

「我知道，是他告訴我的。所以我才知道錢在哪，所以我才會到這裡來。他對錢沒興趣，只在乎榮耀，只在乎他破獲這麼龐大的犯罪組織能夠獲得多少讚賞。他的動機就是這樣。但是後來，當他意識到自己發現了什麼、需要承擔多大的風險時，他也知道自己可能活不了，於是定了一個應急計畫。他偷錢有一部分是為了轉移注意力，好掩飾自己的行跡，多爭取一點時間，這是真的，妳之後會在媒體上知道這件事。不過另一部分是為了妳，為了妳的孩子，以防萬一他真的發生不測。」蔓蒂接住女人投來的目光，決心不讓她自己的謊言被拆穿。

「妳確定？」

「非常確定。我不會讓妳置於危險之中，絕對不會。妳得小心一點花錢就是了，一點一點地用。等到這些用完了，之後還有，還有好幾百萬，妳兒子們的未來都會有保障。」

直到此刻，女人的情緒才逐漸顯現，蔓蒂從她的眼神中看得出來。「他真的這樣做嗎？他真的有想到我們嗎？」

「我相信他一直都放在心上。」

「謝謝。」她說，態度依然拘謹。「不是因為錢，而是謝謝妳告訴我這些。」她停了下來，再次打開袋子，拿出一疊五十元大鈔，舉到自己面前，聞了聞那股濃郁的味道。「妳知道嗎，我其實相信那件事——我相信他偷了錢，逃到國外過著奢侈的生活，喝著馬丁尼，左擁右抱。」她嚥了嚥口水。「我從來沒信任過他，從沒真的信任過。我一直覺得他只在乎他自己，永遠只會想著自己有什麼好處。可是現在……」她閉上眼睛。「也許他真的不是那種人，也許我當初應該更信任他一點。」

「他愛妳。」蔓蒂重申。「否則為什麼要冒著身分曝光的風險，告訴我妳的事，又為妳偷錢呢？」

沒有別的好說的了。女人拿起袋子，貼緊身體抓著，彷彿她抱的是已經死了五年的丈夫。

直到回到車殼的保護下，蔓蒂才允許自己放鬆，好好呼吸，默默流淚。艾芙琳相信她編的故事，全都信了；她相信她的謊言。這是必要的欺騙：艾芙琳需要錢，她與她的兒子都需要。塔昆的兒子們。

尾聲

兩個月後

連恩很興奮，在他的兒童座椅上拚命說話，指著路過景色中有什麼特別的地方。他唱起歌來，唱他自己編出來的簡單旋律。「車馬，車車馬。」他用尖細的聲音唱著。「馬馬車車。」然後，不可避免地問了那個問題：「馬馬，到了嗎？」

「對，連恩，我們到了。」

馬汀開進停車場：尤加利樹成蔭，瓶刷樹夾道，在政府資金下維持得井然有序。最低戒護監獄看起來不像監獄，比較像某種工坊或配送中心。連帶刃鐵絲網看起來都那麼仁慈親切，彷彿是要防範外人入侵而非裡面的人逃獄。整個地方在乾淨的空氣中閃閃發光，北海岸的春天在此盡情綻放。

走進內部，入口幾乎空蕩，彷彿有著空調的太空；這是平日探視的好處。馬汀熟悉規矩：他掏空口袋，把皮夾、手錶還有手機放進置物櫃，留了幾個硬幣可以用投幣機，接著他和連恩便前往安檢。生物辨識的機器又故障了，不過警衛看了馬汀的駕照便給予放行，隨後他與連恩就順利穿過金屬檢測裝置。

蔓蒂在一間開放式的會客室等他們。連恩跑向她，她也朝他撲過去，將他抓進懷裡，以親吻淹沒小男孩。等到男孩終於滿意了，她才轉向馬汀，牽起他的手，給他一個深情的長吻。

「謝謝你來。」

「不可能錯過的。」

與小男孩又玩了一陣之後，他們對坐在矮桌兩旁，終於有時間說話。

「都還好嗎？」他問。

「還可以。我和亨利・力芬史東有點淵源的消息傳出去之後，那些女的就沒來煩我了。我有很多時間讀書，我打算這學期先從大學休學。」

「假釋的事情，溫妮佛怎麼說？」

「一樣。表現良好的話，大約三個月後可以出去。」她現在會微笑了，眼神溫暖，酒窩顯得輕鬆而不強迫。以一名囚犯來說，她看起來比在外面時還要放鬆。或許也比以前更美。

「想到他們居然把妳關進來，我還是很生氣。」

她聳聳肩。「我猜他們需要殺雞儆猴，表示他們不會偏袒誰。」

「我知道，但還是一樣。」

她換了話題。「我收到一張明信片，放在裡面，好想拿給你看。」

「誰寄的？」

「澤妲・佛肖。」

「真的假的？她在哪裡？」

「一間戒毒所。私人的，在雪梨那邊。」

「讓我猜猜——錢是妳付的。」

「我唯一能做的也就是這樣了，畢竟沒辦法直接給她錢。」

「她說了什麼？」

「就是道謝，然後說她過得很好，正在上鑑識會計的函授課程。我猜，當時查出墨利森背後的結構讓她喜歡上那種感覺了。」

「真的？那很好啊。她之後能做相關工作嗎？」

「我不知道。」

他們已經一段時間沒說話了，很高興能見到彼此，很高興能像兩個青少年似地牽著手，看著連恩。連恩看到了另一個小孩，是個小女孩，便跑去一探究竟。

「妳看起來很高興。」他說。

「我覺得自己好像真的很高興。」

「在這裡？」

「我在這裡有很多時間思考，把所有事情好好想清楚。那些事情在我腦袋裡困了很久。」

「聽起來還不錯。」

這時她的表情正經起來，酒窩又縮進了臉頰裡。「我那時是愛他的，或者至少我自己這麼覺得。」

「妳說理查．布萊特嗎？」

「不是，不是他。不是真的他，而是假的那個，塔昆．默洛伊。我相信他說的話，相信他這個人，相信那些胡說八道和幻覺。」

馬汀沒說話，知道此時應該傾聽。

「馬汀，這可能聽起來很奇怪，但是我欠他很多。那時的我沒有認真過好自己的生活，就只是跟著比利遊蕩。那時候的我很迷惘、沉淪，是塔昆把我拉了起來，讓我見識到完全不同的世界，見識到不同的自己。讓我知道我也可以很美，讓我稍微看見生活可以過得更好。」

馬汀不想指出顯而易見的矛盾，卻實在忍不住。「但那些都是屁話，不是真的。」

「當然，我懂。」她猶豫了一下，對著連恩微笑；連恩這時正與新朋友聊得愉快。「當我發現那些都是假的，真的很心痛。我真的相信他耍了我，帶著一大筆錢逍遙海外，因為我舉報他用了我的密碼，所以他就把我丟下。我本來應該可以有的生活又再次離我而去。」她看著馬汀，態度平靜、自信，彷彿她是在說別人。「後來我又開始飄蕩，四處流浪，最後回到旱溪鎮照顧我媽，後來的事情你已經知道了。」

「妳相信因果業障嗎？」他問。

她再次微笑，可愛的酒窩發著光，就像當初與他在旱溪鎮第一次見面就吸引住他時那樣。聽到被自己的問題反問，她大笑起來。「你明明知道我信。我真的相信。」

「妳曾經說我們是屏障，保護連恩不被過去的事纏上。」馬汀說。

「對，我說過。不過那是在以前發生的事還有辦法傷害我們的時候，那時我們還沒好好攤開自己的祕密，好好面對。現在沒有祕密了，我們的過去沒有任何隱瞞的事。你的家族、我為了塔昆和錢所說的謊、烏龜，所有事情現在都攤在陽光下，因果已經完整、已經圓滿，我們已經償還了自己的債。」

「妳這樣相信嗎？」

「對。」

連恩回到他們身邊，因為認識了新朋友而興奮地睜大雙眼，到處跑來跑去。接著他爬到媽媽的腿上，緊緊抱著她。也許是他感覺到，差不多是該離開的時間了。

「你知道嗎，我過去以為我愛過他們。」她看著他的眼睛說。「塔昆、拜倫．史衛福特，甚至是貝斯手比利。但現在我覺得自己其實沒愛過他們。不算真的愛過。不是像愛你這樣。」

馬汀眨了眨眼。「我不確定自己有什麼不一樣。」

「噢，你有。你有。」

「為什麼這麼確定？」

「因為我懂你，我可以信任你。」

而對馬汀來說，這是他所聽過最美好的一句話。

致謝

首先也最重要的是，謝謝全球各地的所有書店，你們讓我的書與所有的讀者搭上了線。希望各位能從Covid-19的陰影中重新站起、成長、茁壯！

我要感謝Allen & Unwin出版社的所有同仁：你們是最棒、最敬業的團隊。

衷心感謝我出色的編輯團隊，《烈火荒原》與《銀港之死》也都經過她們的巧手：Jane Palfreyman、Christa Munns、Ali Lavau與Kate Goldsworthy。妳們最棒了！

一如以往，我要感謝經紀人Grace Heifetz，謝謝她的友誼和支持，也要謝謝英國的Felicity Blunt與美國的Faye Bender。

謝謝澳洲的Christine Farmer與英國的Caitlin Raynor為這一系列作品的大量宣傳工作。

另外，我要感謝Kate Stephenson與Wildfire出版社的全體成員，謝謝你們把馬汀．史卡斯頓與蔓德蕾．布朗德帶到英國讀者面前。

謝謝Alex Potočnik所畫的精細地圖，謝謝Luke Causby為澳洲的所有版本創作的美麗封面，也要謝謝好朋友Mike Bowers提供的照片。

當然，我要對友子、卡麥隆與伊蓮娜說，我愛你們，謝謝你們的支持，我最棒的家人。

類型閱讀 054

雪梨謎案

Trust

作　　者　克里斯・漢默（Chris Hammer）
譯　　者　黃彥霖
副 社 長　陳瀅如
總 編 輯　戴偉傑
責任編輯　丁維瑀
行銷總監　陳雅雯
行銷企畫　趙鴻祐
封面設計　兒日設計
排　　版　宸遠彩藝工作室
印　　刷　前進彩藝有限公司

出　　版　木馬文化事業股份有限公司
發　　行　遠足文化事業股份有限公司（讀書共和國出版集團）
地　　址　231 新北市新店區民權路 108-4 號 8 樓
電　　話　(02) 2218-1417
傳　　真　(02) 2218-0727
E - mail　service@bookrep.com.tw
郵撥帳號　19588272 木馬文化事業股份有限公司
客服專線　0800-221-029
法律顧問　華洋法律事務所 蘇文生 律師
初　　版　2024 年 2 月
定　　價　480 元
I S B N　978-626-314-600-6（平裝）、978-626-314-601-3（平裝簽名版）
E I S B N　9786263145986 (EPUB)、9786263145979 (PDF)

國家圖書館出版品預行編目 (CIP) 資料

雪梨謎案 / 克里斯 . 漢默 (Chris Hammer) 著 ; 黃彥霖譯 . -- 初版 . -- 新北市 : 木馬文化事業股份有限公司出版 : 遠足文化事業股份有限公司發行 , 2024.02
440 面 ; 14.8x21 公分 . -- (Gr 類型閱讀)
譯自 : Trust

ISBN 978-626-314-600-6(平裝). --
ISBN 978-626-314-601-3(平裝簽名版)

887.157　　113000667